PROLOG

Ich rutsche an den Rand des Sofapolsters und lehne mich nach vorne. Die Ellbogen auf die Oberschenkel gestützt, verschränke ich die Hände und zwinge mich, den Kontakt mit den kristallblauen Augen vor mir aufrechtzuerhalten. Sie passen so ganz und gar nicht zu dem Mann, der in dem Stuhl mit der hohen, kerzengerade fixierten Rückenlehne sitzt. Er ist gerade Mal einen halben Meter von der Couch entfernt, auf der ich sitze. Dieser halbe Meter und ein schmuddeliger grüner Zottelteppich trennen mich von Händen, von denen ich weiß, dass Blut an ihnen klebt. Diese klaren, weiten blauen Augen machen nicht den Eindruck, als wären sie tatsächlich Zeuge der Gräuel gewesen, die dieser Mann begangen hat.

Es ist schwierig, meinen Gesichtsausdruck nicht verraten zu lassen, welche Gedanken und Gefühle in meinem Kopf herumschwirren. Ich darf mir nichts anmerken lassen. Die Männer zu meiner Rechten und Linken sind ruhig und gefasst, ihre Gesichter beinahe ausdruckslos. Sie hören dieselben Worte wie ich, doch sie entfalten scheinbar nicht die gleiche Wirkung bei ihnen. Die Worte durchbohren mich wie Geschosse, dringen tief in meine Haut ein und versengen die Ränder meines Geistes, bis meine Sicht von einem glutroten Schleier getrübt wird. Was es noch schlimmer macht, ist die Tatsache, dass ich weiß, dass es Lügen sind. Zumindest sagt er nicht die ganze Wahrheit.

„Lass den Quatsch", schnauze ich.

Ein Teil von mir nimmt wahr, dass der Mann neben mir zu sprechen beginnt, aber ich höre nicht einmal, was er sagt, bevor ich ihn unterbreche. Er wirft mir aus dem Augenwinkel einen irritierten Blick zu und seine Schultern straffen sich ein wenig.

„Welchen Quatsch?", fragt der Mann vor mir unschuldig.

Er heißt Jeffrey, aber wir haben ihn Snake getauft. Die Klischeehaftigkeit des Namens lässt mich erschaudern. Man sollte nicht denken, dass jemand mit einem so erstaunlichen Mangel an Kreativität für die Verbrechen verantwortlich ist, zu denen er sich bekennt. Und das gilt umso mehr für diejenigen, zu denen er sich nicht bekennt. Und genau die sind es, die wir uns wirklich interessieren. Ich will im Prinzip nichts davon hören, da ich ahne, dass mich das nur noch kränker machen wird. Aber ohne sein Geständnis ist alles andere, was er bereits gesagt hat, wertlos.

„Gib's endlich auf. Du laberst nur dummes Zeug, seitdem wir deinen Arsch vom Asphalt gekratzt haben", sage ich.

„Brittany", sagt der Mann an meiner Seite. Tank. Ich ignoriere den Anflug eines warnenden Tons in seiner Stimme. An diesem Punkt ist mir so ziemlich alles egal.

„Ich bin vollkommen ehrlich", insistiert Snake. Schon wieder.

„Einen Scheiß bist du. Hältst du uns für dämlich? Hältst du *mich für* dämlich? Ich habe dir gesagt, dass ich dir mit meinen Verbindungen bei einigen der geringfügigeren Vorfälle werde helfen können und dir eine kürzere Strafe in einem ordentlichen Gefängnis für das schwerwiegendere Zeug verschaffen kann. Aber dafür musst du ehrlich zu uns sein. Ich werde meine Reputation nicht für jemanden aufs Spiel setzen, der zu feige ist, seine Taten einzugestehen. Du hast es getan. Ich werde nicht so tun, als ob das nicht der Fall wäre, und die Cops auch nicht. Sie werden dich festnehmen und deinen Arsch ohne zu zögern abführen. Glaubst du, die interessiert auch nur im Entferntesten, was du davon hältst?"

„Brittany", zischt Gage, der Mann auf meiner anderen Seite.

„Nein, Gage. Scheiß drauf. Der Typ kotzt mich an." Ich schaue Snake wieder direkt in die Augen. „Wo wärst du jetzt ohne uns? Wenn wir dich nicht gefunden und mitgenommen hätten, glaubst du, du hättest auch nur den Hauch einer Chance gehabt? Wenn du das wirklich glaubst, machst du dir selbst etwas vor. Inzwischen wärst du bereits mehrere Male im

DAS GEHEIMNIS AUS HÜTTE 13

A.J. RIVERS

Gefängnis für einen Anruf nach Hause und drei Päckchen Nudelsuppe herumgereicht worden. Und was glaubst du, wie du ohne uns dastehen wirst, wenn du wegen dieser Delikte verhaftet wirst? Glaubst du wirklich, du bist schlau genug, um dich alleine aus dieser Sache herauszuwinden? Ohne unsere Hilfe hast du keine Chance. Leute wie du haben in Gefängnissen die Angewohnheit, als Abschaum im Duschabfluss zu enden. Wenn du also nicht willst, dass das letzte, was du siehst, ein Paar haarige Beine und schimmelige Fliesen sind, dann lass den Scheiß und sag uns endlich die Wahrheit."

„Das habe ich", entgegnet Snake standhaft.

„Du hast uns von dem Supermarktangestellten erzählt, den du erschossen hast, von den Drogen, die du gestohlen hast, und von dem Polizisten, den du überfahren hast. Glaubst du etwa, das sind Neuigkeiten für uns? Sehen wir beeindruckt aus?" Meine Kehle schmerzt vom Brüllen und meine Schläfen pochen. „Das habe ich alles schon mal gehört. Das ist alles Kinderkacke. Solches Zeug habe ich in der Grundschule abgezogen. Erzähl mir von den kleinen Mädchen."

Gage neigt sich an mich heran und seine Fingerknöchel graben sich schmerzhaft in meinen Rücken. Er versucht, mich zum Schweigen zu bringen, aber die Worte haben bereits begonnen, aus mir herauszusprudeln. Ich kann sie nicht mehr aufhalten. Es hat mich alles gekostet, diese elende Kröte vor mir zu einem Teil meines Lebens zu machen. Sich mit ihr anzufreunden und ihr Vertrauen zu gewinnen, war das Schwierigste, was ich je in meinem Leben tun musste.

Es wird sich gelohnt haben, sobald er mir gibt, was ich will. Aber wenn er es nicht tut, war alles für die Katz und ich habe mich mit Dreck besudelt, den ich nie wieder von meiner Seele abwaschen können werde. Noch schlimmer – er könnte womöglich mit all dem weitermachen.

„Welche kleinen Mädchen?", fragt Snake.

„Ignoriere sie", sagt Tank. „Sie ist total im Arsch. Hat letzte Nacht zu viel gefeiert. Wahrscheinlich weiß sie nicht mal, wo wir sind und mit wem sie redet. Rede einfach mit mir. Du weißt doch, warum wir hier sind. Du hast ziemlich viel Scheiße am Hals, aber du bist einer von uns. Wir werden nicht zulassen, dass einer unserer Brüder untergeht. Aber unsere Brüder lügen uns nicht an. Die einzige Möglichkeit, wie wir unsere Verbindungen erfolgreich für dich spielen lassen können, ist, wenn wir wissen, womit wir es zu tun haben. Wir brauchen die Details. Du kannst uns nicht wichtige Einzelheiten vorenthalten und dennoch erwarten, dass wir dir helfen."

„Hör auf, ihm Honig ums Maul zu schmieren", protestiere ich wütend und gebe ihm einen leichten Klaps in die Seite. „Wir wissen, was er getan hat. Er muss es nur ausspucken."

Snake steht auf, schüttelt den Kopf und hebt abwehrend die Hände. „Schaut Leute, ich weiß nicht, was hier vor sich geht, aber mir reicht es. Ich habe diesem ganzen Käse hier nie zugestimmt."

„Doch, das hast du", sage ich, stehe auf und mache einen Schritt auf ihn zu, um ihm den Weg zu versperren. „Als wir dich eingeweiht haben, wusstest du, dass du ehrlich zu uns sein musst. Jetzt ist es an der Zeit, mit der Wahrheit rauszurücken."

„Was immer du genommen hast, es tut dir nicht gut. Du solltest mal ein ernstes Wörtchen mit dem Typen reden, von dem du das Zeug gekauft hast. Ich gehe jetzt."

„Du gehst nirgendwo hin", sage ich.

Snake packt mich, stößt mich aus dem Weg und benutzt meinen Körper, um auch Gage und Tank aus dem Gleichgewicht zu bringen. Er rennt zur Tür und stürmt hinaus, bevor wir die Chance haben, wieder auf die Beine zu kommen. Die Männer versuchen, mich im Haus zu halten, aber ich lasse sie links liegen. Während ich Snake hinterherjage, greife ich unter mein Hemd und lege meine Hand um den Griff meiner Waffe. Er hat kein Auto, aber das wird dieses schmierige Stück Scheiße nicht von einem Fluchtversuch abhalten. Nachdem er an ein paar Griffen gerüttelt hat, findet er eine unverschlossene Tür und setzt sich hinter das Lenkrad. Mein Schuss zerfetzt die Heckscheibe, aber das hält ihn nicht davon ab, den Motor anzulassen.

Ich ignoriere die Schreie meines Namens hinter mir und laufe den bröckelnden Bürgersteig hinunter, wo er bereits das Auto aus der engen Parklücke herausmanövriert. Dort angekommen reiße ich die Beifahrertür auf und werfe mich in den Wagen.

Meine Faust trifft Snakes Kiefer. Er drückt aufs Gas. Das Auto schlingert vorwärts und kracht in das Heck des Wagens vor ihm. Ich falle nach vorne und lande quer über ihm, schaffe es aber, mein Knie genau im richtigen Moment hochzuziehen, um es ihm in den Bauch zu rammen.

Er stößt ein wütendes Grunzen aus und schlägt mir in die Seite, so dass mir die Luft wegbleibt. Der Schmerz strahlt durch meinen ganzen Körper. In den wenigen Sekunden, die ich brauche, um mich zu erholen, schleudert er mich zurück auf den Beifahrersitz. Als mein Kopf daraufhin gegen die Scheibe knallt, sehe ich nur noch gleißende Lichter.

Doch davon lasse ich mich nicht aufhalten. Ich trete mit dem Fuß aus und treffe ihn mitten im Gesicht. Seine darauffolgende scharfe

Drehung des Lenkrads lässt das Auto zur Seite schleudern. Er hält das Lenkrad fest umklammert und beugt sich vor, um mit einer Hand hektisch meinen Körper und meine unmittelbare Umgebung abzutasten. Ich weiß, dass er nach meiner Waffe sucht. Der Wind pfeift durch die Heckscheibe und erinnert ihn an die Schüsse, die ich auf ihn abgegeben habe. Dass er meine Waffe in die Hände bekommt und sie gegen mich verwendet, ist das Letzte, was ich jetzt brauche. Denn zumindest im Moment bin ich noch auf mich allein gestellt.

Mit dem Ellbogen betätige ich den Knopf des Fensterhebers, lasse das Fenster herunter und werfe meine Waffe über die Schulter nach draußen. Sie kommt irgendwo auf dem Bürgersteig draußen klappernd auf dem Boden auf.

Snake beschleunigt und lässt das Auto ins Schleudern geraten, während er mit mir ringt.

„Was zum Teufel stimmt nicht mit dir?", schreit er. „Lass mich los!"

„Erst wenn du dir ein paar Eier wachsen lässt und zugibst, was du getan hast!"

„Macht dich das an, oder was? Willst du unbedingt alle Details hören?" Er verpasst mir einen Schlag ins Gesicht und ich falle zurück. „Willst du das heute Abend mit ins Bett nehmen und süß davon träumen? Gibt dir die Vorstellung, was ich diesen kleinen Mädchen angetan habe, einen Kick? Ich wette, du wusstest nicht, dass auch Jungs darunter waren. Es macht am meisten Spaß, wenn sie so klein und jung und unbedarft sind. Sie haben keinen Schimmer, was los ist, und denken, wir würden ein Spiel miteinander spielen. Einer habe ich vorgemacht, ich sei ihr Babysitter. Sie hatte keine Ahnung, dass ich ihren Vater kurz zuvor ausgeraubt und seine Leiche in eine Mülldeponie geworfen habe. Sie haben sie immer noch nicht gefunden."

Er lacht boshaft, aber ich nehme es kaum wahr. Blinde Wut steigt in mir auf und droht überhandzunehmen. Der Schall seiner Stimme wabert um mich, doch die einzelnen Worte verschwimmen. Das Nächste, was ich wahrnehme, sind meine Hände in seinem Nacken und mein Knie in seinem Bauch, während er sichtlich Mühe hat, geradeaus zu fahren. Plötzlich verstummt das Dröhnen des Motors und das Auto kommt zum Stehen. Snake stößt mich grob zur Seite und schimpft, während er versucht, das Auto wieder zu starten. Es ist zwecklos. Er müsste es erneut kurzschließen, doch dafür fehlt die Zeit.

Sekunden später öffnet sich die Tür hinter mir. Eine Hand packt mich am Rücken meines Hemdes und zerrt mich hinaus auf den Bürgersteig. Das Zuschlagen einer weiteren der Autotüren verrät mir, dass Snake ausgestiegen ist und das Weite sucht. Ich kämpfe mich auf die Beine, um ihm hinterher zu laufen, doch der Mann, der mich festhält, lässt mir keine Chance. Er ist bereits dabei, auf mich einzuschlagen, und ich weiß, dass es nur noch schlimmer werden wird.

Gleich nachdem Bruno mich aus dem Auto gezerrt hat, hat es zu regnen begonnen. Ich bin bis auf die Knochen durchnässt gewesen, als er mich barsch in eines der Zivilfahrzeuge gedrückt hat, die hinter der demolierten Limousine warteten. Ich bin nicht dazu gekommen, mich umzuziehen. Nach zwei Stunden in der kalten Klimaanlage des Büros kleben meine straßenköterblonden Haare an meinem Kopf und mein Achselshirt klebt wie Eis an meiner Haut. Das ist wohl die Strafe für das Chaos, das ich bei der Operation angerichtet habe. Diesen Aufriss hier finde ich jedoch etwas übertrieben. Das Mindeste, was sie tun könnten, wäre, mich vernünftige Kleidung anziehen zu lassen.

Endlich öffnet sich die Tür und Bruno steckt seinen Kopf herein.

„Griffin, auf geht's."

Ich stoße einen Seufzer aus und folge ihm in das Büro am Ende des Flurs. Creagan sitzt hinter dem Schreibtisch, wild kritzelnd über eine Akte gebeugt. Bruno winkt mich in den Raum und verlässt ihn so schnell er kann. Das ist kein gutes Zeichen. Ich lasse mich nieder und beobachte Creagan. Die Sekunden vergehen, doch er würdigt mich keines Blickes. In seinem Büro ist es noch kälter als im Rest des Gebäudes. Meine Haut fühlt sich an, als könnte sie jeden Moment abblättern. Nachdem zehn Minuten vergangen sind, lehne ich mich vor.

„Creagan?"

„Wie lautet Ihr Name?", fragt er.

Wenn man bedenkt, dass ich meine gesamte Laufbahn unter ihm gearbeitet habe, ist das nicht gerade die Art von Frage, die ich erwartet hätte.

„Wie bitte?", frage ich.

„Ihr Name. Wie lautet Ihr Name?"

„Ähm. Emma..."

Das ist in der Tat mein Name. Nicht Brittany, wie ich Snake gegenüber behauptete. Nicht Sugar, wie mich ein paar der Jungs nannten, bevor ich sie davon abbringen konnte, das zu tun.

„Emma Griffin?", fragt er.

Er schaut mich immer noch nicht an. Es fühlt sich fast so an, als wäre ich in der Zeit zurückgereist und befände mich in meinem ersten Vorstellungsgespräch.

„Ja", antworte ich geduldig.

„Special Agent Emma Griffin, FBI?"

„Genau die. Was soll das alles?"

Schließlich sieht er mich an.

„Sie sind also nicht Brittany, auch bekannt als Sugar? Straßendealerin und Gangmitglied?"

Ich verenge meine Augen leicht.

„Nicht in diesem Moment."

Kurz bevor er explodiert, erscheinen rote Flecken auf Creagans Wangen.

„Würden Sie mir dann bitte erklären, warum Sie sich so verhalten wie sie?", brüllt er mich an.

Oh, Scheiße...

„Hören Sie, ich weiß, dass diese Sache nicht..."

„Nein. *Sie* hören zu. Haben Sie eine Ahnung, was Sie da draußen angerichtet haben? Sie hätten die gesamte Operation gefährden können", wettert er.

„Hätten...?"

„Ja. Selbst, nachdem Sie so durchgedreht sind, haben Sie es irgendwie geschafft, ihn dazu zu bringen, alles zuzugeben, bevor er den Rekorder in Ihrem BH beschädigt hat. Nachdem wir das Auto lahmgelegt haben, ist er abgehauen, aber ein paar Jungs haben ihn eingeholt und konnten ihn verhaften."

„Es ist also gut ausgegangen."

„Versuchen Sie es gar nicht erst. Es ist eine glückliche Fügung des Schicksals, dass wir am Ende die Informationen bekommen haben, die wir brauchten. Der einzige Grund dafür ist die solide Grundlage, die im Laufe der letzten Monate von uns gelegt wurde. Das hat Ihnen den Arsch gerettet. Was zum Teufel ist mit Ihnen da draußen passiert? Es ist, als hätte Ihr Gehirn plötzlich einfach seinen Geist aufgegeben."

„Haben Sie gehört, was er zugegeben hat?", frage ich.

„Ja. Und ich habe schon Schlimmeres gehört und werde weiterhin Schlimmeres hören. Das gehört zum Job, Griffin. Ihre Aufgabe war es lediglich, ihn dazu zu bringen, seine Taten einzugestehen, damit wir ihn festnageln können. Sie hatten sich da draußen nicht unter Kontrolle. Das hätte schnell schief gehen können. Sie hätten sich selbst umbringen können. Oder viel schlimmer noch, einen der Jungs umbringen können."

„Viel schlimmer noch? Wow... Danke dafür", murmle ich.

„Was wollen Sie von mir hören? Sie sind komplett ausgetickt. Ich werde meine Sorge für die Männer aufheben, die tatsächlich das getan haben, was sie tun sollten, und eine professionelle Einstellung gegenüber dieser Operation aufrechterhalten haben."

Mein Gesicht brennt vor Empörung und ich verschränke die Arme vor der Brust.

„In meiner gesamten bisherigen Karriere wurde noch nie meine Professionalität in Frage gestellt."

„Sie haben auch noch nie so viele Informationen gegenüber einem Verdächtigen preisgegeben, ihn wie eine Verrücktgewordene verfolgt oder versucht, ihn zu verprügeln, während er ein Auto fuhr. Sie hätten fast alles ruiniert!"

„Er hätte entkommen können."

„Es war ein von uns präparierter Köderwagen, Griffin! Er wurde genau für den Fall, dass so etwas passiert, dort abgestellt. Wir hatten die Kontrolle über dieses Auto. Das wussten Sie. Sie waren schließlich diejenige, die gefleht und getrickst hat, um von Anfang an bei dieser Operation dabei sein zu dürfen."

„Ich wollte nun mal ernstzunehmendere Einsätze mit mehr Verantwortung. Und meine Verletzungen sind übrigens nicht dramatisch, danke der Nachfrage", keife ich.

Ich verhalte mich ein wenig zickig, aber ich werde zunehmend wütend und will nicht, dass er merkt, wie tief er mir unter die Haut geht mit seiner Tirade.

„Sie wären erst gar nicht verletzt worden, wenn Sie nicht das Vertrauen in das Team verloren hätten, nur um schließlich völlig durchzudrehen. Wenn Sie nicht so Schwein gehabt hätten, hätte der Kerl kein einziges brauchbares Wort gesagt und wir könnten Ihre Überreste jetzt von der Straße kratzen, während er sich indes weitere unschuldige Kinder zum Spielen sucht. Hätten Sie das etwa gewollt?"

„Natürlich nicht", schnauze ich.

„Dann reißen Sie sich verdammt nochmal zusammen!", brüllt Creagan über seinen Schreibtisch.

Ich habe endgültig genug und springe auf.

„Sie haben sich klar ausgedrückt. Es tut mir leid, dass ich vom Skript abgewichen bin. Es wird nicht wieder vorkommen", sage ich.

„Nein, das wird es nicht. Jedenfalls nicht in absehbarer Zeit", knurrt Creagan.

„Was soll das heißen?"

„Bis auf Weiteres sind Sie nicht mehr im Einsatz. Geben Sie Ihre Waffe ab und suchen Sie sich ein Arschkissen. Von jetzt an sitzen Sie am Schreibtisch."

KAPITEL 1

Sechs Monate später...

ZUGFAHRTEN HABEN MICH SCHON IMMER SCHNELL MÜDE gemacht. Was das angeht, bin ich bei weitem nicht die Einzige: In der Regel ist so gut wie jeder Zug, zu so ziemlich jeder Tageszeit, übersät mit schlafenden Fahrgästen. Einige tun so, als würden sie nicht wirklich schlafen, indem sie die Hände über dem Bauch verschränken, die Augen schließen und eine möglichst würdevolle Haltung einnehmen. Andere kennen keine Scham, setzen ihre Schlafmasken auf und rollen sich unter Decken ein, um die Reise so schnell wie möglich an sich vorüberziehen zu lassen. Nachdem ich die letzten sechzehn Stunden auf diesem Sitz verbracht habe, bin ich mir dieses Phänomens nun um einiges bewusster, so viel steht fest.

Im Moment kämpfe ich hauptsächlich gegen den Drang an, mich der letztgenannten Gruppe anzuschließen. In der Tasche zu meinen Füßen wartet eine übergroße Strickjacke darauf, dass ich mich in sie einwickle. Am liebsten würde ich das einfach tun und den Rest der Fahrt komplett ausblenden. Aber das ist keine Option. Bald erreicht der Zug meine Station und seit mittlerweile sieben Stunden befolge ich den strikten Befehl, wach zu bleiben. Ich bin offiziell im Dienst, auch wenn der unordentliche Dutt auf meinem Kopf und meine zur Seite abgestreiften Schuhe einen anderen Eindruck wecken. Es ist wichtig, dass ich meine Umgebung im Auge behalte.

Es ist das erste Mal seit dem unglücklichen Vorfall bei meiner letzten Operation, dass ich wieder zum Feldeinsatz zugelassen wurde. Mir ist nicht ganz klar, warum Creagan mich genau vom Schreibtischdienst abgezogen hat, um mich ausgerechnet in diesen Einsatz zu schicken, aber das ist mir auch ziemlich schnuppe. Ich habe es satt, mein Dasein als Bürostute zu fristen und will in meinem ganzen Leben keinen Textmarker mehr sehen. Deshalb kann ich es mir auch absolut nicht leisten, diesen Auftrag zu vermasseln.

Wenn das zur Folge hat, nicht schlafen zu können und ein Auge darauf haben zu müssen, was um mich herum passiert, selbst wenn ich nur in einem vergleichsweise langweiligen Zugabteil sitze, dann werde ich genau das tun, und – wenn es sein muss – zum zehnten Mal dieselbe Zeitung lesen, um mein Hirn auf Trab zu halten, selbst wenn es schon weit nach Sonnenuntergang ist. Zum Glück enthält die Zeitung, die ich in meine Tasche gestopft habe, bevor ich in den Zug gestiegen bin, eine Geschichte, die blutig und verstörend genug ist, meinen Geist davon abzuhalten, sich zu sehr zu entspannen.

Gleichzeitig ist diese blutige, verstörende Geschichte ausgerechnet der Grund dafür, dass ich in diesem Zug sitze, der mich in eine winzige Stadt mitten ins Nirgendwo bringt. Genauer gesagt zu einem Bahnhof, der fünfundvierzig Autominuten von dieser winzigen Stadt mitten im Nirgendwo entfernt ist. Am Bahnhof werde ich das Auto abholen, das ein anderer Agent für mich dort zurückgelassen hat. Es ist nur ein weiterer Teil des Narrativs, der sogenannten ‚Legende': Ein ausschmückendes Detail zu der Undercover-Identität, die ich für diese Untersuchung einnehmen werde.

Undercover zu gehen ist für mich nichts Neues. Mein Ausflug in die Rolle der Brittany war nur der jüngste Stunt in einer langen Reihe von Operationen, im Zuge derer ich die vollkommen fiktiven Identitäten verschiedenster Personen annahm und wieder ablegte. Immer mit dem Ziel, mich auf genau die richtige Art und Weise in eine Situation einzuschleusen und Bruchstellen zu schaffen, an denen andere Teile des Teams dann ansetzen können.

Doch dieser Auftrag ist anders. Ich habe diesmal mein Team nicht an meiner Seite. Es gibt keine anderen Agenten, die strategisch im Zug platziert sind, und ich werde nicht so tun müssen, als würde ich sie nicht kennen, wenn sie in der Stadt auftauchen. Creagan hat mich allein geschickt. Es gibt keine Verstärkung, die mir hilft.

Was bedeutet, dass ich besser verdammt aufpasse, dass nichts schiefgeht.

Und damit wären wir wieder bei den vielen Stunden, die ich mich bis hierhin wachgehalten und auf das Gesicht jeder einzelnen Person geachtet habe, die an mir vorbeigegangen ist. Die Reise hätte eigentlich nicht so lang ausfallen müssen. Ich hätte sie direkt von meinem kleinen Vorort aus außerhalb von Quantico beginnen können und wäre in weniger als sieben Stunden dort gewesen. Aber der direkte Weg wäre zu leicht nachvollziehbar gewesen. Stattdessen bin ich ein paar Umwege gefahren, habe ein paar Mal den Zug gewechselt und bin verschiedenen, zufällig ausgewählten Routen gefolgt, um diese letzte Etappe anzutreten. Nach jedem Halt stehe ich auf, gehe durch die Waggons und sehe mir die Fahrgäste, die ein- und aussteigen, genau an. Ich kann nur hoffen, dass jeder von ihnen sein Ziel unbeschadet erreicht und keiner tot auf den Gleisen endet.

Mein Blick schweift wieder über die Zeitung in meinen Händen. Zehn Augenpaare starren mich von dort aus in Schwarz und Weiß an. Für mindestens zwei von ihnen war dieser Zug das Letzte, was sie zu Gesicht bekommen haben. Für die anderen acht... nun, sie müssen erst noch gefunden werden, bevor man diesbezüglich absolut sicher sein kann.

Diese zehn Menschen sind der Grund, warum ich als verdeckte Ermittlerin in Feathered Nest, Virginia, unterwegs bin. Angesichts eines solchen Namens kann die Einwohnerzahl der Stadt nicht sehr hoch sein, was die Zahl der Opfer umso erschreckender macht. Acht der zehn werden noch vermisst. Nach den Informationen, die Creagan mir während meines Briefings gegeben hat, lassen die Menge an Blut, welche am Ort des Verschwindens gefunden wurde, und die Tatsache, dass es seitdem kein Lebenszeichen von den Leuten gibt, die Theorie zu, dass sie alle tot sind. Die beiden verstümmelten Leichen, welche an den Bahngleisen gefunden wurden, lassen darauf schließen, was auch mit ihnen geschehen sein könnte.

Es ist der besondere Verlauf der Bahngleise, die mich in diesen Fall involviert hat. Obwohl die beiden Leichen nur wenige hundert Meter voneinander entfernt gefunden wurden, lag eine der Leichen aufgrund des Schienenverlaufs in North Carolina, während die andere in Virginia lag. Wenn Blut über Staatsgrenzen hinweg spritzt, sind es normalerweise wir, die auf den Plan gerufen werden.

Ich persönlich denke, dass es ein bisschen spät ist, wenn erst eine Ansammlung von acht Vermisstenplakaten an einem Strommast in einer kleinen Stadt hängen muss, bevor wir offiziell um Hilfe gebeten werden. Aber nun bin ich hier und werde herausfinden, was mit diesen Menschen geschehen ist, und diesen Mistkerl – wer immer er auch ist – davon abhalten, weitere Gräueltaten anzurichten.

Ein paar Minuten vor der Einfahrt in den Bahnhof kommt der verschlafene Schaffner den Gang entlanggeschlendert und teilt uns mit, dass wir bald ankommen werden. Auf den neonfarbenen Zetteln, die über jedem Sitzplatz angebracht sind, stehen Abkürzungen, die das jeweilige Ziel der Fahrgäste angeben. Es ist keine Überraschung, dass ich die Einzige bin, die an meinem Bahnhof aussteigt. Er ist der nächstgelegene Halt zu Feathered Nest, das irgendwo in den Wäldern versteckt liegt, an denen wir vor einigen Minuten vorbeigerumpelt sind, und besteht aus einem einzigen Bahnsteig. Ein kleiner hüttenartiger Anbau an die Gleise übernimmt die Rolle eines Bahnhofsgebäudes.

Als ich meine Tasche über die Schulter werfe, meinen kleinen Koffer an mich nehme und aus dem Zug steige, lehnt mein größeres Gepäckstück bereits an der Bahnhofshütte. Ich weiß nicht, wie es so schnell dort hingekommen ist, aber die Zuggesellschaft versteht scheinbar ihr Geschäft. Ich habe meinen großen Koffer noch nicht einmal in die Hand genommen, als der Zug einen lauten Pfiff ausstößt und langsam davontuckert. Es scheint fast, als würde er dabei die Umgebung genauso misstrauisch beäugen, wie es die Fahrgäste selbst mittlerweile tun.

Ganz wie Creagan versprochen hat, steht ein Auto auf einem der vier Parkplätze hinter dem kleinen Anbau. Es ist alt und unscheinbar genug, um nicht aufzufallen – solide, aber langweilig. Mein Telefon klingelt in meiner Tasche, während ich den versteckten Schlüssel aus dem Radkasten fische und den Kofferraum aufschließe, um mein Gepäck hineinzuwuchten.

„Bist du schon da?“, tönt Bellamys Stimme für ein Flüstern recht laut durch die Leitung.

Ich kichere und schließe die Hintertür, bevor ich hinter das Lenkrad schlüpfe.

„Du brauchst dir keine Mühe zu geben, Bells. Hier ist niemand, der dich hören kann. Ich bin gerade zu meinem Auto gegangen."

Ich greife nach dem Rückspiegel und kippe ihn so, dass er mir freie Sicht auf die gesamte Rückbank gewährt.

„Es liegt dir niemand auf der Lauer? Du hast doch bestimmt gerade in deinem Rückspiegel gecheckt, ob sich jemand auf deinem Rücksitz zusammengekauert hat, nicht wahr?", fragt sie.

Sie hat mich erwischt. Bellamy ist eine meiner beiden besten Freundinnen und die Person in meinem Leben, die mich am längsten kennt. Man könnte fast sagen, sie kennt mich ein wenig zu gut.

„Das würdest du auch tun, wenn du diesen Ort sehen würdest. Ich wusste nicht, dass es so viel Dunkelheit auf dem Planeten gibt."

Sie keucht. „Oh, nein. Was ist passiert? Hast du etwa schon irgendwelche schrecklichen Beobachtungen machen können?"

„Nein", beruhige ich sie schmunzelnd und fahre aus der Parklücke raus, um auf die Straße hinter dem Bahnsteig einzubiegen. „Ich meine wirkliche Dunkelheit. Im Sinne von ‚Absenz von Licht'. Es gibt genau zwei Lichtmasten auf dem Bahnsteig und ich bin gerade dabei, mich von ihnen zu entfernen. Apropos, ich werde das GPS meines Telefons benötigen, um mir den Weg zum Haus anzeigen zu lassen, also muss ich jetzt Schluss machen."

„Okay. Dann pass auf dich auf. Halt mich auf dem Laufenden."

„Das werde ich."

Ich lege auf und tippe die Adresse des Hauses, in dem ich für die Dauer des Einsatzes wohnen werde, in Google Maps ein. Die App zeigt mir einen kurvenreichen Weg durch den Wald an und ich fahre los. Die Stille außerhalb des Autos ist geradezu unwirklich. Ich kann mich nicht entscheiden, ob ich das Autoradio eingeschaltet lassen soll oder nicht. Es macht die Stille im Auto weniger bedrückend, aber gleichzeitig scheint sie die beinahe mit Händen zu greifende Stille draußen noch bedrückender zu machen. Darüber hinaus hindert Musik mich daran, Geräusche außerhalb des Autos wahrzunehmen und erhöht das Gefühl meiner Isolation zusätzlich.

Nachdem ich mich in Bezug auf diese Frage mehrere Male umentschieden habe, fahre ich schließlich vor dem Haus vor. ‚Hütte' ist wohl der passendere Begriff. Ich finde das Gebäude am Ende einer langen Einfahrt, beinahe bis zur Unsichtbarkeit getarnt von einer dicken Schicht aus Blättern und Tannennadeln. Das aus Holz und Flussstein konstruierte Haus ist völlig im Dunkeln gelegen, direkt an einem kleinen See. Creagan hat die Miete arrangiert und mir wurde mitgeteilt, dass der Besitzer mich erwartet. Aber anscheinend bedeutet das nicht, dass das Haus bei Ankunft auch einladend hergerichtet ist.

Ich parke an der Seite, die Scheinwerfer direkt auf die Tür gerichtet, bevor ich aussteige und auf die Veranda trete. Ein Schlüssel hängt an einem Stück Schnur an einem Nagel in der Mitte der Tür. Ich nehme an, dass hier früher einmal ein Kranz hing. Direkt darüber sind die leicht angerosteten, schmuddeligen Ziffern der Hausnummer zu sehen.

13\. Nun, das ist ja mal ein gutes Omen.

Ich schließe die Tür auf und taste nach einem Schalter. Als sich der Raum mit trübem, gelbem Licht füllt, gehe ich zurück zum Auto und lade alles aus, bevor ich den Wagen abstelle, mich ins Haus aufmache und die Tür hinter mir verriegele.

Hier bin ich nun. Ganz offiziell eine vorübergehende Bewohnerin von Feathered Nest, Virginia.

Am liebsten würde ich mich jetzt direkt ins Bett verkriechen, aber die Erschöpfung von der Zugfahrt ist seltsamerweise verflogen. Ich streife mir eine Stretchpants über und schütze mich vor der Kälte der Nacht mit einem ausgebeulten Sweatshirt. Dann flechte ich mir die Haare auf dem Kopf zusammen und mache mich auf den Weg ins Wohnzimmer, um die mitgebrachten Akten durchzusehen. Als ich die Geschichten der Vermissten lese, läuft mir ein Schauer über den Rücken und meine Haut beginnt zu kribbeln. Es sind nicht nur ihre Augen, die mich verfolgen.

Wenn ich sie so ansehe, prasseln unaufhörlich Gedanken auf mich ein, die ich mit Mühe versuche, zu verdrängen. Der dunkelhaarige Mann, der auf einem Liegestuhl fläzt und lacht, während sich ein Feuerwerk nur im unteren Winkel seiner Sonnenbrille spiegelt, erinnert mich an meinen Vater. Meine Augenwinkel brennen, wenn ich nur an ihn denke. In den neun Jahren seit seinem Verschwinden habe ich nicht aufgehört, mich zu fragen, was mit ihm passiert ist. Eines weiß ich sicher: Ich werde nicht aufhören, nach ihm zu suchen.

Meine Kehle schnürt sich noch weiter zusammen, als mein Blick zu dem Bild eines jüngeren Mannes wandert, der auf einem Motorrad am Rande eines Feldwegs sitzt und mich erschreckend an meinen Ex erinnert. Allerdings wäre Greg nie Motorrad gefahren. Ich erschaudere bei dem Gedanken. Schon wieder denke ich in der Vergangenheitsform an ihn. Damit darf ich gar nicht erst anfangen. Er ist irgendwo da draußen. Ich muss mir das immer wieder sagen und fest daran glauben. Es gibt einen Grund, warum er verschwunden ist. Genauso wie es einen Grund dafür gibt, dass unser letztes Gespräch nur drei Wochen vor seinem Verschwinden darin bestand, dass er wie aus dem Nichts mit mir Schluss machte.

Eilig verdränge ich die beiden Männer aus meinem Kopf und lasse die Einzelheiten des Falles an ihre Stelle treten. Ich versuche, systematisch die Fotos der Vermissten auf einer Karte der Stadt und der Umgebung anzuordnen, um einen Eindruck davon zu gewinnen, an welchen Orten sie verschwunden sind. Doch nichts ergibt einen Sinn. Ich erkenne keinerlei Muster im Zusammenhang mit diesen Orten.

Mein Telefon klingelt. Ich greife es mir von der Ecke des Tisches, wo ich es eben abgelegt habe, und werfe einen prüfenden Blick auf das Display, bevor ich abnehme.

„Hey Eric."

„Wie war die Reise durch die tiefen, dunklen Wälder Virginias?", fragt mein anderer bester Freund.

Ich kann die spöttische Belustigung in seinen hellbraunen Augen beinahe vor mir sehen.

„Du steckst mit ihnen unter einer Decke, nicht wahr?", frage ich. „Du wusstest, wo sie mich hinschicken wollten."

„Ich dachte, du wolltest zurück in den Einsatz."

„Natürlich tue ich das. Das heißt aber nicht, dass ich gern im Nirgendwo bin. Vor allem, weil ich weiß, was unsere Männerclique über den Fall getuschelt hat."

„Wovon redest du?", fragt er.

„Du weißt genau, wovon ich rede. Jeder aus dem Team hat gemurrt und gemeckert, dass Creagan mich hierhergeschickt hat anstatt einen von ihnen. Sie denken, dass ich unmöglich mit so etwas umgehen kann und er mich nur ausgewählt hat, weil ich eine Frau bin und die Leute in der Stadt leichter würde manipulieren können."

„Ich glaube nicht, dass sie das wirklich denken", sagt Eric.

„Einer von ihnen nannte den Fall das Mayonnaise-Glas", erzähle ich ihm.

„Das was?"

„Das Mayonnaise-Glas. Wie wenn ein Mädchen ein Glas Mayonnaise nicht öffnen kann und ein Mann es schließlich tut, sie danach aber behauptet, sie hätte den Deckel vorgelockert? Ja, genau. Für so ein Mädchen halten sie mich. Van Drossen kam kurz bevor ich ging zu mir und sagte, ich solle mir keine zu großen Sorgen machen. Ich müsse nur ein wenig herumschnüffeln und sehen, ob ich eine Spur finden könne, dann würdet ihr Jungs einspringen und es für mich über die Bühne bringen. Es würde schon nicht allzu schwer werden für mich."

„Das hat er zu dir gesagt?", fragt Eric ungläubig.

„Während er väterlich seinen Arm um mich legte", sage ich und schiebe ein paar der Bilder vor mir hin und her.

Ich stelle das Telefon auf Lautsprecher und lege es wieder auf dem Tisch ab, um beide Hände frei zu haben.

„Und du hast ihn nicht in tausend Stücke zerrissen?"

„Er hat verdammtes Glück, dass ich nach dem Vorfall mit Mr. Big immer noch an der kurzen Leine liege. Aber das ist schon in Ordnung. Es wird ihn umso mehr blamieren, wenn ich den Fall selbst löse, ohne einen Ritter mit glänzendem FBI-Abzeichen zu brauchen, um mich zu retten", murmle ich.

„Du willst den Fall selbst lösen?", fragt Eric.

„War das ein Ton des Unglaubens, den ich gerade in deiner Stimme hörte?", frage ich.

„Nein. Reine Neugier."

Ich lache. „Nun, dann weißt du jetzt Bescheid. Ich habe es satt, dass die Jungs mich ansehen, als wäre ich nicht gut genug, und glauben, sie wären bessere Agenten als ich, nur weil sie einen Schwanz in der Hose haben. Noch schlimmer sind die, die mich seit Greg wie ein rohes Ei behandeln."

Ich schlucke schwer, um meine Kehle von der plötzlichen Enge zu befreien.

„Wir werden ihn finden, Emma", sagt Eric sanft zu mir.

Ich nicke, obwohl er mich nicht sehen kann. „Ich weiß. Aber darüber kann ich im Moment nicht viel nachdenken. Ich muss mich auf diesen Fall hier konzentrieren und darauf, wie ich ihn aufdröseln werde."

„Hast du schon Fortschritte gemacht?"

„Nicht wirklich. Ich habe mir die Akten in der letzten Woche angesehen, aber mir ist kein Licht aufgegangen. Ich kann verstehen, dass die örtliche Polizei das Verschwinden dieser Leute nicht sofort miteinander in Verbindung gebracht hat. Sie scheinen auf den ersten Blick nicht viel miteinander zu tun zu haben. Es gibt kein Muster, außer dass die Leute verschwunden sind und es Blutspuren gab. Sie kommen alle aus der gleichen Kleinstadt, aber das war's auch schon. Keine andere wirkliche Verbindung. Ich kann mir kaum vorstellen, dass die Polizei in einem Ort wie diesem viel Erfahrung mit Mordfällen hat, geschweige denn mit Massenverschwinden."

„Bist du sicher, dass ich dir nicht helfen soll? Ich könnte mich im Hintergrund halten und dir nur helfen, wenn du mich gebrauchen kannst."

„Danke, aber ich muss das wirklich alleine machen. Das ist meine Chance, wieder in die Gunst des FBIs zu kommen, und es scheint ein faszinierender Fall zu sein. Außerdem wäre es verdächtig, wenn gleich zwei Fremde plötzlich in der Stadt auftauchen und herumschnüffeln würden."

„Nun, das Angebot steht", sagt er. „Auf dein Wort hin bin ich mit dem ersten Pferdewagen unterwegs zu dir."

Mein Lachen übertönt fast das Geräusch der beiden vorsichtigen Klopfgeräusche an der Eingangstür der Hütte. Ich nehme mein Telefon in die Hand, um es mit zur Tür zu nehmen.

„Moment mal. Ich glaube, der Besitzer der Hütte, in der ich wohne, ist gerade aufgetaucht. Gib mir nur eine Sekunde."

Ich gehe zur Tür und reiße sie auf. Der Mann draußen starrt mich mit weit aufgerissenen Augen an, dann bricht er mit einem dumpfen Aufprall auf der Veranda zusammen.

„Emma?", ruft Eric aus dem Hörer.

„Ich werde dich zurückrufen müssen", sage ich, den Blick auf das Blut gerichtet, das das Hemd des Mannes durchtränkt.

Ich schiebe das Telefon in meine Tasche und beuge mich über die massive Gestalt. Er hält etwas in seiner Hand und ich ziehe es heraus. Das gefaltete Stück Papier fühlt sich trotz der Kälte der Nacht heiß und feucht in seiner Hand an. Langsam und mit zitternden Händen entfalte ich es.

Mein Herz macht einen Sprung und es schnürt mir die Kehle zu. Auf dem Papier steht in gekritzelten Buchstaben mein Name geschrieben.

KAPITEL 2

Damals...

SIE KAUERTE HINTER DEM GELÄNDER UND HIELT MIT JEDER HAND eine der Stangen fest umklammert, während sie beobachtete, was auf dem Treppenabsatz unter ihr vor sich ging. Sie war zu alt, um sich auf diese Weise zu verstecken, das wusste sie, aber das nahm ihr nichts von der Angst, die sie auf der Treppe festhielt. All diese Männer in dunklen Anzügen, wie sie derart hektisch auf dem glänzend polierten Boden herumschlurften, erinnerten sie an diese Horden von winzigen Ameisen im Sommer.

Egal, was man tat, diese kleinen Zuckerameisen schafften es immer, sich ihren Weg durch die Fenster auf die Küchentische und in die Waschbecken der Badezimmer zu bahnen. Sie waren so winzig, dass sie wie kleine Punkte aussahen. Ihre Beine waren unsichtbar, bis man ihnen ganz nahe kam. Sie sahen immer so beschäftigt aus, so entschlossen, zu tun, was auch immer sie tun mussten. Manchmal drückte sie ihren Finger genau in die Mitte der Straßen, um zu sehen, was passieren würde. Diejenigen, die sich hinter ihrer Fingerspitze befanden, marschierten weiter vorwärts, unbeeindruckt von dem plötzlichen Auftauchen eines Hindernisses hinter ihnen. Diejenigen, deren Weg sie blockierte, trippelten hin und her und versuchten zu entscheiden, welchen Weg sie einschlagen sollten. Wenn sie sich dann endlich entschieden, bildete sich eine neue Straße und sie setzten ihren Weg fort.

Nichts konnte sie aufhalten. Nichts schüchterte sie ein.

„Immer vorwärts, ihr kleinen Scheißer", pflegte sie dann vor sich hinzukichern.

Das schien auch das Mantra der Männer unten auf dem Treppenabsatz zu sein. Sie riefen sich gegenseitig Dinge zu und rannten hektisch herum. Es war etwas Schreckliches passiert, so viel stand fest. Das hing regelrecht in der Luft. Mit jedem Atemzug fiel ihr das Atmen schwerer. Der Druck in der Atmosphäre um sie herum schien mit einem Mal so stark zu werden, dass sie Angst bekam, von ihr zerquetscht zu werden. Sie sehnte sich nach jemandem, der mit ihr sprach. Jemand würde zu ihr auf die Treppe kommen und ihr sagen müssen, was los war, bevor sie es schaffen würde, den angehaltenen Atem aus ihren Lungen zu lassen und sich in Bewegung zu setzen. Aber das passierte nicht. Niemand kam. Nicht einmal ihr Vater.

Sie hatte ihn einmal gesehen. Zwischen den Männern in den dunklen Anzügen, die im Foyer herumwuselten. Er war da gewesen, nur für eine Sekunde, ein heller Fleck in einem hellblau gestreiften Pyjama inmitten des Meeres aus unbekannten dunkleren Flecken. Alle Männer hatten ihn mit Respekt und Ehrerbietung angesprochen, als hätten sie gar nicht erst bemerkt, dass er einen Pyjama trug. Sie hatte nicht hören können, was sie sagten, aber die Art ihrer Körpersprache, die Art, wie sie sich zu ihm hinlehnten, wenn er sprach, ließ darauf schließen, dass er das Sagen hatte, wenn auch nur für die paar Sekunden, in denen er anwesend war. Und dann war er auch ganz schnell wieder verschwunden gewesen.

Sie hatte ihn erst viel später wieder gesehen. Lange, nachdem dieses seltsame Metallbett mit den weißen Bettlaken aus dem Hinterzimmer und durch das Foyer aus dem Haus gerollt worden war. Sie wusste, worum es sich dabei handelte. Sie war alt genug, um schon einmal eine Krankenbahre gesehen zu haben. Sie war sogar schon einmal selbst auf einer gefahren, als sie bei einem Kickballspiel gestürzt war und sich das Handgelenk gebrochen hatte. Aber damals waren keine Decken über sie gezogen worden. Sie hatte sich damals nicht einmal ausgestreckt hinlegen müssen. Die Hälfte der Bahre war aufgerichtet gewesen und hatte ihren kleinen Körper gestützt, während eine Frau in blauer, viel zu enger Kleidung und mit einem breiten Lächeln, das ihre strahlend weißen Zahnreihen präsentierte, mit ihr gesprochen und ihren Blutdruck gemessen hatte.

Sie wusste, was es bedeutete, dass die Bahre bis oben hin zugedeckt war, und warum sich niemand beeilte, sie nach draußen zu schieben. Sie beeilten sich nur dann nicht, wenn sie nichts mehr tun konnten. Selbst als sie sich damals das Handgelenk gebrochen hatte, hatten sie sich beeilt, sie auf die Bahre zu legen, in den Krankenwagen zu bringen und sie schließlich durch die Notaufnahme zu dem kleinen Becher mit flüssigem Tylenol zu schieben, den die Krankenschwester ihr verabreichte, um die Schmerzen zu lindern.

Aber dieses Mal hatten sie es nicht eilig. Das bedeutete, dass auf der Bahre jemand lag, der keine Hilfe mehr brauchte.

Ihre Mutter. Ihre Mutter brauchte keine Hilfe mehr.

Später in der Nacht kam ihr Vater nach Hause. Er hatte sie nicht alleine gelassen. Einer seiner Freunde war bei ihr geblieben, aber sie hatte nicht mit ihm gesprochen. Sie hatte ihn nicht einmal gesehen. Er war nur unten im Wohnzimmer gesessen, wo eine Game Show und Werbung für Ostersüßigkeiten und Spring Break im Fernsehen lief. Sie bewegte sich nicht. Sie blieb weiter auf den Stufen sitzen, hielt sich an den Stangen des Geländers fest und beobachtete die Tür, um darauf zu warten, dass ihr Vater wieder hereinkam.

Als er es endlich tat, bemerkte er sie nicht. Die Tür schloss sich hinter ihm und er drückte sich erschöpft dagegen. Sein Kopf fiel nach hinten, während er auf den Boden sank und die Knie hoch an die Brust zog. Seine Ellbogen stützten sich auf seine Oberschenkel und er kämmte sich mit den Fingern so fest durch sein Haar, dass es aussah, als wolle er es sich aus dem Kopf reißen. Seinen blau gestreiften Pyjama hatte er nicht mehr an. Sie wusste nicht, wann oder wo er sich umgezogen hatte, aber er trug plötzlich auch einen dieser dunklen Anzüge, wie die Ameisenmänner, die herumgewuselt waren, bevor die Bahre aus dem Haus gerollt wurde. Einen Moment lang wünschte sie sich, sie könnte die Zeit zurückdrehen und er hätte noch seinen Schlafanzug an. Sie hatte ihren Vater noch nie zuvor weinen sehen und hatte das plötzliche Bedürfnis, ihn in die Arme zu nehmen und ins Bett zu bringen. Ihn zuzudecken, ihm etwas Warmes zu trinken zu bringen.

Sie würde ihre Mutter holen. Ihre Mutter würde wissen, was zu tun war, und dafür sorgen, dass es ihm schnell besser ging. Fast wäre sie aufgestanden, doch dann dämmerte es ihr wieder. Sie konnte ihre Mutter nicht holen. Ihre Mutter war nicht mehr da und würde auch nie wieder da sein. Sie war kein kleines Kind mehr, aber sie fühlte sich wie eines. Es blieb ihr kaum eine andere Wahl, als sich wie eines zu fühlen. Schließlich stieg sie die Treppe hinunter und setzte sich zu ihrem Vater auf den Boden, um gemeinsam mit ihm zu weinen.

Sie wusste nicht, dass sie eingeschlafen war, bis sie am nächsten Morgen in einem Bett aufwachte, das sie nicht kannte. Das war nicht ihr Zuhause. Das war nicht der Ort, an dem sie noch in der Nacht zuvor geschlafen hatte. Das Sonnenlicht, das durch das Fenster fiel, verriet ihr, dass es nicht mehr wirklich Morgen war, und der Geruch von gegrilltem Käsesandwich und Tomatensuppe sagte ihr, dass sie das Frühstück verpasst haben musste, aber ihren Lieblingslunch gemacht bekam. Sie hasste es, aus dem Bett zu steigen und sich nicht orientieren zu können. Es war nicht das erste Mal, dass ihr das passierte, und tief in ihrem Inneren wusste sie, dass es nicht das letzte Mal sein würde. Es gab nichts Dauerhaftes in ihrem Leben. Es gab nichts, woran sie sich lange genug festhalten konnte, damit es sich wirklich wie ein Teil von ihr anfühlte.

Sogar das Sonnenlicht veränderte sich. Von Ort zu Ort, wohin sie auch gingen, war die Sonne nicht dieselbe. Manchmal war sie heiß und stark, brannte auf ihrer Haut und erhitzte den Boden unter ihren Füßen. Manchmal war sie schwach und milchig und schien kaum bis zum Boden zu reichen, bevor sie erlosch. Und dann wieder schien sie wie eine Illusion oder optische Täuschung: Sie sah hell und lebendig aus, schien aber keine Wärme abzugeben.

Der einzige Fixpunkt in ihrem Leben war ihre Familie gewesen. Doch jetzt schien ihr auch dieser Halt genommen worden zu sein.

KAPITEL 3

Heute...

„Nein, ich kenne ihn nicht. Nein, ich weiss nicht, wer er ist und habe ihn noch nie gesehen. Ja, ich bin mir sicher."

Ich beantworte genau dieselben Fragen immer und immer und immer wieder. Nicht, dass mich das überrascht hätte. Ich bin schon so oft selbst diejenige gewesen, die diese Art von Fragen gestellt hat. Jedoch habe ich nie darüber nachgedacht, wie nervtötend es sein kann, wenn einem jemand mit bohrendem Blick in die Augen starrt und Informationen verlangt, die man ihm unmöglich geben kann, weil man sie nicht kennt. Ich stehe nun schon seit über einer Stunde in der Tür meiner Miethütte und beobachte, wie Unmengen von Polizisten – wahrscheinlich das gesamte Polizeirevier dieser winzigen Kleinstadt – um die Veranda herumschleicht und versucht, sich einen Reim auf die Leiche zu machen, die immer noch auf dem Holz liegt. Die Wärme von drinnen hält meine hintere Körperhälfte zumindest teilweise warm, aber die Kälte draußen kriecht mir langsam in die Knochen und ich verliere allmählich die Geduld.

Wenigstens bekomme ich die Gelegenheit, diese Männer bei der Arbeit zu beobachten. Diese Abteilung ist der Grund dafür, warum ich überhaupt erst nach Feathered Nest geschickt wurde. Sie führen die Ermittlungen in den Fällen der verschwundenen und ermordeten Personen nicht so durch, wie sie es sollten, und weigern sich, Hilfe von den Behörden und Abteilungen der umliegenden Regionen anzunehmen.

„Ich muss Sie bitten, mit uns aufs Revier zu kommen und noch ein paar Fragen zu beantworten", sagt einer der Beamten zu mir.

Er hat sich nicht vorgestellt, also weiß ich nicht, wie ich ihn nennen soll. Sein Mantel verdeckt sein Namensschild und seinen Ausweis. Es könnte genauso gut der örtliche Schornsteinfeger sein, der die Leiche auf meiner Veranda untersucht. Ich gehe kurz zurück in die Hütte, um meine Tasche zu holen, und schließe die Tür hinter mir. Es ist ein seltsames Gefühl, einfach wegzugehen, während die Leiche weiterhin hier rumliegt. Der Zettel mit meinem Namen befindet sich in der Hütte und ich habe nicht die Absicht, der Polizei davon zu erzählen, bis der richtige Zeitpunkt gekommen ist.

Ich folge dem Beamten und steige zu ihm ins Auto. Als wir die Stadt durchqueren, nutze ich die Gelegenheit, mich umzusehen und zu versuchen, mich ein wenig mit der Umgebung vertraut zu machen. Alles scheint ziemlich ruhig zu sein, als ob der gesamte Ort bereits zu Bett gegangen wäre, mit Ausnahme eines Abschnitts der Hauptstraße. Mindestens einen Häuserblock lang füllen Autos den größten Teil der Straße aus und Licht strahlt auf den Bürgersteig hinaus. Ich beuge mich vor und zeige durch das Fenster auf der Fahrerseite auf das Gebäude.

„Was ist das?", frage ich.

Der Beamte sieht mich an, als wäre er schockiert, dass ich es wagen würde, ihn anzusprechen. Dann fällt ihm ein, dass ich keine Verdächtige bin und er mich nicht verhaftet hat. Er schluckt und rückt seinen Griff am Lenkrad zurecht.

„Das ist das *Teddy's*. Manche Leute hier nennen es eine Bar. Andere nennen es eine Taverne. Letztlich ist es ein Ort, an dem man am Ende des Tages einen Happen essen und einen Drink nehmen kann. Um Freunde zu treffen. Vielleicht sogar ein bisschen tanzen", erzählt er mir. „Der Laden gehört einem Mann namens Jake Logan. Er ist sogar meist selbst anwesend. Es vergeht kein Tag, an dem er nicht die meiste Zeit über die Bar höchstpersönlich beaufsichtigt. Alles in allem ein ordentlicher Kerl."

„Alles in allem?“, frage ich.

Der Beamte lacht. „Nur eine Redensart. Gibt nicht die Vergangenheit von so gut wie jedem ein ‚Alles in allem‘ her?“

„Durchaus möglich“, sage ich nachdenklich.

Wenige Augenblicke später biegen wir auf den kleinen Parkplatz der Polizeistation ein. Er fährt an der Seite des Gebäudes entlang und parkt neben einem anderen Polizeiauto. Als ich aussteige, führt er mich zur Vorderseite des Gebäudes, um es durch den Haupteingang zu betreten. Eine ältere Frau blickt vom Schreibtisch auf, als wir eintreten.

„Guten Abend, Esther“, nickt der Beamte.

„Nicolas, wenn du die Dame festnehmen oder verhören willst, nimm den Seiteneingang. Du weißt doch, dass der Chef es nicht mag, wenn man sie durch die Lobby bringt“, sagt sie.

„Ich will sie weder festnehmen noch verhören“, antwortet der Beamte, der offenbar Nicolas heißt. „Sie ist hier, um ein Gespräch mit dem Chief zu führen.“

„Dann nur zu, geht nach hinten. Er ist in seinem Büro.“

Ich folge dem Beamten durch eine Tür hinter dem Schreibtisch und einen Flur entlang, bis wir an eine geschlossene Tür gelangen. Er klopft zweimal dagegen, bevor er den Knauf dreht und kurz in den Raum späht.

„Chief, ich habe sie mitgebracht.“

„Kommen Sie herein“, antwortet eine schroffe Stimme.

Nicolas schiebt die Tür weiter auf und tritt zur Seite, damit ich in das Büro treten kann. Ein hochgewachsener Mann sitzt an einem Schreibtisch und nippt an einer Dose Limonade. Er steckt seine Hand in eine Tüte Kartoffelchips, zieht sie aber leer wieder heraus und starrt sie enttäuscht an. Als ich auf den Schreibtisch zugehe, steht er auf, streicht sich die Hände ab und reicht mir eine.

„Chief LaRoche“, sagt er.

Bereitwillig ergreife ich seine Hand und schüttle sie. Er gibt mir einen unnötig festen Händedruck, wie ihn Männer zu geben pflegen, wenn sie Dominanz ausstrahlen wollen. Ich zögere nicht, ihn sofort gleichermaßen zu erwidern. Wenn es etwas gibt, was dieser Mann nicht tun wird, dann ist es, mich einzuschüchtern. Er hat keine Ahnung, dass ich hier bin, um seinen Arsch zu retten, aber das ist keine Entschuldigung dafür, dass er sich verhält, als hätte er seine verdammte Gürtelschnalle in den Himmel gehängt und sie zum Mond erklärt.

„Emma... Monroe.“

Ich hadere ein wenig mit dem Namen. Es ist immer noch seltsam, meinen Nachnamen zu ändern, aber meinen Vornamen zu behalten. Manchmal verstehe ich die Entscheidungen von Creagan nicht. *Sehr oft sogar* verstehe ich Creagans Entscheidungen nicht. Aber er ist derjenige, der darüber entscheidet, ob ich Teil des FBIs bleibe oder nicht, also werde ich seinen Anweisungen weiterhin Folge leisten.

„Schön, Sie kennenzulernen, Ms. Monroe. Nehmen Sie doch bitte Platz." Er deutet auf den Stuhl auf der anderen Seite des Schreibtisches. Als ich mich niederlasse, verschränkt er seine Hände, legt sie auf den Schreibtisch und starrt mich einige Sekunden lang schweigend an. „Warum sagen Sie mir nicht, was los ist?"

Es hört sich an, als wäre er mein Arzt und würde sich nach meiner Halsentzündung erkundigen.

„Ich bin mir nicht sicher, was Sie wissen möchten", sage ich.

„Meine Beamten sagten mir, dass es in dem Haus, das Sie angemietet haben, einen Vorfall gegeben hat", sagt er.

„Ich denke, man könnte es einen Vorfall nennen. Ich habe nicht gesehen, was genau passiert ist, also weiß ich nicht, was ich Ihnen darüber erzählen soll."

„Sie haben nichts gesehen? Überhaupt nichts?"

„Überhaupt nichts. Erst als ich meine Tür öffnete und den Mann auf die Veranda fallen sah."

„Wie lange sind Sie schon in der Stadt?", fragt er.

„Ich war weniger als eine halbe Stunde hier, bevor seine Leiche auf meiner Veranda auftauchte", antworte ich.

„Ist das so? Und was machen Sie hier in Feathered Nest?"

Jetzt ist es an der Zeit, meine Geschichte zu erzählen und die Grundlage für meine fiktive Identität zu legen, die die Leute hier in der Stadt über den wahren Grund für meine Anwesenheit hier täuschen soll. Das soll mir erlauben, mich nahtloser in die Stadt einzufügen und mehr über die Gegebenheiten hier zu erfahren. In einem kleinen Ort wie diesem sollte es nicht überraschen, dass die Leute Neuankömmlingen gegenüber ein wenig misstrauisch sind. Solche Städte haben eine lange Tradition. So gut wie jeder, der dort lebt, hat sein Leben unter Verwendung der Ressourcen und Möglichkeiten aufgebaut, die auf den Rücken seiner Mütter und Väter und deren Müttern und Vätern vor ihnen erarbeitet wurden. Das soziale Netz in diesen Städten ist eng gewebt und neue Gesichter sind eine Seltenheit.

„Ich möchte ein neues Leben beginnen", sage ich. „Ich habe einige schlimme Dinge hinter mir und brauche etwas Zeit für mich selbst, um zu entscheiden, was ich als Nächstes tun werde. Es gibt da eine Cousine von mir, die nicht weit von hier wohnt, und sie hat mir von ihren Fahrten durch Ihr süßes Städtchen erzählt. Es klang genau so, wie ich es mir vorgestellt hatte. Ein Ort, wo es ruhig und friedlich ist, wo ich Zeit zum Nachdenken habe und wo ich mich sicher fühlen kann."

Abgesehen von dem Serienmörder, der hier herumläuft, denke ich mir im Stillen.

LaRoche scheint kurz über meine Worte nachzudenken, dann umspielt so etwas wie ein Lächeln seine Lippen. Der Ausdruck dringt jedoch nicht ganz in seine wässrigen grünen Augen vor. Seine Ausstrahlung gefällt mir nicht. Es ist wie der Schimmer auf einer Öllache. Brüchig und wandelbar. Jedes Mal, wenn ich ihn ansehe, ist etwas anders an der Art, wie er mich anschaut, oder der Miene, die er macht.

„Nun, es sieht nicht so aus, als ob Sie einen guten Start hatten, nicht wahr?", fragt er unter einem genauso unangenehmen wie unangebrachten Lachen.

„War's das schon?", frage ich. „Es war eine lange Reise, und wie Sie sich vorstellen können, war der heutige Abend sehr anstrengend. Ich würde gerne etwas schlafen."

„Ich habe nur noch ein paar Fragen an Sie", sagt er. „Sie sagen, Sie kennen den Mann auf der Veranda nicht."

Es ist keine Frage, aber ich schüttle trotzdem den Kopf.

„Ich kenne ihn nicht. Wie ich schon sagte, bin ich kurz, bevor er an meine Tür klopfte, in der Stadt eingetroffen. Ich habe keine Ahnung, wer er ist."

„Er hat an Ihre Tür geklopft? Ich dachte, Sie sagten, er war tot, als Sie die Tür geöffnet haben." LaRoche sagt es auf fast triumphierende Art und Weise, als hätte er mich bei einer Art Lüge ertappt.

Unwillig verenge ich meine Augen ein wenig.

„Ich war in meiner Hütte, um mit einem Freund zu telefonieren, der sich vergewissern wollte, ob ich gut angekommen war. Jemand klopfte an die Tür. Da der Besitzer der Hütte bei meiner Ankunft nicht da war und ich niemanden in der Stadt getroffen hatte, erwartete ich, dass es sich wahrscheinlich um die Person handeln musste, die mich begrüßen und mir Informationen über den Ort geben würde. Als ich daraufhin die Tür öffnete, fiel dieser Mann vornüber auf die Veranda."

„Tot?", fragt LaRoche.

„Ja", antworte ich.

„Und woher wissen Sie das?", fragt er.

Ich widerstehe dem Drang, mit den Augen zu rollen.

„Er hatte keinen Puls", gebe ich zurück.

„Wie kamen sie darauf, seinen Puls zu überprüfen?"

„In dem Cupcake-Back-Seminar, das ich letzten Sommer besucht habe, hatte eine süße alte Dame einen Herzinfarkt, während sie an einer Karamellfüllung arbeitete. Sie lag die nächsten zwanzig Minuten einfach nur da, weil niemand wusste, was sie mit ihr machen sollten. Schließlich dachte jemand daran, ihren Puls zu prüfen, und rief den Notruf an, da sie keinen zu haben schien. Die Sanitäter kamen und holten sie ab. Am selben Abend setzten die Organisatoren des Seminars das Törtchenbacken aus, um allen beizubringen, wie man den Puls richtig fühlt", antworte ich mit ernstem Gesicht.

LaRoche starrt mich durchdringend an, als würde er meine Aufrichtigkeit auf die Probe stellen. Als ich nichts weiter sage, blickt er auf das Papier auf seinem Schreibtisch hinunter.

„Und nachdem Sie merkten, dass er tot war, ist Ihnen sonst noch etwas aufgefallen?"

„Er schien zu bluten", sage ich.

„Haben Sie gesehen, wer es war?", fragt er.

Ich sehe ihn stirnrunzelnd an.

„Ich habe nicht gesagt, dass ihm jemand etwas angetan hat."

„Wenn er geblutet hat, sollte man dann nicht annehmen, dass jemand ihm etwas angetan hat?", fragt er.

„Nicht unbedingt. Die Hütte liegt mitten im Wald. Er könnte ohne Weiteres von einem Tier angegriffen worden sein. Oder einen Unfall gehabt haben."

„Und Sie sind diesbezüglich nicht zu einer Schlussfolgerung gekommen?"

„Nein."

Er starrt mich einige Sekunden lang unverwandt an, bevor er aufsteht und mir einen weiteren Händedruck anbietet.

„Ich weiß Ihre Zeit zu schätzen. Ich werde Ihnen Bescheid geben, wenn ich noch etwas von Ihnen brauche. Willkommen in Feathered Nest. Nicolas?" Die Tür zum Büro öffnet sich und der jüngere Beamte blickt hinein. „Bringen Sie Ms. Monroe irgendwo hin, wo sie in Ruhe warten kann."

„Warten?", frage ich. „Worauf?"

„Solange sich noch nicht ordnungsgemäß um die Leiche gekümmert und sie von der Veranda entfernt wurde, können Sie nicht in die Hütte zurückkehren. Ich bin sicher, Sie verstehen das. Der Beamte wird Sie an einen geeigneten Ort bringen, an dem Sie eine Weile warten werden, und ich werde Ihnen sagen, wann Sie zurückkehren können."

Ich bin sichtlich frustriert, als wir die Wache verlassen und wieder in das Auto des Beamten steigen.

„Bringen Sie mich ins *Teddy's*", sage ich.

„Es gibt ein Lokal, das vielleicht ein ruhigerer Ort ist", schlägt er vor.

„Ist schon in Ordnung, ich würde lieber ins *Teddy's* gehen."

Ich habe kein Interesse daran, in irgendeinem stillen, verlassenen Diner herumzusitzen. Wer weiß, wie lange es dauern wird, bis sie mich zurück in die Hütte lassen. In der Bar habe ich wenigstens die Chance, etwas über die Stadt und die Menschen hier zu erfahren.

Und mir einen ordentlichen Drink zu gönnen. Den könnte ich gut gebrauchen.

KAPITEL 4

Als ich das schwach beleuchtete Innere betrete, sehe ich sofort, warum die Leute in der Stadt diesen Ort gerne als ‚Taverne' bezeichnen. Er wirkt wie ein Ort, an dem jeder Reisende gerne Rast machen würde. Ob es hier nun tatsächlich in traditioneller Tavernenmanier Schlafgelegenheiten gibt oder nicht, es ist ein einladender Ort, an dem man es sich gemütlich machen kann, wenn man mal eine Pause vom Rest der Welt braucht.

Natürlich nur so lange, bis einen die anderen Gäste bemerken. Dutzende von Augenpaaren drehen sich in meine Richtung und sind direkt auf mich gerichtet. Die Anzahl der Gäste in der Bar ist bei weitem nicht groß, aber ihre prüfenden Blicke geben mir den Eindruck, ich stünde auf einer Stadionbühne. Mitten im Türrahmen bleibe ich stehen und beäuge sie zurück. Ich weiß nicht genau, was ich als nächstes tun soll. Ein Mann, der an einem Tisch in der Nähe sitzt, steht auf und kommt mit schlingerndem Gang auf mich zu. Ich kann nicht sagen, ob das Schlingern einfach sein Stil ist oder vom Alkohol herrührt. Möglicherweise ein bisschen von beidem.

„Nun", sagt er, zieht seine Hose hoch und lutscht an seinen Vorderzähnen. „Sie sind ja ein hübsches Ding. Sie müssen neu hier sein."

„Im Gegensatz zu Ihnen, höchstwahrscheinlich", erwidere ich.

„Warum lassen Sie sich nicht von mir herumführen?", fragt er und versucht, einen Arm um meine Schultern zu legen.

Ich weiche kopfschüttelnd aus.

„Nein, danke. Ich habe den Eindruck, dass Sie schon genug damit zu tun haben werden, um unversehrt zu Ihrem Tisch dort drüben zurückzukehren."

Einige der anderen Männer, die in der Bar verstreut sind, beginnen fröhlich zu johlen bei meinen Worten. Der Mann vor mir wird rot im Gesicht. Er sieht aus, als wolle er noch etwas sagen, das sicher nicht annähernd so freundlich ausfallen wird. Ein jüngerer Mann tritt hinter ihn und gibt ihm einen kräftigen Klaps auf den Rücken.

„Zum Tisch zurückzukehren klingt nach einer guten Idee. Ich bin sicher, Randy weiß den Vorschlag zu schätzen. Nicht wahr, Randy?", sagt der jüngere Mann.

Der ältere Mann blinzelt ihn ein paar Mal an, als würden die Worte nur schwer zu ihm durchdringen, dann nickt er.

„Sicher, Jake. Ich wollte die Dame nur in der Stadt willkommen heißen."

„Ich weiß ja, dass du es gut gemeint hast. Aber warum gehst du nicht einfach zurück an deinen Tisch und ich übernehme das. Deine Gattin schickt dir wahrscheinlich bald deine übliche Mitfahrgelegenheit, also solltest du vielleicht sichergehen, dass du dein Bier vorher ausgetrunken hast."

Randy sieht verlegen und niedergeschlagen aus, als er schwerfällig zu seinem Tisch zurückmanövriert und sich auf den Sitz plumpsen lässt. Dort angekommen zieht er sein Bier zu sich herüber und trinkt es in einem Zug aus. Ich sehe zu dem jüngeren Mann hinüber und lächle.

„Danke", sage ich.

„Kein Problem. Ich möchte ja nicht, dass Randy Ihnen einen falschen Eindruck von unserer Stadt vermittelt."

Er geht hinüber zu dem dunklen Holztresen, der sich entlang der Wand an der Seite des Raumes befindet. Ich folge ihm im Gleichschritt. Er geht hinter die Theke und ich lasse mich auf einen der noch freien Hocker am Ende der Theke fallen.

„Und worin bestünde dieser falsche Eindruck von Ihrer Stadt genau?", frage ich.

„Dass alle Männer hier wie Randy sind, der einer Frau nicht einmal zwei Sekunden Zeit zum Atmen lässt, wenn sie einen Raum betritt", sagt er achselzuckend.

„Dann bin ich froh, dass ich diesen Eindruck nicht bekommen habe", kichere ich. „Also, Jake. Sie sind Jake Logan, der Besitzer dieses Ladens?"

Er sieht mich überrascht an. „Mein Ruf scheint mir vorauszueilen. Ich bin mir nicht sicher, ob das gut oder schlecht ist."

„Machen Sie sich keine Sorgen. Der Polizeibeamte, der mich hergefahren hat, hat es mir gesagt."

Er lacht. „Polizeibeamter, hm? Vielleicht sollten wir uns eher um Ihren Ruf Sorgen machen. Klingt nach einer interessanten Art, einen ersten Eindruck in der Stadt zu hinterlassen."

„Wenn Sie wüssten..."

„Nun, warum lassen Sie sich nicht einen Drink von mir machen und Sie erzählen mir davon. Dann kann ich mir ein Bild davon machen, was für Gerüchte ich über Sie in der Stadt werde verbreiten können."

„Machen Sie ein Bier draus und der Deal ist perfekt."

Er nimmt ein Glas aus den Reihen auf dem Tresen und füllt es an einem der Zapfhähne. Das dicke, dunkle Gebräu beginnt das Glas zu füllen und er beendet sein Werk mit einer perfekten Schaumkrone. Als er das Glas zu mir hinschiebt, lächle ich.

„Ich bin beeindruckt", sage ich. „Sieht so aus, als hätten Sie das schon ein- oder zweimal in Ihrem Leben gemacht."

„Ist schon mal vorgekommen", antwortet er grinsend. „Ich glaube, ich habe schon Bier ausgeschenkt, bevor ich mir zum Frühstück meine eigene Milch eingegossen habe."

Ich nehme einen Schluck und lecke den Schaum von meinen Lippen. „Ist das legal?"

„Das ist es, wenn es die Polizei ist, für die man ausschenkt", sagt er.

Ich nicke. „Komisch, wie flexibel Gesetze sein können."

Jake macht eine flüchtige Kopfbewegung in Richtung des Glases. „Schmeckt es Ihnen?"

„Es ist wirklich gut. Warum haben Sie den Kindergarten geschwänzt, um Bier zu zapfen?"

„Nun, die Bar gehörte meinem Vater, bevor sie mir gehörte. Und seinem Vater davor."

„War er Teddy, der Namensgeber des Ladens?", frage ich und nehme noch einen Schluck.

„Ne. Teddy war der Mann, der den Laden beim Pokern an meinen Großvater verloren hat", sagt Jake.

Ich lache. „Sie machen Witze."

Jake zuckt mit den Schultern. „Feathered Nest hat alle möglichen Geschichten auf Lager."

„Sie sind also schon Ihr ganzes Leben hier?", frage ich.

„Wie lange glauben Sie, dass Sie damit durchkommen? Sie werden die Einlösung Ihres Teils des Deals nicht viel länger herauszögern können. Ich will wissen, wie Sie mit dem Gesetz in Konflikt geraten sind."

„Es handelt sich nicht gerade um einen Konflikt mit dem Gesetz. Es hat nur einen Vorfall gegeben, der die Gesetzeshüter auf den Plan gerufen hat."

„Ich bin ganz Ohr", nickt er.

Ich warte darauf, dass er lacht und die Sache aufgibt, aber als er das nicht tut, stoße ich einen Seufzer aus.

„Also gut. Ich war gerade in der Stadt angekommen. Buchstäblich. Ich war weniger als eine halbe Stunde in dem Haus, das ich angemietet habe, als jemand an die Tür klopfte. Da mir niemand Informationen hinterlassen oder mich bei meiner Ankunft empfangen hatte, nahm ich an, dass es nur der Besitzer des Hauses seir. Also öffnete ich die Tür, doch es war definitiv nicht der Besitzer des Hauses."

„Wer war es?", fragt er.

„Nun, das ist der mysteriöse Teil. Ich habe keine Ahnung, was genau passiert ist. Der Typ brach zusammen, als ich die Tür öffnete, und starb auf der Veranda. So kam es, dass ich von der Polizei abgeholt und auf die Wache gebracht wurde, um den reizenden Chief LaRoche kennenzulernen."

Jake füllt sein eigenes Glas mit Bier und hält es mir zum Anstoßen hin.

„Glückwunsch zu einem solchen Auftakt", sagt er.

Ich hebe mein Glas in seine Richtung und neige keck den Kopf. „Ich danke Ihnen. Ich tue mein Bestes."

„Haben Sie herausgefunden, was mit ihm passiert ist?", fragt er. „War es ein Herzinfarkt? Oder etwas anderes?"

„Ich weiß es nicht. Ich bin sicher, dass ich mehr erfahren werde, sobald sie ihn untersucht haben, aber ich bezweifle sehr, dass es ein Herzinfarkt war. Er hat geblutet."

Jakes Gesicht verfinstert sich leicht.

„Geblutet?", fragt er. „Schien die Polizei darüber besorgt zu sein? Haben sie etwas darüber gesagt?"

Er wirkt plötzlich ungewöhnlich eindringlich, als würde ihn die Vorstellung, dass dieser Fremde verletzt wurde, ernsthaft beunruhigen.

„Nicht direkt. Sie waren offensichtlich besorgt darüber, dass jemand tot auf meiner Veranda liegt, und haben mir eine Menge Fragen gestellt, aber sie haben nichts Konkretes gesagt", erzähle ich.

Er schaut auf seine Füße, als würde er für einen Moment versuchen, seine Gedanken zu ordnen. Dann hebt er plötzlich den Kopf und sieht mich an.

„Es tut mir leid. Aber das kam etwas überraschend."

„Stimmt etwas nicht?", locke ich ihn vorsichtig, um zu sehen, wie viel er mir verraten wird.

„Ich weiß nicht, ob Sie das an Ihrem ersten Abend hier wirklich hören wollen", sagt er.

„Ist schon in Ordnung. Ich halte einiges aus", antworte ich.

Er schüttelt wieder den Kopf, neigt sein Glas und tippt mit ihm sanft an den Rand meines eigenen Glases.

„Lassen Sie uns über fröhlichere Themen reden. Wo ist Ihre Bleibe?", fragt er.

Ich zeige meine Enttäuschung nicht, sondern führe das Gespräch scheinbar ungerührt weiter, in der Hoffnung, es bald wieder zurück auf die Situation in der Stadt lenken zu können.

„Eine Hütte am See im Wald", sage ich lachend. „Draußen in der Nähe von Rattlesnake Point."

„Ich weiß, wo das ist. Soviel ich gesehen habe, ist es ein hübscher kleiner Ort."

„Nun, das bringt mich zu einer sehr wichtigen Frage: Gibt es hier tatsächlich Klapperschlangen?", frage ich.

Jake lacht und schüttelt den Kopf. „Nein. Darüber müssen Sie sich keine Sorgen machen. Ich weiß nicht genau, warum der Ort diesen Namen trägt. Die Hütten dort oben sind hübsch und friedlich, aber normalerweise stehen Sie leer. Es ist schön zu wissen, dass jemand dem Ort etwas Leben einhaucht. Wie lange haben Sie vor, hier zu bleiben? Oder sind Sie nur auf der Durchreise?"

„Ich weiß nicht genau, wie lange. Ich habe kein bestimmtes Enddatum im Kopf. Hierherzukommen ist eine Art Einschnitt für mich. Ich bin auf der Suche nach einem Neuanfang im Leben, könnte man sagen. Nach einem ruhigen und friedlichen Ort, um Zeit zum Nachdenken zu haben."

„Ich hoffe, es ist nichts allzu Schlimmes, wovor Sie fliehen", sagt er.

Ich schüttele den Kopf. „Nein. Nichts allzu Schlimmes. Nur eine Beziehung, die länger dauerte, als sie hätte dauern sollen und nicht gut endete, eine Sackgassen-Karriere, die ich hasste, an der ich aber festhielt, weil ich es nicht besser wusste, und das allgemeine Gefühl, nicht zu wissen, wer ich bin und was ich mit meinem Leben anfangen soll."

„Dieses Gefühl ist mir nicht ganz unbekannt", sagt er. „Frustrierend, nicht wahr?"

„Definitiv. Also habe ich einen Haufen Habseligkeiten verkauft, den Rest in einen Lagerraum gestopft, meine Ersparnisse zusammengekratzt und bin gegangen. Dann bin ich auf Empfehlung einer Verwandten hier gelandet und werde sehen, wohin der Wind mich trägt."

„Hoffentlich trägt er sie nicht zu weit von hier weg", sagt er.

Ein unerwartetes Erröten wärmt meine Wangen und ich drehe mich eilig um, um über meine Schulter zu schauen und so zu tun, als würde ich meine Umgebung in Augenschein nehmen, während ich darauf warte, dass sich mein Gesicht abkühlt. Als ich mich wieder dem Tresen zuwende, unterhält sich Jake mit einem Mann, der auf der anderen Seite der Bar sitzt, was mir die Gelegenheit gibt, ihn genauer zu betrachten. Er hat langes braunes Haar, das ihm über die Schultern fällt, und ist groß und kräftig, aber nicht übermäßig. Der Typ, mit dem er spricht, sagt etwas, und Jake wirft seinen Kopf zurück und lacht. Sein Lachen klingt voll, rund und enthemmt. Er lässt es einfach unkontrolliert ausströmen, anstatt es bewusst kontrollieren zu wollen, wie Greg es so oft zu tun schien.

Ich sollte im Moment wohl besser nicht an Greg denken. Die Ablenkung infolge seines Verschwindens hat mich schon genug gekostet. Creagan hat mir sehr deutlich gemacht, dass ich mich nicht in die Ermittlungen in Bezug auf sein Verschwinden einmischen und dem Team, das bereits an der Sache arbeitet, aus dem Weg gehen soll. Ich bin zu nahe an der Sache dran, um ein nützlicher Teil der Ermittlungen zu sein, und muss den anderen vertrauen, dass sie ihre Arbeit machen. Es fällt mir zwar schwer, aber diesen neuen Fall hier sollte ich als Möglichkeit sehen, um Abstand zu gewinnen. Zurück im Einsatz habe ich etwas, worauf ich mich konzentrieren kann. Etwas, das mir erlaubt, meine rasenden Gedanken produktiv zu kanalisieren, anstatt sie mein Hirn in Form von endlosen Fragen und Sorgen zermartern zu lassen.

Jake kommt zu mir zurückgelaufen. „Sind Sie hungrig?"

„Ein wenig", nicke ich.

„Süß oder salzig?", fragt er.

„Süß."

Er zwinkert mir zu und geht in die Küche. Das Zwinkern lässt meine Wangen erneut brennen und ich kippe eilig den Rest des Bieres hinunter, um das Gefühl zu vertreiben. Ein paar Sekunden später öffnet sich die Tür zur Bar und der Beamte, der mit Nicolas gearbeitet hat, kommt herein. Nachdem er sich kurz umgeschaut und Blickkontakt mit mir aufgenommen hat, geht er zu mir hinüber.

„Emma Monroe?", fragt er.

Der Name klingt immer noch seltsam. Jetzt ist es beschlossene Sache – von nun an werde ich definitiv mit Creagan über meine Undercover-Namen sprechen müssen. Ich nicke.

„Ja. Wir haben uns doch bereits vor nicht einmal zwei Stunden in der Hütte kennen gelernt. Wissen Sie noch?", bemerke ich spitz.

„Ich bin gekommen, um Ihnen mitzuteilen, dass es jetzt sicher ist, in die Hütte zurückzukehren", sagt er und ignoriert die Bemerkung.

Jake kommt aus der Küche zurück und ich sehe aus dem Augenwinkel, wie er den Beamten anstarrt.

„Es ist sicher, in die Hütte zurückzukehren? Was ist hier los?", fragt er.

„Es ist nichts", versichere ich ihm. „Chief LaRoche wollte nicht, dass ich zurückkehre, während noch am Tatort gearbeitet wird. Aber sie haben die Leiche jetzt offenbar entfernt."

Eine Frau, die das Gespräch belauscht hat, keucht auf, und wir wenden ihr uns alle gleichzeitig zu.

„Leiche?", stottert sie. „Haben Sie gerade Leiche gesagt? Jemand anderes ist gestorben? Wer war es?"

„Habe ich gerade gehört, dass noch jemand gestorben ist?", fragt ein Mann vom Nachbartisch.

„Passiert es etwa schon wieder?", ertönt eine andere Stimme.

„Lieber Gott. Nein", sagt ein Vierter.

Die Situation gerät schnell außer Kontrolle und der Beamte hebt beschwichtigend die Hände, um sie zum Schweigen zu bringen. Als sie nicht reagieren, klettert Jake auf eine Stufenleiter und lässt einen lauten, durchdringenden Pfiff ertönen.

„Ruhe, alle miteinander. Spitzt eure Ohren und hört Barry zu."

In der Bar herrscht plötzliche Stille und der Beamte nickt Jake dankbar zu.

„Danke, Jake. Hört mal, alle miteinander, ich will nicht, dass jemand in Panik gerät. Es ist nicht so, wie es sich anhört. Ja, es hat einen Todesfall gegeben." Allein das Wort löst eine weitere Welle der Reaktion in der Menge aus und er hebt seine Stimme leicht an. „Aber wir haben keinen Grund zu der Annahme, dass es eine Verbindung zu den anderen Fällen gibt. Den Erkenntnissen, die wir bei der Untersuchung des Tatorts gewonnen haben, und der ersten Einschätzung des Gerichtsmediziners nach zu urteilen, scheint es keinen Zusammenhang zu geben. Jeder ist in Sicherheit. Bitte, entspannt euch und genießt den Abend."

Die Botschaft besänftigt die Menge sichtlich und sie zieht sich an ihre Tische und Sitznischen zurück. Der Beamte dreht sich wieder zu mir um.

„Ich bringe Sie jetzt zurück in die Hütte", sagt er.

„Ich denke, ich werde lieber einfach noch eine Weile hierbleiben. Aber danke", antworte ich.

„Chief LaRoche hat mir klare Anweisungen gegeben, Sie zu finden, Ihnen mitzuteilen, dass Sie sicher zu Ihrer Hütte zurückkehren können, und Sie dorthin zurückzubringen", betont er.

„Nun, Sie haben mich gefunden und es mir mitgeteilt. Aber ich brauche Sie nicht, um mich zurückzubringen. Sie können ihm gerne versichern, dass Sie Ihr Bestes versucht haben, seine Anweisungen umzusetzen", antworte ich ungerührt.

Er sieht aus, als wolle er noch etwas sagen, aber Jake legt seine Hand auf die Theke und lehnt sich leicht zu ihm hin.

„Hey, Barry. Zwei von drei ausgeführten Aufträgen sind doch nicht so schlecht, Kumpel. Du machst das schon", sagt er.

Der Beamte nickt nur und verlässt die Bar. Ich drehe mich wieder zu Jake um und lächle ihn an.

„Nochmals vielen Dank", sage ich. „Sie sind wirklich sehr gut darin, sich in unangenehme Situationen zu drängen und sie zu lösen."

„Es ist eine Gabe", zuckt er mit den Schultern. „Im Grunde ist es eine lebenswichtige Fähigkeit für einen Barkeeper. Aber ich kann sie Ihnen jederzeit zur Verfügung stellen, wenn Sie sie gebrauchen können."

Er stellt einen Teller vor mir ab. Eine Kugel Vanilleeis schmilzt zwischen zwei riesigen Schokoladenkeksen, gekrönt von einem Haufen Schlagsahne und einem Klecks heißem Karamell. Der Anblick ist unglaublich. Ich kann mich nicht davon abhalten, meinen Finger einzutauchen und ihn genüsslich abzulecken.

„Das sieht traumhaft aus", sage ich.

„Lassen Sie es sich schmecken", sagt er.

Ein paar Minuten später kommt Jake erneut in meine Richtung gelaufen und lehnt sich seitlich mit dem Ellbogen auf die Bar.

„Der Laden leert sich langsam", bemerke ich.

„Darf ich Ihnen anbieten, Sie nach Hause zu bringen?", bietet er an.

„Hören Sie, Jake. Ich weiß es wirklich zu schätzen, dass Sie so freundlich sind, aber ..."

„Hey, Jake. Hast du Platz in deiner Karre, um mich heute Abend nach Hause zu bringen?", ruft ein Mann aus einigen Metern Entfernung.

„Aber sicher, Conrad", ruft er zurück.

„Kannst du auch mich unterwegs absetzen?", fragt ein anderer.

„Wenn ihr beide in mein Auto passt. Ich bin heute nicht mit meinem Truck hier", stichelt er und sieht dann zu mir zurück. „Ich fahre öfter Leute nach Hause, die ihren Abend hier verbracht haben und eine Mitfahrgelegenheit brauchen, insbesondere wenn sie vielleicht mal einen zu viel getrunken haben."

Ich bedecke mein Gesicht mit meinen Händen.

„Es tut mir so leid", sage ich. „Ich dachte, Sie flirten mit mir. Ähm, wenn Sie mir die Rechnung bringen könnten, werde ich mich einfach in die Dunkelheit verkriechen und versuchen zu verschwinden."

Er lacht. „Sie klingen ganz und gar nicht albern. Ich bin mir sicher, dass Sie bestimmt schon einige unanständige Angebote in Bars bekommen haben. Ich kann es Ihnen nicht verübeln, dass Sie ein bisschen vorsichtig sind. Und es gibt keine Rechnung."

Er neigt seinen Kopf etwas näher an meinen heran, während er meinen leeren Dessertteller an sich nimmt. „*Das* ist meine Art, mit Ihnen zu flirten."

KAPITEL 5

Ich bleibe mit den Barkeepern und den paar verweilenden Gästen an der Bar, während Jake seine Runden dreht und die Leute nach Hause fährt. Ich habe zugestimmt, dass er mich mitnimmt, aber ich werde sein letzter Fahrgast in dieser Nacht sein. Es macht mir nichts aus, bis dahin zu warten. Hier zu sitzen und die Leute zu begutachten, gibt mir die Möglichkeit, ein Gefühl für Feathered Nest und die Menschen, die hier leben, zu bekommen.

Man denkt immer, die Bewohner kleiner Südstaatenstädte seien gastfreundlich und einladend. Aber es gibt einen gewaltigen Unterschied zwischen der Gastfreundschaft gegenüber temporären Gästen und Besuchern und einer Willkommenskultur gegenüber Menschen, die sich hier niederlassen oder länger aufhalten könnten. Vor allem für Menschen, die in sehr kleinen, isolierten Städten wie dieser aufgewachsen sind, sind Neuankömmlinge ein Grund für Misstrauen. Wenn man nicht wenigstens ein paar Verbindungen zu dieser Gegend vorweisen kann, gehört man einfach nicht dazu.

Die Geschichte, die ich dem Polizeichef und Jake erzählt habe, hat mit einer falschen Verwandten in einer nahegelegenen Stadt aufgewartet. Das reicht für den Anfang aus, um mir ein gewisses Maß an Glaubwürdigkeit zu verleihen. Nun muss ich damit beginnen, mich ein wenig in das Leben der Menschen hier einzufügen und ihr Vertrauen zu gewinnen. Das fängt damit an, dass ich mehr über sie und die Logik des Lebens in dieser Stadt erfahre. Ich beobachte die Gespräche und das Leben, das sich in allen Ecken der Bar abspielt. Die meisten der Paare starren sich an und scheinen den Rest der Welt um sich herum kaum wahrzunehmen. Einige Leute sitzen allein herum, erholen sich von ihrem Tag, sehnen sich womöglich nach Gesellschaft oder genießen ihre Privatsphäre und schmieden Pläne für die nahe Zukunft. Eine Gruppe von Freunden feiert, als wäre die Nacht noch jung, obwohl die Sperrstunde schon ausgerufen wurde und die Bar bald schließen wird.

Ich bin so sehr damit beschäftigt, sie zu beobachten, dass ich kaum merke, wie Jake zurückkommt. Als er neben mich tritt, zucke ich leicht zusammen.

„Entschuldigung", sagt er. „Ich wollte Sie nicht erschrecken."

„Schon okay. Normalerweise bin ich nicht so schreckhaft", lächle ich.

„Wer könnte es Ihnen verdenken? Da das Begrüßungskomitee in Ihrer neuen Stadt aus einer Leiche bestand, ist ein wenig Nervenflattern nur verständlich. Sind Sie bereit?"

„Auf jeden Fall."

Jake streckt einladend seinen Arm hinter mir aus, so dass sie nur wenige Zentimeter von meinem Rücken entfernt ist, als ich mich vom Hocker erhebe. Er nutzt die Präsenz seiner Hand, die mich zwar nicht berührt, aber nahe genug ist, dass ich sie spüren kann, um mich aus der Bar und zu einem Auto zu führen, das am Bordstein wartet. Dann geht er mit mir um die Vorderseite des Wagens herum zum Beifahrersitz, öffnet die Tür und hält sie mir auf, während ich einsteige. Die stechend kalte Luft von draußen folgt mir ins Auto und ich fröstle.

„Keine Sorge", beruhigt er mich, als er sich zügig hinter das Lenkrad fallen lässt und mein Zittern bemerkt. „Es wird schnell warm hier drin."

„Danke", sage ich, als er den Motor anwirft und wir uns auf den Weg zur Hütte machen. „Ich weiß das wirklich zu schätzen."

„Kein Problem. Ich werde mich besser fühlen, wenn ich weiß, dass Sie gut angekommen sind. Sie sind erst einen Tag hier, also können Sie die Stadt noch nicht allzu gut kennen. Rattlesnake Point ist ein bisschen abgelegen. Man kann sich leicht verirren, wenn man versucht, nachts alleine den Rückweg durch den Wald anzutreten."

„Da bin ich mir sicher", stimme ich zu. Wir schweigen ein paar Sekunden lang, bevor ich wieder das Wort ergreife. „Für Sie ist es also normal, Ihre Gäste nach Hause zu fahren?"

Er nickt, ohne mich anzuschauen. „Ich habe schon immer ab und zu Leute mitgenommen, die es brauchten, aber in den letzten Monaten ist es zu einer viel regelmäßigeren Sache geworden."

„Wie kommt das?", frage ich.

Das bringt ihn dazu, mich ein paar Sekunden lang anzustarren, bevor er seinen Blick wieder auf die Straße richtet.

„Sie wissen es wirklich nicht?"

„Ich weiß was nicht?"

„Ich dachte, so gut wie jeder wüsste von Feathered Nest und was hier vor sich geht. Aber so macht das Ganze schon mehr Sinn. Warum würden Sie freiwillig, hierherkommen, um nach Ruhe und Frieden zu suchen, wenn Sie es wüssten?", fragt er, fast an sich selbst gerichtet.

„Ich muss zugeben, Sie machen mich neugierig", sage ich stirnrunzelnd. Natürlich weiß ich Bescheid, aber das darf ich mir nicht anmerken lassen.

„Tut mir leid. Jetzt bin ich wahrscheinlich derjenige, der sich albern anhört. Es ist nur... Feathered Nest hat in letzter Zeit einen etwas eigenartigen Ruf erworben."

„Inwiefern?"

Er zögert und scheint nicht scharf darauf, weiter zu reden.

„Wegen der vielen Vermisstenfälle", sagt er.

„Was für Vermisstenfälle?", frage ich und versuche, mir meine Aufregung nicht anmerken zu lassen.

„Ich möchte heute Abend nicht darüber sprechen. Ich bin dabei, Sie in eine Hütte mitten im Nirgendwo zu fahren, in der Sie sich ganz allein aufhalten werden. Ich will Sie nicht erschrecken."

„Aber ich will es wissen", erwidere ich.

Er sieht mich wieder an und ein Hauch von Lächeln umspielt seine Lippen.

„Sie sind wirklich hartnäckig. Wissen Sie das?", fragt er.

„Das habe ich womöglich in der Vergangenheit schon ein paar Mal zu hören bekommen", gestehe ich grinsend.

„Nun, ich sage Ihnen was. Heute Abend gibt es keine Gruselgeschichten mehr, bevor Sie zu Bett gehen. Aber wenn Sie mich morgen früh zum Frühstück treffen, werde ich Ihnen alles erzählen."

„Ist das wieder so ein Deal wie vorhin, bei dem ich ein Bier bekommen habe und Ihnen im Gegenzug von meiner Begegnung mit den Cops erzählen sollte?", frage ich.

„Das hat gut funktioniert", sagt er grinsend. „Ich dachte, ich könnte es noch einmal versuchen."

„Wo sollen wir uns treffen?"

„Im *Mary Belle's*. Es ist ein kleiner Laden auf der Main Street. Man kann ihn nicht verfehlen. Hat das beste Frühstück der Stadt."

„Ich treffe Sie dort um 7:30 Uhr", sage ich.

„Hört sich gut an", nickt Jake. Das Auto knirscht die Straße hinauf. Hier draußen gibt es mehrere Hütten, aber jede ist so weit von der anderen entfernt, dass man fast glauben könnte, meine wäre die einzige im Umkreis von mehreren Kilometern. Auf jeden Fall ist es diejenige, die am nächsten zum See gelegen ist.

„In welcher wohnen Sie?", fragt Jake und stiert durch die Dunkelheit, während er langsam die Straße abfährt.

„Nummer 13", sage ich. „Die allerletzte."

Schließlich erreichen wir das Ende der Straße. Er bleibt im Schein des Lichts an der Seite der Veranda stehen.

„Nochmals vielen Dank. Wir sehen uns morgen früh", sage ich, bevor ich aus dem Auto steige und die Stufen zur Veranda hinaufgehe. Eis glänzt auf den Holzplanken, von denen jemand die Blutspuren entfernt hat. Jake sitzt immer noch in seinem Auto und beobachtet mich, während er darauf wartet, dass ich eintrete, also zögere ich nicht lange. Ich schließe die Hüttentür auf, mache einen Schritt hinein und drehe mich um, um ihm zum Abschied zu winken. Er winkt seinerseits und fährt rückwärts aus der Einfahrt, während ich die Tür schließe und hinter mir verriegele.

Was für ein Tag. Trotz allem, was mir durch den Kopf geht, kann ich nicht eine Minute länger wach bleiben. Ich versuche mein Bestes, alles zu vergessen und lasse mich erschöpft auf das Bett fallen.

Am nächsten Morgen bin ich schon vor Sonnenaufgang munter und lese mir noch einmal die Akten durch, die Creagan mir mitgegeben hat, bevor ich mich auf den Weg hierher gemacht habe. Als die Leute zu verschwinden begannen, hat die Polizei versucht, eine Untersuchung einzuleiten und den Fall aufzuklären. Aber sie waren nicht auf so etwas vorbereitet. Die Leute hier verschwinden normalerweise nicht einfach so. Es gibt gelegentlich Ausreißer oder jemanden, der wütend auf seinen Ehepartner ist und sich für ein paar Tage aus dem Staub macht, aber sie kommen immer wieder zurück. Dies ist das erste Mal in der jüngeren Vergangenheit, dass Menschen verschwinden und einfach nicht zurückkehren. Je mehr Menschen verschwanden, desto schwieriger wurde es für die Behörde. Alle Beteiligten waren total überfordert und hatten keine Ahnung, wie sie den Indizien folgen sollten, die in jedem Fall hinterlassen wurden.

Meiner Meinung nach hat es viel zu lange gedauert, bis man die Verbindungen zwischen den verschwundenen Personen herstellen konnte. Obwohl es den meisten Menschen nicht automatisch in den Sinn kommt, dass eine Reihe von Ereignissen oder Begebenheiten miteinander zu tun haben könnte, ist es wichtig, diese Berührungspunkte zu identifizieren. Je eher man die Verbindungen zwischen den einzelnen Fällen herstellt, desto schneller wird man den richtigen Weg zur Lösung finden können.

Bei der Durchsicht der einzelnen Fälle fallen mir sofort die Tatorte auf. Wenn eine Person verschwindet, bleibt das oft zunächst einmal unbemerkt. Selbst wenn es nur für kurze Zeit ist, gibt es eine Zeitspanne, in der niemand bemerkt, dass sie verschwunden ist, weil nichts darauf hinweist. Zu Anfang erscheint nichts seltsam oder ungewöhnlich. Die einzige Möglichkeit, die Abwesenheit der Person zu bemerken, besteht darin, dass sie nicht an einem Ort auftaucht, an dem sie eigentlich hätte auftauchen sollen. Bei diesen Fällen hier ist das jedoch anders. Es gibt einen einzigen eindeutigen Tatort, der mit fast allen von ihnen verbunden ist. An diesem letzten Ort, an dem sich diese Menschen aufgehalten haben, hat die Polizei Blut und Anzeichen eines Kampfes festgestellt.

Das jüngste Verschwinden geschah nur kurze Zeit, bevor das FBI eingeschaltet wurde. Die Tatsache, dass das Mädchen vermisst wird, hängt noch immer schwer über der Stadt. Als ich gestern Abend die Main Street entlangging, war mir ein Vermisstenplakat aufgefallen, das an einem Laternenpfahl befestigt war. Es ist so frisch, dass es noch nicht einmal von der Sonne ausgebleicht ist.

Ich schaue auf die Uhr und plötzlich merke ich, dass mir die Zeit davonläuft. Ich muss mich beeilen, wenn ich nicht zu spät zum Frühstück kommen will. Also packe ich meine Sachen und mache mich auf den Weg.

Als ich das kleine Restaurant betrete, wartet Jake bereits an einem Tisch auf mich. Er lächelt mich an und winkt, als würde ich ihn zwischen den sechs anderen Tischen übersehen können. Doch ich lächle nur zurück und winke meinerseits.

„Wie haben Sie geschlafen?“, fragt er, als ich ihm gegenüber in die Sitznische schlüpfe.

„Sehr gut, danke. Wie geht es Ihnen heute Morgen?“

Was sich anhört wie unangenehmer Smalltalk zwischen zwei Menschen, die sich gerade kennenlernen, fühlt sich für mich überhaupt nicht so an. Aus irgendeinem Grund fühle ich mich bei Jake wohl, als hätte ich ihn schon immer gekannt. In gewisser Weise macht mich das noch nervöser, als es unbehaglicher Smalltalk tun würde. Ich bin nicht hierhergekommen, um mich in eine Romanze zu stürzen, aber ich merke, wie sich kleine Schmetterlinge in meinem Bauch bemerkbar machen. Vielleicht liegt es daran, dass er so anders ist. Vom Glanz in seinen Augen über den locker im Nacken gebundenen Pferdeschwanz bis hin zu der spielerischen Energie, die ihn umgibt, ist er ganz anders als alle Männer, mit denen ich bisher ausgegangen bin. Vielleicht nur, weil neue Dinge immer einen gewissen Reiz haben, oder es ist die Art, wie er mich ansieht, die mich fasziniert – als wäre ich das Einzige, was er im Raum wahrnimmt. Auf jeden Fall reicht es aus, mich davon abzuhalten, mich mit nichts als meiner Arbeit in meiner Hütte einzuschließen.

Eine Kellnerin kommt vorbei und reicht uns die Speisekarten. Ich bestelle eine Tasse Kaffee, bevor sie weggeht, und Jake lacht.

„Gehören Sie zu den Menschen, die glauben, dass sie erst dann zu irgendetwas fähig sind, wenn sie morgens die richtige Menge an Koffein im Blut haben?“, fragt er.

„Ohne den geringsten Zweifel“, antworte ich ohne zu zögern.

Er lacht wieder. „Ich auch.“ Die Kellnerin kommt zurück und stellt Tassen vor uns ab. Er hebt seine an, um sie mir zu zeigen. „Sehen Sie? Man kennt mich hier.“

Sie nimmt unsere Frühstücksbestellungen auf und geht. Ich schaue Jake erwartungsvoll an.

„Und?“, frage ich.

„Und was?“

„Ich glaube, wir hatten eine Abmachung“, sage ich. „Sie sollten mir von diesen Verschwundenen erzählen.“

„Die Abmachung war, dass wir uns zum Frühstück treffen und ich es Ihnen dann erzähle. Wir haben noch nicht gefrühstückt, also sind die Bedingungen technisch gesehen noch nicht erfüllt“, erklärt er.

„Ist das etwa eine Verzögerungstaktik?“

Er nimmt seine Tasse und setzt sie an die Lippen, um einen langen, genüsslichen Schluck zu nehmen. Dann sieht er mich verstohlen über die Tasse hinweg an und zwinkert mir zu, wie er es am Abend zuvor getan hat. Es hat die gleiche Wirkung auf mich.

„Sehen Sie den Mann da drüben?“, fragt er, als er seinen Schluck genommen hat.

Ich schaue in seine Richtung und sehe einen Mann mit einer rot-schwarz karierten Golfmütze, der allein in der Ecke einer der Sitznischen sitzt.

„Ja", sage ich.

„Das ist Elliot. Er ist jeden Morgen hier und frühstückt genau dasselbe. Kaffee, Orangensaft, eine Schüssel Maisgrütze mit Butter, zwei Spiegeleier und ein Stück weißer Toast, kräftig gebuttert."

„Nur ein Stück Toast mit zwei Eiern?", frage ich.

Er nickt langsam und beobachtet den älteren Mann weiter. „Ja, in zwei Hälften geschnitten. Und er benutzt die Spitzen der dreieckigen Hälften, um das Eigelb jedes Eies aufzuwischen. Er macht das schon seit fünfundzwanzig Jahren", sagt Jake.

Ich schnaube belustigt. „Woher wollen Sie das wissen? Sie sind noch nicht alt genug."

Er richtet sich ein wenig auf. „Ich bin vierunddreißig."

„Ernsthaft?", frage ich.

Er sieht mich seltsam an. „Warum ist das so schwer zu glauben?"

„Sie wirken einfach jünger", antworte ich.

„Nun, wenn Sie über Jugend reden wollen, schauen Sie mal zu der Sitznische dort am Fenster."

Ich tue es und sehe eine hübsche brünette Frau in meinem Alter, vielleicht ein paar Jahre älter, die ein Baby füttert, das in einem Hochstuhl am Ende des Tisches sitzt.

„Okay", nicke ich.

„Das ist ihr Enkelkind", sagt er.

„Was?", frage ich und meine Stimme wird so laut und scharf, dass sich fast alle im Restaurant zu mir umdrehen. „Entschuldigung", flüstere ich kleinlaut und wende mich sogleich wieder Jake zu. „Was?"

Er nickt und kichert. „Ja. Ihre Familie ist bekannt für ihre... nennen wir es traditionelle Lebensführung. In den letzten vier Generationen haben die Frauen mit fünfzehn geheiratet und ihr erstes Kind bekommen. Das ist Ella. Sie ist in die Fußstapfen ihrer Mutter, Großmutter und Urgroßmutter getreten. Sie hat eine Schwester, Fanny, die gerade vierzehn geworden ist und sich fest vorgenommen hat, mit keinem Mann zu sprechen, bevor sie zwanzig ist."

Ich lache. „Kluges Mädchen."

Unser Frühstück kommt, und wir essen einige Augenblicke schweigend. Schließlich nimmt Jake einen Schluck Kaffee, um einen Bissen von seinem Omelett herunterzuspülen.

„Sind Sie sicher, dass Sie das alles hören wollen?", fragt er und gabelt ein Stück von seinem Essen auf.

„Hundertprozentig sicher“, antworte ich.

Ich widme mich der Schüssel mit Joghurt und Müsli vor mir und höre aufmerksam zu, als er mir von den Verschwundenen erzählt. Er gibt mir keine Informationen, die ich nicht schon aus den Fallakten kennen würde, aber er bietet mir ein wenig emotionalen Kontext, den mir diese Ausschnitte und Papiere in meinen Unterlagen nicht bieten konnten. Die emotionale Achterbahn, die die Menschen in der Stadt infolge der Entdeckung jedes einzelnen Verschwindens und des Entsetzens über die beiden Leichen durchgemacht haben, sind in seiner Stimme deutlich zu hören. Es scheint seine Spuren bei den Menschen in dieser Stadt hinterlassen zu haben und sich immer tiefer in ihr kollektives Bewusstsein einzubrennen. Jeder Tag ohne Klarheit scheint die Atmosphäre des Misstrauens in der Stadt weiter zu schüren und verwandelt die Menschen, die früher nie ihre Türen verschlossen und keinerlei Bedenken hatten, nachts durch die Stadt zu spazieren, in verängstigte Bürger, die sich in ihren Häusern verbarrikadieren.

„Als klar wurde, dass die Polizei es wahrscheinlich nicht schaffen würde, den Täter zu finden und von seinen Gräueltaten abzuhalten, habe ich angefangen, die Leute nach Hause zu begleiten. Ich hasse den Gedanken, dass jemand zu mir kommt, um sich zu entspannen und Spaß zu haben, und ihm dann womöglich etwas passiert, wenn er meine Bar verlässt. Die Sicherheit meiner Gäste hat für mich oberste Priorität. Ich möchte meinen Teil dazu beitragen, sie zu beschützen und tun, was ich kann, um diese Stadt so sicher wie irgend möglich zu machen. Es bricht einem das Herz, zu sehen, wie sich das Leben der Menschen durch diese Vorkommnisse verändert. Niemand sollte permanent in Angst leben und sich in seinem Alltag so beeinträchtigt fühlen müssen.

„Da stimme ich Ihnen zu.“

KAPITEL 6

„NEIN, NEIN, WIRKLICH. ES WAR ÜBERALL. IN SEINEN OHREN. IN seinen Haaren. Es war der lächerlichste Anblick, der mir je untergekommen ist."

Jake lacht während seiner Erzählungen fast genauso viel wie ich, so dass es mir zunehmend schwerfällt, alles zu verstehen, was er sagt. Wir stapfen zusammen durch den Schnee, der vor drei Tagen in der Stadt gefallen ist, aber nun mit den etwas wärmeren Temperaturen zu schmelzen begonnen hat. Zwar friere ich dennoch die meiste Zeit des Tages über, aber die Zeit, die ich mit Jake verbringen kann, ist eine willkommene Ablenkung von der Kälte.

Seit ich in Feathered Nest angekommen bin, haben wir uns jeden Tag gesehen und sind inzwischen per du. Je näher wir uns kommen, desto mehr habe ich das Gefühl, dass er mich in die Realität dieser Stadt einschleust. Mich von ihm herumführen und anderen Leuten vorstellen zu lassen, verschafft mir eine Art Eintrittskarte in die Gesellschaft hier und verleiht mir automatisch mehr Glaubwürdigkeit. So habe ich mit deutlich weniger hochgezogenen Augenbrauen und verhaltener Konversation zu kämpfen. Ich beginne mich stetig wohler hier zu fühlen. Wenn er abends in die Bar geht, stürze ich mich in den Fall, fülle Seiten mit Notizen und stelle jede nur denkbare Verbindung her, die ich finden kann.

Gestern hatte ich die Gelegenheit, mit der Mutter einer der vermissten Personen zu sprechen. Selbst ein Jahr, nachdem sie ihre Tochter das letzte Mal gesehen hat, wird sie emotional, wenn sie nur ihren Namen erwähnt. Es war schwer, ihr dabei zuzusehen, wie sie mit sich rang, nicht in Tränen auszubrechen. Ich tröstete sie und versicherte ihr, dass es in Ordnung sei, zu weinen, aber mein Versuch, ihr Stärke zu vermitteln, fühlte sich hohl an. Schließlich bin ich selbst diejenige, die ihr Gesicht immer noch regelmäßig in ihrem Kissen vergräbt und um ihre Eltern weint. Dabei ist diese Sache schon viel länger als ein Jahr her.

Es gab etwas an diesem Gespräch, das wirklich einen bleibenden Eindruck bei mir hinterlassen hat. Obwohl sie die Tatsache akzeptiert zu haben schien, dass ihre Tochter verschwunden, entführt und höchstwahrscheinlich sogar getötet worden ist, konnte sie sich einfach nicht vorstellen, wie es passiert sein könnte. Spuren des Bluts waren in der Gasse hinter ihrem Büro verteilt gewesen, aber ihre Mutter sagte, sie wäre niemals allein im Dunkeln dorthin zurückgegangen. Es machte einfach keinen Sinn. Ihre Tochter hasste die Dunkelheit und mochte es nicht einmal, sich ohne eingeschaltete Lichter in ihrem eigenen Haus zu bewegen. Sie konnte sich einfach nicht vorstellen, dass sie allein in diese Gasse gegangen war, um den Müll herauszubringen.

Das geht mir immer noch durch den Kopf, während ich neben Jake herlaufe und mir von ihm Geschichten über seine Kindheit hier in Feathered Nest erzählen lasse. Seine Mutter, sein Vater, sein Bruder und seine Schwester hatten stets dafür gesorgt, dass es ihm nicht langweilig wurde. Und wenn er dann doch mal auf der Suche nach Inspiration war oder eine Pause von allem gebraucht hatte, war das Haus seiner Großmutter zu Fuß erreichbar. Es befand sich auf einem weitläufigen Grundstück voller Verstecke, geheimer Räume und kleiner Forts, die er mit seinen Geschwistern errichtet hatte. Das klingt idyllisch und mich durchfährt ein Stich, wenn ich an meine eigene hektische und ziemlich ungeregelte Kindheit denke.

„Also gut. Jetzt weißt du immerhin, was mit einem Erdnussbutter-Marshmallow-Sandwich passiert, wenn man es fünf Minuten lang in die Mikrowelle stellt“, sagt er.

„Da habe ich wirklich eine wichtige Lektion fürs Leben gelernt“, lächle ich.

„Genau. So, jetzt bist du dran. Erzähl mir etwas über dich. Ich weiß, dass du ein Einzelkind bist."

„Ja. Das bin ich. Meine Mutter war in ihrer Jugend eine Ballerina in Russland, kam aber in die Vereinigten Staaten, nachdem eine Verletzung ihre Karriere beendet hatte."

„Das muss schrecklich für sie gewesen sein", sagt Jake mitfühlend.

Ich schüttle den Kopf und nehme einen Schluck von dem dampfenden, heißen Apfelwein, den ich vor allem dabeihabe, um meine Hände warm zu halten, während wir eine der Nebenstraßen der Stadt entlanglaufen.

„Ich weiß nicht. Als es vorbei war, war es einfach vorbei, und damit hatte es sich. Sie war bereit, sich dem nächsten Lebensabschnitt zuzuwenden, der vor allem in der Beziehung zu meinem Vater bestand.

„Und in dir", sagt er.

„Genau", bestätige ich mit einem Lächeln.

„Und dein Vater?"

„Er war keine Ballerina in Russland." Jake prustet los und ich kichere. „Er arbeitete für die Regierung."

Ich gehe nicht ins Detail. Ich habe früh in meinem Leben gelernt, nicht mehr preiszugeben, als von mir verlangt wird. Besonders, was meinen Vater angeht.

„Arbeitete? Vergangenheitsform?"

Ich nicke. „Beide sind verstorben."

Trotz allem anderen, was ich mir so ausdenke, wenn ich mit ihm rede, scheint es mir auf der Zunge zu brennen, ihm die Wahrheit zu erzählen. Ich kann ihm nicht alles sagen. Ich kann ihm nicht sagen, dass meine Mutter ermordet wurde, als ich noch klein war, und dass mein Vater, ein Top-CIA-Agent, eines Tages spurlos verschwunden ist. Ich muss mich selbst, meine Identität und meine Motivation, hier zu sein, schützen. Jake nichts davon zu sagen, fühlt sich jedoch fast wie ein Verrat an.

„Das tut mir sehr leid", sagt er. „Meine Eltern sind auch verstorben."

Ich nicke und ein paar Sekunden lang herrscht Schweigen zwischen uns, während wir uns über den Schmerz und die Leere, die die Abwesenheit unserer Eltern mit sich bringt, unterhalten.

„Das tut mir leid", sage ich.

Er sieht mir direkt in die Augen, mit einer Intensität, die mich beinahe schmerzt, aber ich kann nicht genau sagen, warum.

„Emma, es gibt etwas, das ich dir sagen muss."

„Okay", sage ich zögernd.

Jake schaut weg, dann wieder zu mir.

„Es sind nicht nur meine Eltern, die verstorben sind. Ich war hier nicht immer allein. Ich war verheiratet."

„Ach ja?"

Er nickt. „Es ist schon lange her. Wir waren beide noch sehr jung, aber das war uns egal. Wir wollten zusammen sein und es gab nichts, was uns daran hätte hindern können. Zum Glück hat es auch niemand versucht. Wir sind nur drei Monate zusammen gewesen, bevor sie starb."

Ein Kloß bildet sich in meinem Hals, als ich den puren Schmerz in seiner Stimme höre.

„Was ist mit ihr passiert?", frage ich.

„Sie wurde von einem betrunkenen Fahrer angefahren", seufzt er. „Das Einzige, was mir geholfen hat, war die Gewissheit, dass sie einen schnellen Tod hatte. Sie hat es wahrscheinlich nicht einmal gespürt." Er atmet tief durch und seine Augen treffen wieder auf meine. „Stört dich das?"

Ich schüttele den Kopf. „Natürlich nicht."

Jake beugt sich vor und berührt mit seiner Stirn die meine. Ich kenne ihn erst seit ein paar Tagen, aber ich bin drauf und dran, mich auf eine gefährlich emotionale Ebene mit ihm zu begeben. Ich habe Angst davor, wie ich mich fühlen werde, wenn mein Einsatz hier zum Ende kommt.

Schließlich breche ich das Schweigen.

„Was war dein Lieblingsfamilienurlaub damals?", frage ich ihn.

„Hmmm", sinniert er und lehnt seinen Kopf leicht zurück, während er nachdenkt. „Das ist eine schwierige Frage. Wir haben eine Menge unternommen. Meine Mutter war ganz scharf auf gemeinsame Familienabenteuer. Wahrscheinlich das Disney Animal Kingdom. Ich war sieben Jahre alt und erinnere mich, wie ich die Elefanten sah und erstaunt war, wie unglaublich groß sie waren. Das kommt mir heute so albern vor, aber als ich in diesem Alter war, konnte ich mir nicht vorstellen, dass ein Tier tatsächlich so groß sein könnte. Als ich sie dann aus nächster Nähe sah, war es einfach überwältigend."

Wir gehen ein Stück weiter und Jake sieht aus, als wolle er etwas sagen, doch dann schallen plötzlich Schreie durch die kalte Luft. Ich sehe ihn erschrocken an und seine Augen weiten sich.

„Das kommt aus dem Park", sagt er. „Komm mit."

Wir werfen unsere Becher in einen nahegelegenen Mülleimer und rennen so schnell wir können durch den Schnee. Er führt mich zu einem kleinen Park, der einige Straßen vom Haupteinkaufsbereich der Stadt entfernt ist. Als wir uns nähern, sehen wir, wie sich eine Menschentraube zu bilden beginnt.

„Lasst mich in Ruhe!", höre ich jemanden schreien. „Nehmt eure dreckigen Pfoten von mir!"

„Was hast du mit ihr gemacht?", fragt ein anderer Mann. „Wo ist sie?"

Ein paar Stimmen aus der Menge schreien die beiden Männer an, uneins darüber, welche Seite sie unterstützen sollen. Jake und ich stürzen uns ins Getümmel und er drängt die Leute aus dem Weg. Ein Mann kommt zum Vorschein, der einen anderen an etwas hinter sich herzieht, das wie ein Seil um seinen Hals aussieht. Der Mann, der sich am Boden windet, hat seine Hände zwischen das Seil und seinen Hals geklemmt und versucht verzweifelt zu verhindern, dass es ihn erwürgt.

„Was ist hier los?", fragt Jake.

Der Mann am anderen Ende des Seils zerrt den Mann am Boden ein paar Meter weiter zu einem tiefhängenden Ast eines nahen Baumes und mein Herz springt mir fast in den Hals, als ich ahne, was er vorhat.

„Er hat meine Tochter entführt", sagt er.

„Ich habe nichts mit seiner Tochter gemacht", fleht der andere. „Bitte."

Jake greift nach dem Seil und sieht dem ersten Mann direkt in die Augen. „Lass das Seil los."

„Sie ist weg", sagt der Mann mit brüchiger Stimme. „Mein kleines Mädchen ist weg und er ist der Letzte, mit dem ich sie gesehen habe."

„Das heißt aber nicht, dass er ihr etwas angetan hat", sagt Jake.

„Da ist Blut in seinem Auto. Ich habe es gesehen."

„Ich war auf der Jagd. Wie ich schon sagte. Ich habe mein Messer auf dem Sitz abgelegt und das Blut hat Flecken dort hinterlassen", röchelt der andere Mann.

„Man legt nicht einfach ein Jagdmesser auf seinem Autositz ab, ohne vorher zu merken, dass es blutig ist. Er muss ihr etwas angetan haben. Und da er mir nicht sagen will, wo sie ist, werde ich dafür sorgen, dass auch er verschwindet."

„Hör auf", sagt Jake streng und zerrt erneut am Seil. „Das reicht. Glaubst du nicht, dass in dieser Stadt schon genug passiert ist? Wir können nicht auch noch anfangen, gegenseitig aufeinander loszugehen. Wir müssen jetzt an einem Strang ziehen und versuchen, uns gegenseitig zu unterstützen, anstatt die Kontrolle über uns zu verlieren."

Während Jake spricht, lasse ich mich neben dem Mann auf die Knie fallen und löse das Seil um seinen Hals. Er reibt sich die rote, raue Haut um seine Kehle, aber wenigstens atmet er noch und baumelt nicht am Baum wie eine Hommage an die Selbstjustiz des Wilden Westens.

„Danke, Jake. Ich werde ab hier übernehmen."

Chief LaRoche stapft durch die Menge und starrt die beiden Männer unverwandt an. Jake übergibt ihm das Seil und kommt zu mir herüber, um seinen Arm um meine Schultern zu legen und mich wegzuführen. Ich bebe am ganzen Körper und meine Hände zittern so sehr, dass ich sie kaum unter Kontrolle halten kann.

„Es tut mir leid, dass du das mitansehen musstest", seufzt er.

„Ich kann nicht glauben, dass jemand so weit geht", murmle ich. „Er war bereit, den Kerl zu töten."

Jake nickt. „Das war er. Die Leute hier werden langsam nervös. Sie erwarten, dass die Polizei endlich herausfindet, wer das getan hat, und den Verantwortlichen das Handwerk legt, bevor sie noch mehr Verluste verkraften müssen."

Ich erschaudere, als wir den Park verlassen. Innerhalb von ein paar Augenblicken wurde das gesamte Szenario hier noch einmal so viel intensiver. Es liegt eine Dunkelheit über dieser Stadt. Sie birgt dunkle Geheimnisse. Wenn ich diese Geheimnisse nicht bald zu lüften beginne, wird es nur noch schlimmer werden.

Wegen eines Notfalls in der Küche musste Jake früher in die Bar gehen. So bleibt mir der Nachmittag, um etwas zu tun, was ich schon seit meiner Ankunft geplant habe. Ich schnappe mir eine Tasche mit Vorräten und Ausrüstung, steige ins Auto und fahre die scheinbar unendlich lange Strecke zurück in die Richtung, aus der ich gekommen bin. Als ich sicher bin, dass ich mich in der Nähe des Leichenfundorts befinde, fahre ich das Auto auf den Schotter neben den Bahngleisen und parke, bevor ich aus dem Auto steige und mich umsehe.

Ein paar Meter weiter ragt das Ende eines Holzpfostens aus den verbliebenen Schneeresten heraus. Leuchtend rosafarbenes, von Wind und Regen zerfetztes Plastik markiert die Stelle, an der die Leiche von Mrs. Cristela Jordan vor Monaten lag. Das ist eine der Tatsachen an Tatorten, von der die Leute oft schockiert sind. Die meisten Menschen gehen davon aus, dass Tatorte wie dieser aufgeräumt werden, wenn die Polizei erst einmal mit den ersten Ermittlungen fertig ist, damit keine Spuren des Grauens zurückbleiben. Sie erwarten, dass nicht nur die Leiche verschwindet, sondern auch alles, was Passanten an das Geschehen erinnern könnte.

Das ist jedoch nicht immer der Fall. In Wahrheit ist es sogar eher selten, dass die Tatorte vollständig aufgeräumt werden, selbst wenn die Fälle abgeschlossen sind. Manche Reliquien bleiben noch jahrelang zurück.

Ich bin froh darüber. Die Markierung bestätigt mir, dass ich mich an der Stelle befinde, die auf Creagans Bildern zu sehen war. Ich sehe die Bilder so klar vor meinem inneren Auge, als würde ich sie in der Hand halten. Der Kies sieht sauber aus. Wenn ich über die ersten paar Steinschichten hinaus graben würde, bin ich mir jedoch sicher, dass ich Spuren des Blutes finden würde, das bei ihrer Entdeckung über den gesamten Bereich verteilt war. Ich stehe neben der Markierung, orientiere mich und folge den Gleisen mit meinen Blicken. Ich kann es von hier aus nicht sehen, aber in der Ferne befindet sich wahrscheinlich eine weitere Markierung, an der Wochen später die Leiche des Mannes gefunden wurde.

In beiden Fällen waren die Leichen stark verunstaltet. Der Mann war aufgeschlitzt worden und es fehlten mehrere Körperteile, während die Frau offenbar nach dem Tod von einem entgegenkommenden Zug erfasst wurde. Die Untersuchung der Leiche ergab, dass sie Spuren aufwies, die darauf hindeuteten, dass sie erwürgt worden war. Außerdem schien sie diverse Schnittwunden und Traumata durch stumpfe Gewalteinwirkungen erlitten zu haben, aber der Zug hatte ihre Leiche letztlich völlig verstümmelt, was die Rekonstruktion des tatsächlichen Geschehens erschwerte.

Bei den anfänglichen Ermittlungen zum Tod von Cristela Jordan wurde die Möglichkeit in Betracht gezogen, dass sie und ihr Mörder einen der Züge bestiegen hatten, die mehrmals pro Woche auf dieser Strecke fahren. Man ging davon aus, dass sie nach einem Streit ermordet und auf die Gleise geworfen wurde.

Das ergibt aber keinen Sinn. Wenn sie aus dem Zug geworfen worden wäre, wäre sie direkt auf dem Kies gelandet und nicht auf den Gleisen, um dann im Anschluss von einem Zug erfasst zu werden. Später wurden mehrere Tage lang sämtliche hier passierende Züge untersucht, bevor die Leiche gefunden wurde. Keiner der Züge wies Blutspuren auf. Das hat mich nicht einmal sehr überrascht, als ich es hörte. Das Hochdruckwasser, mit dem die Züge regelmäßig gewaschen werden, beseitigt sämtliche Blutspuren, ohne dass Rückstände zurückbleiben. Es gab also kaum eine Möglichkeit herauszufinden, welcher Zug sie getroffen hatte oder wann genau das passiert war.

Ich frage mich, warum sie auf die Gleise geworfen wurde, um von einem Zug zermalmt zu werden, während dem Mann mehrere Gliedmaßen abgetrennt und die Überreste an den Gleisen abgelegt wurden. Ein Teil in Virginia, ein Teil in North Carolina. Die Grenze zwischen den beiden Staaten verläuft zwar nicht sehr klar, aber das macht mich nur noch neugieriger. Waren sich der oder die Täter darüber im Klaren, was sie taten, als sie die Leichen dort entsorgten? Das Einzige, was die beiden Leichen mit dem Rest der Verschwundenen verbindet, ist, dass alle zehn Opfer aus Feathered Nest oder der nächstgelegenen Stadt stammen. Es mutet seltsam an, dass zehn Menschen im ländlichen Virginia verschwinden und einer von ihnen nur wenige Meter hinter der Staatsgrenze brutal ermordet aufgefunden wird.

Aber genau dieses Detail ist es, was das FBI auf den Plan gerufen hat. Wer auch immer das getan hat, hat mit diesen paar abgetrennten Gliedern einen schweren Fehler begangen. Denn genau das ist der Grund, warum ich hier bin.

„Ich will mich nur nicht zu sehr in die Sache mit ihm hineinsteigern", sage ich später am Abend ins Telefon, nachdem ich die Untersuchung des Tatorts abgeschlossen habe und in die Hütte zurückgekehrt bin.

„Warum nicht?", fragt Bellamy. „Er klingt einfach perfekt."

Ich ziehe die oberste Schublade der Kommode auf und nehme ein Paar dicke, flauschige Socken heraus.

„Er ist nicht perfekt. Er sieht höchstens gut aus und hat ein tolles Lächeln. Er ist vielleicht süß und aufmerksam. Er ist lustig. Er will sich um die Menschen um ihn herum kümmern..."

„Du widersprichst dir selbst, Emma."

„Er ist ein toller Kerl, aber es fühlt sich nicht richtig an."

Ich will die Schublade schließen, aber irgendetwas scheint sie zu blockieren. Ich rüttele am Griff der Schublade und versuche, sie zuzudrücken, aber sie lässt sich nicht bewegen.

„Was ist los?", fragt Bellamy, die offensichtlich gehört hat, wie ich mit der Schublade kämpfe.

„Die Schublade klemmt. Ich kriege sie nicht zu." Ich greife in die Schublade, um den hinteren Bereich abzutasten und nach dem Problem zu suchen. Meine Finger stoßen auf etwas und ich ziehe es hervor. „Ich hab's."

„Was war es?", fragt sie.

„Ein Fingerhut", erkläre ich und schaue ihn mir genau an, bevor ich ihn auf die Kommode lege.

„Dieser Ort steckt voller Überraschungen, nicht wahr?", fragt sie.

„Das kann man wohl sagen", antworte ich.

„Und genau deshalb solltest du Jake gegenüber ein wenig offener sein."

„Ich bin mir nicht sicher, ob ich den Zusammenhang zwischen einem Fingerhut und Jake ganz verstehe", sage ich.

„Nicht der Fingerhut", sagt sie mit Nachdruck. „Die Überraschung. Vielleicht ist er in deinem Leben aufgetaucht, um dir durch diese Phase hindurchzuhelfen. Als der Lichtblick, den du brauchst. Jetzt ist es an der Zeit, dass du erkennst, dass es da draußen auch noch andere Männer gibt. Wenn es irgendjemanden auf dieser Welt gibt, der es verdient, einfach mal mit dem Grübeln aufzuhören und eine echte Verbindung zu einem anderen Menschen zu genießen, dann bist du es."

Ich höre jemanden an der Haustür klopfen und gehe ins Wohnzimmer.

„Es ist jemand an der Tür", sage ich. Ich spähe durch das Fenster und kann nicht glauben, was ich sehe. „Bellamy, ich ruf dich zurück. Jake ist an meiner Tür und hat mir Essen mitgebracht."

„Dann öffne, aber schnell!"

„So bin ich nicht, Bellamy. Ich verliebe mich nicht in solche Männer ", sage ich.

„Genau, das bist auch nicht du! Es ist Emma Monroe! Das könnte genau das sein, was du jetzt brauchst. Du bist schließlich undercover, oder?"

KAPITEL 7

ICH VERSUCHE, MIR DIE SPUREN EINER WEITEREN LANGEN NACHT mit exzessiver Arbeit an diesem Fall und kaum mehr als zwei Stunden Schlaf vom Körper zu spülen, aber das unaufhörliche Klingeln meines Telefons treibt mich aus der Dusche. Nachdem wir Zeuge dieser Beinahe-Erhängung geworden sind und von dem Verschwinden einer anderen Frau ein paar Städte weiter gehört haben, das zwar nicht endgültig bestätigt ist, aber mit diesen Fällen in Verbindung stehen könnte, haben Bellamys und Erics Sorge um mich in den letzten Tagen geradezu epische Ausmaße erreicht.

Aber ich werde mich davon nicht beirren lassen. Ich werde diesen Fall lösen. Das kann ich spüren. Es fehlen einfach noch ein paar Puzzle-Teile. Sobald ich die gefunden habe, wird das alles vorbei sein.

Ich steige aus der Dusche, nehme mein Handtuch vom Haken an der Hintertür und wickele mich darin ein. Mein letzter Anruf in Abwesenheit stammte von Bellamy, also nehme ich an, dass jetzt Eric an der Reihe ist. Aber als ich das Telefon vom Waschtisch nehme, ist keiner der beiden Namen auf dem Display zu sehen. Ich halte mein Handtuch mit einer Hand fest und drücke auf den Hörer, um die Verbindung herzustellen.

„Jake?"

„Ich versuche schon seit zwanzig Minuten, dich anzurufen", sagt er.

„Ich war unter der Dusche. Aber es ist ja auch noch nicht mal hell draußen. Was ist denn los?", frage ich.

Da ich ahne, dass ich es wahrscheinlich nicht mehr zurück in die Dusche schaffen werde, lasse ich mein Handtuch los und greife hinein, um das Wasser abzudrehen. Innerhalb von Sekunden sinkt die Temperatur im Bad. Meine nasse Haut verstärkt den Effekt der Kälte nur weiter, was zumindest dazu beiträgt, meine Lebensgeister zu wecken.

„Ich brauche dich", sagt er.

Das ist ein Satz, von dem sich viele Frauen wünschen, ihn in der Dunkelheit der Nacht an ihr Ohr gemurmelt zu bekommen. Aber nicht in diesem Ton.

„Jake, was ist los?", frage ich erneut.

„Etwas Schreckliches ist passiert. Kannst du mich an der Bar treffen? Bitte, Emma."

In seiner Stimme schwingt etwas Beängstigendes mit. Er hört sich an, als wäre er kurz vor dem Durchdrehen. Das ruft meine vom FBI antrainierte Fähigkeit auf den Plan, angespannte Situationen blitzschnell zu entschärfen.

„In Ordnung, Jake. Ich komme gerade aus der Dusche. Es wird daher ein paar Minuten dauern, bis ich fertig bin. Aber ich werde so schnell wie möglich da sein. Soll ich irgendetwas mitbringen?", frage ich in langsamem, beruhigendem Ton.

„Nein. Nur dich. Bitte, beeil dich."

Er legt auf und ein Schauer durchfährt mich. Ich verzichte auf die Stretchhose und das Sweatshirt, die ich ursprünglich mit ins Bad genommen hatte, und eile aus dem sich allmählich verflüchtigenden Dampf ins Schlafzimmer. Dann streife ich mir mehrere Schichten an Kleidung über, um die beißende Kälte der frühen Morgenluft abzuwehren, und föhne mir schnell die Haare, bevor ich aus der Hütte eile.

Die Fahrt in die Stadt kommt mir länger vor, als sie sein sollte. Die kurvenreiche Strecke scheint gar nicht mehr kürzer zu werden. Jakes Stimme klang besorgniserregend. Mir schießen verschiedene Szenarien durch den Kopf, was vor sich gehen könnte. Auf halbem Weg beginnen eisige Schneeflocken, auf den Wagen herabzuwehen, und landen auf der Windschutzscheibe.

Als ich endlich an der Hauptstraße ankomme, sehe ich Jake vor der Bar stehen. Er lehnt an seinem Auto, hat die Arme fest vor der Brust verschränkt und starrt auf seine abgewetzten Stiefel, als wäre ihm die Verbindung zum Rest der Welt für immer abhandengekommen. Als ich in der Nähe seines Autos vorfahre, aussteige und auf ihn zugehe, blickt er auf. Sobald er merkt, dass ich es bin, stürzt Jake in meine Richtung, nimmt mich fest in seine Arme und vergräbt seinen Kopf in meinem Nacken. Erschrocken schlinge ich meine Arme um ihn und fahre mit der Hand über seine langen, glänzenden Haare, die vom Warten in der Eiseskälte ganz kühl geworden sind.

„Das Grab meines Vaters", flüstert er und hat Mühe, die Worte hervorzubringen. „Sie haben das Grab meines Vaters verwüstet."

„Was? Wer?"

Ich packe ihn an den Schultern und drücke ihn ein Stückchen von mir weg, damit ich in sein Gesicht sehen kann. Seine blutunterlaufenen Augen blitzen hin und her, als würden sie verzweifelt etwas suchen, worauf sie sich zur Ruhe lassen könnten. Seine Hände klammern sich weiterhin an mich. Er scheint Angst zu haben, loszulassen. Schneeflocken wehen auf seine Wimpernspitzen und streifen seine Wangen, ganz wie vor ein paar Tagen, als wir das erste Mal zusammen im Schnee standen. Damals war er hinreißend. Nun hingegen sieht er gezeichnet aus und scheint kurz vor einem Zusammenbruch zu stehen.

„Ich weiß es nicht. Die Polizei hat mich gerade angerufen. Sie wurden informiert und waren auf dem Friedhof. Ich will nachsehen, was passiert ist. Kommst du mit?", fragt er.

„Mitkommen? Auf den Friedhof?"

„Ja. Die Polizei ist da und ich will wissen, was los ist."

„Vielleicht ist das nicht die beste Idee", sage ich ihm. „Sie ermitteln."

„Das ist genau der Grund, warum ich dort sein sollte. Das ist mein Vater, Emma. Ich bin der Einzige, der für ihn sprechen kann. Ich will sicherstellen, dass sie sein Andenken respektieren. Und ich brauche dich dort bei mir", fleht er.

Seine plötzliche Intimität mit mir fühlt sich seltsam und unangenehm an, aber es liegt so viel Verzweiflung in seiner Stimme, dass ich nicke.

„Klar, natürlich. Ich werde mitkommen."

„Danke."

Er ergreift meine Hand, bevor er mich in Richtung seiner Beifahrertür drückt und auf der Fahrerseite einsteigt. Seine Hände umschließen das Lenkrad während der Fahrt so fest, dass seine Knöchel weiß werden. Die Sehnen an den Seiten seines Halses sind angespannt und treten so stark hervor, dass es den Eindruck macht, als würden sie gleich reißen. Ich möchte etwas sagen, weiß aber nicht, was. Ganz sicher, was hier wirklich los ist, bin ich mir immer noch nicht.

Nach ein paar Minuten verlassen wir den inneren Kern der Stadt und fahren in einen Außenbezirk ein. Ein massives schwarzes Eisentor ragt vor uns auf. Mit seinen scharfen Spitzen und den eng angeordneten Gitterstäben ist das Tor ein Friedhofsklischee, das ich so nicht erwartet habe. Feathered Nest ist so klein, dass ich mit einem winzigen Friedhof hinter der Kirche oder sogar mit einem Familiengrab irgendwo auf einem Feld gerechnet hatte. Stattdessen sieht der Friedhof so aus, als befänden sich dort die letzten Ruhestätten sämtlicher Bürger, die jemals in der Stadt gelebt haben.

Auf einem sanft abfallenden Hügel liegen Hunderte von Grabsteinen über die Wiese verteilt, von uralten bröckelnden Monolithen bis hin zu bescheidenen flachen Gedenksteinen. Aber es ist schwer, ihnen die gebührende Aufmerksamkeit zu schenken, während einem das Blaulicht der am Straßenrand geparkten Polizeiautos ins Gesicht flackert.

Jake macht sich nicht einmal die Mühe, hinter dem Auto einzuparken. Er hält sein Auto einfach an Ort und Stelle an, mit der Front am Friedhofstor und mit dem Heck noch halb auf der Straße, bevor er seinen Sicherheitsgurt abstreift und auf das gefrorene Gras stürmt.

Als ich ihm folgen will, verheddert sich meine Hose an etwas. Ich greife nach unten und fühle ein Stück Metall, das aus der Unterseite des Sitzes ragt und sich im Stoff verfangen hat. Als ich es loslasse, stoße ich mit der Hand an einen Gegenstand unter dem Sitz, der sich als ein Regenschirm herausstellt. Der Schneefall wird stetig stärker, also schnappe ich mir den Schirm, bevor ich aus dem Auto steige und Jake folge.

Er hat bereits das Tor passiert und stolpert über die Steine. Ich versuche, ihn einzuholen, aber das vereiste Gras ist glatt und glitschig unter meinen Füßen und ich habe Mühe, nicht zu stürzen. Als ich mir einen Weg durch die Grabsteine bahne, fällt mir auf, dass der Friedhof nicht wie andere nach dem Zeitpunkt des Ablebens angelegt ist. Stattdessen sind die Gräber so angeordnet, dass sich die verschiedenen Generationen der Stadt miteinander vermischen. Steine von Menschen aus dem letzten Jahrhundert liegen direkt neben anderen, die sich erst seit ein paar Monaten dort befinden.

Ich finde Jake schließlich an einen kreuzförmigen Grabstein mit keltischem Motiv gelehnt, der von der Witterung geglättet wurde und halb in der Erde versunken ist. Seine Hand hält sich an der Seite des Steins fest, aber seine Knie sehen aus, als würden sie unter ihm einknicken. Vor ihm bewegen sich drei Männer langsam über den verwitterten Boden. Erdklumpen und aufgewühltes Gras sind über die Parzellen um das klaffende Grab verteilt. Der Stein, der am Kopfende des Grabes stand, wurde in drei Teile zerschmettert.

Ich verspüre den Drang, die Beamten zu fragen, was hier eigentlich los ist. Aber ich muss bedenken, dass sie mich nicht als FBI-Agentin kennen. Sie haben bereits deutlich gemacht, was sie davon halten, wenn sich Externe in die Geschehnisse in ihrer Stadt einmischen wollen. Daher glaube ich nicht, dass sie freundlich darauf reagieren, wenn ich das versuchen würde. Ich muss mich dazu zwingen, mich zurückzuhalten und möglichst unauffällig an ein Maximum an Informationen zu gelangen.

Ich lasse meine Hand über Jakes Rücken gleiten. „Es tut mir so leid."

„Wer würde so etwas tun?", fragt er verzweifelt. „Warum würde jemand meinem Vater so etwas antun?"

Ich schüttle den Kopf. „Vielleicht waren es nur ein paar dumme Kinder. Teenager spielen gerne alberne Streiche und zerstören Dinge, weil sie denken, das wäre cool. Aus irgendeinem Grund scheinen sie es dabei besonders auf Gräber abgesehen zu haben, aber..."

„Sie haben seine Leiche mitgenommen."

Die Worte jagen mir einen Schauer über den Rücken.

„Was?"

„Seine Leiche, Emma. Er ist verschwunden. Mein Vater ist nicht mehr in seinem Grab. Wer immer es geschändet hat, hat seine Leiche mitgenommen."

Seine Stimme klingt, als hätte sein Schock eine Intensität erreicht, die seine normale Hirnaktivität beeinträchtigt. Ich habe so etwas schon oft erlebt. Jake ist anwesend. Aber er erlebt es nicht mehr bewusst. Ich öffne den Regenschirm und drücke ihn ihm in die Hand, bevor ich zum nächstbesten Polizisten hinübergehe. Es kümmert mich plötzlich nicht mehr, was sie denken.

„Dies ist ein Tatort", sagt der dünne Mann. Er wendet sich mir zu. Ich erinnere mich, dass sein Name Nicolas ist. „Sie dürfen sich hier nicht aufhalten."

„Was ist hier passiert?", frage ich und ignoriere seine Warnung.

„Genau das versuchen wir herauszufinden, Ms. Monroe. Wenn Sie jetzt bitte zur Seite treten würden."

Ich tue es, aber nicht in die Richtung, die er im Sinn hatte. Stattdessen trete ich näher an das ausgehobene Grab heran.

„Ich bin mit Jake hier. Falls Sie es nicht bemerkt haben, wüsste er gerne, was hier los ist. Glauben Sie nicht, dass er ein Recht darauf hat zu erfahren, wer das Grab seines Vaters geschändet hat?"

Ich wage einen Blick nach unten. Gefrorenes Gras und Schmutzklumpen liegen auf dem zersplitterten, offenen Sarg. Die Feuchtigkeit der Jahre unter der Erde hat das Satinfutter verfärbt und dazu geführt, dass es sich von den Ecken des Deckels gelöst hat. Aber an einigen Stellen gibt es immer noch Anzeichen dafür, wo der Körper seinen bleibenden Spuren im Sarg hinterlassen hat.

„Wie ich schon sagte, versuchen wir gerade, das herauszufinden. Solange wir nichts wissen, können wir ihm nichts sagen. Aber um ehrlich zu sein – all das sollte ihn wirklich nicht überraschen."

Nicolas wendet sich ab, aber ich gehe auf ihn zu und fasse ihn an der Schulter, um ihn aufzuhalten.

„Was soll das bedeuten?", frage ich.

„Sie können mich nicht so anfassen", sagt er stirnrunzelnd.

„Doch, das kann ich. Sie sind ein Polizist, nicht der Papst. Solange ich Sie nicht angreife, kann ich Sie anfassen. Was sollte dieser Spruch gerade bedeuten?"

„Fragen Sie Ihren Freund. Sie beide müssen von hier verschwinden. Wir werden uns mit Jake in Verbindung setzen, sobald wir es für nötig halten."

Er wendet sich ab und ich gehe zurück zu Jake.

„Komm schon. Komm, wir bringen dich nach Hause. Du siehst aus, als ob du eine Dusche und etwas zu essen vertragen kannst", sage ich.

„Nein. Ich gehe nirgendwohin, bevor wir nicht wissen, wer das getan hat und wo mein Vater ist", erwidert er zähneknirschend.

„Jake, wir müssen gehen. Das ist jetzt eine polizeiliche Untersuchung und wir werden nur im Weg sein."

„Ich bin nicht im Weg. Mein Vater braucht mich."

„Die Polizisten tun, was sie können. Du wirst niemandem helfen, wenn du dich nicht um dich selbst kümmerst. Lass mich dich nach Hause bringen. Ich mache dir etwas zu essen und bringe dich ins Bett. Du wirst dich besser fühlen, sobald du etwas geschlafen hast."

Jake sieht zu mir auf, als wolle er streiten, aber innerhalb von einem Sekundenbruchteil verschwindet der Zorn aus seinen Augen und er nickt. Kurz bevor wir den Friedhof verlassen, kommt mir ein Gedanke.

Ich ziehe mein Handy aus der Tasche und schieße schnell ein paar Fotos von dem Grab. Zwei der Beamten fangen mich ab und wollen protestieren, aber ich führe Jake wortlos um sie herum und zurück zu seinem Auto. Die Schlüssel stecken noch im Zündschloss und ich setze mich hinter das Lenkrad, um ihn zu seinem Haus zu fahren.

KAPITEL 8

Ich habe meine zweite Tasse Kaffee fast ausgetrunken und die Dusche läuft immer noch am Ende des Flurs. Jake hat kein Wort gesagt, als wir am Haus ankamen. Er stieg aus dem Auto aus und ging schweigend hinein, beinahe, als hätte er mich komplett vergessen. Das einzige Anzeichen, dass er sich meiner Anwesenheit noch bewusst war, war die Haustür, die er offen hatte stehen lassen. Als ich hineinging und sie hinter mir abschloss, war er bereits im Bad und ich konnte hören, wie er das Wasser anstellte. Ich nehme den letzten Schluck meines Kaffees, während ich durch das Küchenfenster auf die durch die Baumkronen sichtbaren Fetzen des Horizonts starre. Die leuchtenden Farben der aufgehenden Sonne erhellen die freien Stellen und bilden ein fast malerisches Bild am Himmel.

Der Anblick erinnert mich an die Steppdecke, die meine Großmutter über die Rückenlehne ihrer Couch drapiert hatte, als ich ein kleines Mädchen war. Es ist eine ferne Erinnerung. Wie ich Jake gegenüber schon sagte, habe ich als Kind nicht viel Zeit mit meinen Großeltern verbringen können. Doch selbst, wenn meine Erinnerungen an meine Großmutter nicht sehr zahlreich sind, ist mir diese Steppdecke deutlich in Erinnerung geblieben. Sie nannte ihn einen ‚Crazy Quilt'. Erst als ich erwachsen war, wurde mir klar, dass es sich dabei um den tatsächlichen Namen des Musters handelte. Beziehungsweise das Fehlen eines Musters. Die Sache funktionierte im Grunde so, dass sie eine Tasche voll mit Stoffresten von jedem ihrer Nähprojekte aufbewahrte. Manchmal, wenn ein Kleid oder ein Hemd von ihr abgenutzt oder fleckig war, zerschnitt sie auch diese und stopfte sie ebenfalls in die Tasche. Wenn der Beutel irgendwann voll genug war, nahm sie all diese Stoffreste und fügte sie in der zufälligen Reihenfolge zusammen, in der sie sie aus dem Beutel herausnahm. So wurden ihre ‚Crazy Quilts' geboren.

Als mir das klarwurde, war sie bereits weg. Ich hatte nie die Möglichkeit gehabt, sie zu fragen, was mit all den anderen Quilts geschehen war, die auf magische Weise aus dieser mit Stoffresten gefüllten Tasche entstanden waren. Ich kann mich nur an diesen einen erinnern.

Wenn ich jetzt an den Quilt denke, fröstelt es mich. Weil meine Sachen vom Schnee feucht geworden sind, habe ich nur noch die Leggins und das enge Top an. Ich setze meine Tasse ab und schlurfe zu der Schranktür in der Mitte des Flurs. Drinnen finde ich einen Stapel Decken und nehme eine heraus, um sie mir um die Schultern zu wickeln. Am Ende des Flurs höre ich ein Geräusch durch das Rauschen des Wassers hindurch. Ich glaube, es ist Jakes Stimme. Er scheint mir definitiv der Typ zu sein, der unter besseren Umständen unter der Dusche singt. Aber dies sind alles andere als fröhliche Umstände und die Stimme klingt nicht, als würde sie singen. Es ist eher ein Gemurmel, ein Nuscheln, das sich mit den Geräuschen des Wasserstrahls aus dem Duschkopf vermischt.

Ich gehe ein paar Schritte auf die Toilette zu, um zu sehen, ob ich verstehen kann, was er sagt, und wende mich dann abrupt ab. Er macht gerade eine schwere Zeit durch und kann meine Neugier jetzt nicht gebrauchen. Wenn er unter der Dusche Selbstgespräche führt, kann ich es ihm nicht verdenken. Ich sollte meine Energie lieber darauf verwenden, mir einen Reim auf diese Vorgänge hier zu machen, die so unsinnig und gleichzeitig so schrecklich erscheinen.

Zurück in der Küche fülle ich meinen Becher auf und nehme ihn mit ins Wohnzimmer, um mich auf der Couch zusammenzurollen. Die warme Decke vertreibt das Frösteln auf meiner Haut schnell, aber ich kann nicht vergessen, was Nicolas auf dem Friedhof zu mir gesagt hat. Niemand in der Stadt scheint einen Groll gegen Jake zu hegen. Im Gegenteil, er wird von den Leuten geliebt. Es gab keinen einzigen Tag, den ich mit ihm verbracht habe, an dem nicht ein Dutzend oder mehr Leute bei ihm stehen geblieben wären, um mit ihm zu plaudern. Es ist schwer, diesen Eindruck mit der entsetzlichen Schändung des Grabes seines Vaters in Einklang zu bringen oder mir vorzustellen, dass irgendjemand hier glauben könnte, so etwas wäre zu erwarten oder sogar gerechtfertigt gewesen.

Ein dickes Buch mit dunkelgrünem Ledereinband fällt mir ins Auge, das auf dem untersten Teil eines kleinen Bücherregals liegt. Ich hebe es auf, nehme es mit zurück zur Couch und schlage es über meinen gefalteten Beinen auf. Es ist ein Fotoalbum, eines im altmodischen Stil, bei dem jedes Bild sorgfältig in kleine schwarze Papierecken gesteckt ist. Ein Großteil der freien Fläche auf jeder Seite ist mit Beschriftungen und Notizen in verschnörkelter, eng aneinandergereihter Handschrift in zarter grauer Tinte versehen.

„Meine Familie."

Ich habe schon einige Seiten in dem Album durch, als Jake ins Zimmer kommt. Ich war so in die Bilder vertieft, dass ich gar nicht gehört habe, dass die Dusche abgestellt wurde. Er lächelt mich schwach an, als ich aufschaue. Die Dusche scheint seinen Muskeln die Anspannung genommen zu haben, doch ich sehe weiterhin einen dichten Strudel von Emotionen hinter seinen Augen.

Er hat nichts als eine graue Jogginghose an, trägt kein Oberteil. Das Morgenlicht reflektiert auf den Muskeln seines Körpers.

„Es tut mir leid. Ich wollte nicht in deine Privatsphäre eindringen. Ich habe es nur bemerkt und war neugierig", sage ich.

Jake schüttelt den Kopf. „Ist schon in Ordnung. Fotoalben sind zum Anschauen da, nicht wahr? Wenn man sie nicht anschaut und die Erinnerungen mit anderen teilt, ist es fast, als würde es sie gar nicht geben."

Es ist ein seltsamer Gedanke, aber ich glaube, ich verstehe, was er damit sagen will.

„Lass mich dir etwas zu essen bringen. Ich bin gleich wieder da."

Er beugt sich vor und küsst mich sanft, während ich aufstehe, wie schon so viele Male, seit wir uns nähergekommen sind. In dem Kuss liegen Traurigkeit und ein bitteres Gefühl des Suchens, als würde er verzweifelt versuchen, in mir eine Art Antwort auf Fragen zu finden, die ihn quälen. Unsere Blicke treffen sich für eine flüchtige Sekunde, dann gehe ich in die Küche. Das Blech mit den Frühstücksbagels, das ich in den Ofen geschoben habe, ist gerade fertig geworden, und ich mache schnell ein paar Spiegeleier. Ich schaufle sie zusammen mit einer

Scheibe Käse auf einen der Bagel, fülle ein Glas mit Orangensaft und bringe es ihm.

Jake sitzt auf der Couch und starrt auf eine Seite des Fotoalbums. Seine Finger fahren über den Rand eines Bildes und es ist mir unangenehm, mich ihm zu nähern, als ob ich ihn in einem äußerst privaten Moment stören würde. Ein paar Sekunden lang tapse ich unbeholfen mit dem Teller in seine Richtung, bevor er mich bemerkt. Ein schwaches Lächeln huscht über sein Gesicht.

„Danke." Er nimmt mir den Teller aus der Hand und schaut einladend auf das Polster neben sich. Als ich mich setze, deutet er auf das Bild. „Das ist meine Großmutter. Sie hat dieses Kleid geliebt."

Das schlichte lila-blaue Blumenmuster ist typischer Großmutterstil. Es ist die Art von Kleid, die mich an den Duft von Keksen und lange Umarmungen denken lässt. Das Bild ist eine Nahaufnahme und zeigt von ihrer Umgebung so gut wie nichts außer ein paar Holzplanken unter ihren Füßen.

„Wo ist sie?", frage ich.

„Das ist ihr Haus. Ich weiß noch, wann dieses Bild aufgenommen wurde. Es war Ostern. Sie machte immer einen riesigen Lunch und wir verbrachten den ganzen Nachmittag damit, in ihrem Garten nach Eiern zu suchen, die sie dort versteckt hatte. Sie wollte nicht, dass einer von uns Geschwistern oder Cousins nicht genug Eier bekam oder dass einer der Älteren alle fand, bevor die Kleinen es schafften, also bestimmte sie für jeden von uns eine Farbe. Wir durften nur die Eier behalten, die unsere Farbe hatten, und durften keines öffnen, bevor nicht jeder alle seine Eier gefunden hatte."

Ich versuche, die Beschriftung zu lesen, aber die Handschrift ist zu undeutlich. Ich schaffe es nicht sie zu entziffern, bevor er die Seite umblättert und mir ein Foto eines jungen Mädchens zeigt. Das Bild ist durch das grelle Sonnenlicht verwaschen, aber ich kann blasses blondes Haar erkennen. Sie blinzelt und beugt sich über den Kopf eines großen Hundes, den sie entweder umarmt oder in den Schwitzkasten nimmt.

„Ist das deine Schwester?", frage ich.

Jake nickt, während er einen Bissen von dem Bagel nimmt, den ich ihm gemacht habe. „Das ist Mocha. Sie war besessen von diesem Hund."

„Er sieht nicht sehr glücklich darüber aus", bemerke ich.

„Er mochte niemanden besonders. Aber mit ihr kam er am besten zurecht. Mein Vater hat ihn als Welpe im Wald gefunden. Ich glaube, er war es einfach von klein auf gewohnt, auf sich allein gestellt zu sein. Er war nicht daran interessiert, zu einem Schoßhund zu werden. Eines Tages ist er einfach weggelaufen. Ich habe ihn nie wieder gesehen."

„Das tut mir leid."

Jake zuckt mit den Schultern. „Ein paar schöne Erinnerungen an alte Geschichten sind besser, als jemanden um sich zu haben, der nicht daran interessiert ist, neue Erinnerungen zu schaffen."

Er klappt das Album zu und lässt es auf seinem Schoß liegen, während er den Bagel aufisst. Das Sonnenlicht des frühen Morgens fällt durch die Vorhänge. Um uns herum liegt ein seltsames Gefühl der Erwartung in der Luft. Wir warten darauf, dass irgendetwas passiert, aber ich bin mir nicht sicher, was genau. Als er mit dem Essen fertig ist, lehnt sich Jake zurück und lässt seinen Kopf auf die Couch sinken. Seine Augen fallen zu und ich ergreife seine Hand.

„Komm, wir bringen dich ins Bett. Ich kann mir denken, dass du alles andere als genug Schlaf bekommen hast", sage ich.

Er schüttelt den Kopf, hebt ihn aber nicht. „Ich werde hier warten. Vielleicht rufen sie mich an."

„Du wirst dich in deinem Bett viel wohler dabei fühlen und ein wenig schlafen können. Wenn die Polizei anruft, macht es keinen Unterschied, ob du hier bist oder dort drinnen."

Schließlich gibt er nach und lässt sich von mir ins Schlafzimmer führen. Als ich die Decken zurückziehe, klettert er darunter und atmet schwer aus, während sein Kopf auf das Kissen sinkt. Ich ziehe ihm die Decke über die Schulter, beuge mich hinunter und küsse seine Stirn. Als ich mich umdrehe, um den Raum zu verlassen, streckt er die Hand aus und hält mein Handgelenk fest.

„Bleib", flüstert er. „Bitte. Ich will jetzt nicht allein sein."

Ich nicke. Ich wollte sowieso zurück in die Hütte und mich schlafen legen. Wenn es ihn beruhigt, kann ich genauso gut hierbleiben.

Die Laken sind kalt, als ich hineinschlüpfe, und ich schmiege mich eng an Jake, um etwas von seiner Wärme abzubekommen. Er scheint bereits viel entspannter als zuvor. Auch auf mich hat der saubere Geruch seines frisch gewaschenen Körpers eine beruhigende Wirkung. Ich wünschte, ich wüsste, wie ich ihn trösten könnte. Jedoch kann ich mir nicht einmal wirklich vorstellen, was er im Moment durchmacht. Ein Teil von mir kann es verstehen, aber es vollständig nachzuvollziehen, ist vielleicht unmöglich. Als mein Vater verschwand, war das ein Schock und ich hing mit einem Mal komplett in der Schwebe. Das tue ich auf eine gewisse Art und Weise immer noch. Meine Hoffnung, dass er womöglich noch am Leben ist, besteht weiter. Ich weiß also, wie es ist, einen Elternteil zu verlieren, aber ich kann mir nicht vorstellen, wie es sich anfühlen würde, wenn jemand das Grab meiner Mutter schänden und ihren Leichnam mitnehmen würde.

Mit Mühe versuche ich, mich zum Einschlafen zu zwingen, aber die Situation lastet schwer auf mir und ich kann meine Augen einfach nicht schließen. Ich bin mir nicht sicher, wie viel Zeit vergangen ist, als Jake sich umdreht und mich ansieht. Er seufzt leise und fährt mit den Fingern durch mein Haar.

„Was ist los?", fragt er. Scheinbar hat er meine Rastlosigkeit bemerkt.

Ich schüttle den Kopf. „Nichts."

Er neigt mir fragend den Kopf zu und ich stoße einen Seufzer aus.

„Es gibt etwas, das mir auf der Seele liegt, aber ich möchte nicht darüber sprechen. Du hast genug Sorgen."

„Was ist los? Sag es mir", fordert er.

„Als wir auf dem Friedhof waren und ich mit den Polizisten sprechen wollte, hat Nicolas etwas zu mir gesagt", gebe ich zu.

„Was hat er gesagt?", fragt Jake misstrauisch, stützt sich auf seinen Ellbogen und schaut auf mich herab.

Ich fühle mich seltsam dabei, ihn so über mir schweben zu haben, und zwinge mich, die dunklen Erinnerungen zu verdrängen, die das hervorruft. Ich bin sie nie losgeworden. Jedes Mal, wenn mir jemand zu nahe kommt, stürmen sie auf mich ein und lösen Misstrauen in mir aus.

„Er sagte über das Grab deines Vaters, dass du dich eigentlich nicht darüber wundern solltest."

Jakes Gesichtsausdruck verfinstert sich. Er dreht sich wieder auf den Rücken und starrt an die Decke.

„Es tut mir leid. Ich hätte nichts sagen sollen", flüstere ich.

„Nein. Ich bin froh, dass du es getan hast. Die Wahrheit ist, er ist nicht der Einzige in dieser Stadt, der so denkt. Es gibt hier einiges an bösem Blut. Einen Groll, den einige der alten Hasen nicht loslassen können. Es gibt Familien in dieser Stadt, die meinen Vater für Dinge verantwortlich machen, die vor sehr langer Zeit passiert sind, Dinge, mit denen er nichts zu tun hatte. Es sieht so aus, als ob die jüngsten Vorgänge hier in der Stadt das Thema wieder ans Tageslicht befördern. Ich verstehe nicht, warum sie es nicht einfach gut sein lassen. Es ist schon schwer genug, dass er tot ist. Sie müssen nicht auch noch seinen Geist quälen."

KAPITEL 9

„DAS WAR'S FÜR DICH DAMIT?“, FRAGT BELLAMY.

„Was meinst du damit?“

Ich öffne die Kiste am Fußende des Bettes und ziehe eine der gefalteten Bettdecken heraus. Sie rochen feucht und muffig, als ich ankam, aber ich habe sie alle in der ersten Woche gewaschen, damit ich sie bei Bedarf benutzen kann. Die Temperaturen sind deutlich gesunken und mir scheint nie warm genug werden zu können. Ich setze mich auf die Couch und schlinge mir die Decke um die Schultern.

„Er erzählt dir, dass es in der Stadt böses Blut gegen seinen Vater gibt, und du stellst keine weiteren Fragen? Das Grab des Mannes wurde geschändet und seine Knochen wurden ausgegraben. Meinst du nicht, dass es sich gelohnt hätte, ein wenig hartnäckiger herumzustochern?“

„Was hätte ich ihn fragen sollen? Wie du gerade selbst sagtest, wurde das Grab seines Vaters geschändet. Er war nicht gerade in bester Verfassung. Nicht der beste Moment, um ihn über offensichtlich heikle Dinge aus seiner Vergangenheit auszufragen“, erkläre ich. „Es kommt mir nur alles so seltsam vor. Alles, was Jake mir über seine Familie erzählt hat, war idyllisch. Beinahe perfekt. Er hat mir Geschichten über gemeinsame Unternehmungen erzählt und wie sehr er zu seinem Vater aufgesehen hat. Und jetzt erfahre ich, dass es in der Stadt so viel böses Blut gegen seine Familie gibt, dass die Leute nicht überrascht waren, dass jemand seinen Vater aus seinem Grab ausgegraben hat? Ist das nicht ein wenig extrem?"

„Naja, irgendwie schon. Ich hatte schon so manche Meinungsverschiedenheit mit anderen Leuten, aber es wäre mir nie in den Sinn gekommen, sie nach ihrem Tod aus ihrem Grab verschwinden zu lassen", witzelt sie.

„Eben. Es ist einfach so unheimlich. Es gibt ein paar dunkle Geheimnisse in dieser Stadt und wenn ich ihnen nicht bald auf den Grund gehe, habe ich das Gefühl, dass alles nur noch schlimmer werden wird."

„Glaubst du, dass diese Geheimnisse etwas mit den anderen verschwundenen Personen zu tun haben könnten?", fragt Bellamy.

Ich denke kurz nach und nehme einen kräftigen Schluck Kaffee. „Das glaube ich nicht. Wirklich nicht. Es würde keinen Sinn machen."

„Warum nicht?"

„Nun, zuallererst einmal waren alle anderen Personen am Leben, als sie verschwanden. Jakes Vater hingegen war es ganz eindeutig nicht. Nein, es ist, als ob der soziale Zusammenhalt in der Stadt dabei ist, sich nach und nach aufzulösen. Die Leute werden aggressiver, erinnern sich plötzlich an irgendwelche Fehden von damals und versuchen, alte Rechnungen zu begleichen."

„Wo ist Jake jetzt?

„Er ist in die Bar gegangen. Ich wollte, dass er zu Hause bleibt und versucht, sich etwas auszuruhen, aber er ist zu aufgeregt. Er sagt, in der Bar fühle er sich sicherer und habe eher das Gefühl, alles unter Kontrolle zu haben. Das kann ich irgendwie auch verstehen. Seine Arbeit ist sein Alltag, seine Routine. Die braucht er im Moment einfach."

„So war es auch bei dir, als Greg..."

Sie verstummt, aber das macht den Rest des Satzes nicht ungeschehen.

„Verschwunden ist?", frage ich. „Du kannst es aussprechen. Das ist es, was geschehen ist. Und ja, du hast Recht. Ich habe genauso reagiert. Als ich erfuhr, dass er weg ist, habe ich mich in die Arbeit gestürzt und alles getan, um keinen Moment zum Nachdenken zu haben. Das machte es einfacher, mit der Sache umzugehen. Ich bin mir sicher, dass Jake im Moment in genau der gleichen Lage ist. Er will einfach nur seinem Alltag nachgehen, alles verdrängen und versuchen, nicht darüber nachzudenken, was passiert ist. Es gibt im Prinzip auch nichts, was er tun könnte, bis die Polizei herausgefunden hat, was passiert ist."

„Was ist mit dir? Was wirst du tun? Hast du noch andere Spuren, denen du folgen wirst?"

„Das würde voraussetzen, dass ich überhaupt welche habe." Ich atme schwer aus und fahre mit den Händen wieder durch die Fotos, die auf dem Tisch ausgebreitet liegen. „Ich habe langsam das Gefühl, dass dies der wahre Grund ist, warum Creagan mich für diesen Job ausgewählt hat. Es ist nicht so, dass er Vertrauen in mich hatte oder wollte, dass ich den Grundstein für die Lösung des Falles lege, bevor er den Rest des Teams losschickt. Er hat mich hierhergeschickt, weil er weiß, dass dieser Fall unmöglich zu lösen ist."

„Es ist nicht unmöglich. Nicht für dich", beruhigt mich Bellamy. „Du machst das schon. Tu einfach, was du immer tust."

„Ausrasten und versuchen, einen Verdächtigen in einem fahrenden Fahrzeug zu verprügeln?", frage ich lachend.

„Haha. Besinn dich auf das, was dich bislang erfolgreich gemacht hat. Geh den Fall nochmal von Anfang an durch. Ich bin sicher, du hast bereits jetzt schon viel mehr herausgefunden, als du denkst."

Ich nehme ein Bild in die Hand, das ganz unten in einem Stapel lag, und starre es einige Sekunden lang an. „Weißt du, Bell, manchmal weißt du wirklich, wovon du redest."

„Ist dir eine Erkenntnis gekommen?", fragt sie.

„Nicht wirklich. Aber ich weiß, wo ich anfangen kann", sage ich ihr, stehe von der Couch auf und streife die Decke ab.

„Gut. Sei vorsichtig."

„Das werde ich sein. Ich rufe dich später an."

Ich lege auf und gehe ins Schlafzimmer, um mir eine weitere Schicht Kleidung überzuziehen und meine Füße in die Stiefel zu stecken. Ich schreibe Jake eine kurze SMS, in der ich ihm mitteile, dass ich möglicherweise für eine Weile keinen Empfang haben werde, damit er sich keine Sorgen machen muss, wenn er mich nicht erreichen kann, und verspreche, später am Abend in der Bar vorbeizuschauen. Anhand der Informationen auf der Rückseite des Bildes rufe ich eine Karte auf Google Maps auf, streife mir meinen Mantel und meine Handschuhe über und mache mich auf den Weg.

Es ist genauso kalt wie vorhin, als ich von Jake zurückkam, aber ich hoffe, dass mich die Wanderung durch den Wald etwas aufwärmen wird. Ich könnte das Auto nehmen. Das wäre die zeitsparendste Möglichkeit. Aber das würde bedeuten, dass ich dieselbe Straße nehmen müsste, die ich seit Beginn der Ermittlungen schon unzählige Male gefahren bin.

Stattdessen will ich am Waldrand entlang durch die Außenbezirke der Stadt zurück zu den Bahngleisen gehen. Vielleicht fällt mir etwas auf, was mir bis hierhin entgangen ist.

Die Fahrt vom Bahnhof in die Stadt nach meiner Ankunft hat fünfundvierzig Minuten gedauert, aber das lag an der seltsamen Kurvenführung der Straße, die den Zug weit an der Stadt vorbeifahren ließ, bevor er mich absetzte. Mit Hilfe der Satellitenansicht der Umgebung auf meinem Handy suche ich den direktesten Weg zu der Stelle, an der die erste der beiden Leichen gefunden wurde. Es dauert ein paar Minuten, bis ich den Beginn meiner eigens zurechtgelegten Route erreiche. Dort angekommen bahne ich mir vorsichtig einen Weg durch den dicht bewachsenen Wald.

Ich bin etwa eine Viertelstunde gelaufen, als sich die Bäume vor mir leicht lichten und ich eine Veränderung in ihrem Schema auf einer Seite bemerke. Eilig klettere ich durch ein Dickicht aus Sträuchern und Ranken und befinde mich nun auf einem Weg, der wie ein alter Pfad aussieht. Er ist vernachlässigt und überwuchert, aber ein dicker Teppich aus Tannennadeln und Blättern bildet einen deutlich erkennbaren, mehrere Meter breiten Pfad zwischen den Bäumen.

Mein Instinkt treibt mich weiter an und ich beobachte meine Umgebung genau, während ich mich weiter vorwärtsbewege. Ich recke meinen Hals ein wenig, um einen Blick darauf zu erhaschen, wohin der Weg in die andere Richtung führt, und bin für einen Moment versucht, diese Richtung zu erkunden, entschließe mich aber letztlich, umzudrehen und in Richtung der Bahngleise weiterzugehen.

Es dauert nicht mehr allzu lange, bis sich meine Intuition als richtig erweist. Ich trete aus den Bäumen heraus auf den Schotterwall vor den Gleisen, zücke mein Handy und mache ein paar Fotos von der Gegend, auch von der Stelle, an der ich aus den Bäumen hervorgetreten bin. Der Weg ist von hier aus kaum zu sehen, fast schon versteckt. Für jemanden, der nicht danach sucht oder die Gegend nicht genau kennt, wäre er leicht zu übersehen.

Ich bin nur wenige Meter von der rosa Markierung entfernt, die ich bei meinem ersten Besuch der Gleise vorgefunden habe. Wenn ich auf die andere Seite der Gleise schaue, sehe ich die Stelle, wo ich an diesem Nachmittag mein Auto geparkt hatte. Diesen Pfad habe ich damals nicht einmal ansatzweise bemerkt. Ich ging direkt an ihm vorbei, stand dann nur wenige Meter von ihm entfernt und hatte die ganze Zeit über nicht den Hauch einer Ahnung, dass er hier war. Als ich zu der Stelle zurückkehre, schaue ich erneut zu der Markierung hinüber.

Aus den Augenwinkeln betrachtet, sieht die Baumgrenze gleichmäßig und ungebrochen aus. Selbst als ich auf die Markierung zusteuere, bemerke ich kaum eine Veränderung. Der einzige Grund, warum ich die Öffnung hin zu diesem Pfad wahrnehmen kann, ist die Tatsache, dass ich ihn eben gegangen bin. Wer diesen Weg zum ersten Mal zurücklegt und dabei in den grausigen Anblick eines zerfetzten Körpers vertieft ist, würde die leichte Öffnung im Gestrüpp auf keinen Fall bemerken.

Ich erinnere mich an die Aufzeichnungen der örtlichen Polizei im Zusammenhang mit der Untersuchung des Tatorts. Da stand nichts in Bezug auf diesen Pfad oder irgendetwas, das mit ihm zu tun hätte. Natürlich habe ich aufgrund der Weigerung der Polizei, mit dem FBI zusammenzuarbeiten, keinen Zugang zu den vollständigen Ermittlungsunterlagen, so dass ich nicht weiß, was sie wirklich alles herausgefunden haben oder untersuchen. Aber ich denke, wenn sie von dem Weg wüssten, der in den Außenbezirk der Stadt führt, hätten sie diesen Bereich markiert und würden ihn weiter unter die Lupe nehmen.

Es sei denn, sie hätten seine Existenz bereits als bedeutungslos verworfen. Ich habe ihn nur zufällig gefunden und er scheint nicht regelmäßig benutzt zu werden. Er war nicht einmal auf der Karte zu sehen, die ich verwendet habe, um mir den Weg von der Hütte aus durch den Wald zu bahnen. Ich tauche durch den schmalen Eingang zurück in den Wald, treffe sogleich erneut auf den Pfad und folge ihm in die Richtung, aus der ich gekommen bin. Mit jedem weiteren Schritt läuft mir ein kälterer Schauer über den Rücken, als würden mich Augenpaare aus dem Dickicht beobachten. Plötzlich bleibe ich stehen und lausche, ob sich in den Bäumen etwas bewegt. Das Eis auf dem Boden und das dichte Gewirr von Ästen und Zweigen macht es fast unmöglich, sich hier zu bewegen, ohne Geräusche zu produzieren. Doch um mich herum ist es gespenstisch still.

Dann lässt ein Geräusch hinter mir mich abrupt umdrehen. Mein eigener Atem erzeugt eine weiße Wolke in der Luft und trübt einen Moment lang meine Sicht. Ich kann den leuchtenden roten Fleck vor mir erst nicht einordnen, aber das Flattern von Flügeln vor mir lässt mich schnell erkennen, dass es sich um einen kleinen Rotkardinal handelt. Er bewegt sich nicht von seiner Stelle auf dem Boden und ich gehe vorsichtig auf ihn zu. Ein nochmaliges hektisches Flattern seiner Flügel wird gefolgt von seinem schrillen Schrei. Er ist verletzt.

Ich ziehe meine Handschuhe aus, hocke mich zu dem kleinen Vogel hin und drücke ihn vorsichtig in meine Handfläche. Als ich ihn hochhebe, sehe ich, dass sein Fuß unter etwas feststeckt, das unter der

Blätterdecke liegt. Eine schmutzige, verrostete Schnalle hebt sich leicht, als ich seinen Fuß befreie, und sinkt sogleich wieder zurück auf den Boden. Vorsichtig berühre ich den Fuß des Vogels. Er wehrt sich weiter dagegen, dass ich ihn festhalte, aber er scheint nicht ernsthaft verletzt zu sein. Als ich ihn wieder absetze, hüpft das leuchtend karminrote Tier sofort davon und flattert in die Lüfte. Ich schaue ihm ein paar Sekunden lang hinterher, bevor ich mich wieder der rostigen Schnalle am Boden zuwende.

Ich bürste die Blätter weg, um sie besser betrachten zu können. Er muss großes Pech gehabt haben, sich bei der Nahrungssuche mit dem Fuß in dieser Schnalle verheddert zu haben. Ich wische noch ein paar Blätter beiseite und sehe, dass die Schnalle an etwas anderem befestigt ist. Es ist ein Stück dickes braunes Leder, das fast wie ein kleiner Gürtel aussieht. Als ich es in die Hand nehme, erkenne ich jedoch, dass es sich um ein Hundehalsband handelt, das an einer Metallkette befestigt ist. Ich ziehe es hoch und sehe, dass das Ende der Kette um einen nahen Baum gewickelt ist.

Ein Schauer läuft mir über den Rücken und ich lege die Kette wieder dorthin zurück, wo ich sie gefunden habe. Es ist zwar erst mitten am Nachmittag, aber der Wind nimmt sichtlich zu und die Temperaturen werden schärfer. Ich spüre einen Hauch von Eis in der Luft, das nur darauf wartet, als Niederschlag herunterzugehen.

Ich gehe schneller, bis ich die Stelle erreiche, an der ich den Pfad zum ersten Mal betreten habe. Dort angekommen gehe ich weiter, halte aber inne, als ich merke, dass er von der Hütte wegführt. Wie ich erwartet hatte, ist der Empfang auf meinem Handy hier draußen nur spärlich, also beschließe ich, umzukehren. Jetzt ist nicht der richtige Zeitpunkt, um mich im Wald zu verlaufen.

Ich verlasse den Pfad und gehe durch den Wald zurück in die Richtung, aus der ich gekommen bin. Meine Hände sind taub und meine Füße fühlen sich in den Stiefeln schwer an, als ich zur Hütte zurückkehre. Ich träume von einer großen Schüssel Suppe und einer Tasse Tee, aber diese süße Verheißung verflüchtigt sich schnell, als ich auf der Veranda ankomme und sehe, was dort auf mich wartet.

Mit einem schweren Seufzer nehme ich die kleine weiße Notizkarte aus dem Türrahmen heraus.

„Ich muss mit Ihnen sprechen. Bitte kommen Sie sofort aufs Revier, sobald Sie diese Nachricht lesen."

Die Notiz ist nicht unterschrieben, aber es gibt keinen Zweifel daran, wer sie verfasst hat: Die einzige Person in der Stadt, die sowohl unbedingt mit mir sprechen möchte als auch ein Ego hat, das groß genug ist, um weder den eigenen Namen zu erwähnen noch die Möglichkeit in Erwägung zu ziehen, dass ich anderweitig beschäftigt sein könnte.

Chief LaRoche.

KAPITEL 10

Ich könnte einfach so tun, als hätte ich die Notiz nicht bekommen. Er hätte sehr leicht vom Wind verweht werden und in den Wald flattern können. Ich könnte die Nachricht einfach ignorieren und den Rest des Tages Winterschlaf halten.

Oder ich könnte mir eingestehen, dass mein Schlafmangel mir bereits jetzt zu schaffen macht und nur noch schlimmer werden wird, wenn der Chief versucht, meine Hütte zu stürmen und ich nicht auf seine Forderung reagiere.

Ich stöhne und betrete die Hütte nur kurz, um mich der äußersten Schichten meiner Kleidung zu entledigen und meinen Autoschlüssel zu holen. Was zum Teufel will er von mir? Er weiß nicht, wer ich bin oder warum ich mich in seiner Stadt befinde. Ich habe das Gefühl, dass ich im Nachteil bin, weil ich keine Ahnung habe, worüber er reden will. Bei einer verdeckten Ermittlung geht es darum, immer einen Schritt voraus zu sein, und das kann ich nicht, wenn ich nicht einmal weiß, worauf ich mich hier einlasse. Aber ich habe einen Verdacht.

Als ich auf dem Polizeirevier ankomme, gehe ich zum Empfang und warte darauf, dass Esther zu mir aufsieht.

„Hi. Ich bin hier, um Chief…"

„Kommen Sie in mein Büro", ruft LaRoche von dem Flur im hinteren Teil des Reviers aus.

„Da ist er ja schon. Auf Zack wie eh und je. Danke, Esther."

Ich folge Chief LaRoche durch den Flur in sein Büro und lasse mich auf den harten Holzstuhl vor seinem Schreibtisch fallen.

„Wo waren Sie?", fragt er, geht um den Schreibtisch herum und setzt sich auf seinen eigenen, dick gepolsterten Stuhl.

„Wie bitte?", frage ich.

Er lehnt sich zurück und seine Augen wandern an mir auf und ab. Ich könnte mich tatsächlich von ihm belästigt fühlen, wenn ich einen Grund zur Annahme hätte, dass sich hinter diesem Blick etwas anderes als pure Verachtung verbergen würde. Und vielleicht ein gesundes Maß an Misstrauen. Je länger ich ihn ansehe, desto mehr kribbelt mein Nacken vor Unbehagen.

„Ich glaube nicht, dass das eine schwierige Frage ist, Ms. Monroe. Ich bin zu der Hütte gegangen, in der Sie wohnen, und Sie waren nicht da. Wo waren Sie?"

Die Art, wie er meinen Nachnamen ausspricht, hat einen gewissen Beigeschmack und ich verenge meine Augen leicht. Mein Körper spannt sich an. Könnte er herausgefunden haben, warum ich hier bin? Es ist ja nicht so, dass Creagans Wahl des Namens und meiner Story besonders kreativ ist. Nicht, dass es sich um das Ende der Welt handeln würde, wenn er es herausfände. Es ist nicht illegal, sich von einem Polizisten dabei erwischen zu lassen, ein Mitglied des FBIs zu sein. Aber die Art, wie er es sagt, beunruhigt mich.

„Ich glaube nicht, dass Sie das etwas angeht", antworte ich.

„Es geht mich etwas an, da ich versuche, die Bürger in meiner Stadt vor einem möglichen Serienmörder zu schützen."

„Haben Sie mir nicht vor Kurzem selbst in wenig schmeichelhaften Worten in Erinnerung gerufen, dass ich nicht zu den Bürgern Ihrer Stadt gehöre? Nur jemand auf der Durchreise bin?", frage ich.

Er lehnt sich in seinem Stuhl weiter zurück und faltet die Hände über dem Bauch, während er mich anstarrt. Das Grinsen auf seinem Gesicht lässt mich ihn noch mehr verabscheuen.

„Da haben Sie ganz Recht. Und das macht mich nur noch neugieriger auf die Antwort auf meine Frage. Ich mag es nicht, wenn eine Fremde hier herumschleicht und nicht ehrlich in Bezug darauf ist, was sie hier treibt."

„Ich bin nicht verpflichtet, es Ihnen zu sagen", sage ich.

Er zieht einen scharfen Atemzug durch die Nase ein und seine Nasenlöcher blähen sich. Als er ihn wieder ausstößt, nickt er nur.

„Ich habe mir den toten Mann auf Ihrer Veranda angesehen", sagt er.

„Sie haben mich hierherbeordert, um mich über etwas auszuquetschen, von dem ich Ihnen bereits mehrere Male gesagt habe, dass ich nichts weiß?"

„Ich habe Sie nicht –"

„Als ich das letzte Mal nachgesehen habe, war er nicht mehr da", schnauze ich und unterbreche ihn, bevor er in einen selbstgefälligen Monolog verfallen kann. „Solange Sie ihn nicht zurückgebracht haben, glaube ich nicht, dass diese Sache mehr mit mir zu tun hat als bei unserem letzten Gespräch."

Ich hoffe, meine Stimme klingt überzeugend genug. Er darf nichts von dem Zettel wissen, der in der Schublade des Nachttisches in der Hütte versteckt ist, und meinem daraufgekritzelten Namen. Er darf weder wissen, dass ich die Informationen über diesen Mann noch dringender brauche als er noch warum ich das tue. Ich hingegen brauche jedes Detail, das LaRoche über ihn haben könnte.

„Das würde ich wirklich gerne glauben, Ms. Monroe, aber Sie müssen doch nachvollziehen können, wie das von außen betrachtet aussieht."

„Nein, Chief. Wonach sieht es denn aus? Soweit ich das beurteilen kann, passt dieser Fall nicht zu den anderen Verschwundenen oder den Morden. Das letzte Mal, als wir miteinander sprachen, sagten Sie, Sie wüssten nicht einmal, wer der Tote ist."

Der Chief öffnet die oberste Schublade seines Schreibtisches und zieht einen Zettel hervor, um ihn mir über den Schreibtisch hinweg zuzuschieben.

„Sagt Ihnen dieser Name etwas?"

Ich schaue auf das Papier hinunter.

„Ron Murdock?" Ich schüttele den Kopf. „Nein. Noch nie gehört."

„Anscheinend hat das auch niemand sonst. Zumindest nicht in Verbindung mit diesem Mann. Deshalb frage ich mich, warum er diesen Namen für das Hotelzimmer benutzt hat, das er drei Städte weiter angemietet hatte."

„Woher wissen Sie, dass er ein Hotelzimmer angemietet hat?", frage ich und hebe zweifelnd eine Augenbraue.

„Überwachungsvideo." Er neigt sein Gesicht zu mir, um mich durch seine gesenkten Lider zu betrachten, und leckt sich auf eine schmierige Art die Lippen, die mich erschaudern lässt. „Ich schätze, wir wissen ein bisschen mehr über die Sache, als Sie denken."

„Ist das alles, was Sie mich fragen wollten?", frage ich.

Ich mache Anstalten aufzustehen, aber Chief LaRoche lehnt sich blitzschnell vor und ich bleibe verdutzt sitzen.

„Kennen Sie jemanden in Florida?", fragt er.

Der Atem stockt mir im Hals, aber ich lasse es mir nicht anmerken. Ich lasse meinen Atem langsam ausströmen und halte meinen Blick fest auf ihn gerichtet.

„Warum?"

„Beantworten Sie die Frage", fordert er.

„Ist das eine Art Spiel, das wir hier spielen?"

„Die Adresse, die er bei der Anmeldung für das Hotelzimmer angegeben hat, ist in Iowa, aber auf seinem Führerschein steht, dass er aus Florida kommt."

„Und was hat das mit mir zu tun?"

Er wirft die Hände in die Luft und lächelt unaufrichtig. „Wahrscheinlich nichts. Ich wollte nur mal sehen, ob Sie eine Idee haben."

„Ich war weniger als eine Stunde in der Hütte, als er an die Tür kam. Warum sollte ich eine Ahnung haben, wer er ist?"

Meine Gedanken wandern zurück zu dem Zettel in der Schublade. Ein Teil von mir fragt sich, ob ich LaRoche sagen sollte, was ich weiß. Es gibt Details, die ich ihm geben könnte, Kontext, den ich ihm bieten könnte. Dieser Mann ist tot, liegt irgendwo herum und wartet darauf, dass jemand erfährt, wer er ist. Aber ich halte mich zurück. Sein Gesicht ist in keiner Vermisstenanzeige aufgetaucht. In den Nachrichten ist keine verzweifelte Frau zu sehen, die um die Rückkehr ihres Mannes fleht. Niemand sucht nach ihm, aber er hat nach mir gesucht. Ich muss wissen, warum, und werde vorher mit meinem Verdacht in Bezug auf die Verbindung, die er womöglich zu meiner Vergangenheit hat, nicht herausrücken.

„Seien Sie vorsichtig, Ms. Monroe. Es ist leicht, auf Abwege zu geraten, wenn man nicht weiß, womit man es zu tun hat."

Meine Augen verengen sich.

Eine Stimme ertönt aus dem Gang. „Ich denke nicht, dass wir ihn deswegen anrufen sollten. Er sollte es persönlich erfahren."

Der Blick des Chiefs hebt sich zu der Stimme der Person, die an der offenen Tür zu seinem Büro vorbeigeht.

„Ich habe es schon versucht. Er antwortet nicht. Wir sollten ihn einfach suchen gehen", antwortet eine andere Stimme.

Die beiden Stimmen scheinen nah beieinander, was bedeutet, dass die Männer wahrscheinlich am Pausenraum gleich neben dem Büro des Chefs stehen geblieben sind. LaRoche sieht nicht glücklich darüber aus, dass ich sie höre, was nur dazu führt, dass ich noch neugieriger darauf bin, worüber sie sprechen.

„Ist er um diese Zeit in der Bar?", fragt die erste Stimme.

„Danke, dass Sie hierhergekommen sind, um mit mir zu sprechen", räuspert sich Chief LaRoche und macht seine Stimme etwas lauter, als wolle er die anderen Männer übertönen. „Ich weiß Ihre Hilfe zu schätzen."

„Die beiden reden über Jake", sage ich. „Was ist hier los?"

„Ich weiß nicht, worüber die beiden reden. Aber ich verspreche Ihnen, dass ich Sie über den Mann auf Ihrer Veranda auf dem Laufenden halten werde, falls es weitere Entwicklungen gibt."

Ich zeige hinter mir auf die Tür. „Sie reden über Jake. Ich will wissen, was da los ist."

Er starrt mich an und seine wässrigen Augen fordern mich heraus, seine Autorität weiter in Frage zu stellen. Ich stehe auf und verlasse den Raum. Das Geräusch seines Stuhls, der über den Boden schabt, als er aufspringt, um mir hinterherzustürmen, würde mich amüsieren, wenn ich nicht so versessen darauf wäre, herauszufinden, warum sie über Jake reden. Nicolas und ein weiterer Beamter, dessen Namen ich mir nicht gemerkt habe, schauen von der Kaffeemaschine zu mir herüber, als ich den Pausenraum betrete.

„Suchen Sie nach Chief LaRoche?", fragt Nicolas.

„Was ist mit Jake?", frage ich ungerührt zurück.

„Miss Monroe, dieser Bereich ist für die Öffentlichkeit nicht zugänglich", sagt der Chief, der hinter mir auftaucht. „Wenn Sie mit mir kommen würden? Ich bringe Sie hinaus."

Aber ich bleibe ungerührt und starre Nicolas an. Sein Blick flackert von mir zum Chief und zurück. „Dies ist eine laufende Ermittlung und bevor wir nicht mit Jake gesprochen haben, können wir über nichts reden."

Er wird nicht nachgeben. Doch so schnell gebe ich mich nicht geschlagen. Ich verlasse das Polizeirevier und steige in mein Auto, bewege es jedoch nicht vom Parkplatz. Einige Minuten später kommen Nicolas und der andere Beamte aus dem Seiteneingang gelaufen und steigen in den Polizeiwagen, der auf einem der wenigen Parkplätze steht. Ich warte, bis sie den Parkplatz verlassen haben, und fahre dann langsam hinter ihnen her. Sie werden mir vielleicht nicht sagen, was los ist, aber sie können mich nicht daran hindern, durch die Stadt zu fahren und zufällig in der Bar zu erscheinen, sobald sie dort ankommen. Einen Drink brauche ich auf jeden Fall.

Nicolas starrt mich an, als er mich auf der anderen Straßenseite der Bar parken sieht.

„Ich dachte, ich hätte Ihnen gesagt, dass dies eine aktive Ermittlung ist", sagt er.

„Das haben Sie. Sie haben mir jedoch nicht verboten, einen öffentlichen Ort aufzusuchen."

Ich gehe vor ihnen her und betrete das schummrige Gebäude. Jake lehnt an der Bar und starrt vor sich hin. Nur zwei Leute sitzen an einem der Tische in der hinteren Ecke, der Rest des Raums ist still. Er blickt auf, als er die Tür hört, und ein Ausdruck der Erleichterung erhellt sein Gesicht. Er geht zu mir hinüber und nimmt mich in die Arme.

„Die Polizei ist hier", sage ich ihm einen Sekundenbruchteil, bevor sich die Tür öffnet.

Ich trete zurück, aber Jake ergreift meine Hand und hält mich dicht neben sich.

„Nicolas, Brent. Was gibt's? Habt ihr etwas über das Grab meines Vaters herausgefunden?"

„Können wir irgendwo reden, Jake? Unter vier Augen."

Sein Blick gleitet zu mir, aber Jakes Hand legt sich fester um meine. „Ich will Emma bei mir haben."

„Gut… Können wir nach hinten gehen?", fragt Nicolas.

Jake schaut zu dem einen besetzten Tisch hinüber. „Burke. Behalte die Bar mal eben für mich im Auge. Cissy sollte bald hier sein und übernehmen."

Einer der Männer hebt bestätigend den Daumen. Daraufhin führt Jake uns hinter die Bar und durch eine Tür, die in den hinteren Teil der Räumlichkeiten führt.

KAPITEL 11

Damals…

In Florida gab es keine Wasserpark-Saison im eigentlichen Sinne des Wortes. Das war einer der Gründe, warum sie so gerne dort lebte. Es gab ein paar Monate im Jahr, in denen die Temperaturen so tief fielen, dass sie sie davon abhielten, ihren Badeanzug überzustreifen, aber das hielt die Parks nicht davon ab, geöffnet zu bleiben. Einige waren kurzzeitig geschlossen, andere wurden lange renoviert, aber der Anblick der Wasser spuckenden Rutschen, wenn sie im Auto an den Parks vorbeifuhren, machte die einsamen Tage weniger dunkel und unangenehm, selbst wenn sie eine Jacke tragen musste.

Sie konnten die Wasserparks nicht annähernd so oft besuchen, wie sie es sich gewünscht hätte. Wenn es nach ihr gegangen wäre, wäre sie regelmäßig irgendwann im Februar in einem der Parks eingecheckt und hätte ihn erst wieder verlassen, wenn die Weihnachtsbeleuchtung anging. Sie sehnte sich nach der friedlichen Schwerelosigkeit, auf der sie sich im Lazy River treiben ließ. Unter der strahlenden Sonne konnten Stunden vergehen, ohne dass sie etwas anderes als das fließende Wasser und den Schwimmring unter sich wahrnahm. Dort im Wasser verflogen alle Sorgen. Es hielt sie am Leben und gab ihr Halt. Sie brauchte nicht einmal zu denken. Es gab keine Entscheidungen zu treffen, keinen Grund, nervös zu sein.

Wenn sie sich nicht gerade im Lazy River treiben ließ, zog es sie zu den Rutschen. Je größer und schneller, desto besser. Sie erinnerte sich daran, wie sie als Kind die größten unter den Rutschen immer fasziniert angestarrt hatte. Wie mächtig sie vor ihr aufthronten und das Geräusch des hinunterrauschenden Wassers fast ihre Ohren betäubte. Die Leute schrien, wenn sie die Rutschen hinunterschossen und in das Auffangbecken rauschten. Einige Kinder schluchzten sogar, wenn sie sich nach dem Eintauchen aus dem Becken schleppten. Das schreckte sie jedoch nicht ab. Sie wollte es selbst erleben. Sie wollte spüren, wie es sich anfühlte, wenn die Schwerkraft und das Wasser die Oberhand gewannen und einen durch die bunten Röhren schießen ließen.

Damals war sie allerdings noch zu klein gewesen. Ihr Kopf schwebte ein paar Zentimeter unter dem hölzernen Pfeil, der die erforderliche Körpergröße anzeigte. Die Differenz ließ es nicht einmal zu, dass sie ein paar zusätzliche Zentimeter vortäuschte, indem sie ihre Wirbelsäule etwas aufrichtete oder ihr Haar ein wenig aufplusterte. Sie hatte keine andere Wahl gehabt, als zu warten.

Dann waren sie mit einem Mal weg. Sie zogen irgendwohin, wo es keine Wasserrutschen oder Schwimmbäder gab, wo ein Park kaum mehr war als ein Sandkasten und ein paar Schaukeln. Die meiste Zeit des Jahres war es dort kalt und grau. Sie fing an, sich nach Palmen zu sehnen und das Brennen des heißen Betons unter ihren Füßen zu vermissen. Als sie zurückkamen und sie das nächste Mal auf dem heißen Beton stand und zu den Rutschen hinaufstarrte, sahen diese nicht mehr so groß aus wie damals. Der Rausch war jedoch immer noch da. Die Leute schrien immer noch. Aber sie wollte nicht wissen, wie es war, die Kontrolle abzugeben. Sie wollte sie übernehmen.

Sie weigerte sich, die Augen zu schließen, als sie die Arme vor der Brust verschränkte und sich in die Rutsche fallen ließ. Die leuchtend orangefarbene Röhre glühte im Sonnenlicht, während die Bewegungen des Wassers und ihre eigenen rasenden Atemzüge in ihr widerhallten. Sie wollte jeden Augenblick aufmerksam wahrnehmen und widerstand weiterhin dem Drang, die Augen zu schließen oder vollkommen die Kontrolle abzugeben.

Es gab nur eine Rutsche, die sie nicht ausprobierte. So ungern sie es auch zugeben wollte, die schwindelerregende, fast senkrechte Rutsche ganz am Ende des Komplexes schien ihr eine Nummer zu groß. Man trat erst in eine kleine durchsichtige Kammer ganz oben, die als Falltür fungierte. Die Person, die die Rutsche bediente, betätigte dann einen Hebel und den Leuten wurde der Boden unter den Füßen weggezogen. Innerhalb von Sekundenbruchteilen waren sie in einer schwarzen Röhre verschwunden, die schließlich in einem großen, rechteckigen Becken endete. Bei dem Anblick klopfte ihr das Herz in den Schläfen und ihre Kehle wurde trocken. So sehr sie sich auch dazu zwingen wollte, zum Eingang hinüberzugehen und die schmalen, steilen Stufen hinaufzusteigen, die nach oben führten, sie konnte sich nicht dazu überwinden.

Stattdessen ging sie zum Getränkestand.

In anderen Gegenden des Landes, darunter auch in der Stadt, die sie gerade verlassen hatten, kauerten sich die Menschen noch immer in Kapuzenpullis und Jacken zusammen. Es war die Zeit des Jahres, in der das Wetter ein wenig chaotisch und unzuverlässig war. Das Sonnenlicht konnte hell und intensiv erscheinen und Wärme versprechen, aber die Luft fühlte sich dennoch dünn und brüchig an. Ein Hauch einer Brise oder eine verirrte Wolke konnte die Temperatur wieder schnell abkühlen.

Hier jedoch nicht. Hier war die Brise sanft und warm und das Sonnenlicht ließ die Wassertropfen von ihrer Haut schnell verdunsten, sobald sie aus dem Wasser stieg.

Sie sehnte sich nach Snow Cones und vor Salz starrenden Fritten, die so heiß waren, dass das Öl ihre Fingerspitzen verbrannte, nahm ein wenig Geld aus dem wasserdichten Behälter, der an einem Gummiband an ihrem Handgelenk hing, und trug das Essen zurück zu den Liegestühlen, die sie und ihre Eltern bei ihrer Ankunft am frühen Morgen besetzt hatten.

Zu dieser Zeit war es nicht allzu schwer, einen Platz zu bekommen. Sobald die Sommermonate offiziell anbrachen und mehr Touristen in die Parks strömten, funktionierte das Beanspruchen eines Platzes unter einem Sonnenschirm nach dem Gesetz des Stärkeren. Kurz nachdem sie sich gesetzt hatte, ließ sich ihr Vater auf den Stuhl neben ihr fallen und tauchte sofort seine Hand in ihre Pommes. Er lachte über ihren Protest und sie lächelte ihn an. Ihr gefiel, wie er im Sonnenlicht aussah. Sie mochte den Hauch von Gold, der sich auf seiner Haut zeigte, wenn sie in Florida waren. Ihre Mutter wies nie einen solchen Schimmer auf. Ihre milchweiße Haut war ein Geschenk ihres russischen Stammbaums.

Sie behielt ihre Farbe durchgehend, egal wohin sie reisten. Dennoch hielt sie ihre Mutter für die schönste Frau der Welt.

Das regenbogenfarbene Slush-Eis ließ ihre Lippen gefrieren und kribbelte auf ihrer Zunge. Sie schaffte es dank der heißen Fritten jedoch schnell, das Gefühl zu vertreiben. Ihr Vater lehnte sich gegen den Stuhl und stützte seinen Kopf auf ein aufgerolltes blau-weiß gestreiftes Handtuch. Runde schwarze Brillengläser bedeckten seine Augen, aber sie konnte sehen, wie sich sein Kopf leicht bewegte, wenn er über das kleine Becken am Rande der Stuhlgruppe hinwegblickte. Sie drehte ihre Augen in die gleiche Richtung, schaute an den weißen Gummiliegen und den bunt verstreuten Pooltaschen und Handtüchern vorbei und sah über die sonnenbadenden Erwachsenen und die wasserscheuen Kinder hinweg, bis sie den Mann fand, der sie anstarrte. Ein großer Mann mit dunklem Haar und einer Sonnenbrille, in dem sich der Trubel am Becken spiegelte. Mit seinen dunklen Jeans und seinem hellen Button-up-Hemd mit den hochgekrempelten Ärmeln fügte er sich nicht gerade nahtlos in seine Umgebung ein. Doch so deplatziert er auch aussah, er schien sich pudelwohl dabei zu fühlen.

Er kam ihr auf entfernte Weise bekannt vor, aber sie konnte das Gefühl nicht wirklich einordnen. Sie wusste nicht einmal, ob sie sich nicht täuschte. Sein Anblick ließ einen kleinen Funken in ihr springen, der ihre Finger zucken ließ und sie beinahe dazu veranlasste, ihm zu winken. Doch natürlich sie tat es nicht.

Am nächsten Tag ging ihr Vater noch vor Sonnenaufgang weg und kam erst in der Touristensaison zurück. Aber ihre Mutter hatte keine Angst, also hatte sie auch keine Angst. Oder zumindest würde sie keine zeigen. Als er zurückkam, war der goldene Schimmer von seiner Haut verschwunden.

KAPITEL 12

Heute …

DER KORB MIT FRISCHEN POMMES, DEN DER KOCH ZUR Begrüßung der Beamten ins Büro trägt, ist ein ziemlich offensichtlicher Trick, um herauszufinden, warum die Polizei gekommen ist, um mit Jake zu sprechen. Jake gibt ihm jedoch keine Chance. Sein intensiver Blick vertreibt den Koch aus dem Raum, bevor die Beamten das Wort ergreifen können. Aber ich kann dem Salz nicht widerstehen, das auf dem leichten Abglanz von Öl auf den Pommes glitzert. Der Geruch erinnert mich daran, dass ich seit dem Morgengrauen nichts mehr gegessen habe. Ich nasche eine der Fritten und biete Jake eine weitere an, aber er wendet den Kopf ab.

„Was macht ihr hier?", fragt er Nicolas. „Ihr habt mich hier nach hinten gebeten. Was habt ihr mir mitzuteilen?"

„Was kannst du mir über den Tod deines Vaters sagen?", fragt Nicolas.

Jakes Schultern straffen sich etwas und seine Hand legt sich um meine. Die Pommes sind vergessen. Hitze breitet sich in meiner Brust aus. Ich weiß, was diese Frage bedeutet. Ich habe sie schon so oft gestellt bekommen. Und ich habe sie noch öfter selbst gestellt. Es ist nie wirklich das, wonach es klingt. Jakes Vater ist nicht vor Kurzem gestorben, was die Frage umso bedrohlicher macht.

„Was ist denn das für eine Frage?“, fragt Jake entgeistert. „Findet ihr das witzig?“

Er macht Anstalten, sich bedrohlich nach vorne zu beugen, und ich drücke meine Hand gegen seine Brust, um ihn zurückzuhalten.

„Jake“, murmle ich leise vor mich hin. „Sie meinen es nicht böse.“

„Ich bin nicht hier, um mit dir zu streiten, Jake. Wir versuchen nur, dem Geschehen auf den Grund zu gehen, und das bedeutet, ganz am Anfang zu beginnen.“

„Anfang wovon?“, sagt Jake mit zusammengebissenen Zähnen. „Das haben wir doch alles schon hinter uns. Warum fangt ihr schon wieder damit an?“

Meine Aufmerksamkeit ist geweckt. Unter der Oberfläche dieses Gesprächs brodelt ein Geheimnis und ich brenne darauf, es zu erfahren. Es ist etwas, das alle anderen in diesem Raum zu wissen scheinen. Alle außer mir. Ich fühle mich außen vor, von den Geschehnissen der Vergangenheit isoliert durch Zeit und Raum.

„Wir versuchen nur, die Dinge zu klären. Das ist nichts Offizielles. Wir reden nur miteinander.“

Ich neige stirnrunzelnd meinen Kopf und meine Augen verengen sich, um ihm schweigend zu demonstrieren, was ich von seiner Bemerkung halte. Der Beamte vermeidet es, mich anzuschauen. Er weiß, dass er ein Heuchler ist. Er redet Schwachsinn, um Jakes abzukühlen und ihn zum Reden zu bringen.

„Wenn es nichts Offizielles ist, könnten Sie vielleicht aufhören, um den heißen Brei herumzureden, und ihm einfach sagen, warum Sie gekommen sind?“, frage ich.

„Mein Vater starb eines natürlichen Todes“, sagt Jake. „Zumindest steht das so in seiner Akte.“

„Gab es bisher irgendwelche Anzeichen von Vandalismus oder Störungen an seinem Grab?“, fragt Nicolas und klingt erleichtert, dass Jake endlich redet.

„Nein.“

„Und hast du in letzter Zeit irgendwelche Drohungen erhalten? Irgendetwas, das darauf hinweisen könnte, dass jemand diese Sache geplant hat?“

„Nein." Ein Atemzug strömt hörbar durch seine sich zitternd aufblähenden Nasenlöcher.

„Was ist mit dem Datum? Gibt es irgendetwas Bedeutsames an diesem Datum?"

„Was meinen Sie damit?", frage ich.

Nicolas sieht mich schweren Herzens an, als hätte er meine Anwesenheit gerade erst mit Mühe aus seinem Bewusstsein verdrängt und sei nicht glücklich darüber, dass er sie erneut zur Kenntnis nehmen muss.

„Manchmal wählen die Täter in solchen Fällen das Datum nicht zufällig. Sie wählen oft einen bestimmten Tag, weil er etwas mit der Person oder ihrem Tod zu tun hat."

Ich beiße mir auf die Zunge, um nichts falsches zu sagen. Ich schlucke die Worte hinunter und atme tief durch, um die Gedanken zu verdrängen.

Jake zappelt nervös herum vor mühsam unterdrückter Energie. „Ihr denkt also, dass es etwas Persönliches ist und nicht zufällig passiert ist."

Der zweite Officer sieht Nicolas mit einem schweren Blick an. „Wo soll das hinführen, Nicolas?", fragt er ihn mit einem Anflug von Beunruhigung in der Stimme.

Nicolas wendet seinen Blick nicht von Jake ab.

„Die Antwort ist nein", sagt Jake, und seine Stimme wird tief dabei.

„Und gibt es irgendeinen Grund zu der Annahme, dass es jemanden gibt, der dir etwas antun möchte? Oder dich auf diese Weise verärgern will?", fragt Nicolas.

Brent wippt jetzt unruhig hin und her. Er ist rangniedriger als Nicolas und will sich nicht mit ihm anlegen, aber irgendetwas scheint ihn zunehmend zu stören. Sein Blick flackert immer wieder zur Tür und seine Hände verkrampfen sich an den Seiten seines Gürtels. Die schmalen Lippen pressen sich zusammen, als er sich nach vorne beugt, um etwas zu sagen, aber er hält die Worte zurück.

„Worum geht es hier, Nicolas?", fragt Jake.

„Ich mache nur meinen Job."

„Es sieht so aus, als ob du nur zum Spaß alte Wunden aufreißen und alte Scheiße wieder ans Tageslicht befördern willst. Warum bist du wirklich hierhergekommen und hast so einen Aufwand betrieben, um mit mir zu sprechen?"

„Wir gehen einigen neuen Informationen nach", sagt Nicolas.

Brent schließt kurz die Augen, aber die Geste ist Jake nicht entgangen. Jake sieht den jüngeren Officer an, dann wieder zu Nicolas. Seine Augen weiten sich.

„Ihr habt sie gefunden, nicht wahr? Ihr habt die Gebeine meines Vaters gefunden. Wo?“

Keiner der Polizisten antwortet und Jake macht einen drohenden Schritt auf sie zu. „Wo habt ihr sie gefunden?“

Bevor einer der beiden Beamten etwas sagen kann, verändert sich Jakes Gesichtsausdruck und ihm scheint ein Licht aufzugehen. Er stürmt aus dem Büro und zerrt mich an der Hand mit sich.

„Was machst du da?“, frage ich. „Wohin gehst du?“

„Jake, bleib hier“, befiehlt Nicolas, während er uns folgt.

Der Versuch ist zwecklos. Jake wird nichts von dem tun, was die beiden ihm sagen. Er bringt mich zu seinem Auto und öffnet die Beifahrertür. Ein Teil von mir erwartet, dass er mich wie ein Gepäckstück in den Wagen stopft, aber er widersteht dem Drang und lässt einfach meine Hand los, damit ich selbst einsteigen kann. Als ich mich anschnalle, stürmt er um die Front seines Autos herum und steigt ein. Ich höre, wie Nicolas Jake hinterherruft, als sie aus der Bar kommen. Brent ist an seinem Funkgerät, während Nicolas die Hände in die Hüften stemmt und uns aufmerksam beobachtet. Als sie realisieren, dass wir keine Anstalten machen, anzuhalten, rennen sie zu ihrem Polizeiauto.

„Wohin fahren wir?“, frage ich erneut und versuche, meine Stimme so ruhig wie möglich zu halten, in der Hoffnung, dass es eine Wirkung auf ihn hat.

Ich weiß nicht, ob es überhaupt möglich ist, ihn zu beruhigen. Wenn ich in seiner Situation wäre, könnte ich wohl auch nicht ruhig bleiben. Aber ich mag seinen frenetischen Gesichtsausdruck ganz und gar nicht, genauso wenig wie die Art und Weise, wie seine Fingerknöchel aussehen, als würden sie unter der Spannung ihres Griffs um das Lenkrad brechen. Er hat sich nicht mehr unter Kontrolle und die kurvenreichen, engen Straßen von Feathered Nest sind nicht der richtige Ort, um jetzt auszrurasten.

„Hör zu, Jake, ich weiß, dass du aufgewühlt bist. Das ist auch völlig verständlich, wenn man bedenkt, was du gerade durchmachst. Aber ich denke, du solltest dir einen Moment Zeit zum Durchatmen und Nachdenken nehmen“, sage ich.

„Es gibt nichts nachzudenken.“

Ich halte mich am Türgriff neben mir fest, beobachte aufmerksam sein Gesicht und warte darauf, dass sich sein Gesichtsausdruck ändert, die Verrücktheit aus seinen Augen weicht und das Lachen zurückkommt. Dann werde ich wissen, dass der echte Jake irgendwo da drinnen ist.

Doch das geschieht nicht. Dementsprechend erleichtert bin ich, als er das Auto in eine Kiesauffahrt lenkt, aus der wildes Gestrüpp hervorwächst. Ich weiß nicht, wo wir sind, aber zumindest haben wir angehalten. Jake springt aus dem Wagen und läuft los. Er war nicht angeschnallt, was ihm einen Vorsprung vor mir verschafft. Als ich mich gerade vom Gurt befreit habe und aussteige, ist er schon hinter dem gedrungenen blauen Haus verschwunden.

Über uns hat sich eine dicke Wolkendecke gebildet. Ein weißer, von rauchigen Grauschleiern durchzogener Himmel verspricht mehr Schnee oder zumindest die erbarmungslos scharfen Nadeln von Eisregen, der die Welt mit seiner glitzernden Glasur zu überziehen pflegt. Die Luft ist vollkommen still, wodurch das Stimmengewirr, das aus dem Hinterhof des Hauses kommt, und das Knirschen meiner Stiefel auf dem Kies überdeutlich zu hören sind.

Ich erkenne die Stimmen. Noch bevor ich ihn sehe, weiß ich, dass Chief LaRoche dort hinten ist. Er spricht mit den anderen Beamten, die nicht zu Jake geschickt wurden, um mit ihm zu sprechen, sondern um die grausame Schändung zu untersuchen.

Ich laufe zur Seite des Hauses und sehe Jake Nase an Nase mit LaRoche.

„Zurück, Jake", knurrt der Chief.

„Geh mir aus dem Weg."

„Ich lasse dich nicht dorthin zurück. Das ist nichts, was du sehen solltest."

„Du brauchst mir nicht zu sagen, was ich sehen soll", erwidert Jake mit zusammengebissenen Zähnen. „Ich bin ein erwachsener Mann. Du hast meinen Vater da hinten und ich habe das Recht darauf, zu erfahren, was hier los ist."

LaRoche hebt die Hände, spielt wieder einmal den Unschuldigen und schüttelt den Kopf.

„Nun, Jake, wir wissen nicht, was wir da hinten haben. Und ich gebe keine Details preis. Was wir gefunden haben könnten, ist Teil einer laufenden Untersuchung", sagt er herablassend.

Jake sticht mit dem Finger wütend über LaRoches Kopf hinweg in Richtung Hinterhof.

„Du weißt verdammt gut, was du da hinten hast. Das ist mein Vater. Alles, was von ihm übrig ist. Und wenn der Mann, der ihm das angetan hat, hier ist, hat er sich mir zu stellen."

„Wenn du dich weiterhin so aufführst, muss ich dich wegen Behinderung polizeilicher Ermittlungen festnehmen."

„Das Risiko gehe ich ein", erwidert Jake und senkt dabei bedrohlich seine Stimme.

Er huscht um LaRoche herum. Ich eile ihm nach und stolpere dabei über ein verrottendes Stück Feuerholz, das am Ende der Einfahrt liegt und irgendwie seinen Weg von der Vorderseite des Hauses bis an die Seitenwand gefunden hat. Als wir den Hinterhof erreichen, ergreife ich Jakes Hand. Alles, was ich sehe, sind blaue Planen, die an weißen Nylonseilen von den Bäumen herabhängen, um einen Teil des Hofs zu verdecken. Es sieht unbeholfen aus, aber es erfüllt seinen Zweck. Wir können nicht weiter sehen als ein paar Schritte weit von der Einfahrt und der engen, aus Schlackensteinen gebauten Terrasse hinter dem Haus entfernt. Jake betrachtet jede der Planen eingehend, als ob er hofft, durch sie hindurchsehen zu können, um herauszufinden, was sich hinter ihnen verbirgt.

Von meinem Standort aus kann ich sehen, wie ein paar Meter entfernt von einem kleinen Schuppen ein grellgelbes Band ausgerollt wird. Ein Haufen Leute, der wie der Rest der Polizeitruppe aussieht, huscht auf dem Gelände herum, um Fotos zu schießen, Notizen zu machen und Markierungen zu setzen. Ein Beamter geht zum Rand eines Brunnens und späht durch die Lücke, die infolge des um einige Zentimeter schief sitzenden Deckels entstanden ist. Ein paar Meter vom Schuppen entfernt steht eine Schubkarre, die mit Erde beladen ist und den Griff einer großen Schaufel erkennen lässt, die in der Erde steckt. Der dunkle, schwarze Fleck auf dem Boden dahinter verrät mir, dass die Erde erst vor Kurzem von dort ausgehoben wurde.

„Lass mich los!"

Ich drehe mich auf den Schrei hin um und sehe, wie Jake einen Mann am Hemd packt, der auf der Veranda steht. Die Hände des Mannes sind bereits mit Handschellen auf dem Rücken gefesselt, aber Jake versucht, ihn von dem Beamten wegzuziehen, der ihn die Treppe hinunterführt.

„Was hast du getan?", schreit Jake.

Ich stürze auf ihn zu und ziehe ihn an der Taille zurück. Der Mann, der sich unter den Handschellen windet, ist weißhaarig, sein Gesicht von tiefen Falten gezeichnet. Sein Hemd ist abgenutzt und hängt über dem Bund einer Jeans, die durch jahrelanges Tragen ausgeleiert ist. Er sieht alt und verwahrlost aus. Jake kümmert das nicht.

„Was hast du getan?", brüllt Jake erneut.

Er wehrt sich gegen den Griff meiner Arme und versucht, zu dem Mann zu gelangen, aber ich halte ihn weiter zurück.

„Du musst aufhören. Du willst doch nicht verhaftet werden", rede ich ihm zu.

„Du warst sein bester Freund", schreit Jake den Mann an und ignoriert mich dabei völlig. „Er hat dir vertraut. Und so hast du es ihm gedankt? Denkst du nicht, du hast schon genug getan?"

„Jake", sagt LaRoche und kommt auf uns zugelaufen.

Ich hebe eine Hand, um ihn aufzuhalten. „Ich mach das schon. Komm mit, Jake. Wir bringen dich von hier weg."

Jake lässt zu, dass ich ihn von dem Mann wegziehe, aber sein Blick bleibt bis zum letzten Moment bedrohlich auf ihm kleben. Ich nehme Jake an der Schulter und führe ihn um das Haus herum, bis er endlich gezwungen ist, den Blickkontakt mit dem Typen zu unterbrechen. Schließlich drücke ich ihn auf den Beifahrersitz des Autos und steige neben ihm ein. In den ersten Momenten der Fahrt ist er still, aber sein innerliches Brodeln erzeugt eine Spannung in der Fahrerkabine, von der ich beinahe befürchte, dass sie die womöglich die Fensterscheiben bersten lassen könnte.

„Diese ganze Sache tut mir so leid", sage ich schließlich, nur um das Schweigen zu brechen.

Es ist wahrscheinlich keine gute Idee, das zu sagen. Das ist es nur selten. Es ist eine dieser Phrasen, die Menschen in ihr Repertoire aufnehmen, um sie unangebrachterweise auf Situationen anzuwenden, in denen sie das Gefühl haben, dass sie irgendetwas sagen müssen.

Dies ist jedoch nicht einer dieser Momente. Ich empfinde echtes Bedauern für Jake und das, was er durchmacht, möchte, dass er weiß, dass ich für ihn da bin. Aber diese Floskel ist einfach nicht genug.

„Wie konnte er das tun?", murmelt Jake. „Warum konnte er es nach all den Jahren nicht einfach gut sein lassen? Bei allem, was diese Stadt durchmacht, was hätte er davon, meinen Vater auszugraben und in diesem Schuppen zurückzulassen? Er hat diesen Schuppen *mitgebaut*, verdammt nochmal."

Ich streiche mit einer Hand über seinen Rücken. Es fallen mir keine weiteren Worte ein. Ich denke nur an den zerbrechlich wirkenden alten Mann und versuche zu verstehen, warum er etwas so Grausames tun würde.

KAPITEL 13

Ich fahre an der Abzweigung zu Jakes Haus vorbei und dann die Hauptstraße hinunter, ohne an der Bar anzuhalten. Er muss jetzt nicht versuchen, sich wieder an die Arbeit zu machen, doch zu Hause zu sein, wird ihm genauso wenig gut tun. In der vertrauten Umgebung wird er nur einen Lagerkoller bekommen. Stattdessen fahre ich zurück zu meiner Hütte. Er sitzt mit hängendem Kopf da und starrt auf seine Hände, die er zwischen seinen Knien zusammengepresst hält, selbst als ich aussteige und um das Auto herumgehe.

„Komm rein", sage ich.

Er schaut kurz auf, bevor er aussteigt und mir auf die Veranda folgt. Als sein Blick über die Holzdielen schweift, schnürt es mir den Magen zusammen. Vielleicht war es nicht gerade die mitfühlendste Entscheidung, ihn an den Tatort eines ungelösten Mordfalls zu bringen. Aber es scheint ihn nicht zu stören. Er geht ohne ein Wort hinein und lässt sich sofort auf die Couch fallen. Schnell nehme ich die Bilder vom

Tisch und verstaue sie in dem Fach darunter, ziehe meine Schuhe aus und rolle mich neben ihm auf dem Kissen zusammen.

„Kann ich dir einen Kaffee machen?“, frage ich ein paar stille Sekunden später.

Er nickt und ich gehe in die Küche. Hinter dem Fenster sieht der Himmel wieder böse und düster aus. Innerhalb weniger Sekunden beginnt eine Mischung aus kaltem Regen und Schneeflocken zu fallen. Die Kaffeekanne gluckert und füllt den Raum mit warmem, beruhigendem Kaffeeduft. Während sie sich füllt, schaue ich in ein paar Schränke, um zu sehen, ob ich irgendetwas zum Kaffee servieren kann. Ich weiß, dass ich hier keine Kekse oder Gebäckstücke herumfliegen habe, aber ich schaue trotzdem ein paar Mal nach. Wer weiß, vielleicht tauchen sie bei einem der Versuche ja einfach spontan auf.

Ich entscheide mich für ein paar in Folie eingewickelte Trüffel aus einer Schale auf der Theke, trage alles zurück ins Wohnzimmer und biete ihm eine Tasse an. Jake nimmt sie entgegen und hält sie zwischen seinen kräftigen Händen, nimmt aber keinen Schluck. Ich atme die Wärme des Dampfes ein, der von der dunklen Oberfläche des Gebräus aufsteigt, und stelle mir vor, dass ein paar der Koffeinmoleküle womöglich vom Dampf in meine Lunge getragen werden und dort ein wenig Vorarbeit leisten.

„Mein Vater war ein ehrbarer Geschäftsmann“, sagt Jake plötzlich. „Vielleicht zu ehrbar.“

„Was meinst du damit?“, frage ich.

Ich stelle meine Tasse Kaffee auf dem Tisch ab und packe einen der Trüffel aus.

„Er war sehr erfolgsorientiert und arbeitete extrem hart, um sicherzustellen, dass er immer genau das erreichte, was er sich vorgenommen hatte. Aber er nahm keine zwielichtigen Abkürzungen und machte nie Abstriche von seinen Idealen. Er gab sich mit nichts als dem Besten zufrieden. Ganz gleich, um welchen Teil des Geschäfts es sich handelte, er war mit Leib und Seele dabei. Er war stolz darauf, seine Kunden gut zu behandeln und ehrlich zu sein. Das kam bei anderen Leuten nicht immer gut an.“

„Warum?“

„Kleinstädte sind nicht immer so nett und unschuldig, wie die Leute glauben wollen. Es gibt Leute in Feathered Nest, die nicht die gleiche Geschäftsphilosophie hatten wie mein Vater. Sie dachten nur an sich selbst, sparten an allen Ecken und Enden und kümmerten sich kaum um die Kunden auf der anderen Seite ihrer Deals. Oft war es einfach nur unethisch. Manchmal war es sogar illegal. Mein Vater setzte sich jedoch unerbittlich für die Ideale ein, an die er glaubte. Es war ihm egal, mit wem er sich dabei anlegen musste. Für ein paar Leute hatte das bittere Konsequenzen. Unternehmen mussten schließen oder waren gezwungen, ihre Geschäftspraktiken zu ändern und so weniger Geld zu verdienen. Es gab auch Gefängnisstrafen."

Ich schüttle den Kopf. „Ich komme da nicht ganz mit."

„Ich kenne nicht alle Einzelheiten und vieles wurde im Laufe der Jahre vertuscht und unter den Teppich gekehrt. Aber ich weiß, dass es einige verdächtige Todesfälle von Landarbeitern gab und eine Menge Geld in der Stadt floss. Die Leute bezahlten viel mehr für ihre Waren als nötig und niemand gebot der Sache Einhalt."

„Geldwäsche? Wurde die Polizei eingeschaltet?", frage ich.

„Der damalige Chief war LaRoches Vater", eröffnet mir Jake. „Aber er schien nicht überrascht zu sein, wenn du verstehst, was ich meine."

„Er war eingeweiht."

„Das denken einige Leute hier. Aber andere Leute gaben meinem Vater die Schuld an allem. Sie meinten, er hätte sich aus allem heraushalten sollen und sich nicht in Dinge einmischen sollen, die ihn nichts angingen. Die Spannungen blieben für den Rest seines Lebens bestehen."

„Was ist mit diesem Mann? Seinem besten Freund? Was hat er mit all dem zu tun?", frage ich.

„Cole Barnes war von klein auf der beste Freund meines Vaters gewesen. Sie sind zusammen aufgewachsen. In meiner Kindheit war er ein ständiger Besucher in unserem Haus und bei allen Familienveranstaltungen anwesend. Sie sind durch dick und dünn miteinander gegangen. Wenn einer etwas brauchte, irgendetwas, dann war der andere da, um sein Möglichstes zu tun", erzählt mir Jake. „Aber dann hat sich das geändert. Die Stimmung zwischen den beiden wurde immer angespannter. Cole beschuldigte meinen Vater des Verrats."

„Des Verrats? Was hat er getan?", frage ich.

Ich nehme meine Tasse in die Hand und lasse die Wärme des Kaffees in mich einsickern. Was Jake mir erzählt, weckt Verdachtsmomente und dunkle Ahnungen, die seit meiner Ankunft in Feathered Nest in mir wachsen. Ich möchte nicht zu sehr drängen oder zu viele Fragen stellen und damit möglicherweise den wahren Grund meines Hierseins preisgeben. Stattdessen verstaue ich die kleinen Informationshäppchen einfach schweigend in meinem Hirn, um später auf sie zurückzukommen, wenn ich meine Gedanken neu sortiere. Dann werde ich hoffentlich herausfinden, was sie bedeuten könnten und wie sie in das Puzzle passen, das ich zu lösen versuche.

„Ich kenne nicht alle Details. Geheimnisse bleiben aus einem bestimmten Grund Geheimnisse. Mein Vater trompetete die schmutzigen Geheimnisse anderer nicht heraus, wenn er sich nicht dazu gezwungen sah. Ich weiß nur, dass sie einen Streit hatten. Einen ernsten, wenn man bedenkt, wie in der Stadt danach über die beiden gesprochen wurde. Dann ist mein Vater gestorben."

„Wie ist er gestorben?"

Jake zuckt mit den Schultern und starrt in seine Tasse, als könne er darin sämtliche Antworten auf die großen Fragen des Universums finden.

„Das ist eine gute Frage", sagt er.

„Was meinst du damit?"

„Er war immer der gesündeste Mensch, den ich je gekannt habe. Er ist keinen einzigen Tag in seinem Leben krank gewesen. Selbst wenn alle anderen um ihn herum Erkältungen oder Magen-Darm-Viren bekamen, hat es ihn selbst nie erwischt. Wenn wir krank waren, hat er sich einfach um uns gekümmert und ist seiner Tage nachgegangen. Dann, ganz plötzlich, ging es ihm hundeelend. Einfach so, wie aus dem Nichts. An einem Tag ging es ihm gut, wie an jedem anderen Tag, und am nächsten Tag war er so krank, dass er das Bett nicht mehr verlassen konnte. Das ging noch drei Tage so weiter, bis wir ihn schließlich überredeten, zum Arzt zu gehen. Die konnten ihm nicht helfen und er kam ins Krankenhaus, wo er am nächsten Tag starb. Einer der Ärzte sagte, es sei der seltsamste Fall, den er je gesehen hätte. Sie haben einen Haufen Tests gemacht, aber sie konnten nichts finden", erzählt Jake.

„Sie haben ihn auf eine Reihe von Dingen getestet? Zum Beispiel auf Gift?"

„Offenbar deuteten einige seiner Symptome auf eine Vergiftung hin, aber als sie ihn untersuchten, wurde nichts gefunden. Am Ende trugen sie in seine Sterbeurkunde ein, dass er eines natürlichen Todes gestorben war, aber das habe ich nie wirklich geglaubt. Ein gesunder Mann stirbt nicht einfach so."

„Glaubst du, dass Cole deinen Vater ermordet haben könnte?"

„Er verhielt sich in den Tagen nach dem Tod ein wenig zwielichtig. Räumte seinen Schuppen aus. Er stapelte seinen Lastwagen voll mit Sachen, die er wegwerfen wollte, aber er brachte sie nicht zum Recyclinghof. Er fuhr damit aus der Stadt und kam erst spät in der Nacht ohne alles zurück. Die Lieblingstasse meines Vaters verschwand am Tag, bevor er krank wurde. Damals haben wir uns nicht viel dabei gedacht. Wir haben uns um andere Dinge Sorgen gemacht. Aber als wir es bemerkten, konnten wir an nichts anderes mehr denken. Er hatte jeden einzelnen Tag seines Lebens aus dieser Tasse getrunken. Und dann verschwindet sie einfach ganz zufällig, als er auf sein Sterbebett geschickt wird? Das scheint mir ein zu großer Zufall zu sein." Er zuckt wieder mit den Schultern. „Aber LaRoche Senior hat keine Beamten auf die Sache angesetzt. Er sagte, es sei nur eine Tasse, nichts von Bedeutung. Mein Vater habe sie wahrscheinlich irgendwohin mitgenommen und sie zurückgelassen oder sie wäre einfach kaputtgegangen. Wir würden uns zu viele Gedanken machen und der Sache zu viel Wert beimessen. Er schloss den Fall so schnell, wie er nur konnte."

Alles, was um mich herum vorgegangen ist, seit ich hier angekommen bin, wirbelt in meinem Kopf in wilden Gedanken- und Ideenfetzen umher. Das Puzzle versucht, sich zu ordnen. Eines der Puzzleteile scheint herauszustechen.

„Jake, hat Chief LaRoche einen Hund?", frage ich.

Er sieht mich seltsam an, als er nach einem der Trüffel greift, die auf dem Couchtisch liegen. Ich halte meinen noch immer in der Hand, die Folie nur halb abgezogen. Meine Finger wandern zurück zu ihm, als bräuchten sie eine Beschäftigung, um meinen Geist bei der Verarbeitung der Gedanken zu begleiten.

„Einen Hund?", fragt er. „Ja. Er hat eine große Jagdhündin. Sie war früher ein Fährtenhund für die Polizei, aber jetzt ist sie im Ruhestand. Manchmal geht er mit ihr in den Wäldern spazieren. Warum?"

Ich schüttle den Kopf und stecke mir die Schokolade in den Mund. Meine Zähne haben sich gerade durch die glänzende Schale gebohrt, als das Licht in der Hütte zu flackern beginnt.

„Oh nein", seufze ich.

„Kein Grund zur Sorge", beruhigt mich Jake. „Es ist nur ein Flackern. Das Wetter hat die Leitungen in den letzten Tagen stark beansprucht. Warte nur eine Sekunde." Einen Augenblick später versinkt die Kabine in pechschwarzer Finsternis. „Siehst du, was habe ich dir gesagt? Es hat nur eine Sekunde gedauert."

Ich lache. „Ja, perfekt. Es gibt nichts Besseres als einen Stromausfall bei eiskaltem Wetter."

„Das passiert hier draußen immer wieder. Deshalb haben die meisten Leute in der Stadt einen Generator. Regen, Wind, Schnee, Eis, Hitzewellen. Wenn der Strom ausfällt, schalten sich diese Dinger automatisch ein. Egal, was passiert, die Football-Matches auf den Fernsehbildschirmen laufen weiter und das Chili auf dem Herd hört keine Sekunde lang auf zu köcheln."

„Sprichst du aus persönlicher Erfahrung?", frage ich.

„Ich muss zugeben, dass ich es eine Weile hinausgezögert habe, auf den Generator-Zug aufzuspringen. Mit dem Resultat, dass ich mich am Ende um ein halb verglühtes Feuer gekauert und halbgares Chili gegessen habe."

„Klingt nach lustigen Zeiten."

„Schöne Erinnerungen. Man darf nicht vergessen, dass in diesen alten Häusern der Strom aus verschiedenen Gründen ausgehen kann. Oft ist es kein wirklicher Stromausfall, der Stromkreis wird nur aus dem einen oder anderen Grund unterbrochen. Gib mir nur eine Sekunde, ich sehe mal nach der Sicherung", sagt er.

Im Schein des Telefondisplays macht sich Jake auf den Weg in den hinteren Teil der Hütte. Er ist nur ein paar Minuten weg, als plötzlich das Licht wieder angeht. Erleichterung macht sich in mir breit und er lächelt mich an, als er wieder zurück in den Raum gelaufen kommt.

„Siehst du? Ich habe dir doch gesagt, dass du dir keine Sorgen machen musst", sagt er.

„Ich danke dir. Ich habe wenig Lust, die Nacht im Dunkeln und in der Kälte zu verbringen", sage ich.

„Keine Sorge", sagt Jake. „Ich hätte dich nicht alleine hier draußen gelassen."

„Ich weiß das zu schätzen."

Er lehnt sich auf der anderen Seite der Couch an mich heran und ich bewege mich gerade so weit nach vorne, dass unsere Lippen sich treffen können. Als sich der Kuss löst, legt er seine Stirn auf meine und atmet tief durch.

„Danke, dass du in dieser Situation für mich da warst. Eigentlich bist du ja hierhergekommen, um dich auszuruhen und ein wenig zu entspannen. Und dann wurdest du in diesen Wahnsinn hineingezogen", murmelt er.

„Das macht mir nichts aus", beruhige ich ihn.

„Das ist schwer zu glauben. Die meisten Menschen hätten die Stadt wohl so schnell wie möglich verlassen, wenn sie gleich in der ersten Nacht einen toten Mann auf ihrer Veranda gefunden hätten. Aber du hast es nicht getan. Vielleicht unterschätze ich dich ja."

In seiner Stimme liegt ein Anflug von Koketterie, aber aus irgendeinem Grund jagen mir die Worte einen Schauer über den Rücken.

„Vielleicht", sage ich.

Er küsst mich noch einmal und lehnt sich zurück gegen die Couch. „Ist es komisch, dass ich fast erleichtert bin?"

„Erleichtert worüber?"

„Cole. Er blieb all die Jahre unter dem Radar, erregte keinen Verdacht und lebte einfach sein Leben. Aber er konnte nicht wegbleiben. Er musste meinen Vater doch noch ein bisschen mehr quälen. Ich bin sicher, dass er dachte, er käme damit durch. Seit so vielen Jahren hat sich niemand mehr Gedanken über den Tod meines Vaters gemacht. Cole dachte wohl, er könnte seinem Tod eine weitere Demütigung, einen weiteren Schrecken hinzufügen, und niemand würde ihm auf die Spur kommen. Aber jetzt wird er sich endlich dafür verantworten müssen, was er getan hat. Und ich fühle mich... erleichtert. Es war furchtbar, das sehen zu müssen, und ich hasse ihn dafür, aber vielleicht wird mir das erlauben, endlich einen Schlussstrich zu ziehen."

KAPITEL 14

Damals…

Woher kommst du?

DAS IST EINE DER ERSTEN FRAGEN, DIE SICH DIE MENSCHEN GEGENseitig zu stellen pflegen. Wenn sie sich in dieser schwachen, zarten Phase befinden, in der sie versuchen, Verbindungen herzustellen, die die Beziehung zwischen ihnen festigen könnten, greifen die Menschen auf die grundlegendsten Elemente des jeweils anderen zurück. Die Herkunft eines Menschen zu kennen, gibt einem Struktur und Kontext. Dieses scheinbar geringfügige Detail kann einem Menschen einen tiefen Einblick in die Kultur und die Lebenserfahrungen einer Person geben. Es hilft dabei, die andere Person in der eigenen Vorstellung real werden zu lassen.

Sie hatte nie eine richtige Antwort auf diese Frage gehabt. Nicht, dass es jemals eine Zeit gegeben hätte, in der sie kein Zuhause gehabt hätte. Es hatte immer einen Ort gegeben, an den sie hatte zurückkehren können. Immer einen Ort, an dem sie sich nachts zudecken, und eine Adresse, die sie in Formulare eintragen konnte. Das war ihre Version von Zuhause. Aber sie wusste nie, was sie sagen sollte, wenn jemand sie fragte, woher sie kam, weil sie sich nicht daran erinnern konnte.

Seit sie denken konnte, waren sie in Bewegung. Manchmal wusste sie, dass es bevorstand. Ihre Eltern sagten es ihr ein paar Wochen vorher. Dann hatte sie gerade noch genug Zeit, sich zu fragen, wohin sie wohl gehen würden und ob sie irgendetwas vermissen würde. Das war jedoch selten. Es sei denn, es waren die Palmen im Wind und der Beton, der ihre Füße verbrannte. Danach, das wusste sie, würde sie sich immer sehnen und sie hoffte, dass sie eines Tages dorthin zurückkehren würden.

Manchmal gab es jedoch überhaupt keine Vorwarnung. Dann änderte sich das Leben einfach im Bruchteil eines Augenblicks und sie hatte keine andere Wahl, als mitzumachen. Morgens wachte sie an einem Ort auf und ging an einem anderen zu Bett. Manchmal wachte sie am nächsten Tag an einem dritten Ort auf.

Sie hatte keine Ahnung, wo es angefangen hatte.

In gewisser Weise war das auch nicht wichtig. Sie konnte nie jemanden richtig kennenlernen oder Freundschaften schließen. Es gab immer etwas, das sie nicht sagen durfte, oder etwas, woran sie denken musste im Umgang mit anderen. Auf dem Weg zur nächsten Station, zum nächsten Haus in ihrem Leben, erfuhr sie stets die neuen Details ihrer jeweiligen Identität. Nach einer Weile begannen sie in ihrem Kopf zu verschwimmen. Das war der Zeitpunkt, als sie aufhörte, mit anderen Menschen zu reden. Sie wollte nichts Falsches sagen oder die falschen Details preisgeben. Sie konnte sich nie sicher sein, wer sie nach solchen Details fragte und warum. Es war einfacher, nichts zu sagen, still zu sein.

Die einzige Konstante in ihrem Leben war ihr Kampfsporttraining. Ganz gleich, wo sie sich befanden, es vergingen nur wenige Tage ohne Training.

Auch an diesem Tag war sie beim Training gewesen. Andernfalls hätte sie den Tag wohl zu Hause verbracht. Sie war in der Turnhalle, anstatt bei ihrer Mutter zu sein. Oft ging ihr durch den Kopf, dass alles so anders hätte kommen können. Eine einzige abweichende Entscheidung, ein minimaler Unterschied in ihrem Tagesablauf und sie wäre womöglich direkt neben ihrer Mutter gelegen. Dann wäre es ihr Vater gewesen, der zuerst durch das Blut gewatet wäre.

Das war der Tag, an dem die ständige Bewegung, in der sie sich befand, zur Flucht wurde. Die Gefahr bestimmte ihr Leben. Auch wenn sie es nicht immer wusste. Auch wenn sie dachte, dass alles genau so war, wie es sein sollte. Sie war immer auf der Flucht, erst recht nach dem Mord an ihrer Mutter. Dieser Tag hatte alles verändert. Sie kümmerte sich nicht einmal mehr um ihre Faszination für die Kunst, von der sie dachte, sie würde ihr ein Entkommen aus der chaotischen Welt bieten, die sie kannte, und ihr ein neues Leben ermöglichen. Sie konzentrierte sich nur noch auf eine Sache. Sie wollte herausfinden, wer ihre Mutter getötet hatte und warum.

Das war der Tag, an dem sie in die Fußstapfen ihres Vaters zu treten begann. Sie füllte sie nicht vollkommen aus, dafür waren sie wohl zu groß. Aber sie gab sich ganz der Aufgabe hin, so viel wie möglich über die Gefahr zu lernen, die ihr Leben verfolgte, und darüber, warum sie immer auf der Flucht waren.

Sie rannte weiter, bis zu dem Tag, an dem es keine Fußstapfen mehr gab, in die sie treten konnte.

In diesem Moment änderte sich die Frage. Sie lautete nicht mehr: *Woher kommst du?*

Sie lautete: *Wo hat es dich hin verschlagen?*

KAPITEL 15

Heute …

IRGENDWANN BIN ICH AUF DER COUCH EINGESCHLAFEN. DAS WIRD mir erst klar, als ich aufwache, den Kopf an Jakes Brust vergraben, und die kalte Luft mich frösteln lässt. Wäre da nicht die Lampe, die noch immer in der Ecke leuchtet, könnte ich denken, der Strom sei wieder ausgefallen. So aber scheint es nur die alte Heizung zu sein, die ausgefallen ist. Ich steige von dem weiterhin schlafenden Jake herunter, greife mir die Bettdecke, die ich über den Stuhl gehängt habe, und wickle sie um mich. Er wacht auf, als ich über der alten Anlage stehe und ratlos in die Roste hinunterschaue. Das FBI hat mich für viele Dinge ausgebildet, aber nicht dafür. Das ‚I' steht nicht für ‚Ingenieurswesen', so viel steht fest. Ich weiß nicht einmal, was sich direkt unter den Gittern befindet.

„Alles in Ordnung?", fragt Jake.

Ich werfe einen Blick über die Schulter und sehe, wie er sich über die Lehne der Couch beugt und mich fragend ansieht. Seine schläfrigen

Augen und sein zerzaustes Haar lassen ihn jünger aussehen, als er ist. Die Wut und der Schmerz sind aus seinem Gesicht verschwunden, aber es wird nicht lange dauern, bis sie wieder zurück sind. Solange es noch offene Fragen in Bezug auf seinen Vater gibt, werden diese Gefühle nicht verschwinden. Und selbst wenn diese Fragen beantwortet sind, wird der Schmerz weiterbestehen. Die Wut wird nie ganz verschwinden. Jake kann sie höchstens verdrängen, vom Rest seiner Gefühlswelt abkapseln, so dass er sie nur erleben muss, wenn sich Risse in den Mauern darum auftun. Aber sie wird ein Teil von ihm bleiben.

„Nun, es scheint, als ob die Heizung ausgefallen ist", berichte ich ihm.

„Soll ich sie mir mal ansehen?", fragt er.

„Nein, das musst du nicht. Ich kann mich mit dem Besitzer in Verbindung setzen. Ich bin sicher, er wird jemanden herschicken, der sich darum kümmert."

Oder sie. Da ich nicht genau weiß, von wem die Hütte gemietet wurde, könnte es eine Herausforderung sein, die Heizung repariert zu bekommen. Aber ich will es mir nicht anmerken lassen.

„Bist du sicher?"

„Hundert Prozent. Ich glaube nicht, dass du es in deiner Situation nötig hast, von mir zu meinem persönlichen Handwerker gemacht zu werden", bekräftige ich.

Die eisige Luft ist jedoch dabei, mich das Gesagte vielleicht noch einmal überdenken zu lassen. Ich ziehe die Decke enger um mich und starre wieder in das Heizgerät hinunter. Das wäre der perfekte Moment für mich, um eine Art psychokinetische Superkraft an mir zu entdecken. Ich klammere mich nur für ein paar Sekunden an diesen letzten Strohhalm, bevor ich mich wieder Jake zuwende.

„Vielleicht nicht zu deinem persönlichen Handwerker", sagt er. „Nur dein persönlicher Retter in Not, der zufällig handwerklich begabt ist."

Der Kommentar ist ziemlich kitschig, aber verfehlt seine Wirkung nicht. Er klettert über die Rückenlehne der Couch und schiebt seine Hände unter die Seiten der Decke, damit er seine Arme um meine Taille legen kann. Sein Mund findet meinen und der Druck seines Körpers drückt mich gegen die Wand. Sein Kuss ist ein paar Sekunden lang tief und intensiv, bevor er sich zurückzieht. Er berührt noch einmal sanft, beinahe flüchtig meine Lippen mit seinen und streicht mir das Haar von der Wange. Irgendetwas an dieser Geste bringt mich aus dem Gleichgewicht, als hätte ich den ersten Kuss noch nicht ganz verarbeitet.

„Ich sage dir Bescheid, wenn er niemanden schickt", sage ich.

Jake lächelt. „Gut. Auch wenn ich lieber hierbleiben und dich wärmen würde, sollte ich wohl gehen und sicherstellen, dass die Bar noch steht und Burke nicht beschlossen hat, sie dauerhaft zu übernehmen. Nochmals vielen Dank, dass du heute so eine fantastische moralische Unterstützung warst. Ich weiß nicht, wie ich es ohne dich überstanden hätte."

„Gerne", sage ich.

„Sorg dafür, dass die Heizung schnell repariert wird. Mir gefällt der Gedanke nicht, dass du dein Dasein hier draußen ganz allein in der Kälte fristest. Wenn sie nicht bald wieder funktioniert, solltest du bei mir übernachten."

Er zieht die Decke enger um mich und seine Hände fahren über den Stoff.

Ich möchte ihn bitten, mich anzurufen, wenn er mehr von der Polizei hört, will jedoch die Ruhe, die sich ihn ihm breitgemacht zu haben scheint, nicht zunichtemachen. Sie ist vorübergehend, aber er verdient es, so lange wie möglich an ihr festhalten zu können.

Nachdem Jake gegangen ist, warte ich ein paar Minuten, um mein Telefon zu holen. Die Kälte lässt meine Finger schmerzen, als ich versuche zu wählen, aber es gelingt es mir, mich zusammenzureißen. Als es ein paar Mal in der Leitung getutet hat, frage ich mich, wie spät es eigentlich ist. Es könnte zu spät sein, um noch jemanden im Büro zu erwischen.

„Hallo?"

Das war ein lächerlicher Gedanke. Es ist nie zu spät, jemanden im Büro zu erwischen. Sie leben und atmen ihre Arbeit, vor allem, wenn sie mit großen Fällen zu jonglieren haben.

„Eric, ich bin's."

„Emma? Ist alles in Ordnung? Ist etwas passiert?"

„Wow, das ist ja mal eine positive Einstellung. Hast du etwa mit Bellamy gesprochen?", frage ich.

„Entschuldigung. Ich bin sicher, dass alles absolut perfekt läuft", scherzt er.

„So weit würde ich nicht gehen. Aber ich fange mal damit an, dass mir gleich die Augen zufrieren werden, weil die Heizung in meiner Hütte beschlossen hat, dass jetzt der perfekte Zeitpunkt ist, um ihren Geist aufzugeben. Leider weiß ich nicht, von wem Creagan die Hütte gemietet hat, also kann ich niemanden anrufen, um sie reparieren lassen."

„Warum rufst du Creagan nicht an?", fragt er.

„Weil ich lieber mit dir rede", antworte ich.

„Ich würde mich geschmeichelt fühlen, wenn es denn wahr wäre. Du willst vermeiden, mit ihm zu reden, weil du weißt, dass er dich über den Fall ausquetschen wird", sagt Eric.

„Eric, im Moment mache ich mir Sorgen, dass mein Arsch in kleine Eissplitter zerspringen könnte, wenn ich mich zu hart hinsetze. Kannst du mir einfach den Gefallen tun?"

„Warte eben einen Moment. Mal sehen, ob ich etwas finde."

„Danke."

Er stellt mich in die Warteschleife und ich schlurfe zurück ins Wohnzimmer, wobei ich mit einer Hand das Ende der Decke von meinen Füßen hebe und mit der anderen mein Telefon festhalte. Ich setze mich auf die Kante des Sofas, greife in die Nische unter dem Couchtisch und ziehe den Stapel mit den Ermittlungsunterlagen heraus, den ich dort verstaut habe. Durch mein hastiges Abräumen des Tisches ist er durcheinandergeraten, also mache ich mich an die Arbeit und versuche, ihn wieder in die alte Ordnung zu bringen. Ich habe das Arrangement gerade halbwegs rekonstruiert, als es in der Leitung klickt.

„Es hat sich herausgestellt, dass das Haus im Prinzip niemandem gehört", sagt Eric.

„Was?", frage ich. „Was soll das heißen, es gehört niemandem? Creagan muss es von jemandem gemietet haben. Außerdem gibt es Strom und Wasser, und es ist möbliert. Offensichtlich hat hier seit einiger Zeit niemand mehr gewohnt, aber es ist ja nicht gerade so, dass es seit Jahrzehnten leer steht."

„Es gehört der Stadt. Es wurde vor einiger Zeit aufgegeben, aber du kannst dir vorstellen, dass der Immobilienmarkt dort nicht besonders belebt ist. Wenn jemand an einem Besuch interessiert ist, vor allem, wenn sich die Leichen stapeln und der Ruf der Stadt nicht gerade floriert, bieten sie an, was sie zur Verfügung haben."

„Und von allen Möglichkeiten, die sie ihm boten, entschied er sich für diese. Ich frage mich, was das über seine Meinung von mir aussagt. Moment, was bedeutet das für meine Heizung? Wenn ich weiterhin hierbleiben muss, werde ich es ohne Heizung nicht schaffen", sage ich.

„Er sagte, ich solle einen Techniker finden und es auf deine Ausgabenliste setzen."

„Perfekt", seufze ich.

„Wie läuft es sonst so?", fragt er.

„Willst du etwa wissen, ob ich herausgefunden habe, warum hier Leute verschwinden und getötet werden? Dann läuft es nicht ideal." Ich seufze wieder und streiche mir mit den Fingern durch die Haare. Mein Blick schweift über das Bild der Frau an den Gleisen und ich starre auf es hinunter. Meine Haut kribbelt, als mir eine Eingebung kommt. „Aber vielleicht mache ich Fortschritte. Eric, kannst du noch etwas für mich tun?“

„Muss ich noch einmal mit Creagan sprechen? Davon habe ich für heute eigentlich genug.“

„Nein. Ich brauche ihn nicht, aber du musst etwas für mich tun“, sage ich.

„Und das wäre?“

„Gibt es in Personenzügen Kameras? Wie in Güterzügen. Haben sie Kameras am Fahrerwaggon, die aufnehmen, was auf den Gleisen vor ihnen passiert?“, frage ich.

„Die meisten haben das. Inzwischen wahrscheinlich alle, würde ich sagen, es sei denn, ein Unternehmen verwendet wirklich alte Züge. Warum? Was genau brauchst du?“, fragt Eric.

„Wenn ich dir eine Karte von Bahngleisen und einer Reihe von Zeiten schicke, könntest du dann herausfinden, welche Züge in dieser Zeit gefahren sind, und mir die Aufnahmen der Kameras besorgen?“

„Klar. Hat das etwas mit den Leichen zu tun?“

„Vielleicht.“

„Ich dachte, die Bahngesellschaft hätte bereits alle Züge untersucht und keinen Zug finden können, der einen der beiden hätte treffen können“, sagt er.

„Das haben sie. Das ist es nicht, wonach ich suche. Kannst du mir die Aufnahmen besorgen?“

„Ich werde sehen, was ich tun kann.“

„Danke. Ich schicke dir die Informationen per E-Mail“, sage ich. „Oh... Eric? Das muss unter uns bleiben. Ich weiß noch nicht, ob es Hand und Fuß hat, und will nicht, dass jemand Wind davon bekommt, wenn es sich nicht bewahrheitet.“

Zwei Stunden später sitze ich da und höre mir an, was sich anhört, als würde der Heizungstechniker willkürlich auf alles einschlagen, was sich im Inneren der Heizung befindet, als ich endlich eine E-Mail von Eric erhalte. Ich kauere mich in der Ecke der Couch zusammen, damit der Techniker keinen Blick auf meinen Bildschirm erhaschen kann, stecke mir die Ohrstöpsel in die Ohren und öffne das erste angehängte Video.

Es hat keinen Ton und das Bild ist abgehackt und leicht verpixelt – die Art von Überwachungsvideo, die so gut wie niemals von irgendjemandem angesehen wird. Ein paar Sekunden Zeitraffer lassen es eher wie eine Reihe von Bildern aussehen, die in schneller Abfolge vorbeiflitzen, als wie ein flüssiges Video. Das Video deckt mehrere Stunden ab, drei Tage bevor die Leiche der Frau an den Bahngleisen gefunden wurde. Ich schaue es mir genau an, um den Bereich der Gleise zu identifizieren, den ich sehen möchte, und mache mir Notizen, was ich auf diesem Teil der Gleise sehe. Dann halte ich das Video an und gehe zum nächsten über.

Beim vierten Video bin ich in der Lage, einen großen Teil zu überspringen, bis zu dem kurzen Abschnitt, der zeigt, was ich sehen will. Dieses Video sieht anders aus als die anderen. Es zeichnet die Fahrt eines anderen Zuges auf und weist eine andere Kameraposition auf als die, die sie eigentlich haben sollte. Als ob die Kamera leicht umgestoßen oder falsch montiert worden wäre. Der Blickwinkel bietet keine vollständige Sich auf die Gleise. Die Ansicht zeigt einen Teil des Zuges selbst und die Hälfte der Gleise zusammen mit dem Schotterbett auf der dem Wald gegenüberliegenden Seite.

In der Ecke der Ansicht fällt mir etwas ins Auge und ich halte das Video an. Ich spule einige Sekunden zurück und schaue noch einmal genauer hin. Nach vier Durchgängen bin ich davon überzeugt, zu wissen, was ich da sehe. Zur Sicherheit schaue ich es mir noch einmal an und mir wird flau im Magen.

„Heilige Scheiße."

„Entschuldigung, aber ich arbeite so schnell ich kann."

Mein Blick fällt auf den Techniker. Ich schüttle den Kopf und ziehe die Ohrstöpsel aus meinen Ohren.

„Ich rede nicht von Ihnen. Tut mir leid. Machen Sie einfach ihr Ding. Wissen Sie zufällig, wie lange es noch dauern wird?", frage ich.

Er blickt auf die Heizung hinunter, die er anscheinend komplett ausgeweidet hat. „Geben Sie mir noch eine Stunde. Vielleicht eineinhalb Stunden."

Ich will nicht hier herumsitzen und auf ihn warten, aber ich werde ihn auch nicht in meiner Hütte alleinlassen. Resignierend wickle ich die Decke wieder um mich und ziehe meinen Laptop auf meinen Schoß, um mich auf die Wartezeit einzustellen. Meine Gedanken richten sich wieder auf den Mann, der auf meiner Veranda gestorben ist, und auf den Zettel, den er in der Hand hielt. Ohne ihm den Grund dafür zu nennen, hatte ich Eric bereits gebeten, den Namen Ron Murdock zu überprüfen und zu sehen, ob etwas dabei herauskommt, obwohl ich mir ziemlich sicher war, dass das nicht der Fall sein würde. Er kam nicht auf einen Freundschaftsbesuch vorbei. Ich bezweifle, dass er im Hotel seinen richtigen Namen genannt hat. In winzigen Orten wie den Städtchen hier in der Gegend, ist es nicht ungewöhnlich, dass sich ein Hotel nicht die Mühe macht, die Identität zu überprüfen, wenn jemand bar bezahlt. Und selbst wenn sie es tun, habe ich schon genug gefälschte Ausweise in den Schredder geworfen, um zu wissen, dass es nicht schwer ist, jemanden zu täuschen, wenn man auf die Details achtet.

Und Details sind es, die mich auch in dieser Sache interessieren. Niemand außerhalb des Teams wusste, dass ich hierherkommen würde. Um so kurz nach mir hier anzukommen, hatte er mit meiner Ankunft rechnen müssen. Ich habe spaßeshalber den Namen in Verbindung mit meinem eigenen überprüft, aber auch das ergab nichts. Eine weitere Suche in Verbindung mit dem Namen meines Vaters und eine dritte mit dem meiner Mutter führten ebenfalls zu keinem Ergebnis. So werde ich nicht weiterkommen. Ich brauche mehr. Aber im Moment kann ich nichts anderes tun, als dazusitzen und zu warten.

In der Dunkelheit.

„Was ist passiert?“ rufe ich.

„Das tut mir leid. Kein Grund zur Sorge. Ich habe nur den Stromkreis ein wenig überlastet. Ich werde ihn wieder instand setzen.“ Die Schritte des Technikers verschwinden im hinteren Teil der Hütte und einige Augenblicke später geht das Licht wieder an. Er kommt zurück und hockt sich in der Nähe der Heizung hin. „Dieser Kasten ist ein heikles Ding. Ich bastle schon seit Ewigkeiten an diesem Haus herum und er hat mir immer Probleme bereitet.“

„Wer hat hier gewohnt?“, frage ich.

„Bitte?“

„Sie sagten, Sie arbeiten schon lange an diesem Haus. Als ich es gemietet habe, sagte man mir, es sei verlassen“, erkläre ich.

„Nun, ‚verlassen‘ ist etwas übertrieben. Die Frau, die hier gewohnt hat, ist gestorben und niemand hat Anspruch auf das Haus erhoben“, erzählt er.

„Hatte sie keine Familie?“, frage ich.

Er fährt sich nachdenklich mit der Hand über das Gesicht und schaut kurz in die Ferne.

„Ich glaube, sie hatte eine Tochter. Ich habe sie nie getroffen, aber Wendy sprach manchmal von ihrem Mädchen und einer Enkelin, die irgendwo lebte. Sie hat sie anscheinend kaum zu Gesicht bekommen.“

„Und sie sind nie gekommen, um das Haus zu übernehmen oder irgendetwas von ihr abzuholen? Hat sich die Polizei nach Wendys Tod mit der Tochter in Verbindung gesetzt?“, frage ich.

„Das geht mich nichts an. Ich weiß nur, dass das Haus von der Stadt übernommen und größtenteils ausgeräumt wurde. Und jetzt wird es an Leute vermietet, die Feathered Nest besuchen wollen. Nicht, dass es davon allzu viele gäbe. Der letzte Herr, der kam, um zu bleiben, blieb nicht einmal so lange, wie er gebucht hatte. Er hat einfach seine Sachen genommen und ist gegangen. Die Tür war unverschlossen, das Licht an. Manche Leute haben einfach keine Manieren.“

„Hat hier kürzlich jemand anders übernachtet?“, frage ich erstaunt.

„Ja. Vor etwa sechs Monaten, würde ich sagen“, überlegt er.

„Niemand hat es mir gegenüber erwähnt.“

„Warum sollten sie auch?“ In seiner Stimme liegt ein Hauch von Misstrauen, und ich versuche, mir eine schlagfertige Antwort auszudenken, doch das Geräusch der aufheulenden Heizung zaubert ein Lächeln auf sein Gesicht. „Hören Sie das? Immerhin hat sie noch etwas Leben in sich. Es könnte ein bisschen dauern, bis sie wieder warm ist, aber bevor Sie zu Bett gehen, sollte es wieder schön kuschelig sein.“

„Ich danke Ihnen vielmals. Sagen Sie mir, was ich Ihnen schulde und ich schreibe Ihnen einen Scheck.“

KAPITEL 16

Ich habe noch nie jemanden gesehen, der seine Werkzeuge so langsam einpackt. Der Techniker wischt jedes Werkzeug sorgfältig mit einem roten Lappen ab, der kurz vor der Auflösung zu stehen scheint, bevor er sie einzeln in seiner Tasche verstaut. Ich habe das Gefühl, dass er extra langsam macht und versucht, so viel Zeit wie möglich zu schinden. Ob es daran liegt, dass er mehr Zeit mit mir verbringen will, oder ob er glaubt, dass mir dann womöglich noch mehr Dinge einfallen, die es in der Hütte zu reparieren gibt, kann ich nicht sagen. Sobald er mit meinem Scheck in der Tasche nach draußen getreten ist, ziehe ich mir schnell eine weitere Schicht warmer Kleidung an und schlüpfe in meine Stiefel.

Ich will gerade zurück ins Wohnzimmer, als das Geräusch der sich öffnenden Tür mir das Herz in die Kehle springen lässt. Die laufende Heizung dämpft die Laute etwas, aber ich kann dennoch deutlich hören, wie jemand meinen Flur betritt und dann innezuhalten scheint. Wohl wissend, dass mein Telefon da drin auf dem Tisch liegt – selbst, wenn es hier wäre, würde die Polizei wahrscheinlich sowieso keine große Hilfe mehr sein können.

„Jake!" Sein Name platzt aus mir heraus, als ich ihn mitten im Wohnzimmer stehen sehe, sein Telefon in der Hand, als würde er gleich eine Nummer wählen wollen. „Was machst du da?"

„Ich wollte dich gerade anrufen", sagt er.

„Ich meine, was machst du *hier*?", frage ich.

Er stopft sein Handy zurück in die Tasche und zeigt hinter sich. „Du hast uns in meinem Auto von Coles Haus hierhergefahren. Du hast dein Auto nicht hier. Ich dachte, ich bringe dich zu ihm."

Ich atme tief durch. „Oh. Dankeschön. Ja, daran habe ich gar nicht gedacht. Ich wollte eigentlich gerade gehen."

„Gehen? Wohin?", fragt er.

Mein Plan war es, in den Wald zurückzugehen, um meine neue Theorie auf die Probe zu stellen, aber das kann ich ihm nicht sagen. Ich muss meine Pläne wohl über den Haufen werfen und umdisponieren.

„Ich muss aufs Polizeirevier."

„Aufs Polizeirevier?"

„Es geht um den Mann", sage ich eilig. „Ich habe vergessen, LaRoche etwas zu fragen, als sie mich das letzte Mal auf die Wache beordert haben."

„Ich bringe dich zu deinem Auto. Sollen wir gleich los?"

„Sicher." Ich nehme die Tasche, die ich vor dem Anziehen gefüllt habe und werfe sie mir über die Schulter. „Los geht's."

Wir steigen in sein Auto und ich schaue zurück zur Hütte, als er sie verlässt.

„Stimmt etwas nicht?", fragt Jake.

„Hast du den Typen getroffen, der die Hütte vor ein paar Monaten gemietet hat?", frage ich.

Er blickt mit einem verwirrten Blick zu mir herüber.

„Welchen Typen?"

„Der Mann, der kam, um die Heizung zu reparieren, sagte, dass ein Mann die Wohnung vor etwa sechs Monaten angemietet hat, aber nicht die ganze Zeit über geblieben ist."

Jake presst nachdenklich die Lippen aufeinander und schüttelt dann den Kopf.

„Nein. Ich habe nicht einmal bemerkt, dass hier in den letzten Jahren jemand gewohnt hat. Er muss nicht sehr gesellig gewesen sein, als er hier war."

„Ich frage mich, was wohl repariert werden musste", sage ich.

„Ich weiß nicht, aber der alte Clancy hat wohl keine gute Arbeit geleistet, wenn der Kerl früher abgezogen ist."

„Möglich."

Wir erreichen die Hauptstraße der Stadt und Jake hält hinter meinem Auto an. Er führt mich zur Fahrerseite und lehnt sich gegen die Tür, während ich mich auf den Sitz setze.

„Sag mir Bescheid, wenn du etwas herausfindest", sagt er. „Ich mag es nicht, zu wissen, dass du in dieser Hütte bist, wenn niemand weiß, was mit dem Kerl von damals passiert ist."

„Das werde ich."

Er gibt mir einen Kuss auf die Wange und schließt die Tür. Fast sofort klingelt mein Telefon. Ich stelle es auf Lautsprecher und fahre vom Bordstein weg.

„Warum bekommt Eric alle Neuigkeiten von dir? Warum erfahre ich nichts?", verlangt Bellamy zu wissen.

„Weil er direkt für das FBI arbeitet und bestimmte Dinge für mich in Erfahrung bringen kann", antworte ich.

„Ich kenne mich auch aus. Ich bin eine Sachverständige! Mit Zugang zu den richtigen Leuten, die ..."

„Kannst du mir helfen, auf das Bildmaterial von Sicherheitskameras zuzugreifen und Background Checks durchzuführen?", frage ich.

„Ähm...Nein."

„Da hast du's."

„Aber ich möchte trotzdem wissen, was bei dir los ist. Ich kann dir helfen... zu denken", sagt sie.

„Du hast Recht. Vielleicht stecke ich zu tief in der Sache drin und übersehe etwas, das du bemerken könntest."

„Immer raus damit."

Während ich zum Polizeirevier fahre, erzähle ich ihr von Jakes Vater, den Aufnahmen vom Zug, dem Weg durch den Wald und was ich bisher über den Mann auf der Veranda in Erfahrung bringen konnte. Ich spreche immer noch, als ich vor dem Revier anhalte und die Türen beobachte, um zu sehen, ob einer der Beamten das Gebäude verlässt.

„Heilige Scheiße", sagt sie, als ich fertig bin.

„Ja, das fasst es gut zusammen."

„Wird Eric dem Rest des Teams etwas von all dem erzählen?", fragt sie.

„Nein. Ich will Creagan da nicht mit hineinziehen. Zumindest jetzt noch nicht. Vielleicht ist gar nichts dran an der Sache. Ich will nicht die ganze Untersuchung vermasseln, wenn ich zu früh handle. Es gibt noch nicht genügend Anhaltspunkte."

„Sei einfach vorsichtig."

„Das werde ich. Hör zu, ich muss los", sage ich ihr und steige aus dem Auto.

„Okay. Ruf mich später an."

„Mach ich. Bye."

Ich fühle mich ein wenig schuldig, weil ich nicht ganz ehrlich zu ihr war, was den Mann auf der Veranda angeht, aber ich verdränge es. Sie ist auch so schon besorgt genug. Außerdem, ohne zu wissen, wer er ist oder wie er auf der Veranda gelandet ist, weiß ich nicht, in welche Gefahr ich Bellamy bringen könnte, wenn ich es ihr sage. Ich habe schon vor langer Zeit gelernt, dass Informationen tödlich sein können.

Die Empfangsdame schaut zu mir auf, als ich die Lobby betrete und die Tür hinter mir zufallen lasse.

„Kann ich Ihnen helfen, Ms. Monroe?", fragt sie.

„Ich muss nur ein Wort mit Chief LaRoche wechseln", sage ich ihr.

Mein Blick schweift automatisch zur Tür, in Erwartung seines üblichen Erscheinens. Aber dieses Mal bleibt die Tür geschlossen.

„Er ist im Moment nicht im Büro. Kann ich etwas für Sie tun?"

„Nein. Ist Nicolas verfügbar?"

„Officer Greene ist hinten. Ich werde sehen, ob er eine Minute Zeit hat, um mit Ihnen zu sprechen."

„Ich bin sicher, dass er das haben wird. Danke", sage ich.

Ich schlüpfe an ihr vorbei und durch die Tür nach hinten, bevor sie mich aufhalten kann. Nicolas kommt durch eine Tür getreten, während ich den Flur schnell genug entlanghusche, um Esther zu entwischen. Ich traue ihr zu, dass sie mich an der Rückseite meines Mantels packen wird, wenn sie es schafft, mich einzuholen.

„Ms. Monroe? Was machen Sie denn hier?", fragt er.

„Es tut mir leid, Officer Greene. Ich hätte nicht gedacht, dass sie einfach so durchstürmen würde", sagt Esther, die sogleich hinter mir erscheint.

„Ich habe ein paar Fragen an Sie", sage ich.

„Ich glaube, es ist eigentlich eher meine Aufgabe, Fragen zu stellen", sagt er stirnrunzelnd.

„Eigentlich ist das der Job von Chief LaRoche, aber er ist nicht hier, also muss ich mich mit Ihnen begnügen. Außerdem versuche ich nicht, Ihren Job zu machen. Ich will nur meine eigene Neugierde befriedigen", sage ich.

Und meinen eigenen Job machen.

Er starrt mich ein paar Sekunden lang an, als würde er überlegen, was er tun soll, dann nickt er.

„Was wollen Sie wissen?", fragt er und deutet in den Raum, den er gerade verlassen hat.

Ich folge ihm in einen kleinen Konferenzraum und setze mich auf einen der grauen Stühle an einem runden Tisch.

„Die Frau, deren Leiche an den Bahngleisen gefunden wurde. Was können Sie mir über sie sagen?", frage ich.

Die Augen von Nicolas verengen sich.

„Warum wollen Sie das wissen?", fragt er.

„Wie ich schon sagte, Neugierde. Sie werden wohl wissen, dass das Verschwinden und die Morde Hochkonjunktur in der lokalen Gerüchteküche haben. Und da ich in der Nacht, in der ich hier eingetroffen bin, in all das verwickelt wurde, bin ich daran interessiert, mehr zu erfahren", sage ich.

„Wir haben Ihnen bereits gesagt, dass der Vorfall mit dem erschossenen Mann auf Ihrer Terrasse nichts mit der Mordserie zu tun hatte. Es gibt keine Verbindung zu den anderen Fällen", sagt er.

„Sind Sie sich da absolut sicher?", frage ich provokativ, um irgendeine Information aus ihm herauszulocken, die ich verwenden kann. Er wurde erschossen? Das ist mir neu. „Mir scheint, Sie wissen nicht einmal, wer dieser Mann wirklich ist, geschweige denn, warum er hier war. Wie können Sie also völlig ausschließen, dass derselbe Mörder für seinen Tod verantwortlich ist?"

„Die anderen Opfer haben alle eine Verbindung zur Gegend. Cristela Jordan zum Beispiel kam aus der nächstgelegenen Stadt und war hier sehr bekannt. Sie war an den meisten Wochenenden in Jakes Bar. Ron Murdock ist ein Unbekannter. Sie haben nichts miteinander zu tun." Er lehnt sich über den Tisch zu mir. „Hören Sie, Ms. Monroe. Ich kann Ihr Interesse verstehen. Aber ich versichere Ihnen, es gibt nichts, worüber Sie sich Sorgen machen müssen. Die Schießerei war ein unglücklicher Unfall. Sie hat nichts mit den anderen Fällen zu tun. Die Ermittlungen in diesen Fällen laufen noch und wir können nicht darüber sprechen. Sie sollen nur wissen, dass wir der Wahrheit auf der Spur sind."

Seine Stimme klingt schleimig und unaufrichtig. So reden Beamte, wenn sie mit ihrem Versagen konfrontiert werden und sich nicht eingestehen wollen, dass sie keinen Schritt weitergekommen sind. Aber etwas, das er gesagt hat, ist mir aufgefallen.

„Ein unglücklicher Unfall?", frage ich.

„Was könnte es sonst sein?", fragt er, kurz nachdem ein Flackern nicht zu entziffernder Emotion über seine Augen gehuscht ist. „Die

Jäger wollen oft nicht zugeben, dass sie auch unterwegs sind, wenn keine Hirschsaison ist."

„Sie glauben also, dass ein Jäger ihn versehentlich erschossen hat?", frage ich.

„Das ist die einzige Erklärung, die Sinn macht." Er nickt und steht auf, um zur Tür zu gehen. „Da Sie Ihre Antworten jetzt haben, muss ich wieder zurück an die Arbeit."

Ich weise nicht darauf hin, dass er meine Frage nicht wirklich beantwortet hat.

„Sicher. Ähm ... Wo ist der Chief?", frage ich beiläufig.

„Er wurde aus dem Büro gerufen."

Ich nicke und lächle. „Ich schätze, das ist Teil des Jobs."

Als ich ihm aus dem Konferenzraum folge, fällt mir eine große Tafel an der Wand auf. Sie ist mit Bildern der vermissten Personen und der Tatorte bedeckt. Die meisten davon habe ich, aber ich halte dennoch inne, um sie mir anzusehen. Einige Bilder sehen aus, als seien sie in den Tagen nach den offiziellen Tatortfotos aufgenommen worden. Mein Blick schweift über die Bilder und die darauf gekritzelten Notizen. Eine Zeitleiste in schwarzer Schrift am unteren Rand der Tafel sticht mir ins Auge. Ich blicke auf und sehe, dass Nicolas sich aus der Tür lehnt und mit jemandem am Ende des Flurs spricht. So schnell ich kann knipse ich ein Foto von der Zeitleiste und stecke mein Handy wieder zurück in die Tasche. Einen Moment später sieht er zu mir herein.

„Das ist Teil unserer Ermittlung, Miss Monroe. Ich muss Sie bitten, weiterzugehen", sagt er.

Ich schenke ihm ein Lächeln. „Kein Problem. Danke für Ihre Hilfe."

Esther sieht mich über ihre Brille hinweg missbilligend an, als ich an ihr vorbei aus dem Revier eile.

Mein nächster Halt ist das Hotel ein paar Städte weiter, in dem Murdock eingecheckt hat. Die Frau hinter der Rezeption könnte eine jüngere Version von Esther sein und sieht mich mit ungefähr genauso wenig erfreut an.

„Das Videomaterial wurde der Polizei übergeben", erzählt sie mir.

„Ich weiß. Aber es wurde doch bestimmt in der Cloud gespeichert, oder? Sie können es einfach vom Computer aus aufrufen."

„Sind Sie von der Polizei?"

„Ich bin definitiv nicht von der Polizei", antworte ich.

„Warum sind Sie dann so interessiert an den Kameraaufzeichnungen?"

„Ma'am, er ist auf meiner Veranda verreckt. Ich würde gerne wissen, mit wem ich es zu tun habe."

Ich hätte wahrscheinlich mehr Taktgefühl zeigen können, aber der Zweck heiligt die Mittel. Es scheint zu funktionieren. Das Gesicht der Frau wird blass und ihre Augen weiten sich. Sie huscht ins Büro und ich bin mir ziemlich sicher, dass sie mit dem Geschäftsführer zurückkommen wird, um mich hinauszujagen. Wenn sie die Polizei rufen, habe ich zumindest gute Chancen, einfach wieder aufs Revier gebracht zu werden. Vielleicht ist bis dahin sogar LaRoche zurück. Ich höre Stimmen in der Lobby und schaue auf. Als ich sehe, mit wem ich es zu tun habe, schaffe ich es gerade noch rechtzeitig, mich hinter der Wand neben dem Schalter wegzuducken.

Ich muss mich scheinbar nicht verhaften lassen, um LaRoche wiederzusehen. Er ist hier im Hotel mit einer sehr blonden, sehr jungen Frau, die auf schlechtsitzenden Stöckelschuhen neben ihm herstakst und ergriffen jedem seiner Worte lauscht. Ich bleibe außer Sichtweite, während ich beobachte, wie sie vom Aufzug zu einer in einer Wandnische gelegenen Seitentür gehen. Er sieht anders aus ohne seine Uniform, aber es ist eindeutig der Chief. Ich beobachte, wie er sie an sich heranzieht und sich für einen langen Kuss vorbeugt. Er endet abrupt, als LaRoche in seine Tasche greift, um sein Handy herauszuholen und es an sein Ohr zu halten. Seine Miene verfinstert sich und er murmelt etwas, das ich nicht hören kann.

„Ma'am?"

Ich spähe um die Wand herum und sehe, dass die Frau zum Schalter zurückgekommen ist. Als ich zu LaRoche hinüberschaue, sehe ich, wie er etwas zu dem Mädchen sagt und durch die Tür auf den Parkplatz stürmt. Die Frau hinter dem Schalter wirft mir einen neugierigen Blick zu, als ich wieder um die Ecke gelaufen komme. Sie hat keinen Manager an ihrer Seite, aber sie hält einen kleinen weißen Computer in der Hand.

„Ich dachte, ich hätte jemanden gesehen, den ich kenne", sage ich mit einem Lächeln. „Aber ich bin mir nicht sicher. Haben Sie heute Gäste aus Feathered Nest hier?"

Sie schüttelt den Kopf. „Nicht in den letzten paar Wochen. Der letzte Check-In war eine Frau, die sagte, sie käme aus New Jersey."

„Die es *sagte*?", frage ich. „Sie überprüfen keine Ausweise?"

Die Frau schüttelt den Kopf. „Normalerweise nicht. Das ist nicht nötig, wenn die Leute bar bezahlen. Es ist ja nicht so, dass ich hier ein Fünf-Sterne-Resort betreibe. Es ist nur ein Ort, an dem die Leute eine Nacht zur Ruhe kommen können."

Oder Ähnliches...

Ich werfe einen Blick zurück zur Tür. Die Blondine, von der ich annehme, dass sie diejenige ist, die zumindest so tut, als käme sie aus New Jersey, ist verschwunden. Ich wende mich wieder der Angestellten zu und gestikuliere auf den Computer.

„Da ist das Video drauf?"

„Ja. Ich bin mir immer noch nicht sicher, ob ich es Ihnen zeigen darf."

„Hat Ihnen die Polizei gesagt, dass Sie es nicht tun dürfen?", frage ich.

„Nun... nein", sagt sie stirnrunzelnd.

„Wo ist dann das Problem? Ich will nur einen kurzen Blick darauf werfen."

Sie dreht mir den Bildschirm zu und klickt auf das Mauspad, um den Videoclip zu starten. Ich lehne mich gegen den Tresen und beobachte eine Aufnahme von ihr, wie sie hinter dem Schalter steht. Der Kamerawinkel zeigt ihren Rücken und ihren Kopf, was den perfekten Blickwinkel auf die Eingangstür bietet. Nach ein paar Sekunden, in denen sie Staub wischt, Papiere durchblättert und eine Pflanze gießt, die inzwischen anscheinend auf die andere Seite des Schreibtisches gerückt wurde, öffnet sich die Tür. Der Mann kommt herein und mir bleibt der Atem im Halse stecken. Er trägt dieselbe Kleidung, die er trug, als er auf meiner Veranda verendete. Ich werfe einen Blick auf den unteren Rand des Bildschirms und bemerke den Zeitstempel.

Er geht zum Schreibtisch und sagt etwas zu der Frau. Sie nickt, greift in eine Schublade und schiebt ihm ein Formular über den Schreibtisch zu.

„Was ist das?", frage ich.

„Eine Check-In-Karte. Die benutze ich immer. Ich gebe die Daten zwar dann in den Computer ein, aber ich lasse sie immer noch erst von den Gästen handschriftlich ausfüllen. Macht der Gewohnheit."

Er füllt die Karte aus und gibt sie der Angestellten zurück. Ich sehe, wie er sich in der Lobby umschaut, und mir fällt etwas auf, das mir seltsam vorkommt.

„Er hat keine Taschen", sage ich. „Hat er später welche mitgebracht?"

„Nein", sagt die Angestellte. „Die Polizei hat das Gleiche gefragt. Sie wollten seine persönlichen Sachen durchsuchen. Aber er hatte keine. In seinem Zimmer war nichts und auf dem Parkplatz war kein Auto geparkt."

Ich sehe mir das Video noch ein paar Sekunden lang an. Der Mann nimmt seine Schlüsselkarte entgegen und geht zum Aufzug. Ich spule etwas vor und sehe, wie er aus dem Aufzug zurückkommt und weniger als fünf Minuten, nachdem er die Treppe hinaufgegangen ist, wieder geht. Anhand des Zeitstempels weiß ich, dass er nie zurückkam.

„Haben Sie noch seine Check-In-Karte?“, frage ich.

Sie nickt und holt eine Mappe aus der Schublade. Eilig blättert sie darin herum, zieht die Karte hervor und zeigt sie mir.

„Ron Murdock. So ein schöner Name.“

Ich nicke. „Darf ich ein Foto davon machen? Ich möchte seiner Familie einen Beileidsbrief schicken.“

Sie zuckt mit den Schultern. „Nur zu. Ich glaube nicht, dass sich die Datenschutzgesetze auf Verstorbene erstrecken.“

„Danke.“ Ich mache ein Bild und lege mein Handy weg. „Ich weiß Ihre Hilfe wirklich zu schätzen.“ Nachdem ich mich zum Gehen gewandt habe, drehe ich mich noch einmal zu ihr um. „Ah, es gibt noch eine Sache, die Sie für mich tun können. Ich bin ziemlich durstig. Haben Sie eine Flasche Wasser oder etwas in der Art?“

Sie sieht mich seltsam an, nickt aber. „Sicher. Ich bin gleich wieder da.“

Als sie den Laptop zurück ins Büro bringt, drehe ich die Mappe zu mir und mache ein Foto von der gesamten Seite mit den Check-In-Karten, die in durchsichtigen Einstecktaschen stecken. Ich blättere das Buch bis zum Ende durch, mache noch ein Foto von der letzten Seite und schließe es dann. Kaum habe ich es zugeklappt und zurück an Ort und Stelle geschoben, kommt sie wieder aus dem Büro gelaufen. Ich nehme die kleine Flasche Wasser entgegen, die sie mir anbietet, und lächle.

„Ich weiß das zu schätzen. Nochmals vielen Dank.“

Ich winke und verlasse das Hotel. Als ich schon auf halbem Wege zu meinem Auto bin, ertönt der Schuss.

KAPITEL 17

Ich kauere mich auf den Boden, noch bevor ich den Laut richtig einordnen kann. Erst der zweite Schuss dringt voll in meine Wahrnehmung ein und bringt mich ins Schwindeln. Mein Bauch schrammt über den Rollsplitt, der über den Parkplatz verstreut liegt, und ich krieche zu meinem Auto, um in Deckung zu gehen. Panisch greife ich in meine Tasche und ziehe mein Handy heraus. Das letzte Foto, das ich gemacht habe, ist immer noch auf dem Bildschirm zu sehen. Achtlos wische ich es zur Seite, um zu wählen.

Flackernde Balken am oberen Rand des Bildschirms scheinen mich zu verhöhnen. Der Anruf wird nicht verbunden und ich beende ihn, um erneut zu wählen. Es will einfach nicht klappen. Dann öffnet sich die Eingangstür des Hotels. Die Angestellte stürmt mit einem schnurlosen Telefon in der Hand heraus.

„Gehen Sie wieder rein!“, brülle ich.

Es hat keine weiteren Schüsse gegeben, aber das heißt nicht, dass das so bleiben wird. Sie sollte nicht im Freien herumlaufen und sich zur perfekten Zielscheibe machen. Obwohl ich nicht glaube, dass die Kugeln für sie bestimmt sind.

„Geht es Ihnen gut?“, fragt sie, eilt auf mich zu und greift nach meiner Hand.

„Sie sollten nicht hier draußen sein“, sage ich zu ihr.

Sekunden später knirschen Reifen auf dem Schotter und ihr Kopf schnellt in diese Richtung, woraufhin sich ihr Gesicht entspannt.

„Oh, Gott sei Dank“, ruft sie.

Ich stehe vorsichtig auf, in der Erwartung, ein Polizeiauto zu entdecken. Stattdessen sehe ich einen dunkelblauen Pick-up quer über drei Parkplätze stehen. Ich kenne diesen Wagen und das Gesicht, das jeden Moment auf der Fahrerseite erscheinen wird. Wässrige Augen treffen auf meine und abgewetzte Stiefel knirschen über den Rollsplit.

„Chief, danke, dass Sie so schnell gekommen sind“, sagt die Hotelangestellte und eilt über den Parkplatz zum Pick-up.

„Es ist alles in Ordnung, Mirna. Beruhigen Sie sich einfach und sagen Sie mir, was los ist“, sagt Chief LaRoche.

Es ist das erste Mal, dass ich ihren Namen höre, und irgendwie passt er perfekt zu ihr. Es ist die beiläufige Vertrautheit zwischen den beiden, die mich innehalten lässt. Er kam her, um die Aufnahme des Überwachungsvideos zu holen, also hat sie ihn zu diesem Zeitpunkt definitiv hier gesehen. Ich weiß auch sicher, dass ich ihn gerade drinnen gesehen habe, aber Mirna sagte, dass niemand von Feathered Nest in letzter Zeit im Hotel übernachtet hat. Warum sollte sie lügen?

Vielleicht hat sie ja aber gar nicht gelogen. Die Fotos, die ich gemacht habe, könnten mir mehr verraten, aber ich habe jetzt keine Zeit, sie mir anzusehen.

„Jemand hat auf das Hotel geschossen. Es wurde fast jemand getroffen“, sagt Mirna.

Ich erschaudere. Das wird ein unterhaltsames Gespräch werden.

„Wen?“, fragt er.

„Mich.“

Ich stehe auf und gehe um mein Auto herum. LaRoches Augen verengen sich, als er einen Schritt auf mich zu macht.

„Was machen Sie hier, Ms. Monroe?“, fragt er.

„Die gleiche Frage könnte ich Ihnen stellen. Wenn man bedenkt, dass Feathered Nest drei Städte weit weg von hier ist, sind Sie ganz schön schnell hier erschienen, Chief. Wenn ich einmal genauer darüber nachdenke, ist auch die Vorstellung, dass Notrufe von hier bis nach Feathered Nest gehen, eher seltsam“, sage ich.

„Ich habe den regionalen Polizeifunk in meinem Wagen“, erklärt er. „Nicht, dass ich mich vor Ihnen rechtfertigen müsste. Was machen Sie denn hier?“

„Gibt es einen Grund, warum ich mich vor Ihnen rechtfertigen muss?“, frage ich.

„Wenn man auf einem Parkplatz steht, auf dem gerade eine Schießerei stattgefunden hat, und ganz zu schweigen davon eine Person ist, die sich ständig in laufende Ermittlungen einmischt, ja, dann schon“, sagt er.

„Ich mische mich in nichts ein. Ich habe jedes Recht, hier zu sein. Und was meinen Sie mit laufender Ermittlung? Ich dachte, es heißt, Ron Murdock sei durch die verirrte Kugel eines Jägers getötet worden. Ein Unfall.“

„Genau so ist es geschehen.“

„Was gibt es dann zu ermitteln? Wenn Sie es bereits wissen und sicher sind, dass es sich um einen Unfall handelt, wäre der Fall dann nicht abgeschlossen?“, frage ich.

Seine Augen verengen sich bedrohlich, aber bevor er ein weiteres Wort sagen kann, macht Mirna einen flehenden Schritt auf ihn zu.

„Bin ich in Sicherheit?“, wimmert sie. „Ist jemand hinter mir her?“

„Mirna, niemand hat einen Grund, hinter *Ihnen* her zu sein.“

Die Art und Weise, wie er ‚Ihnen‘ betont, hängt seltsam schwer in der Luft, als das Heulen von Sirenen die Spannung durchbricht und Blaulicht über sein Gesicht flackert. LaRoche reißt den Kopf zur Seite, um einige Polizeiautos auf den Parkplatz rasen zu sehen. Die Beamten, die als Reaktion auf Mirnas Anruf ausgesendet wurden, sind eingetroffen und sie eilt zu ihnen hin.

„Danke, dass Sie gekommen sind. Ich weiß nicht, was hier vor sich geht“, sagt sie.

Ich höre ihr zu, wie sie ihnen von der Schießerei erzählt, spüre jedoch weiterhin LaRoches Blicke auf mir. Er starrt mich mit rot umrandeten Augen an und hat seinen Kiefer dabei so hart angespannt, dass seine Kiefermuskeln hervortreten.

„Sie haben keinen Grund, hier zu sein, Ms. Monroe“, sagt er mit tiefer, grollender Stimme auf bedrohlich langsame Art. „Sie sollten zurück in Ihre Hütte gehen.“

„Ich bin sicher, dass die Polizei mit mir sprechen will. Ich bin diejenige, die draußen war, als jemand anfing, auf das Hotel zu schießen“, erkläre ich.

„Da könnten Sie Recht haben. Und wenn das Gespräch beendet ist, gehen Sie nach Hause.“

„Bin ich irgendwie von besonderem Interesse für Sie, Chief?", frage ich.

„Nein. Ich will nur nicht, dass noch jemand in Gefahr gerät", sagt er. „Es gibt schon zu viele Leichen in letzter Zeit."

Die kaum verhohlene Drohung kriecht mir den Nacken hinunter und die Wirbelsäule entlang. Ich spüre, wie jemand hinter mir auftaucht, und zwinge mich, mich vom Chief abzuwenden. Der Beamte hinter mir sieht besorgt aus. Er hält einen Block Papier und einen Stift fest umklammert.

„Darf ich Ihnen ein paar Fragen zu den Ereignissen stellen?", fragt er.

„Nur zu", nicke ich.

„Mirna sagt, Sie waren auf dem Parkplatz, als die Schießerei passierte. Ist das korrekt?", fragt er.

Ich bin mir nicht sicher, inwiefern an diesem Punkt noch Zweifel an dieser Tatsache bestehen können, aber ich nicke trotzdem.

„Ja. Ich war auf dem Weg zu meinem Auto, als ich die Schüsse hörte", erzähle ich ihm.

„Wie lange haben Sie im Hotel logiert?"

„Ich habe nicht wirklich hier logiert. Ich bin nur für ein paar Minuten vorbeigekommen."

Seine Augen heben sich zu mir und er sieht mich fragend an.

„Was haben Sie hier gemacht?", fragt er.

„Das würde ich auch gerne wissen", ruft LaRoche von hinten.

Der Beamte sieht über meine Schulter zu ihm.

„Chief LaRoche, ich bin überrascht, Sie hier zu sehen", sagt er.

„Ich habe nur versucht, zu helfen. Ich mache mich auf den Weg. Ms. Monroe..." Er hält inne, als würde er noch etwas sagen wollen, überlegt es sich dann jedoch anders. „Einen schönen Tag noch."

Der Beamte wendet sich wieder mir zu und stellt mir ein paar Routinefragen. Ich beantworte sie so schnell wie möglich, denn ich will mich hier nicht länger aufhalten als nötig. Danach gehe ich auf direktem Wege zurück in meine Hütte. Nicht, weil der Chief es mir befohlen hat, sondern weil ich die Bilder, die ich gemacht habe, durchsehen will, um zu sehen, ob es darauf etwas Interessantes zu entdecken gibt. Etwas lässt mich zögern, als ich die Stufen zur Veranda hinaufsteige. Es fühlt sich an wie ein leichtes Ziehen in meinem Bauch, als würde mich etwas aufhalten wollen, aber ich kann nicht genau sagen, was es ist. Ich zögere und starre auf die dunkle Stelle auf der Veranda hinunter, bevor ich mich umdrehe und auf den See hinausblicke.

Irgendetwas beunruhigt mich, versetzt mir leichte Stiche in meinen Hinterkopf. Irgendetwas passt nicht zusammen, aber ich bin mir nicht sicher, was es ist. Also zwinge ich mich, das unbehagliche Gefühl in meinem Nacken zu verdrängen, gehe in die Hütte und hole meine Fotos und Notizen aus ihrem Versteck. Ich schließe mein Handy an meinen Fotodrucker an und beginne damit, die Bilder auszudrucken, die ich im Hotel gemacht habe. Mein Magen knurrt. Ich versuche mich an meine letzte wirklich deftige Mahlzeit zu erinnern. Als ich mit einer Schüssel voller gemischter Nüsse und einer Tasse Kaffee aus der Küche zurückkomme, warten die Bilder schon auf mich. Ich nehme sie in die Hand und sehe sie mir genau an.

Die von dem mysteriösen Mann ausgefüllte Check-In-Karte enthält den gleichen Namen, den mir der Chief gegeben hat. Ron Murdock. Der Rest der Karte ist nur spärlich ausgefüllt, viele Fragen sind nicht beantwortet. Ich habe den Eindruck, dass Mirna es nicht gerade darauf anlegt, alle relevanten Details über die Gäste ihres Hotels zu erfahren. Dem Aussehen der blonden Frau nach zu urteilen, die mit LaRoche kuschelte, würde es mich nicht überraschen, wenn ein großer Teil ihrer Kundschaft regelmäßig ein- und ausgeht und nicht immer die ganze Nacht bleibt.

Eine der Informationen, die auf der Karte zu lesen ist, ist eine Adresse. Ich klappe meinen Laptop auf und gebe die Adresse in die Suchmaschine ein. Es ist eine Adresse in Iowa, was mir auf Anhieb merkwürdig vorkommt. Feathered Nest liegt schon für jemanden, der in Virginia lebt, mitten im Nirgendwo. Iowa ist unverschämt weit weg. Die Vorstellung, dass ein Besucher aus Iowa in seiner ersten Nacht auf die Veranda einer Hütte gelaufen kommt, die bis zum Tag zuvor seit Monaten nicht mehr bewohnt war, und dort erschossen wird, wirkt absurd.

Als die Ergebnisse angezeigt werden, ist es jedoch nicht mehr nur die Entfernung, die seltsam erscheint. Vielmehr ist es die Tatsache, dass es sich nicht um ein Wohnviertel oder eine Straße in der Stadt handelt. Es gibt zwar ein Haus, aber das altmodische weiße Bauernhaus ist am Rande des angezeigten Fotos kaum zu erkennen. Der größte Teil des Bildes besteht aus einem Baseballfeld, das von Maisfeldern umgegeben ist.

„Verdammt, das erinnert mich an den Film *Feld der Träume*", murmle ich.

Ich bin zwar kein Hollywood-Experte, aber ich bin mir ziemlich sicher, dass niemand seinen Kopf auf den Pitching Mound legt, um sich nachts schlafen zu legen.

„Was zum Teufel hat das alles zu bedeuten?"

Ich gebe den Namen ‚Ron Murdock' in die Suchmaschine ein, finde aber keinen Zusammenhang zwischen dem Namen und dem Film. Oder dem Bundesstaat Iowa. Oder irgendetwas anderem, das irgendeinen Sinn ergibt.

Fürs Erste speichere ich diese Information einfach in meinem Hinterkopf ab, um sie zu verarbeiten, und fahre mit der letzten Seite der Check-In-Karten fort. Ich bin mir ziemlich sicher, dass die blonde Frau nicht Joseph oder Abernathy hieß. Ein kleiner Teil von mir möchte, dass sie Bambi oder Sugar heißt, aber das ist nicht zu erkennen. Die einzige Karte, die noch übrig ist, gehört einer gewissen Andrea Layne. Angenommen, sie lügt nicht auch, dann wohnt sie laut der angegebenen Adresse nur eine Stadt weiter von der Stadt, in der sich das Hotel befindet. Ich gebe die Adresse in die Suchmaschine ein, nur um sicherzugehen, dass es sich nicht um ein weiteres Filmmotiv handelt. Stattdessen ist dort ein bescheidenes Mietshaus zu sehen, das mich an die Häuser erinnert, die in den fünfziger Jahren nach dem Krieg für die Veteranen gebaut wurden. Nicht gerade das, was man von der Frau erwarten würde, die sich an den Polizeichef schmiegte, aber ich bin schon lange genug in diesem Job, um zu wissen, dass Menschen selten so berechenbar sind, wie wir es uns wünschen würden.

Auf der Check-In-Karte ist niemand anderes als Miss Layne aufgeführt, schon gar nicht Chief LaRoche. Das ist keine Überraschung. Die Art, wie Mirna mit ihm sprach, als er nach der Schießerei auftauchte, sagt mir, dass sie keine Ahnung hatte, dass er es sich gestern Abend in einem ihrer Zimmer gemütlich gemacht hat. Oder zumindest heute während des Tages. Sie hat erst gestern eingecheckt. Ich überfliege die Karte noch ein paar Mal, versuche, mir so viele Informationen einzuprägen wie möglich und hoffe, dass mir noch etwas auffällt. Es ist offensichtlich, dass LaRoche mit dieser Frau etwas am Laufen hat. Doch da ist ein krampfhaftes Gefühl in meinem Bauch, dass noch mehr dahintersteckt.

KAPITEL 18

Die Sonne steht schon tief und die Luft fühlt sich so dünn und kalt an, dass ich befürchte, sie könnte zu Eiskristallen gefrieren und zerspringen, wenn ich zu heftig atme. Aber das hält mich nicht davon ab, eine weitere Lage Kleidung überzuziehen, mir meinen Schal um den Mund zu wickeln und nach draußen zu gehen. Wie jede Nacht in Feathered Nest ist es auf geradezu unheimliche Art und Weise still. Die Erinnerung an die Schüsse schießt mir durch den Kopf, als ich von der Veranda heruntersteige und den Strahl meiner Taschenlampe über den Boden vor mir streifen lasse.

Sie ist jedoch nicht furchteinflößend genug, um mich zurück in die Hütte zu treiben. Das war nicht das erste Mal, dass auf mich geschossen wurde, und wohl auch nicht das letzte Mal. Ich hoffe nur, dass das nächste Mal nicht heute Abend sein wird, während ich durch den Wald stapfe. Mein Telefon klingelt, als ich mich auf den Weg zur Rückseite der Hütte mache. Es ist ein Videoanruf von Bellamy. Das breite Lächeln, das sie mir präsentiert, als ich den Anruf entgegennehme, schmilzt fast augenblicklich zu einem besorgten Ausdruck.

„Ist deine Heizung etwa wieder kaputt? Ich dachte, du hättest sie gerade erst repariert."

„Sprichst du mal wieder mit Eric?", frage ich. „Ich wusste nicht, dass ihr beide euch so nahe gekommen seid."

„Das kommt nur daher, dass du nicht hier bist, um zwischen uns zu stehen. Wie wenn man zu viel Marmelade auf ein Erdnussbutter-Marmelade-Sandwich schmiert. Wenn sich die Marmelade dann verflüchtigt, kleben die Hälften näher aneinander", philosophiert sie.

„Aha … Wie nahe klebt ihr denn genau aneinander?", frage ich und ziehe eine Augenbraue hoch.

„Nicht so nahe", versichert sie mir. „Wir wissen nur, dass du die schlechte Angewohnheit hast, jedem von uns nur bruchstückhaft mitzuteilen, was vor sich geht. Also haben wir angefangen, miteinander zu vergleichen, was wir aus unseren Gesprächen mit dir aufschnappen."

„Okay, also meine Heizung ist nicht wieder ausgefallen. Drinnen in der Hütte ist es jetzt schön warm", sage ich ihr.

„Willst du mir etwa sagen, dass du gerade nicht in der Hütte bist?", fragt sie.

Sie hat sich in ihrem weißen Lieblingsbademantel auf ihrem weißen Sofa zusammengerollt. Bellamy hat einige sehr spezifische Eigenarten und ihre Vorliebe für Weiß ist eine davon.

„Genau das will ich dir damit sagen. Ich gehe in den Wald hinter der Hütte", sage ich.

„Findest du nicht, dass es für einen netten Spaziergang nach dem Essen ein bisschen kalt ist? Ganz zu schweigen davon, dass es dunkler ist als in einer Bärenhöhle?"

„Was willst du mir damit sagen, Bellamy?"

„Es ist so dunkel, ich sehe nur dich. Wie eine Szene aus einem Horrorfilm", sagt sie.

„Nun, da hast du mir etwas voraus. Ich kann nicht einmal mich selbst sehen. Hoffen wir, dass meine Taschenlampe durchhält."

„Was machst du da draußen?", fragt sie.

„Ich überprüfe eine These", erkläre ich.

„Welche These?"

„Als ich das letzte Mal hier draußen war, habe ich einen Pfad entdeckt, der direkt zu den Bahngleisen führt, auf denen die beiden Leichen gefunden wurden. Beim ersten Mal, als ich mir den Tatort angesehen habe, ist er mir gar nicht aufgefallen. Ich bin sicher, du weißt, dass ich Eric gebeten habe, einige Dinge für mich zu überprüfen."

„Er sagte etwas über Züge", sagt sie.

„Richtig. Ich wollte die Aufnahmen der Kameras in den Zügen sehen, die in den Tagen vor dem Fund des Mädchens auf den Gleisen fuhren. Die Polizei hat die Ermordung des Mädchens offiziell mit den anderen in Verbindung gebracht, aber sie haben noch nicht herausgefunden, was genau passiert ist, und soweit ich weiß, kommen sie auch nicht wirklich weiter. Eine der größten Fragen ist, warum der Mörder sich so viel Mühe geben würde, die anderen zu verstecken, damit sie nicht gefunden werden, um dann eine der Leichen in aller Öffentlichkeit auszustellen. Das ergibt doch keinen Sinn", sage ich.

Das Gespräch mit ihr trägt mich die ersten paar Schritte in den Wald hinein. Die Dunkelheit schließt sich um mich.

„Aber sie haben auch eine andere Leiche gefunden, oder? Nicht weit von der Stelle."

„Ja. Einen Mann. Seine Leiche lag weiter oben entlang der Gleise, aber sie war nicht annähernd so verstümmelt wie ihre."

„Vielleicht wollte er Aufmerksamkeit erregen", meint Bellamy. „Der Mörder wollte ein wenig protzen, also ließ er zwei der Leichen dort liegen, wo man sie finden würde."

„Er hatte doch bereits einen Haufen Aufmerksamkeit bekommen. Wenn er mehr gewollt hätte, hätte er eine der bereits identifizierten vermissten Personen irgendwo zurückgelassen. Vielleicht ist das Gegenteil der Fall. Vielleicht war er der Meinung, dass er zu viel Aufmerksamkeit erregte, und ließ die andere Leiche aus dem spezifischen Grund zurück, um es so aussehen zu lassen, als hätte sie eine Verbindung zu den anderen. Und um die Ermittler davon abzuhalten, sich die erste Leiche zu genau anzusehen. Ich will damit einfach nur sagen, dass es vielleicht alles nicht so ist, wie es scheint", sage ich.

„Was meinst du damit?"

„Niemand weiß wirklich, was mit den beiden Leichen passiert ist. Sie waren zu stark verstümmelt, um wirklich schlüssige Beweise liefern zu können. Aber die gängige Theorie besagt, dass das Mädchen auf die Gleise gelegt wurde, damit ein Zug sie treffen würde."

„Aber du glaubst nicht, dass das der Fall ist."

„Nein, das glaube ich nicht. Als ich das letzte Mal hier draußen war, fand ich ein Hundehalsband, das an einem Baum befestigt war. Es lag tief in der Laubdecke, als hätte es sich schon eine Weile dort befunden und als hätte jemand versucht, es mit Blättern zu bedecken. Die Tatortfotos von den Überresten des Mädchens zeigten Striemen an ihrem Hals, als wäre etwas um ihn gewickelt gewesen. In den Tagen vor ihrem Auffinden gab es keinerlei Berichte über das Mädchen. Die

Polizei befragte Leute aus ihrer Heimatstadt und aus der Bar hier, doch niemand konnte sich daran erinnern, sie gesehen oder mit ihr gesprochen zu haben. Es gibt da eine ganze Zeitspanne, die eine komplette Informationslücke ist."

„Und du denkst, sie hat diese Zeit am anderen Ende einer Hundeleine verbracht", sinniert Bellamy.

„Ich denke, es ist möglich. Auf den Zugvideos ist nicht viel zu sehen. Die Kameras sind schlecht positioniert, und es ist schwer, wirklich etwas zu erkennen. Aber ich habe sie mir genau angesehen. Nachdem ich ein paar Mal dasselbe gesehen hatte, bemerkte ich etwas. Da ist ein Flackern von Bewegung. Es ist nicht viel. Aber es reicht aus, um mich glauben zu lassen, dass Cristela Jordan nicht umgebracht und dann dort abgeladen oder gar auf die Gleise gelegt wurde, um sie so zu ermorden. Ich glaube, sie war im Wald und konnte fliehen. Sie rannte in Panik aus den Bäumen und bemerkte den herannahenden Zug erst, als es schon zu spät war. Der Zug tötete sie, als ein Teil des Zuges sie am Rande der Gleise traf. Sie wurde eine Weile mitgeschleift und stürzte dann auf die Seite. Dort hat man sie gefunden."

„Aber die Verletzungen an ihrem Körper", sagt Bellamy. „Hätten sie nicht erkennen können, dass sie von einem Zug und nicht von einem Menschen stammen?"

„Ich glaube, dass sie gefoltert wurde. Es gab Verletzungen an ihrem Körper, die nach Messerstichen und stumpfer Gewalt vor dem Todeszeitpunkt aussahen. Die Polizei ist wohl einfach ihrer ersten Vermutung gefolgt, als sie die Verletzungen gesehen hat. Das kommt öfter vor, als die Leute glauben wollen", sage ich ihr. „Wenn ich Recht habe, bedeutet das, dass sie die Folter überlebt hat und versucht hat, sich zu retten. Dass sie von dem Zug überfahren wurde, könnte der einzige Grund sein, warum der Mörder noch da draußen ist."

„Warum sagst du das so, als wüsstest du mehr als das, was du mir erzählst?", fragt sie.

„Jemand könnte heute auf mich geschossen haben", eröffne ich ihr.

„Was?", schnappt sie.

Ich lasse kurz das Telefon sinken, erschrocken angesichts der hohen Tonlage ihrer Stimme, und erzähle ihr dann von dem Schuss im Hotel.

„Es scheint, als hätte jemand das Gefühl, ich würde ihm zu nahe kommen. Und ich bin mir ziemlich sicher, dass ich auch genau weiß, wer das ist", sage ich.

„Dann musst du die Polizei unterrichten", sagt Bellamy mit Nachdruck.

Meine Schritte haben mich auf den Weg gebracht, der sich bis an die Bahngleise schlängelt. Ich bin nur noch wenige Meter von dem Baum mit dem Hundehalsband entfernt.

„Das kann ich nicht", erkläre ich ihr.

„Was soll das heißen, das kannst du nicht?", fragt sie. „Wenn du weißt, wer diese Menschen getötet hat, musst du es ihnen sagen. Das ist die Mission, auf die du geschickt wurdest."

Ich gehe zu dem Baum und berühre mit den Fingerspitzen die Einkerbung in der Rinde, wo die Kette war. Mein Herz sinkt. Ich hocke mich hin und wühle mich durch das kalte, nasse Laub, in der Hoffnung, dass das Metall einfach nachgegeben hat und das Halsband noch da ist. Aber es ist nicht mehr da. Ich stoße einen Seufzer aus.

„Ich kann es der Polizei nicht sagen, weil der Mann, der wohl für die Morde verantwortlich ist, der Polizeichef der Stadt ist", sage ich.

„Scheiße."

„Und er weiß, dass ich ihm auf der Spur bin. Er war kurz vor dem Schuss im Hotel, tauchte dann Sekunden nach der Tat wieder auf und tat so, als wüsste er von nichts. Und dann kam er wohl zurück, um das Hundehalsband im Wald zu holen. Er ahnt, was vor sich geht, und will nicht, dass ich die Puzzleteile endgültig zusammensetze."

„Du musst nichts mehr zusammensetzen. Du hast schon genug. Ruf Creagan und seine Leute her", fordert Bellamy.

Ich schüttle den Kopf und schaufle das Laub wieder an seinen Platz, damit es nicht so aussieht, als hätte sich jemand dort zu schaffen gemacht. Ich will nicht, dass LaRoche davon Wind bekommt, was ich weiß.

„Ich kann sie noch nicht anrufen."

„Emma, sieh mal, wo du bist. Es ist stockdunkel und du stapfst durch den vereisten Wald auf den Spuren eines Mörders. Ich weiß, du willst dich beweisen und die Sache von letztem Mal wiedergutmachen, aber das ist nicht der richtige Weg. Dein Leben aufs Spiel zu setzen, um anderen etwas zu beweisen, ist es nicht wert. Das FBI kann mit einem Team kommen, das die Sache beendet, und du kommst da lebend raus."

„Genau das ist es ja", antworte ich. „Mein Leben steht auf dem Spiel, jetzt schon. Ich habe nicht genug, um Creagan anzurufen. Eine Vermutung und ein paar Beweise bringen sie nicht sehr weit. Ich brauche etwas viel Konkreteres, um sie davon zu überzeugen, den ganzen Weg hierher zu kommen und die Ermittlungen voranzutreiben. Wenn sie jetzt einen vorschnellen Aufstand machen, wird das LaRoche nur warnen und ihm Zeit zum Reagieren geben. Wenn sie ihn dann nicht festnageln können, werden mehr Menschen sterben. Möglicherweise einschließlich mir. Das kann ich nicht riskieren. Ich muss mehr haben, bevor ich Creagan und seine Leute übernehmen lassen kann."

„Aber du wirst ihn übernehmen lassen?", fleht sie.

„Ja. Sobald ich ihnen alle Beweise liefern kann, die sie brauchen, um LaRoche zu verhaften und sowohl die Vermisstenfälle als auch die Morde aufzuklären, werde ich sie weitergeben und mich zurückziehen, um Eric und Co. dabei zuzusehen, wie sie die Sache eintüten", verspreche ich.

„Ich weiß nicht, ob ich davon überzeugt bin."

In der Ferne knackt ein Zweig. Das ist eines dieser Geräusche, die man für so alltäglich hält, dass sie einen nicht erschrecken. Es scheint vertraut, ein einfaches knackendes Geräusch, das von so etwas Harmlosem wie einem vorbeiziehenden Tier oder einem von der Last des Schnees brechenden Zweig ausgelöst wird. Erst, wenn man es in einem dunklen Wald, mitten in der Nach in der stillen, pechschwarzen Ferne hört und sich das Bewusstsein einer Präsenz wie ein feiner Nebel auf die eigene Haut legt, realisiert man, wie furchterregend dieses Geräusch in Wahrheit sein kann.

„Bellamy", sage ich mit leiser Stimme. „Du musst mal für einen Moment still sein."

„Das sagst du nur, weil du weißt, dass ich Recht habe. Du willst es nicht hören, aber du weißt, dass ich Recht habe", sagt sie.

Ich schüttle den Kopf und lege den Finger auf meine Lippen, um sie zu beruhigen.

„Es ist noch jemand hier", flüstere ich. „Bleib bei mir. Sag kein Wort. Ich werde mein Display ausschalten."

Ich drücke die Taste an der Seite meines Telefons und das Display wird schwarz. Wenn ich meine Taschenlampe ausschalte, befinde ich mich in völliger Dunkelheit, aber das ist genau das, was ich jetzt brauche. Wenn LaRoche da draußen ist, will ich es ihm nicht noch leichter machen, mich zu finden. Es gibt keinen Grund, ihn mit dem Licht meines Telefons auf meine Spur zu bringen. Bellamy in der Leitung zu behalten, ist meine Rückversicherung. Sie kann mich nicht mehr sehen, aber sie kann alles hören, was um mich herum vor sich geht, also vertraue ich darauf, dass sie den Klang meines Atems und die Geschwindigkeit meiner Schritte hören wird. Ich kann nichts zu ihr sagen, ihr nicht mitteilen, wo ich bin oder was gerade passiert. Aber ich kann das Telefon nah an mich halten, damit sie mich atmen hören kann. Sie wird wissen, wo ich war, und um meinen Verdacht wissen.

Ich kann mich nicht zu schnell bewegen. Wenn ich renne, verliere ich die Kontrolle über die Geräusche, die meine Füße auf den trockenen, gefrorenen Blättern und Stöcken machen, die den Boden bedecken. Das kann ich mir nicht leisten. Ich muss außerdem klar wahrnehmen können, was um mich herum passiert, in der Lage sein, Bewegungen in den dunklen Baumskeletten zu erkennen und wahrzunehmen, was auf mich zukommen könnte. Durch das Telefon kann ich hören, wie Bellamy versucht, ihren Atem unter Kontrolle zu halten.

Ich schaffe es in letzter Sekunde, einem Ast auszuweichen, als etwas in den Blättern hinter mir raschelt. Ich erlaube mir nicht, hinzusehen. Jede Sekunde ist eine weitere Gelegenheit, der Sicherheit der Hütte näher zu kommen, und darauf muss ich mich konzentrieren. Mit nichts als dem Schein des Mondes und dem spärlichen Sternenlicht, das durch die Äste der Bäume fällt, folge ich der Erinnerung an meinen Weg durch den Wald und hoffe, dass ich nicht aus Versehen in den See stürze. Die Kälte ist jetzt beißend und dringt durch die ungeschützten Stellen meiner Haut bis in meine Knochen.

Ich spüre Augen auf meinem Rücken. Es ist ein untrügliches Gefühl, das ich schon zu kennen glaubte, bevor ich beim FBI anfing, das ich im Zuge meiner Einsätze jedoch als zunehmend intensiver empfunden habe. Es ist ein Gefühl, von dem ich nur annehmen kann, dass es auf unsere frühesten Vorfahren zurückgeht, als das Gefühl, beobachtet zu werden, bedeutete, dass ein Raubtier in der Nähe war und darauf wartete, uns zu zerfleischen. Das ist es, was ich jetzt fühle. Ich werde gejagt.

In der Ferne sehe ich ein schwaches Glühen. Es ähnelt den Sternen am Himmel, schimmert aber durch den Wald. Je näher ich komme, desto sichtbarer wird es. Ich stoße einen erleichterten Atem aus, als ich erkenne, dass es das Licht an der Seite der Hütte ist. Jetzt kann ich losrennen.

Ich schalte den Bildschirm meines Telefons wieder an und benutze das Licht, um mir meinen Weg durch das dichte Gestrüpp zur Veranda zu bahnen.

„Bellamy?", sage ich laut, als ich am Eingang der Hütte ankomme. „Ich bin wieder da."

Als ich die Eingangstür zur Hütte aufschließe, sehe ich eine Bewegung in meinem Augenwinkel. Ich schaue gerade noch rechtzeitig zur Seite, um zu sehen, wie ein Schatten in die Dunkelheit des Waldes zurückhuscht.

KAPITEL 19

„Geht es dir gut? Emma, sag mir, dass du okay bist."

Eines muss man ihr lassen, wenigstens hat Bellamy es geschafft, ihre Panik unter Kontrolle zu halten, bis ich in der Hütte ankam und die Tür hinter mir verriegelte.

„Mir geht es gut. Ich bin jetzt wieder in meiner Hütte", beruhige ich sie.

„War er es? Ist er dir gefolgt?", fragt sie.

„Ich weiß es nicht genau. Ich habe ihn nicht gesehen. Aber es hörte sich auf jeden Fall so an, als wäre jemand hinter mir her gewesen."

„Du musst nachts drinnen bleiben, bis das alles vorbei ist", sagt sie. „Du bist ganz allein da draußen."

„Ich war nicht allein. Ich hatte dich bei mir", antworte ich.

Sie schnaubt missbilligend.

„Ich bin mehrere hundert Meilen von dir entfernt. Was erwartest du von mir zu tun? Das Einzige, wozu ich in der Lage gewesen wäre, ist, eine Aussage über den Zeitpunkt deines Todes zu machen. Das wäre dir keine große Hilfe gewesen."

„Das hängt davon ab, wie man es sieht", scherze ich.

„Nun, ich würde es so sehen, dass es mir lieber wäre, wenn meine beste Freundin lebend hierher zurückkäme. Das würde bedeuten, beweisen zu können, dass dieser LaRoche diese Leute entführt und getötet hat, das FBI auf ihn zu hetzen und von dort zu verschwinden, bevor du eine weitere Kerbe an seinem Gürtel wirst."

„Bleib locker, Bellamy. Noch ist nichts bewiesen."

„Ich meine es ernst, Emma. Du hast zugestimmt, undercover zu ermitteln und den Job zu erledigen, den die örtliche Polizei nicht hinbekommen hat. Aber deine Aufgabe ist es nicht, diesen Kerl selbst zur Strecke zu bringen. Du musst deinen Job erledigen und nach Hause kommen."

„Sobald ich weiß, dass ich genug zusammen habe, rufe ich das Team hierher. Bis dahin verspreche ich dir, dass ich so vorsichtig wie möglich sein werde."

„Ich schätze, das ist alles, was ich aus dir herausholen kann", seufzt sie. „Pass nur auf, dass du wirklich vorsichtig bist."

Ich lege den Hörer auf und gehe ins Bad, um zu duschen. Das Gefühl, von stechenden Augenpaaren beobachtet zu werden, hat mich noch nicht ganz verlassen, und ich vergewissere mich, dass die Jalousie über dem Fenster fest zugezogen ist, bevor ich mich ausziehe. Ich bin es nicht gewohnt, mich in einem Raum, der eigentlich mir gehören sollte, beobachtet zu fühlen, nicht einmal vorübergehend. Normalerweise bin ich auch der Typ Frau, der bei offener Tür duscht, weil das ein Hindernis weniger zwischen mir und dem Beginn meines Tages bedeutet. Aber ich war noch nie in so einer solchen Situation. Bisher hatte ich immer die Gewissheit, dass der Rest meines Teams in der Nähe ist. Selbst wenn ich die Einzige im Gebäude war oder es für andere, die mich beobachteten, so aussah, als wäre ich allein, wusste ich, dass ich es nicht war. Es sind immer Agenten in der Nähe, die innerhalb weniger Sekunden hätten zur Stelle sein können. Heute Nacht ist das nicht der Fall. Nach sechs Monaten Pause bin ich wieder im Einsatz und vollkommen allein. Zum ersten Mal in meinem Erwachsenenleben schließe ich die Badezimmertür ab, bevor ich dusche.

Der Gedanke, im Wald beobachtet und verfolgt worden zu sein, und die verschlossene Tür machen mich wütend, während ich unter dem Wasserstrahl stehe, der so heiß ist, dass er auf meiner Haut brennt. Ich hasse den Gedanken, dass jemand eine solche Macht über mich hat. Niemand sollte die Macht haben, mir Angst machen zu können.

Ich steige aus der Dusche, schließe trotzig die Tür wieder auf und ziehe meinen Schlafanzug an, bevor ich ins Wohnzimmer gehe.

Dort bleibe ich fast die ganze Nacht und gehe alle Fotos sowie sämtliche meiner Notizen durch. Ich muss dieses Puzzle vollenden. Nachdenklich nehme ich das Bild von Cristela Jordan heraus und denke erneut darüber nach, wie ähnlich sie der blonden Frau sieht, die sich im Hotel an Chief LaRoche schmiegte. Es könnte ein Zufall sein. Oder ein Muster.

Als ich meine Augen nicht mehr offen halten kann, lulle ich mich in einem Stapel Decken auf dem Bett ein und falle beinahe unmittelbar in einen tiefen Schlaf. Mein Vater hat damals immer gesagt, dass Träume die Art und Weise unseres Gehirns sind, uns während der langen Stunden unseres Schlafs zu unterhalten. Während unser Körper damit beschäftigt ist, sich selbst zu reparieren und uns für den nächsten Tag zu regenerieren, fließen alle unsere Gedanken und Impulse zu unterhaltsamen Anekdoten in unserem Kopf zusammen.

Meine Träume jedoch sind anders. Sie sind nicht unterhaltsam, nicht einmal zusammenhängend. Ich träume in Blitzen von Gedanken, Erinnerungen und Empfindungen. Sie sind real genug, um die feuchte Erde des Waldes auf meiner Zunge zu schmecken, wenn ich tief einatme, und die Kälte zu spüren, die beißend in meine Haut sticht.

Die gleichen Szenen wiederholen sich in meinem Kopf immer und immer wieder. Ich sehe das Gesicht von Cristela auf dem leicht verschwommenen Bild, das in den Zeitungen veröffentlicht wurde. Einen Augenblick später löst es sich in den zerschlagenen, zerfetzten Überresten auf, die am Rande der Bahnstrecke liegen. Von dort aus schweifen meine Gedanken zu Andrea Layne ab. Sie sehen sich so ähnlich. Nicht in Bezug auf irgendein einzigartiges oder besonderes Merkmal. Tatsächlich liegt ihre Ähnlichkeit in ihrer Normalität. Beide sind groß und schlank. Beide tragen enge Kleidung über einem vollbusigen Körperbau. Beide sind alt genug, um ausreichend Lebenserfahrung zu haben, jedoch jung genug, um ihren Tod noch tragischer erscheinen zu lassen, als er ohnehin schon ist.

Als sich das Bild von rot lackierten Fingern, die über LaRoches Haut streichen, in Blutstropfen verwandelt, schrecke ich wach. Ich weiß, was ich zu tun habe.

So schnell wie möglich ziehe ich mich an und schnappe mir ein Brötchen für den Weg. Die Morgenluft ist knackig und kühl, aber das macht mir nichts aus. Ich steige in mein Auto und fahre los.

Drei Autos, die an verschiedenen Stellen des Parkplatzes geparkt sind, lassen das Hotel im Vergleich zu meinem gestrigen Besuch fast belebt aussehen. Es gibt nichts, was auf die Schüsse von gestern hinweisen würde. Was könnte es auch geben? Es waren nur zwei Schüsse und sie haben nichts und niemanden getroffen. Und doch irritiert mich die Tatsache, dass alles so normal wirkt. Nach all meinen Jahren beim FBI und den Dingen, die mein Vater während seines Dienstes erlebt hat, schockieren mich Verbrechen nur noch selten. Sie sind einfach ein Teil meines Alltags. Ich habe mit der Zeit gelernt, damit zu leben.

Manche Agenten sind in der Lage, die ganze Scheiße, die sie durchleben, sogar völlig aus ihrem Bewusstsein zu verdrängen. Es ist, als hätten sie unzerstörbare Metalltresore in ihrem Kopf. Nach Feierabend können sie einfach alles dort hineinstopfen und die Tür schließen. So bin ich jedoch nicht. Jeder Fall, den ich bearbeitet habe, jeder Mensch, dem ich begegnet bin, hat mich in irgendeiner Weise beeinflusst. Es ist nicht so, dass ich daran zerbrochen wäre oder an der Richtigkeit meiner Berufswahl gezweifelt hätte. Vielmehr hat es mich dazu gebracht, Menschen und Dinge von einer anderen Warte zu betrachten. Und es führt dazu, dass ich immer ein wenig überrascht bin, wenn ich Tatorte erneut besuche und feststelle, dass alles wieder so ist, wie es vorher war.

Es ist ein intensiver Kontrast zu Tatorten, die blutig hinterlassen wurden oder von den Überresten polizeilicher Ermittlungen übersät sind. Anstelle des Schocks, die Artefakte des Grauens sehen zu müssen, die am Tatort zurückgelassen wurden, ist da nur das unheimliche, ominöse Gefühl, überhaupt keinen Hinweis auf das zuvor Geschehene vorzufinden. Man hat das Gefühl, dass es irgendetwas geben sollte, das Verbrechen Spuren hinterlassen haben sollten. Man sucht nach einer Narbe in der Atmosphäre des Ortes, an dem es geschehen ist.

Es gibt nur einen Grund, warum ich wieder in diesem Hotel bin, und der hat nichts mit den beiden Kugeln zu tun, die auf mich abgefeuert wurden. Ich denke immer noch an Cristela und muss mir eine Frage beantworten, die mir auf der Seele brennt.

Anstatt direkt durch die Türen in die Lobby zu gehen, gehe ich am Gebäude vorbei und werfe einen Blick durch das Fenster an der Seite. Wenn Mirna an ihrem Platz hinter dem Schalter steht, möchte ich nicht einfach hineingehen. Sie ist nicht da, aber ich erinnere mich schnell an die Überwachungskamera, die auf die Tür gerichtet ist. Wenn ich von vorne hineingehe, wird sie mich aufzeichnen und das möchte ich um jeden Preis verhindern. Ich umrunde den Seitenflügel des Hotels und komme an der Tür vorbei, die mit der Nische verbunden sein muss, in der ich Andrea und LaRoche zusammen gesehen habe. Als ich um die Ecke biege und an der Rückseite des Gebäudes angelangt bin, passiere ich erneut einen leeren Parkplatz. So viele Parkplätze erscheinen mir ziemlich optimistisch für ein Hotel, das am Ende der Welt liegt.

Ein Mann mittleren Alters in einer Hausmeisteruniform lehnt an der Backsteinrückwand, raucht eine Zigarette und starrt in die Ferne. Er trägt kurze Ärmel, aber die Temperatur scheint ihn nicht zu stören. Ich husche schnell um die Ecke zurück, damit er mich nicht sehen kann, und lausche. Wenige Augenblicke später höre ich eine schimpfende Stimme ertönen. Als ich wieder um die Ecke schaue, ist der Mann verschwunden. Ich eile an der Rückwand entlang und suche nach der Tür, die sich hoffentlich am Ende des langen Flurs neben dem Schalter befindet. Sie ist da, aber verschlossen. An der Seite ist ein Kartenlesegerät angebracht, an dem sich die Gäste Zutritt verschaffen können.

Ich könnte zum Vordereingang des Hotels zurückgehen, aber ich kann nicht riskieren, dass Mirna mich sieht und sich fragt, warum ich mich hier herumtreibe. Stattdessen gehe ich das Risiko ein. Mit etwas Glück ist der Mann, der von seiner Rauchpause schuldbewusst zurück nach drinnen gehuscht ist, noch in der Nähe.

Ich klopfe leicht an die Scheibe. Die Tür öffnet sich, und er blickt zu mir heraus. Ich zwinge mich zu einem Lächeln, von dem ich hoffe, dass es entschuldigend und authentisch genug aussieht.

„Hallo, es tut mir so leid. Ich muss meinen Schlüssel in meinem Zimmer vergessen haben und meine Schwester geht nicht ans Telefon“, sage ich.

Er sieht mich ein paar Sekunden lang prüfend an und ich reibe meine Hände fröstelnd aneinander. Als würde er die Kälte zum ersten Mal bemerken, nickt er, tritt zurück und hält mir die Tür auf.

„Kommen Sie rein ins Warme“, sagt er.

„Vielen Dank.“

Ich schiebe mich an ihm vorbei und nehme ein paar Stufen, um im Treppenhaus zu verschwinden. Verstohlen spähe ich durch die Glasscheibe in der Mitte der Tür und warte, bis er zurück in den Raum geht, dessen Tür offen steht, dann schlüpfe ich hinaus. Ich zögere nicht, sondern eile an seinem Raum vorbei in Richtung Lobby. Kurz bevor ich um die Ecke biege, ducke ich mich, um hinter den Schalter zu kriechen, ohne von der Kamera gesehen zu werden.

Mirna ist immer noch nicht in Sicht, aber ich bezweifle, dass ich viel Zeit habe. Sie wird die Lobby nicht den ganzen Tag unbeaufsichtigt lassen. Ich drücke mich auf den Fußballen vor den Schubladen ein wenig nach oben und ziehe an der Schublade, aus der Mirna das Anmeldebuch geholt hat. Anders als die Tür ist die Schublade nicht gesichert. Ihr Metall quietscht leicht, als ich sie bewege. Ich zucke zusammen und öffne sie ganz, um hineingreifen zu können. Meine Finger berühren gerade den Rand des Buches, als ich Mirnas Stimme aus dem Büro ertönen höre.

Ich nehme das Buch heraus, schließe die Schublade und husche geduckt zurück in den Flur. Mit dem Buch unter dem Arm laufe ich bis zum Ende des Flurs und ins Treppenhaus. Hinter der Tür versteckt fange ich an, durch die Seiten zu blättern und mir die Check-In-Karten genau anzusehen, um die Daten zu finden, auf die ich es abgesehen habe. Bevor ich jedoch finden kann, wonach ich suche, öffnet sich über mir eine Tür und Schritte kommen die Treppe hinunter.

Ursprünglich wollte ich hierherkommen, um ein paar Fotos zu machen, so wie ich es gestern getan habe, und das Buch zurücklassen, damit niemand etwas merkt. Stattdessen klemme ich mir nun das ganze Ding unter den Arm und renne zur nächsten Tür am Ende des Flurs. Vielleicht hatte Creagan Recht. Vielleicht habe ich meinen Instinkt verloren. Vielleicht hat mich alles, was mit meinem Vater und mit Greg passiert ist, ein wenig zu sehr mitgenommen.

Ich schaffe es ungesehen hinaus, werfe das Buch auf den Beifahrersitz meines Autos und steuere aus dem Parkplatz zurück auf die Straße.

Meine Neugierde lockt mich schließlich auf den Parkplatz eines kleinen Hamburger-Diners am Straßenrand. Ich ziehe es auf meinen Schoß und blättere noch einmal durch die Seiten, während mein Blick über die Check-In-Karten schweift. Plötzlich hält meine Hand inne und ein zufriedenes Lächeln umspielt meine Lippen.

Creagan hat sich geirrt. Ich habe meinen Instinkt nicht verloren.

KAPITEL 20

Ein Schatten fällt durch mein Fenster auf die Check-In-Karte, die ich aus der Plastikhülle im Buch gezogen habe. Mir stockt der Atem und ich richte meinen Blick auf die Gestalt, die sich dem Auto nähert. Meine Hand bewegt sich instinktiv zum Türpin, obwohl ich weiß, dass die Tür verriegelt ist. Selbst damals, als ich noch mit dem klobigen Metallklotz unterwegs war, der mein erstes Auto war, war das manuelle Einrasten der Türpins das Erste, was ich nach dem Schließen der Tür tat. Die Schlösser in meinem derzeitigen Auto rasten automatisch ein, aber bei dem Wagen, den Creagan für diesen Job ausgewählt hat, ist das nicht der Fall. Ich musste mir daher wieder angewöhnen, die Türen selbst zu verriegeln.

Ich schaue auf und das Gesicht, das mich anstarrt, sieht noch erschrockener aus als ich selbst. Große braune Augen in einem Gesicht, das viel zu jung für die rosa-weiß gestreifte Kellnerinnenuniform scheint, blinzeln mich an.

„Kann ich Ihnen etwas bringen?“

Ihre Stimme ist durch das Glas des Fensters gedämpft, aber ich kann die Unsicherheit in ihrem Angebot erkennen. Ich kurble das Fenster herunter und lehne mich leicht aus dem Fenster.

„Was?", frage ich.

„Kann ich Ihnen etwas bringen?", wiederholt sie und neigt ihren Kopf leicht in Richtung des Hamburgerstandes.

„Oh", sage ich und blicke durch die Windschutzscheibe auf den altmodischen Imbiss-Diner mit Außenschalter. Die Speisekarte, die aus einer weißen Tafel mit einzeln angebrachten schwarzen Buchstaben besteht, sieht aus, als wäre sie in den letzten Jahrzehnten völlig unberührt geblieben. Was bedeutet, dass das Essen unglaublich sein muss. „Klar. Was können Sie empfehlen?"

„Unsere Burger und Pommes sind am beliebtesten", antwortet sie.

„Es ist noch nicht einmal zehn Uhr dreißig morgens", sage ich.

„Wir haben ein Eierbagel-Special", bietet sie an.

Ich denke über die Optionen nach und zucke mit den Schultern.

„Burger und Pommes passen schon." Die junge Kellnerin nickt und geht zurück zum Diner. Ich lehne mich aus dem Fenster. „Und einen Milchshake."

Sie machte eine bestätigende Geste und ich richte meine Aufmerksamkeit wieder auf die Check-In-Karte.

Cristela Jordan... Die meisten der übrigen Angaben auf der Karte sind mir dank der mir zur Verfügung gestellten Ermittlungsakten bereits bekannt. Aber es sind die Informationen, die nicht in diesen Akten enthalten waren, die mir auffallen. Niemand hat erwähnt, dass sie vier Tage vor ihrem Tod in Mirnas Hotel eingecheckt hat. Und offenbar nie ausgecheckt ist. Die Zeile für die Unterschrift, das Datum und die Uhrzeit ist leer. Ich schaue mir die anderen Karten auf den Seiten und die Karten davor und dahinter an. Bei allen ist die Unterschriftenzeile ausgefüllt. Die einzige andere Karte, die ich gesehen habe, bei der diese Zeile auch unausgefüllt blieb, ist die Karte des angeblichen Ron Murdock.

Mir kommt gerade eine Idee, als die Kellnerin wieder am Fenster erscheint. Sie lächelt und hält mir das Tablett mit meinem Essen und dem Milchshake entgegen. Ich muss sofort an meine Mutter denken, als ich das Fenster herunterkurble und den riesigen Styroporbecher mit dem Shake entgegennehme. In ihren jungen Jahren als Balletttänzerin wäre es ihr nie erlaubt gewesen, solche Leckereien zu genießen. Ihr Ballerina-Körper unterlag einer strengen Diät, die eine tiefe Sehnsucht nach einem halbwegs normalen Verhältnis zu Lebensmitteln zur Folge hatte. Sie bekam ausreichend Gelegenheit, diese Sehnsucht zu stillen, als sie Russland schließlich verließ und in die Vereinigten Staaten einwanderte. Hier lernte sie, gutes Essen zu genießen.

Milchshakes waren immer ihr Lieblingsgetränk gewesen. Obwohl mein Vater dafür sorgte, dass sie einen bekam, sobald sie auch nur die geringste Lust danach verspürte, pflegte sie weiterhin eine konspirative Aura dabei zu verströmen und so zu tun, als wäre es ein Geheimnis, das sie mit mir teilen würde.

Die Kellnerin zieht die Augenbrauen zusammen, während sie die um mich herum ausgebreiteten Papiere durchsieht.

„Sind Sie eine Art Reporterin oder so?", fragt sie.

Ich nehme ihr die Pappschachtel mit den Pommes frites und den in Papier eingewickelten Burger ab.

„So ähnlich", sage ich.

Sie lächelt. „Das ist toll. Ich möchte eines Tages Nachrichtensprecherin werden."

„Wirklich?", frage ich.

Ich atme den heißen, fettigen Geruch der Pommes ein und kann nicht widerstehen, eine aus der Packung zu nehmen und hineinzubeißen.

„Schon immer", sagt sie und sieht sich wehmütig um. „Aber es gibt ja nicht gerade viele Nachrichtensender hier."

„Dann ziehen Sie doch irgendwohin, wo es sie gibt", sage ich.

„Leichter gesagt als getan".

„Ich habe es getan."

„Wirklich?"

„Definitiv. Wenn man etwas wirklich will, sollte man sich nicht davon aufhalten lassen, woher man kommt. Sehen Sie das hier als Ihr Sprungbrett an. Und dann machen Sie sich daran, ihre Träume zu verwirklichen."

Sie lächelt und macht sich auf den Weg zurück über den Parkplatz zu dem Koch, der sie durch das offene Fenster hinweg anbellt. Es war vielleicht nicht die komplette Wahrheit, aber meine tatsächliche Geschichte weicht nicht allzu weit davon ab. Zumindest schien es sie zu inspirieren, also rechtfertigt das die etwas wackeligen Details.

Ich kehre zurück zu der Eingebung von eben und blättere sämtliche Seiten mit Check-In-Karten durch, um mir jede einzelne genau anzusehen. Es dauert nicht lange, bis ich eine weitere Karte mit Cristelas Namen finde, dann ein paar Seiten davor eine weitere und noch eine. Als ich die vier Karten vor mir ausgebreitet habe, bemerke ich die Unterschiede in den eingetragenen Daten. Alles ist gleich, bis auf die Check-Out-Zeile. Auf den anderen drei Karten ist die Zeile korrekt ausgefüllt und unterschrieben. Nur auf der letzten Karte ist sie leer geblieben.

Es gibt nur einen Grund, warum Cristela Jordan in diesem Hotel einkehren würde. Vielleicht gibt es theoretisch noch andere, aber keiner dieser potenziellen Gründe scheint wahrscheinlich, wenn man vom gegebenen Kontext ausgeht. Nicolas erzählte mir, dass Cristela aus der Stadt auf der anderen Seite von Feathered Nest stammte, aber regelmäßig in der Gegend war. Sie war Stammgast in Jakes Bar und so gut wie jeder in der Stadt kannte sie. Und doch checkte sie irgendwo weit entfernt von der anderen Seite des Stadtrands drei Städte weiter in einem winzigen Hotel ein. Das ergibt keinen Sinn. Bis man es im Kontext von Andrea Layne betrachtet.

Andrea hat zwei Check-In-Karten in dem Anmeldebuch. Eine von diesem letzten Aufenthalt und eine andere. Wenn ich die Karten durchsehe, kann ich keine einzige andere Karte mit ihrem Namen darauf finden. Selbst wenn man bis zum Anfang des Buches zurückblättert und sich die Daten von vor vielen Jahren ansieht, taucht sie nirgendwo anders auf. Es sind nur diese beiden, beide nach Cristelas Tod. Als hätte sie eine kürzlich frei gewordene Position angenommen.

Das Datum auf der ersten Karte mit ihrem Namen ist für mich besonders interessant. Sie ist auf nur zwei Tage vor Ron Murdocks Auftauchen datiert. Was mich an LaRoches Geschichte über die Überprüfung seiner Identität zweifeln lässt. Es war mir zuvor bereits dubios vorgekommen, dass der Chief sagte, er habe die Aufnahmen der Überwachungskamera von Murdocks Einchecken im Hotel entdeckt, nachdem er die Gegend abgeklappert hatte. Das Hotel liegt kaum ‚in der Gegend' und es gibt keinen Grund, warum er sich ausgerechnet in dieses Hotel begeben sollte, um sich nach einem Fremden zu erkundigen, und dabei zufällig tatsächlich auf entsprechendes Überwachungsmaterial stoßen würde. Es sei denn, er wusste bereits, dass Murdock dort gewesen war. Wenn LaRoche in das Hotel ging, um sich mit Andrea Layne zu treffen, könnte er gesehen haben, wie Murdock das Hotel betrat oder auf sein Zimmer ging.

Ich denke zurück an das erste Mal, als ich mit dem Chief sprach, nachdem ich den Mann tot auf meiner Veranda vorgefunden hatte. Da war etwas in seinen Augen, dem ich schon damals nicht traute. Er verbarg etwas.

Meiner Meinung nach gibt es nicht viel mehr über Cristela herauszufinden, was mich weiterbringen könnte. Es macht mehr Sinn, sich auf Andrea zu konzentrieren. Mehr über sie zu erfahren, könnte genau der Schlüssel sein, nach dem ich gesucht habe. Ich wische mir das Salz und das Fett von den Fingern, nehme mein Handy in die Hand und öffne den Webbrowser. Dann tippe ich ihren Namen und den Namen der Stadt ein, die sie auf der Check-In-Karte angegeben hat. Es besteht immer die Möglichkeit, dass sie falsche Angaben gemacht hat, aber es ist ein Anfang. Fast sofort finde ich Ergebnisse mit ihren sozialen Medien. Das lächelnde Gesicht auf dem Profilbild ist unverkennbar sie. Als ich auf den Link klicke, finde ich mehrere Dutzend weitere Bilder von ihr.

Es überrascht nicht, dass Andrea mit Vorliebe Fotos von sich selbst macht und sie mit Tausenden von angeblichen Freunden teilt, die sie nie getroffen, mit denen sie nie gesprochen und mit denen sie nie auf einer wirklich bedeutenden Ebene interagiert hat. Sie ist viel zu jung, um mit Chief LaRoche zu kuscheln. Das Motiv zieht sich durch all ihre Plattformen. Ich sehe kein einziges Bild und keine einzige Erwähnung von LaRoche, als ich durch ihre Posts und Shares blättere. Schließlich gehe ich zurück zu dem Tag, an dem sie in das Hotel eingecheckt hat, und finde einen vagen Hinweis darauf, dass sie sich ‚in ein Abenteuer aufmacht'. Das könnte buchstäblich alles bedeuten – von einem tollen Roadtrip quer durchs Land bis hin zur spontanen Suche nach dem besten indischen Essen in der Stadt. Diese Phrase ist eine der typischen Standard-Floskeln obsessiver Social-Media-Poster. Sie sind so besessen von ihrer virtuellen Existenz, der damit verbundenen Außenwahrnehmung und der Vorstellung, dass jeder sich dafür interessiert, was sie gerade tun und lassen, dass sie es nicht ertragen können, die Gelegenheit auf ein Update auszulassen. Wenn sie etwas tun, das nicht explizit geteilt werden kann, versehen sie es einfach mit dem allgemeinen Etikett von ‚Abenteuer' und halten das für einen genialen Marketing-Schachzug.

Bei mir verfehlt das jegliche Wirkung. Zum einen, weil ich kein Verständnis für Menschen habe, die darauf verzichten, in der realen Welt zu leben und das Leben mit ihren echten Sinnen zu erleben anstatt durch einen Bildschirm und den Filter gesellschaftlicher Anerkennung hindurch. Zum anderen, weil ich genau weiß, auf welche Art von ‚Abenteuer' sie sich bezieht. Und ich möchte wirklich nicht darüber nachdenken.

Die überwiegende Mehrheit ihrer Seiten befasst sich mit den Trivialitäten ihres Lebens, von dem, was sie gegessen hat, bis zu der Farbe der Sonnenbrille, die sie an diesem Tag trug. Aber zwischen all der endlosen Flut an belanglosen Informationen finde ich etwas Wertvolles. Mehrere Bilder zeigen Andrea in einem schwarzen T-Shirt, wie sie hinter einer Bar steht. Auf einem mixt sie gerade einen Cocktail. Auf einem anderen verabreicht sie sich einen Shot direkt aus der

Flasche. Auf einem anderen scheint sie zu tanzen. Die Bildunterschrift eines der Bilder lautet schlicht ‚Arbeit'.

Die Kellnerin kommt zum Fenster und hält mir eine kleine Styroportasse hin, aus der Dampf aufsteigt. Ich rieche die reichhaltige Süße, noch bevor ich einen Schluck nehme.

„Ich dachte, Sie könnten eine heiße Schokolade gebrauchen", sagt sie. „Da Sie hier draußen in der Kälte sitzen und so."

Es ist der erste Moment, in dem ich merke, dass ich das Fenster nicht wieder hochgekurbelt habe, nachdem sie mir mein Essen gebracht hat. Ich habe mich meiner Mahlzeit gewidmet, während der dünne, scharfe Wind in die Fahrerkabine hereinwehte, war jedoch so in meine Gedanken und Ideen vertieft, dass ich die Kälte gar nicht bemerkt habe. Nun jedoch, wo sie es erwähnt hat, scheint mein Nervensystem plötzlich alarmiert und ich habe mit einem Mal das Gefühl, zu einem Eiszapfen geworden zu sein. Dankbar nehme ich die heiße Schokolade entgegen und nehme einen tiefen Schluck. In Erwartung einer standardmäßigen Swiss-Miss-Schokolade überrascht mich der reiche, intensive Geschmack. Ich schlucke entzückt und werfe ihr einen anerkennenden Blick zu.

„Die ist köstlich", sage ich.

„Meine Großmutter hat mir das beigebracht", nickt sie. „Das ist eines meiner liebsten Dinge im Winter."

„Nun, vielen Dank."

„Keine Ursache. Kann ich sonst noch etwas für Sie tun?"

Sie nimmt den Müll entgegen, den ich ihr reiche. Dann zeige ich ihr die Bilder von Andrea in den sozialen Medien.

„Wissen Sie zufällig, wo dieses Bild aufgenommen wurde?", frage ich.

Sie sieht sich das Bild nur kurz an, bevor sie nickt.

„Das ist das *Lacy's*. Es ist nicht weit von hier", sagt sie mir und gibt mir eine kurze Wegbeschreibung.

„Waren Sie schon einmal dort?", frage ich.

Sie schüttelt den Kopf. „Nein. Ich bin zu jung. Aber mein Bruder war schon ein paar Mal dort und ich habe gehört, wie er davon erzählt hat. Angeblich gibt es dort gute Potato Skins und die Barkeeperinnen sind alle ziemlich heiß."

Ich lache. „Ich glaube nicht, dass die Info mit den Potato Skins sehr hilfreich für mich sein wird. Aber die mit den Barkeeperinnen vielleicht."

Ich fische Geld aus meinem Portemonnaie, gebe ihr mehr, als sie verlangt und schenke ihr ein aufmunterndes Lächeln, um ihr zu bedeuten, dass ich das Beste für sie hoffe.

„Ich hoffe, Ihre Story wird erfolgreich“, sagt die junge Kellnerin.

„Und ich hoffe, Sie bald im Fernsehen zu sehen“, sage ich ihr und meine es ernst dabei.

Sie strahlt, als ich mich vom Diner entferne und in die Richtung fahre, die sie mir gewiesen hat. Mit einem Mal habe ich Lust auf Potato Skins.

KAPITEL 21

DAS *LACY'S* HAT EIN VÖLLIG ANDERES FLAIR ALS DAS *TEDDY'S*. JAKES Taverne verströmt eine warme und etwas abgewetzte Atmosphäre. Sie erinnert ein wenig an eine Stelle auf einer Ledercouch, auf der man es sich seit Jahren jeden Tag am selben Platz gemütlich gemacht hat. Die Bar wirkt nett und vertraut, wenn vielleicht auch etwas eigenartig für jemanden, der zum ersten Mal dort ist. Dieser Laden hingegen ist straff organisiert, pulsierend und lebendig. Selbst wenn nur wenige Leute an den Tischen sitzen, herrscht hier eine Energie, die einem das Gefühl gibt, als würde man das Set eines Films betreten. Jeden Moment erwarte ich, dass attraktive junge Männer anfangen, Schnapsflaschen in die Luft zu werfen, und aufreizend gekleidete Mädchen auf die Bar klettern, als ob sie spontan Lust hätten, wild zu tanzen.

Hinter dem Tresen stehen zwei junge Frauen. Ohne Gäste, die sich vor der Mittagszeit einen Schwips verpassen wollen, haben sie nicht viel zu tun, also unterhalten sie sich. Es ist nicht schwer zu erkennen, wegen wem ich hier bin. Das blonde Haar von Andrea bildet einen unübersehbaren Kontrast zu den dicken dunklen Locken, die sich auf dem Kopf des anderen Mädchens türmen. Ich durchquere den Raum und setze mich auf einen der Hocker am Rande der Bar. Fast augenblicklich dreht sich Andrea mit einem strahlenden Lächeln zu mir um. Ich warte kurz ab, um zu sehen, ob ein Flackern des Erkennens, vielleicht sogar ein verdutzter Ausdruck oder ein Anflug von Verwirrung auf ihrem Gesicht zu sehen ist, als sie mich ansieht. Doch ich sehe kein Anzeichen davon. Scheinbar hat sie mich im Hotel nicht bemerkt.

„Hallo“, sagt sie fröhlich. „Was kann ich für Sie tun?“

Mein Burger und meine Pommes liegen mir immer noch schwer im Magen und der größte Teil meines Milchshakes wartet wettergekühlt im Auto auf mich. Aber ich will nicht verdächtig aussehen, wenn ich am frühen Nachmittag in eine Bar gehe und nichts bestelle.

„Ich habe gehört, dass ihr wirklich gute Potato Skins hier habt“, sage ich.

Sie nickt. „Die besten in der Gegend. Wollen Sie gebratenen Speck dazu?“

„Sicher.“

„Bringe ich Ihnen sofort“, sagt sie und verschwindet in die Küche.

Die andere Barkeeperin blickt in meine Richtung.

„Sind Sie neu in der Gegend?“, fragt sie.

„In der Tat, ganz frisch“, bestätige ich.

„Dachte ich mir schon. Ich glaube, ich habe Sie hier noch nie gesehen.“

„Haben Sie viele Stammkunden?“, frage ich.

Sie nickt. „Wir neigen dazu, die Gesichter der Leute zu kennen.“

„Ich wette, es kommen viele Leute hierher, um euch beide hinter der Bar zu sehen“, kichere ich.

Der Trick funktioniert. Ihre eisige, leicht arrogante Fassade taut unter einem Lächeln auf, während sie bescheiden zur Seite schaut.

„Kann durchaus sein“, sagt sie. „Vielleicht mehr für Andrea.“

Sie greift nach einem Becher und füllt ihn mit Wasser aus dem Sodaspender.

„Ach ja?“, frage ich und nehme den Becher entgegen, als sie ihn mir über die Theke schiebt.

„Die Leute können einfach nicht genug von ihr bekommen. Sie bekommt das ganze Trinkgeld und die Männer kommen massenweise angerannt, nur um ein paar Worte mit ihr zu wechseln. Manchmal habe ich das Gefühl, dass ich nur infolge ihrer Anwesenheit hin und wieder etwas Aufmerksamkeit abbekomme.“

Das dunkelhaarige Mädchen lacht, was ihr wesentlich besser steht.

„Einige schenken ihr wahrscheinlich etwas mehr Aufmerksamkeit als andere, hm?“, frage ich.

Die Frage ist ein zweischneidiges Schwert. Entweder wird sie denken, dass ich mich in meiner neuen Stadt nur ein bisschen dem Klatsch und Tratsch widme, und sich darauf einlassen, oder sie wird denken, dass ich neugierig bin und misstrauisch werden. Ich hoffe auf das Erstere.

„Nun …“, beginnt die Barkeeperin und lehnt sich zu mir hin, um mir zu bedeuten, dass sie bereit ist, mitzuspielen. „Da ist dieser eine Typ. Er ist schon ein paar Mal hier gewesen und scheint wirklich auf sie fixiert zu sein. Er sagt nicht viel und bestellt immer nur Bourbon. Nur einen, nichts zu essen. Er sitzt in der Ecke und beobachtet sie einfach nur.“

Mein Interesse ist geweckt.

„Aha“, sage ich und versuche, meine Neugierde nicht zu verraten. „Kennen Sie ihn?“

Sie schüttelt den Kopf.

„Er redet nicht. Ich kenne nicht einmal seinen Namen. Aber ich habe gesehen, wie Andrea sich nach der Arbeit mit ihm in der Gasse hinter der Bar getroffen hat. Sie wusste nicht, dass ich sie beobachtete, und ich sah, wie sie in sein Auto stieg und mit ihm davonfuhr.“

Die Küchentür öffnet sich und die Barkeeperin richtet sich ruckartig auf. Andrea beäugt uns misstrauisch.

„Worüber tuschelt ihr beide?“, fragt sie.

Das dunkelhaarige Mädchen lächelt. „Nur über deinen Bewunderer, der so gerne an der Bar sitzt und dir bei der Arbeit zusieht.“

Andrea schüttelt den Kopf angesichts der Stichelei. „Er ist kein Bewunderer. Er kommt nur manchmal, um gegen Ende des Tages einen Bourbon zu trinken. Außerdem habe ich dir schon gesagt, dass ich glaube, er kommt, um dich zu beobachten, nicht mich.“

Die andere Barkeeperin wirft mir einen wissenden Blick zu und verschwindet, um sich mit einem Paar zu unterhalten, das gerade hereingekommen ist und sich auf die gegenüberliegende Seite der Bar gesetzt hat. Andrea stellt einen riesigen Teller mit Potato Skins vor mich hin, und der Geruch von Speck, Sour Cream und Käse schafft es beinahe, mein Völlegefühl zu verdrängen.

„Hören Sie nicht auf sie“, sagt Andrea. „Kenley denkt sich einfach gerne dramatische, romantische Geschichten aus.“

„Es gibt also nichts Geheimnisvolles an diesem Typen?“, frage ich mit gespielter Enttäuschung.

„Ein ganz normaler Typ wie jeder andere Kunde hier. Er kommt ein bisschen öfter als die anderen, aber ich glaube, das liegt daran, dass er einsam ist. Er hat niemanden, der zu Hause auf ihn wartet, wissen Sie? Auch wenn er nicht viel sagt oder mit anderen Gästen plaudert, kann er hierherkommen und das Gefühl haben, Teil von etwas zu sein. Wenigstens sitzt er so nicht zu Hause und trinkt seinen Bourbon allein."

„Da haben Sie wahrscheinlich Recht", sage ich. Ich sehe mich um und begutachte den Rest der Bar. „Warum erzählen Sie mir nicht ein wenig von der Gegend?"

„Was wollen Sie wissen?", fragt sie.

„Alles, was es zu wissen gibt", sage ich lachend. „Ich bin noch dabei, ein Gefühl für die Region zu bekommen."

„Nun, hier ist nicht viel los. Nicht, dass ich mich beschweren würde. Ich liebe es hier", sagt sie.

„Kommen Sie von hier?", frage ich.

„Hier geboren und aufgewachsen", lächelt sie.

„Was ist mit der näheren Umgebung? Ich habe ein Straßenschild gesehen, auf dem der Ortsname ‚Feathered Nest' stand. Was hat es denn damit auf sich?"

Sie wirkt leicht verblüfft über die Frage, schüttelt aber schnell den Kopf.

„Ich weiß kaum etwas über die Stadt. Ich verbringe keine Zeit dort und kenne auch niemanden von dort. Sorry, ich denke, ich werde Sie Ihre Potato Skins alleine genießen lassen. Der Mittagsansturm wird bald beginnen. Ich mag es nicht, davon überrumpelt zu werden."

Andrea schenkt mir noch ein warmes Lächeln und eilt davon. Ich beobachte, wie sie zu Kenley geht und ihr die Hand auf den Rücken legt, während diese sich zu dem Paar hinüberbeugt, um ein paar Worte mit ihnen zu wechseln. Ich nehme mein Handy heraus und tue so, als ob ich beschäftigt wäre, während ich weiter aufmerksam beobachte, was um mich herum passiert. Andrea verbirgt offensichtlich etwas. Sie will nicht über Feathered Nest sprechen oder darüber, dass sie nach seinen Besuchen hier zu LaRoche ins Auto steigt. Das ist an und für sich nichts Ungewöhnliches. So wie sie sich im Hotel verhalten haben, würde ich ihre Beziehung an ihrer Stelle auch nicht an die große Glocke hängen. Sie will es für sich behalten, aber da scheint mehr dahinterzustecken. Ihre tatsächliche Verbindung zu dem mysteriösen Mann, der in der Bar auftaucht, nicht zu verraten, ist eine Sache. So zu tun, als würde sie eine nahegelegene Stadt nicht kennen, von der ich genau weiß, dass sie sich dort mit jemandem trifft, ist verdächtig.

Nach fast einer Stunde an der Theke habe ich es gerade mal geschafft, zwei der Potato Skins herunterzuzwingen. Andrea kommt wieder herüber und betrachtet den Teller mit zusammengekniffenen Augen.

„Haben sie Ihnen nicht geschmeckt?", fragt sie.

„Sie sind köstlich", protestiere ich. „Ich glaube, ich war einfach nicht so hungrig, wie ich dachte."

Sie nimmt den Teller in die Hand. „Soll ich sie für Sie einpacken?"

„Das wäre großartig. Danke."

Während sie das Essen zurück in die Küche trägt, greife ich mir ein paar Scheine aus meiner Geldbörse und werfe sie auf die Theke. Ich nehme die Schachtel mit den eingepackten Snacks von ihr entgegen und sie steckt das Geld in die Tasche der kleinen Schürze, die sie tief um die Hüften gebunden hat.

„Ich hoffe, Sie kommen bald mal wieder vorbei", lächelt sie.

„Vielleicht werde ich das", erwidere ich fröhlich. „Einen schönen Tag noch."

Kenley dreht sich um und wir winken uns zu, bevor ich wieder in den kalten Nachmittag hinausgehe. Als ich meinen Arm nach hinten ausstrecke, um die Schachtel auf dem Rücksitz abzustellen, spüre ich plötzlich einen stechenden Schmerz in meiner Handkante. Zischend sauge ich den Atem ein, ziehe meine Hand zurück und halte sie über die andere Handfläche ausgestreckt, um die Stelle zu untersuchen. Irgendetwas glitzert auf meiner Haut und ein Rinnsal Blut sprudelt aus ihr heraus. Mit meinem Fingernagel schiebe ich das glitzernde Stück vorsichtig weg, das sich als eine kleine Glasscherbe herausstellt. Als ich sie herausziehe, rinnt noch mehr Blut meine Hand hinunter und auf mein Handgelenk. Ein paar Flüche vor mich hin murmelnd lehne ich mich über den Beifahrersitz hinweg, um das Handschuhfach zu öffnen und nach einem Taschentuch zu suchen.

Nachdem ich meine Hand eingewickelt habe, drehe ich mich um und schaue auf den Rücksitz. Seit ich ins Auto gestiegen bin, habe ich dort nichts aus Glas abgelegt. Kann es sein, dass eine der Scheiben zerbrochen ist und ich es nur nicht bemerkt habe, als ich aus der Bar kam? Über den Sitz verstreute Glassplitter in verschiedenen Größen sehen so aus, als ob sie von einem zerbrochenen Gegenstand stammen könnten, aber es handelt sich nicht um das Glas meiner Fensterscheiben. Alle Fenster sind unversehrt. Ich klettere aus dem Auto und prüfe beide Hintertüren. Sie sind verschlossen. Ich weiß, dass ich die Fahrertür entriegelt habe, bevor ich eingestiegen bin, und die Beifahrertür ist ebenfalls gesichert. Jetzt fehlt nur noch der Kofferraum. Ich versuche, ihn zu öffnen, aber er rührt sich nicht.

Ich steige wieder ins Auto, schließe meine Tür ab und fahre nach Feathered Nest. Unter anderen Umständen würde ich sofort zur Polizei gehen, um ihnen den seltsamen Vorfall zu berichten. Aber das ist in meiner Lage keine Option. Jemand hinterlässt mir eine Nachricht, und ich bin auf mich allein gestellt, um herauszufinden, was sie bedeutet.

Als ich zur Hütte zurückkehre, mache ich einige Fotos von dem Glas, rühre es aber nicht an. Die restlichen Potato Skins wandern direkt in den Mülleimer, der neben der Veranda steht. Ich bin mir zwar ziemlich sicher, dass das Styropor widerstandsfähig genug war, um keine Glassplitter durchzulassen, aber ich werde es nicht riskieren. Der Deckel des Mülleimers fällt zu und ich drehe mich um, um auf die Veranda zu gehen, als mir die Lampe an der Seite der Hütte ins Auge fällt. Ich gehe ein paar Schritte zurück und schaue zu ihr auf.

Sie ist zerbrochen.

Die Lampe, die mich letzte Nacht aus dem Wald hierher zurückgeführt hat, ist vollkommen zerstört. Nur noch der Metallrand und ein zerklüftetes Stück Glas sind an der Stelle übrig, wo sich einmal die Lichtkuppel befand. Ein kalter Schauer läuft mir über den Rücken. Dazu gesellt sich schnell glühend heiße Wut. Als sich die Gefühle miteinander vermengen, beginnen meine Handflächen zu schwitzen und mein Kopf zu pochen.

Ich habe mir das nicht eingebildet. Er ist mir gestern Abend gefolgt und er ist mir heute gefolgt. Seine Botschaft an mich ist nicht nur das zerbrochene Glas in meinem Auto selbst. Es ist die Zerstörung dessen, was mich gestern zurück in die Sicherheit meiner Hütte geführt hat. Er ist dabei, gefährlich nahe an mich heranzukommen.

KAPITEL 22

ALS ICH GERADE DIE WUNDE AN MEINER HAND IM BADEZIMMER der Hütte versorge, klingelt mein Telefon. Ich mache mir nicht die Mühe, auf das Display zu schauen, sondern drücke die Freisprech-Taste und gehe ran.

„Willst du heute Abend zum Essen kommen?“

Ich will jetzt nicht einmal ans Essen denken, aber Jakes Stimme zu hören, zaubert mir ein kleines, dringend benötigtes Lächeln auf die Lippen. Mir wird klar, dass ich mich nicht mehr bei ihm gemeldet habe, seit er mich an meinem Auto abgesetzt hat. Er weiß nichts von all dem, was seither passiert ist. Was gut ist. Er hat im Moment genug um die Ohren, ohne dass er sich Sorgen machen muss, dass auf mich geschossen wird und ich durch den Wald gejagt werde. Vor allem, wenn man bedenkt, dass die Person, die diese Dinge tut, vermutlich dieselbe ist, auf die er sich in Bezug auf den Fall der Grabschändung seines Vaters verlässt.

„Auf jeden Fall“, erwidere ich. „Um wie viel Uhr?“

„Treffen wir uns hier gegen 19 Uhr?"

„Klingt perfekt. Wir sehen uns dann", sage ich und lege auf.

Es wird mir gut tun, die Hütte für eine Weile zu verlassen, um den Kopf ein wenig frei zu bekommen. Ich brauche Zeit, um über alles nachzudenken und die losen Enden in meinem Kopf zu verbinden. Zeit mit Jake in der Bar zu verbringen, wird mir helfen, an etwas anderes zu denken, während ich im Hinterkopf die Hinweise durchgehe, die ich gefunden habe, um so hoffentlich sämtliche Puzzleteile endgültig zu einem zusammenhängenden Bild zusammenfügen zu können.

Als mir diese Gedanken durch den Kopf gehen, versetzen sie meinem Herz einen kleinen Stich der Traurigkeit. Ein Teil von mir hat sich in meiner neu angenommenen Identität so sehr gemütlich gemacht, dass ich mich an den Ort und meinen Alltag hier beinahe gewöhnt habe. Genau wie an Jake. Aber bald wird es Zeit sein, das alles hinter mir zu lassen und in meine tatsächliche Realität zurückzukehren. Bis jetzt habe ich noch nicht groß über diese Tatsache nachgedacht oder mir überlegt, was ich tun werde, wenn das alles hier vorbei ist. Ich werde einen Weg finden müssen, ihm meine Abreise zu erklären, und habe echten Bammel vor seiner Reaktion.

Pünktlich betrete ich die Taverne und mir wird sofort wohlig warm ums Herz. Es ist nicht so, dass jeder hier freundlich oder gar einladend ist. In der Zeit, die ich in Feathered Nest verbracht habe, habe ich gelernt, dass das nicht der Fall ist. Diese Stadt ist voller Geheimnisse und Zwielicht. Die Menschen hier verbergen mehr, als sie auf den ersten Blick erkennen lassen. Aber trotz alledem gibt es immer noch einen ausgeprägten Sinn für Kameradschaft und einen entspannten Lebensrhythmus, der in die DNA einer jeden Person, die hier lebt, eingewoben scheint.

Jake erblickt mich schon nach ein paar Schritten und schenkt mir ein breites Lächeln. Es tut gut, seine Augen wieder funkeln zu sehen. Ich weiß, dass er noch nicht ganz über das Geschehene hinweg ist, aber er scheint es allmählich hinter sich zu lassen. Er deutet mit einer Geste auf einen Platz an der Bar, den er mit einem leeren Bierglas und einer Speisekarte für mich reserviert hat.

„Hallöchen", sagt er fröhlich, als ich meinen Platz einnehme und einen kurzen Kuss auf die Stirn bekomme.

„Wie geht es dir?", frage ich.

Er nickt, seufzt und schaut sich um, als würde er die Umgebung begutachten und sicherstellen, dass sich am Stand der Dinge nichts geändert hat, bevor er antwortet.

„Es läuft. Es ist gut, hier zu sein, und ein wenig Ablenkung zu haben." Er lacht verlegen. „Und dir?" Sein Blick fällt auf meine auf dem Tresen gefalteten Hände. Ich versuche, sie verschwinden zu lassen, bevor er den Verband sieht, aber ich bin nicht schnell genug. „Was ist denn da passiert?"

„Nichts. Alles in Ordnung", beschwichtige ich.

Jake streckt seine Hand aus, legt sie um mein Handgelenk und führt meinen Arm sanft über den Tresen zu sich. Er dreht meine Hand ein wenig und fährt mit den Fingerspitzen über den Verband.

„Das sieht für mich nicht nach nichts aus."

„Es waren nur ein paar Glasscherben", erkläre ich. „Ich habe einfach nicht aufgepasst und mich daran geschnitten. Es ist wirklich keine große Sache."

Er mustert mich, als wäre er sich nicht sicher, ob ich ehrlich zu ihm bin. Doch er gibt sich scheinbar schließlich mit der Erklärung zufrieden, denn er hebt zärtlich meine Hand und berührt mit den Lippen den Verband. Mein Herz schmerzt bei der Geste noch ein wenig stärker als zuvor. Ich hätte nie gedacht, dass ich zu den Frauen gehöre, die sich derart leicht in Gefühlsduseleien hineinziehen lassen. Das einzige Mal, wo ich wirklich mit meinen Emotionen zu kämpfen hatte, was, als Greg mit mir Schluss gemacht hat. Unsere Beziehung schien so perfekt zu laufen und die Dinge entwickelten sich gut. Dann war es plötzlich vorbei und ebenso abrupt war er verschwunden.

Nun bin ich jedoch auf eine Art und Weise emotional verstrickt, die ich mir noch vor Kurzem kaum hätte vorstellen können. Mit meinen Gefühlen für die beiden Männer zu kämpfen und mir einen Reim darauf zu machen, was sie mir genau bedeuten, ist verwirrend. Es fühlt sich fast wie Verrat an, aber es ist schwer zu sagen, welchen der beiden Männer ich wohl mehr verrate. Greg, weil ich überhaupt Gefühle für Jake entwickelt habe, oder Jake, weil ich mich auf eine Affäre mit ihm einließ, obwohl er nur eine erfundene Version von mir kennt.

„Was hast du heute sonst noch so getrieben außer dich an Glas zu schneiden?", fragt er.

„Ich bin ein bisschen herumgefahren."

„Hattest du ein Ziel?"

„Nicht wirklich. Nur die Gegend erkundet. Was ist mit dir?", frage ich.

„Nur Arbeitskram. Allerdings war ich auf dem Polizeirevier und habe mit dem Chief über den Fall mit meinem Vater gesprochen", erklärt er.

„Wirklich? Gibt es neue Entwicklungen?", frage ich.

„Das kann man wohl sagen", murmelt er.

Bevor er fortfahren kann, öffnet sich die Tür hinter ihm und ein Mann mit einem runden Bauch und so roten Wangen, dass sie beinahe glühen, kommt aus der Küche gelaufen. Ich erkenne ihn als den Koch, der uns den Korb mit Fritten brachte, als wir an dem Tag, als sie die ausgegrabenen Knochen seines Vaters fanden, in Jakes Büro standen und mit Nicolas sprachen. Er reicht Jake zwei Teller, der mir mit einem Kopfnicken signalisiert, ihm zu folgen. Ich springe vom Hocker, als er um die Bar herumgelaufen kommt und mich zu einem Tisch führt. Wir setzen uns einander gegenüber und er schiebt mir einen der Teller zu. Hackbraten, Kartoffelpüree und Soße, dazu Gemüse. Es riecht fantastisch.

„Was ist die neue Entwicklung?", frage ich.

Ich schaufle einen Teil der Kartoffeln und der Soße auf die Zinken meiner Gabel und lasse den Bissen auf meine Zunge gleiten. Der Geschmack ist reichhaltig, pikant und beinahe nostalgisch. Jake nimmt ein paar Bissen und starrt auf seinen Teller hinunter. Als der Barkeeper jedem von uns ein Bier bringt, spült er seinen Bissen hinunter, bevor er mich mit schwerem Blick anschaut.

„Sie haben ihn gehen lassen", sagt er.

„Was?"

„Cole Barnes. Die Cops haben ihn gehen lassen. Sie haben einfach die Tür zu seiner Zelle aufgeschlossen und ihn nach Hause gehen lassen", sagt er wütend.

„Sie müssen einen Grund gehabt haben", sage ich.

„Sie machen ihren Job furchtbar schlecht. Das ist der Grund. Wie konnten sie ihn einfach so ziehen lassen? Sie hatten ihn am Wickel. Ich dachte, er würde endlich für seine Taten geradestehen. Aber sie konnten ihn nicht einmal einbehalten."

„Jake, es ist doch nicht gerade so, als wäre er geflohen. Sie haben ihn freigelassen. Sie müssen einen Grund dafür haben", wende ich ein.

Er nimmt einen weiteren kräftigen Schluck von seinem Bier.

„Warum? Welchen guten Grund könnten sie haben, ihn nicht eingebuchtet zu lassen? Sie haben alles gegen ihn in der Hand. Jeder in dieser Stadt weiß, dass es zwischen Barnes und meinem Vater schon lange vor seinem Tod zu Auseinandersetzungen kam und die Art und Weise, wie mein Vater zu Tode kam, umstritten ist. Dann wird sein Grab zerstört und seine Leiche gestohlen, nur um in Barnes' Schuppen gefunden zu werden. Wie sollte man das anders interpretieren?", fragt er. „Er hat es getan und sie wissen, dass er es getan hat."

„Sie wissen vielleicht, dass er es getan hat, aber sie können ihn nicht einfach in eine Zelle werfen und den Schlüssel wegschmeißen. So funktioniert das nicht. Sie müssen ihn anklagen und ihn vor Gericht stellen. Er muss eine ordentliche Verhandlung bekommen. Das ist ein langer Prozess und noch dazu einer, bei dem sie nur eine einzige Chance bekommen, ihn festzunageln. Ich habe viele Fälle gesehen, in denen die Beweise völlig eindeutig scheinen, aber sie halten den Verdächtigen nicht fest, weil sie glauben, dass sie noch mehr Beweise finden können. Vor allem heutzutage, wo Anwälte so gut wie alles schönreden können, gilt: Je mehr Beweise, desto besser. Normalerweise kann die Polizei eine Person nur etwa vierundzwanzig Stunden festhalten, bevor sie entweder formell Anklage erheben oder den Verdächtigen gehen lassen muss", erkläre ich.

Erst als ich merke, wie er mich anstarrt, wird mir klar, was ich da gerade für einen verräterischen Monolog gehalten habe.

„Was meinst du damit, du hast Fälle gesehen?", fragt er.

Ich zucke mit den Schultern. „Ich bin ein Fan von True-Crime-Shows. Das ist meine heimliche Leidenschaft. Aber wie auch immer, das ist es wahrscheinlich, was hier passiert. Sie sind an diesem Punkt angelangt und haben beschlossen, noch keine Anklage zu erheben. Sie glauben vielleicht, ein Verteidiger könnte ihn womöglich noch aus den Anschuldigungen herauswinden oder ihm zumindest eine mildere Strafe verschaffen. Also lassen sie ihn laufen, bis sie mehr Anhaltspunkte finden und absolut sicher sein können, dass die Anklage bessere Chancen hat, Bestand zu haben."

Jake nickt und greift nach meiner Hand. Er hält sie vorsichtig und vermeidet dabei den Verband über meiner Wunde. Die Verletzung hat zu pochen begonnen und so köstlich das Essen auch ist, ich will keinen weiteren Bissen mehr zu mir nehmen. Ich lehne mich zurück und atme tief ein. Jake neigt seinen Kopf, um mir in die Augen zu sehen.

„Geht es dir gut?", fragt er.

„Ich fühle mich nur ein wenig benommen. Es war ein langer Tag, und ich habe letzte Nacht nicht viel Schlaf bekommen. Es tut mir wirklich leid, aber macht es dir etwas aus, wenn wir unser Dinner ein anderes Mal wiederholen könnten?"

„Natürlich. Ich bringe dich zurück zur Hütte", bietet er an.

Ich schüttle den Kopf. „Nein. Das musst du nicht tun."

„Das ist schon in Ordnung", sagt Jake.

„Ich möchte nicht den Aufwand betreiben, mein Auto wieder abholen zu müssen und so weiter", antworte ich. „Es ist immer noch ein wenig einsam da draußen, so nah am Wald. Ich möchte wissen, dass mein Auto in der Nähe ist."

„In Ordnung. Ich werde trotzdem hinter dir herfahren, um sicherzustellen, dass du unbeschadet zu Hause ankommst. Hier gibt es genug Personal, das die Bar im Auge behalten kann, während ich weg bin."

Es hat keinen Sinn, mit ihm zu streiten. Ich werde ihn nicht davon überzeugen können, dass ich ihn nicht brauche, um mich nach Hause zu bringen. Es wird einfacher sein, ihm seinen Seelenfrieden zu verschaffen, indem ich ihn mir folgen lasse. Er führt mich ins Büro, damit er seine Schlüssel holen kann, und hält am Schreibtisch inne, um in einem kleinen Notizbuch zu blättern, das mir beim ersten Mal hier nicht aufgefallen ist. Er holt sein Handy aus der Tasche, wirft einen Blick auf das Display, beugt sich dann über das Notizbuch und macht einen Vermerk auf der letzten Seite.

„Was ist das?", frage ich, als er seine Hand auf meinen unteren Rücken legt und mich aus der Bar führt.

„Die Liste der Leute, die von hier nach Hause begleitet werden. Ich behalte gerne die Übersicht darüber. So weiß ich, auf wen ich ein Auge haben muss und wem ich vielleicht eine Mitfahrgelegenheit anbieten kann, wenn er das nächste Mal hier ist. Wenn sie ihr Haus verlassen sollten und in Schwierigkeiten geraten, nachdem ich sie nach Hause gebracht habe, können sie mir so nicht die Schuld geben. Einem Kumpel von mir gehörte ein paar Städte weiter eine Bar, die er letztlich schließen musste, weil sich ein Mann in der Bar betrunken hatte, er ihn nach Hause begleitete und der Typ nach Ankunft sein Haus verließ und von einem Auto angefahren wurde."

„Oh, lieber Gott", flüstere ich.

„Er hat überlebt, aber das Auto, das ihn angefahren hat, ist ausgewichen und gegen einen Baum geprallt, wobei der Fahrer verletzt wurde. Meinem Kumpel wurde die Schuld gegeben und seine Versicherung hat ihn fallengelassen. Er konnte sich nicht gegen die Anschuldigungen wehren und musste seine Bar letztlich schließen. Er war am Boden zerstört. Ich möchte nicht, dass mir so etwas auch zustößt. Daher habe ich angefangen, die Leute nach Hause zu begleiten, um für Ihre Sicherheit zu sorgen, wenn sie zu viel trinken. Und als dann Leute verschwanden und getötet wurden, habe ich noch mehr darauf geachtet, sicherzustellen, dass die Leute auf dem Heimweg von meiner Bar nicht zu Schaden kommen. Ich sorge mich um sie, aber ich muss auch auf meinen eigenen Arsch aufpassen", erklärt er.

„Das verstehe ich", nicke ich.

Als Jake ein wenig später direkt hinter mir in meiner Einfahrt hält und ich aus dem Auto steige, sehe ich ihn kurz darauf neben seinem Auto stehen und auf die kaputte Lampe starren.

„Als ich das letzte Mal hier war, war die nicht kaputt", sagt er.

„Ich weiß. Sie ist heute erst kaputt gegangen", antworte ich.

„Du musst Clancy anrufen und das reparieren lassen. Es ist zu dunkel hier draußen, als dass du auf das Licht verzichten könntest", sagt er.

Ich nicke. „Mach ich. Gleich morgen früh werde ich ihn anrufen."

Er geht mit mir in die Hütte. Ich will ihm gerade ein heißes Getränk anbieten, um ihn aufzutauen, bevor er zurück zur Bar gehen wird, als ich bemerke, dass sein Blick starr zur Seite gerichtet ist. Ich folge seinem Blick und sehe, dass es der Couchtisch ist, den er anstarrt. Und die Bilder, die dort verstreut liegen.

KAPITEL 23

JAKE GEHT ZUM TISCH HINÜBER UND STARRT AUF DIE BILDER hinunter. Das oberste ist eine besonders grausame Nahaufnahme von Cristela Jordans Körper. Das Blut färbt ihr Haar dunkelrot, der Sturz von den Gleisen hat die Haut an der Seite ihres Gesichts zerrissen und verfärbt.

„Was hat das zu bedeuten?", fragt er. „Warum hast du diese Bilder hier herumliegen?"

Er streicht mit den Händen über die Bilder und lässt sie schließlich resigniert zur Seite fallen, als könne er nicht glauben, was er da sieht, und als würden ihm die Worte fehlen.

„Ich habe Nachforschungen über die verschwundenen Personen und die Morde in dieser Gegend angestellt", erkläre ich.

„Warum? Was ist hier los, Emma?"

Ich kann verstehen, dass er misstrauisch ist und überlege, wie ich ihm darauf antworten soll.

„Als ich hier ankam und du mir erzähltest, was alles passiert ist, hat mich das fasziniert. Wie ich schon sagte, ich bin ein True-Crime-Fan. Wenn ich darüber nachdenke, hierher zu ziehen, sollte ich verstehen, was hier vor sich geht, findest du nicht?“ Es war ein Versuch, aber ich verfluche mich bereits dafür. Ich hätte durchaus ein wenig kreativer sein können.

Er sieht mich mit einem distanzierten, fast schmerzhaften Ausdruck in den Augen an. Dieser Blick hat etwas Schweres an sich und trübt das sonst so lebhafte, lebendige Blau deutlich. Beinahe, als würde er sich verraten fühlen.

„Jeder hier tut sein Möglichstes, um die Vorgänge zu vergessen. Es ist furchtbar und keiner von uns will etwas damit zu tun haben. Keiner von uns will es wahrhaben, dass sich dieser Ort von einer Stadt, die kaum auf den Landkarten auftaucht, in eine Stadt verwandelt hat, die wegen dieser schrecklichen Vorkommnisse ständig in den Nachrichten zu sehen ist. Aber du steigerst dich in diese Sache hinein und machst deine ganz persönliche True-Crime-Show daraus?“, fragt er.

„Das ist es nicht. Ich versuche nicht, eine True-Crime-Show daraus zu machen. So ist es nicht, Jake.“

„Was ist es dann? Denn als du hierhergekommen bist, hast du allen erzählt, du wolltest an einen friedlichen und ruhigen Ort ziehen, um ein neues Leben zu beginnen, und die Last deiner Vergangenheit loswerden. Aber in Wirklichkeit wolltest du nur die Stadt der Verdammten bestaunen und ein Spektakel aus uns machen.“

Er klingt wütend.

„Nein, Jake. Das ist es ganz und gar nicht. Ich bin hierhergekommen, weil ich einen Neuanfang suche und darüber nachdenke, in diese Gegend zu ziehen. Ich dachte, dies wäre ein ruhiger, entspannter Ort, an dem ich mir Zeit für mich selbst nehmen und entscheiden kann, was ich als nächstes tun werde. Aber dann habe ich erfahren, was hier vor sich geht, und musste einfach mehr wissen. Also fing ich an, es zu studieren und fand mehr und mehr heraus... Ich habe mich einfach mitreißen lassen“, sage ich.

Ich greife nach seiner Hand und unsere Finger verschränken sich. Dabei stößt sein Knöchel an den Ring, den Greg mir geschenkt hat, und der Rand des goldenen Knotens an dem Ring drückt sich in die Seite meines Fingers. So sollte das nicht laufen. Ich kämpfe nun mehr darum, dass Jake nicht schlecht von mir denkt, weniger um die Geheimhaltung meiner Mission. Ich will nicht, dass er verärgert oder verletzt ist oder seine Meinung über mich ändert. Vielleicht hätte ich mich gar nicht erst auf diese Affäre mit ihm einlassen sollen. Es ist uns beiden gegenüber unfair und wird den Realitäten meines tatsächlichen Lebens nicht gerecht. Der Ring ist eine Erinnerung daran. Vielleicht nicht unbedingt an etwas, das ich jemals wieder haben werde, aber daran, wie die Dinge eigentlich zu sein hätten. Greg ist nicht einfach so mir nichts, dir nichts aus seinem Leben verschwunden. Irgendetwas ist mit ihm geschehen und ich fühle mich verpflichtet, herauszufinden, was das ist.

Trotz alledem suche ich weiterhin Anerkennung bei Jake. Als wäre er mein Anker hier in der Fremde, weit weg von meiner Welt. Bald werde ich ihm in aller Ehrlichkeit eröffnen müssen, warum ich wirklich hier bin, aber bis dahin brauche ich ihn an meiner Seite.

„In Ordnung", sagt er schließlich und akzeptiert meine Erklärung. „Es tut mir leid. Ich schätze, ich bin der Sache in den letzten zwei Jahren einfach nur so überdrüssig geworden, dass ich nicht verstehe, warum irgendjemand sich das freiwillig geben würde. Aber andererseits – meine Großmutter zum Beispiel war von Fingerhüten besessen und das haben die Leute auch nie verstehen können. Jeder hat seinen Tick."

„Was ist dein Tick?"

Ich stelle ihm diese Frage, obwohl sie schmerzt. Im Prinzip sollte ich mir das nicht antun. Ich sollte nicht zulassen, tiefer zu graben. Je weniger ich über ihn weiß, desto besser. Es ist leichter, das Vertrauen von jemandem zu verraten, den man nicht wirklich gut kennt, das Potenzial einer Verbindung zu verwerfen, die man noch nicht geschmeckt hat. Wenn ich ihn auf Distanz halte, wird es weniger schwierig sein, sobald die Zeit gekommen ist, Feathered Nest zu verlassen. Doch ich bin schon zu tief vorgestoßen und kann mir nicht helfen – ich muss weiter vordringen.

„Bogenschießen", lächelt er.

Ich lehne meinen Kopf überrascht zurück und sehe ihn mit leicht gerunzelten Brauen an.

„Wirklich?", frage ich.

„Wirklich. Warum überrascht dich das so sehr?", fragt er.

„Ich weiß es nicht. Es... überrascht mich einfach", sage ich schulterzuckend.

„Ich habe es gelernt, als ich noch sehr jung war. Wir hatten große Zielscheiben im Hinterhof aufgestellt und ich habe regelmäßig so lange geübt, bis meine Eltern kamen und mich wieder ins Haus zwangen. Ich wollte nie aufhören. Nicht, bis ich es perfektioniert hatte. Mein Traum war es immer, den Robin-Hood-Trick zu erreichen, einen Pfeil zu spalten."

Jake lacht und ich verspüre den Drang, meine Arme um seine Taille zu legen und ihn zu drücken.

„Hast du es geschafft?", frage ich.

„Ja. Irgendwann. Vielleicht ist das der Grund, warum ich seit Jahren keinen Bogen mehr angefasst habe. Es ist mein Ding, aber ich glaube, ich habe alles erreicht. Man soll auf seinem Höhepunkt aufhören."

Ich lache. „Klingt wie ein großes Opfer für den ewigen Ruhm."

Er küsst mich, seufzt dann und tritt von mir zurück.

„So gern ich auch hier bei dir bleiben würde, ich sollte wohl zurück in die Bar gehen. Sehe ich dich morgen?"

Ich nicke. „Ja. Und da ich das Abendessen heute Abend ruiniert habe, lass mich die Planung übernehmen. Meinst du, du kannst dir zum Mittagessen freinehmen? Ich habe ein Lokal entdeckt, das dir bestimmt gefallen würde."

„Auf jeden Fall." Wir gehen zur Tür und er wirft einen Blick über die Schulter zur mir zurück. „Was für einen Milchshake hattest du?"

Ich bleibe stehen, meine Kehle schnürt sich zu und mein Blut gefriert in den Adern. „Wie bitte?", frage ich.

Jake dreht sich zu mir um, legt den Kopf schief und wirft mir einen seltsamen Blick zu, dann deutet er wieder auf den Couchtisch.

„Der Milkshake. Welche Geschmacksrichtung war es?"

Ich sehe den Styroporbecher dort stehen. Die Stelle, an der die Kellnerin mit schwarzem Filzstift ‚Shake' auf den Becher gekritzelt hat, ist uns zugewandt. Mein angehaltener Atem strömt aus meinen Lungen und ich schüttle den Kopf, um die beunruhigenden Gedanken loszuwerden.

„Erdbeere", antworte ich.

„Ich bin eher der Schokoladentyp", lächelt er.

Ich nicke. „Das kann ich mir vorstellen."

Ich freue mich auf einen weiteren Erdbeermilchshake am nächsten Tag, als ich die lange Auffahrt zum Haus von Cole Barnes hinaufgehe. Ohne das Chaos der Polizeiautos und Jakes hysterische Schreie fällt es mir leichter, mir das Haus und seine Umgebung genau anzusehen. Wie die meisten anderen Häuser in Feathered Nest ist es bescheiden und relativ gut erhalten. An einigen Stellen sieht es so aus, als könnte es ein paar Ausbesserungen gebrauchen. Die Fensterbänke bräuchten einen neuen Anstrich und aus einem Riss im Gehweg wächst vertrocknetes, braunes Unkraut auf den Steinen hervor. Ein Teil der Dachrinne scheint leicht durchzuhängen. Aber Barnes sieht nicht wie ein Mann aus, der die körperliche Arbeit dieser Art von Instandhaltung bewältigen könnte. Er hat den Körper eines Mannes, der in jungen Jahren gut in Form gewesen sein mag. Doch der Zahn der Zeit und schlechte Angewohnheiten haben die Kontrolle übernommen und sämtliche Zeichen seiner Jugend verblassen lassen. Auf eine Leiter zu klettern, um eine Dachrinne zu reparieren, ist wahrscheinlich ein Selbstmordkommando für ihn.

Da frage ich mich, wie er es geschafft haben soll, ein Grab auszuheben und ein ganzes Skelett voller Knochen in seinen Schuppen zu bringen, ohne dass es jemand bemerkt hat. Die Tür an der Vorderseite des Hauses öffnet sich, während ich noch die Auffahrt hinaufgehe, und eine Version von Barnes, die noch heruntergekommener aussieht als die, die ich damals handschellentragend im Hinterhof gesehen habe, starrt mir entgegen. Sein fester Kiefer ist mit weißen und grauen Borsten bedeckt, seine Augen hängen tief im Gesicht und sind von schweren Tränensäcken umrahmt. Er sieht aus, als stünde er kurz davor, ins Gras zu beißen.

„Was wollen Sie?", schnauzt er.

„Mr. Barnes? Mein Name ist Emma. Ich bin nur vorbeigekommen, um ein paar Minuten mit Ihnen zu reden, wenn Sie Zeit haben", sage ich.

Ich bleibe nicht stehen und gehe weiter auf das Haus zu. Es fällt den Leuten schwerer, einen abzuwimmeln, wenn man nahe an ihnen dran ist.

„Sind Sie eine Reporterin?", fragt er. „Ich will nicht mit Reportern sprechen. Ich will nicht in den Nachrichten sein. Ich will nicht in der Zeitung erscheinen. Ich will nur, dass sich die Leute aus meinen Angelegenheiten heraushalten."

„Ich bin keine Reporterin", sage ich ihm ehrlicherweise. „Aber ich möchte mehr darüber erfahren, was passiert ist."

„Warum?", fragt er, aber als ich näher an ihn herantrete, geht ein Ausdruck des Erkennens über sein Gesicht. „Sie waren hier. Sie waren an dem Tag hier, als sie mich eingesperrt haben. Mit Jake."

Ich nicke. „Ja. Ich bin eine Freundin von ihm."

Barnes schüttelt unwillig den Kopf, geht zurück ins Haus und macht Anstalten, die Tür zuzuschieben. Ich eile auf die Veranda und positioniere mich so, dass ich weiterhin in seinem Blickfeld bleibe.

„Ich will damit nichts zu tun haben. Ich habe bereits mit der Polizei gesprochen und ihnen meine Sicht der Dinge geschildert. Mehr habe ich nicht zu sagen."

„Ich will nur wissen, was wirklich passiert ist", sage ich.

„Hat Jake Sie dazu angestiftet? Hat er Ihnen gesagt, Sie sollen mit mir reden und versuchen, mich dazu zu bringen, einen Fehler zu machen?", fragt er.

„Nein." Ich schüttle den Kopf. „Jake weiß nicht einmal, dass ich hier bin. Ich bin aus eigenem Antrieb hier. Er hat mir ein bisschen was über seinen Vater erzählt und darüber, dass Sie einmal der beste Freund seines Vaters waren."

„Das ist schon lange her. Die Dinge haben sich geändert."

„Ich weiß. Aber ich weiß nicht, warum. Jake hat mir nicht genug erzählt, um zu verstehen, warum genau Sie so etwas tun würden."

„Ich würde so etwas nicht tun", betont Barnes. „Ich weiß nicht, was passiert ist oder wie diese Knochen in meinem Schuppen gelandet sind. Ich war es jedenfalls nicht. An diesem Tag war ich auf einigen meiner alten Felder, die ich versuche, zu verkaufen. Als ich nach Hause kam, wimmelte es von Polizisten. Sie legten mir Handschellen an, bevor sie mir überhaupt sagten, was los war."

„Aber Sie wussten von der Schändung des Grabes von Jakes Vater", sage ich.

„Nein", protestiert Barnes. „Ich hatte keine Ahnung. Sie sind einfach aufgetaucht und haben mir gesagt, ich hätte ihn ausgegraben und in meinen Schuppen gelegt."

„Was ist zwischen Ihnen beiden passiert?", frage ich.

Er schüttelt wieder den Kopf. „Ich will das nicht alles wieder aufrollen. Das ist Jahre her und ich habe es hinter mir gelassen. Als John starb, hat er das alles ins Grab mitgenommen. Ich habe nichts dagegen, es genau dort zu lassen."

„Das ist es ja gerade. Es blieb nicht in seinem Grab. Genauso wenig wie er selbst. Jemand wollte die Sache zwischen Ihnen beiden scheinbar zurück in Erinnerung rufen. Fällt Ihnen ein Grund dafür ein?"

„Ich sagte doch, ich will nicht darüber reden. Ich will nur meine Ruhe vor diesem Schwachsinn", sagt er.

„Diese Sache wird nicht einfach verschwinden. Diese Anklage wird entweder weiterverfolgt und Sie werden bald im Gefängnis landen oder es wird Sie auf andere Art beschäftigen."

„Was kümmert Sie das? Jake denkt sowieso, dass ich es war. Er hasst mich, seitdem das alles passiert ist."

„Was genau ist denn passiert? Warum sollte Jake Sie hassen?"

„Ich habe Ihnen bereits gesagt, dass ich nicht über John und nicht über Jake sprechen will. Ich will über nichts von alledem reden. Gehen Sie einfach."

Er will die Tür wieder schließen, aber ich trete vor und drücke meine Hand dagegen, um ihn aufzuhalten.

„Okay… Wir brauchen nicht darüber zu reden. Aber was ist mit den Verschwundenen?"

Barnes sieht mich seltsam an.

„Was soll mit ihnen sein?", fragt er.

„Wenn Sie nicht das Grab von Jakes Vater ausgehoben und seine Knochen hinter Ihrem Haus versteckt haben, dann war es jemand anderes. Glauben Sie, dass es eine Verbindung zwischen den Ermordeten und Ihnen geben könnte?", frage ich.

„Jetzt beschuldigen Sie mich auch noch des Mordes? Damit hatte ich schon genug zu tun, nachdem John gestorben ist."

„Nein. Aber jemand versucht, die Leute dazu zu bringen, Sie in den Fokus der öffentlichen Aufmerksamkeit zu rücken. Was wissen Sie über Polizeichef LaRoche?"

Kaum habe ich den Namen ausgesprochen, schreckt Barnes zurück. Ein Anflug von Furcht geht über sein Gesicht.

„Das reicht jetzt. Ich bin fertig. Sie müssen jetzt von hier verschwinden und ich rate Ihnen, nicht wiederzukommen."

„Was können Sie mir über ihn erzählen?", frage ich. „Ich weiß, dass sein Vater vor ihm Chief war. Was ist damals passiert?"

„Verschwinden Sie. Und zwar sofort. Ich werde keine Fragen mehr beantworten. Lassen Sie mich einfach in Ruhe."

Barnes knallt die Tür zu und zwingt mich, einen Schritt zurück zu machen. Die Begegnung hinterlässt ein beunruhigtes Kribbeln auf meiner Haut. Ich habe scheinbar einen Nerv getroffen. Als ich Barnes wiedersah, bestätigten sich meine Zweifel, dass er die Grabschändung nicht allein hätte bewerkstelligen können. Selbst ein kräftiger, junger Mann würde Stunden brauchen, um so ein Grab auszuheben. Jemand in Barnes' Alter und mit seinem offensichtlich beeinträchtigten Gesundheitszustand wäre niemals in der Lage gewesen, so etwas schnell genug zu erledigen, um nicht entdeckt zu werden.

Nein, jemand anderes muss hier am Werk gewesen sein…

KAPITEL 24

Am liebsten möchte ich noch einmal an die Tür klopfen und versuchen, mehr aus Barnes herauszubekommen, aber ich bezweifle, dass er sie öffnen würde. Der Ausdruck des Entsetzens in seinem Gesicht und seine Worte reichen mir fürs Erste. Ich eile die Auffahrt hinunter und springe in mein Auto. Mit dem leichten Hochgefühl, der Wahrheit ein Stückchen näher gekommen zu sein, fahre ich an den Stadtrand und zum Friedhof auf dem Hügel.

Dort ist nun alles ruhig und friedlich. Die Polizeiautos sind verschwunden und der Boden ist nur noch mit Schnee anstatt mit Polizisten übersät. Ich parke fast an der gleichen Stelle wie Jake damals, gehe durch das Eisentor und folge dem gleichen Weg zum Grab seines Vaters. Erst als Cole ihn erwähnte, realisierte ich, dass ich den Namen von Jakes Vater noch gar nicht gehört hatte. Sein Grabstein lag zerstückelt um das klaffende Loch seines Grabes herum, als ich das letzte Mal hier war, so dass ich keine Gelegenheit hatte, die Inschrift zu lesen. Nun weiß ich, dass sein Name John war. John Logan.

Ich bleibe am Rande des Grabes stehen und schaue hinunter. Es ist wieder aufgefüllt, die Erde, dunkel und feucht, ist bis leicht über das gefrorene Gras an den Rändern des Grabes aufgeschüttet. Ich hätte nicht gedacht, dass sie es wieder zuschaufeln würden, bevor die Gebeine zur Wiederbestattung freigegeben werden. Die Vorstellung, dass sie das Grab noch einmal öffnen müssen, um Johns Leiche erneut hineinzulegen, wenn das alles endlich vorbei ist, hinterlässt ein mulmiges Gefühl. Ich hasse den Gedanken, dass Jake das Trauma, einen Sarg für seinen Vater aussuchen zu müssen, ein zweites Mal wird durchmachen müssen. Der ursprüngliche Sarg wurde vollkommen zerstört und es gab keine Möglichkeit, ihn wieder instand zu setzen. Ein Teil von mir fragt sich, ob er immer noch da unten ist. Womöglich haben sie die Überreste einfach in der Erde gelassen und die neue Erde darüber aufgeschüttet.

Der Grabstein wurde nicht ersetzt und der zerbrochene Sockel befindet sich noch immer an seinem ursprünglichen Platz. Er ist Narbe und Zeugnis zugleich. Wenn etwas so Schreckliches mit dem Grab meiner Mutter passieren würde, wüsste ich nicht, was ich tun würde. Ein Teil von mir würde wollen, dass dieses zerklüftete, zerbrochene Stück Stein so schnell wie möglich verschwindet, damit ich es nicht mehr sehen muss und nicht darüber nachdenken muss, was passiert ist. Ein anderer Teil von mir glaubt, dass auch ich den Stein womöglich an Ort und Stelle lassen würde. Selbst wenn ich einen neuen Stein anbringen würde, um das Grab ordnungsgemäß zu kennzeichnen, wäre das Zurücklassen dieses Relikts vielleicht nur eine weitere Art für mich, die Geschichte und das Vermächtnis dieses Grabes zu ehren und fortbestehen zu lassen.

Ich schaue mir eines der nahegelegenen Gräber daneben an und sehe, dass es sich um eine der älteren Stätten des Friedhofs handelt, die mehrere Jahrzehnte vor Johns Tod angelegt wurde. Das Grab auf der anderen Seite ist etwas jünger, aber dennoch älter als das von Jakes Vater, fast so als ob sein Grab in einen freien Raum zwischen zwei unabhängigen Grabparzellen gezwängt wurde, als der Platz auf dem Friedhof knapp wurde. Ich trete hinter den Grabstein und schaue mir den nächsten Stein an. Er ist auf nur wenige Jahre vor Johns Grabstein datiert, aber der Name sagt mir nichts. Erst als ich zu einem weiteren Grab neben mir spaziere, fällt mir ein Name auf.

„Melanie Logan“, flüstere ich, beuge mich langsam über die Parzelle und lese die Inschrift des hübsch gemeißelten Grabsteins.

Jakes Frau. Ich kann immer noch das Zittern in seiner Stimme hören, als er mir von ihr erzählte und mir ihren Namen nannte. Er erzählte mir damals, wie er sich einst in sie verliebte, und berichtete mir mit Herzschmerz von ihrer kurzen, aber liebevollen Ehe. Es war auch der Tag, an dem er mir von ihrem schrecklichen, plötzlichen Tod erzählte. Ich blicke unter dem eingemeißelten Bild eines Engels in der Mitte des Steins auf das Geburts- und das Sterbedatum. Das Datum auf dem Stein ist nur ein Jahr vor Johns Tod.

„Was glauben Sie, wer Sie sind?“

Die Stimme, die plötzlich über den Friedhof dröhnt, lässt mich aufspringen und alarmiert herumwirbeln. Meine Muskeln spannen sich an, bereit zuzuschlagen, wenn es nötig ist. Chief LaRoches Augen brennen sich in meine, als er durch die Grabsteine auf mich zugestürmt kommt, und meine Muskeln entspannen sich nicht.

„Wie bitte?“, frage ich.

„Was *zum Teufel* glauben Sie, wer Sie sind?“, wiederholt er mit donnernder Stimme.

„Was machen Sie hier?“, frage ich. „Sind Sie in der Gegend herumgefahren, um mich zu suchen?“

Ich will ihn zu einem Ausrutscher animieren. Wenn ich ihn dazu bringe, etwas zuzugeben, kann ich die Sache schneller zu Ende bringen.

„Das können Sie mir aber glauben, dass ich Sie gesucht habe. Ich hätte wissen müssen, dass Sie hier landen würden. Sie können Ihre Nase einfach nicht aus Dingen heraushalten, die Sie nichts angehen“, knurrt er.

Mein Herzschlag beschleunigt sich, aber ich bewahre ein Pokerface und konzentriere mich auf den Umriss meines Handys in meiner Tasche. Es hat vielleicht nicht den besten Empfang so weit draußen, aber es reicht, um jemanden zu erreichen, falls LaRoche gewalttätig wird.

„Wovon reden Sie?“, frage ich. „Ich war an dem Tag hier, als Jake herausfand, dass jemand Johns Grab ausgehoben hat. Und zwar mit Jake. Er hat mich hierhergebracht.“

„John? Sie nennen seinen Vater jetzt schon beim Vornamen?“, keift LaRoche.

Ich weigere mich, ihm eine Reaktion zu zeigen. Ich werde nicht auf seinen Köder eingehen und ihm auf keinen Fall die Genugtuung geben, mich provozieren oder Informationen aus mir herauskitzeln zu können.

„Sie sollten mir besser sagen, was Sie hier tun. Soweit ich weiß, werde ich keines Verbrechens verdächtigt, und es wird auch nicht gegen mich wegen irgendetwas ermittelt. Wenn sich das nicht aus irgendeinem Grund geändert hat, haben Sie kein Recht, mir dermaßen am

Arsch zu hängen. Und wenn es sich geändert hat, wäre jetzt ein fantastischer Zeitpunkt, mir das zu sagen."

„Sie wissen genau, warum ich hier bin", schießt er wütend zurück.

„Klären Sie mich auf."

„Was wollten Sie im *Lacy's*?", fragt er.

LaRoches Stimme wird leiser, bis er fast flüstert, beinahe so, als wolle er die Worte vor möglichen heimlichen Lauschern zwischen den Grabsteinen verbergen.

„Es ist eine schöne Bar, finden Sie nicht? Ich habe gehört, dass die Potato Skins fantastisch sind und musste mich einfach selbst davon überzeugen", sage ich trocken.

„Kommen Sie mir nicht mit diesem Scheiß. Sie sind da reingegangen und haben angefangen, Fragen zu stellen. Ich will wissen, warum", schnauzt er.

Ich kneife die Augen zusammen, lege den Kopf zur Seite und mustere ihn seelenruhig mit demonstrativ unschuldiger Miene.

„Ich weiß nicht, wovon Sie reden", sage ich.

„Hören Sie auf, sich dumm zu stellen. Sie sind da reingegangen und haben angefangen, herumzuschnüffeln, um mehr über Andrea herauszufinden", zischt er durch seine Zähne.

„Und woher wollen Sie das wissen?", frage ich. „Ist es etwa eine Angewohnheit von Ihnen, Frauen hinterherzuschnüffeln?"

„Ich habe Ihnen nicht hinterhergeschnüffelt. Sie hat mir gesagt, dass Sie da waren."

„Ich habe ihr nicht einmal meinen Namen gesagt. Wie hätte sie Ihnen dann sagen sollen, dass ich da war?"

„Sie sagte, dass eine Frau, die sie noch nie gesehen hatte, in die Bar kam, herumschnüffelte und Fragen über Feathered Nest und die Gäste in der Bar stellte. Sie sagte, sie sei groß und blond gewesen. Es brauchte nicht viel Fantasie, um herauszufinden, dass Sie es waren", sagt LaRoche.

„Groß und blond. Interessant. Klingt sehr nach Andrea selbst, nicht wahr?", bemerke ich spitz. „Und Cristela Jordan."

„Worauf wollen Sie hinaus?"

„Ich habe Sie und Andrea zusammen im Hotel gesehen, als ich dort war. An dem Tag, als jemand auf mich geschossen hat", sage ich. „Dafür, dass sie behauptet, niemanden in dieser Stadt zu kennen und noch nie hier gewesen zu sein, sahen Sie beide ziemlich vertraut miteinander aus. Natürlich befindet sich das Hotel *technisch* gesehen nicht in Feathered Nest, also hat sie vielleicht nicht gelogen. Haben Sie ihr einfach nicht gesagt, wer Sie wirklich sind?"

„Was fällt Ihnen ein, Ihre Nase derart in meine Privatangelegenheiten zu stecken?", platzt es aus ihm heraus.

„Wenn Tote auf meiner Veranda landen, Kugeln auf mich abgefeuert werden, mir jemand in den Wald folgt und Glasscherben meiner Außenbeleuchtung auf dem Rücksitz meines Autos landen, dann geht mich das alles durchaus etwas an", sage ich.

„Wovon reden Sie?", fragt er.

„Wer stellt sich jetzt dumm? Ich weiß, dass Sie da waren, als ich im *Lacy's* war. Die andere Barkeeperin, Kenley, hat mir erzählt, dass Sie sich gerne dort aufzuhalten pflegen und Andrea die ganze Zeit über beobachten. Ich muss mir den perfekten Zeitpunkt ausgesucht haben. Selbst wenn Sie mir nicht gefolgt sind, sind Sie an der Bar aufgetaucht und haben mein Auto gesehen. Und dann haben Sie mir eine kleine Nachricht hinterlassen."

Sein Blick verfinstert sich und ein Gefühl der Bedrohung prickelt in meinem Nacken. Die Situation droht, heikel zu werden. Mit dieser direkten Konfrontation könnte ich zu weit gegangen sein. Aber ich will ihn provozieren. Ich will seine Geduld strapazieren, ihn zwingen, all die Risse in seiner Fassade zu offenbaren, die sie bald endgültig zerbrechen lassen werden. Er macht einen Schritt auf mich zu, aber bevor er etwas sagen kann, sieht er irritiert über meine Schulter hinweg.

„Emma?"

Beim Klang von Jakes Stimme drehe ich mich um und sehe ihn auf uns zukommen, in der einen Hand Blumen, in der anderen eine Flasche. Er sieht nicht gerade erfreut aus, mich dort zu sehen.

„Jake...", beginne ich.

„Was machst du hier?", fragt er.

„Ich bin nur gekommen, um..."

„Um das Grab meines Vaters nochmal zu begaffen? Um zu sehen, ob jemand vielleicht noch etwas Schrecklicheres damit angestellt hat?"

Er klingt wütend und ich mache einen Schritt auf ihn zu.

„Cole Barnes sagte..."

„Du hast mit Cole Barnes gesprochen?", fragt er.

„Was zur Hölle ist mit Ihnen los, dass Sie sich permanent in laufende Ermittlungen einmischen?", knurrt LaRoche hinter mir. „Barnes wurde gerade entlassen. Gegen ihn wird noch ermittelt und alles, was er sagt, muss zu Protokoll genommen werden. Und nicht von einem neugierigen Weib in die Welt hinaustrompetet werden, die nicht weiß, wann sie sich zurückzuhalten hat."

„Wie können Sie es wagen, so mit mir zu reden?", frage ich und drehe mich um, um LaRoche einen empörten Blick zuzuwerfen.

„Er hat doch Recht", sagt Jake.

Ich drehe mich um und sehe ihn an.

„Wie bitte?"

„Du sagtest doch, du warst schon immer von True-Crime-Sendungen fasziniert, nicht wahr?"

„Was hat das ..."

„Wenn du dich so sehr dafür interessieren würdest, hättest du von den verschwundenen Personen und den Morden in dieser Gegend gewusst. Das geht nun schon seit zwei Jahren so. Zwei Jahre, Emma. Menschen haben ihr Leben verloren und niemand scheint der Sache ein Ende setzen zu können. Die Nachrichten darüber sind auf allen Kanälen und in allen Zeitungen des verdammten Landes verbreitet worden. Hättest du auch nur das geringste Interesse an Verbrechen, hättest du davon gehört. Aber du sagtest, du hättest erst davon erfahren und dich dafür interessiert, als du hier ankamst und ich es dir erzählt habe."

„Ich bin einfach nur..."

„Du bist einfach nur neugierig und unglaublich unsensibel. Ich kann fast verstehen, dass du neugierig bist und mehr wissen willst, vor allem nachdem wir uns nähergekommen sind. Du willst wissen, was los ist", sagt er.

„Ganz genau. Ich will es einfach nur wissen."

„Das ist keine Entschuldigung", schnauzt er und unterbricht mich. „Neugierig sein ist eine Sache. Sich so unangemessen zu verhalten und sich in Dinge hineinzudrängen, die einen nichts angehen, ist etwas ganz anderes. Hast du eine Ahnung, wie sehr mich das alles mitgenommen hat? Wie viele Wunden es aufgerissen hat? Ich habe dir vertraut. Ich habe Unterstützung bei dir gesucht, damit du mir hilfst, das alles durchzustehen. Und dann schleichst du dich alleine auf den Friedhof und schnüffelst am Grab meines Vaters herum... am Grab meiner *Frau*."

„Jake, es tut mir leid. Ich weiß, ich hätte dir sagen sollen, dass ich zu Barnes gehe, aber es gab ein paar Dinge, die ich einfach wissen musste."

„Du hast also hinter meinem Rücken mit dem Mann gesprochen, der für all meine Schmerzen und Qualen verantwortlich ist. Aus welchem Grund? Was hast du dir davon versprochen?", fragt Jake.

„Das macht sie anscheinend an", spottet LaRoche. „Das ist derselbe Grund, warum sie im Hotel aufgetaucht ist."

„Welches Hotel?", fragt Jake.

„Das Hotel, in dem auch Ron Murdock, der Mann, der auf ihrer Veranda erschossen wurde, abgestiegen ist. Sie ging dorthin und stellte Fragen."

„Ich habe versucht, mehr über ihn herauszufinden", protestiere ich. „Ich denke nicht, dass es so seltsam ist, mehr über einen Mann wissen zu wollen, den ich sterben sah."

„Es ist schon ein wenig seltsam, wenn man ihn nicht einmal kannte und schon eine Erklärung dafür bekommen hat, was mit ihm passiert ist", sagt der Chief. „Sie schnüffeln herum und versuchen, mehr aus den Dingen zu machen, als Sie sollten. Ich hätte gedacht, dass Sie Ihre Lektion gelernt hätten, nachdem jemand auf Sie geschossen hat."

Jake packt mein Handgelenk und zieht mich zu sich heran.

„Jemand hat auf dich geschossen?", fragt er. „Wann ist das passiert? Warum hast du mir das nicht gesagt?"

„Ich wollte nicht, dass du dir Sorgen um mich machst", sage ich. „Die Polizei weiß nicht einmal, wer es getan hat. Es könnte ein Unfall gewesen sein oder ein paar leichtsinnige Kinder, die sich einen Spaß daraus gemacht haben, ein wenig herumzuschießen, ohne daran zu denken, wen die Kugeln treffen könnten."

Ich spüre, wie LaRoche mich anstarrt. Es ist das gleiche stechende, bedrohliche Gefühl wie damals im Wald. Ich möchte, dass meine Worte ihn verwirren, ihn im Unklaren darüber lassen, wie viel ich weiß, damit er eine Dummheit begeht.

„Denkst du das immer noch, nachdem deine Lampe an der Hütte zerstört wurde?", fragt Jake. Er schüttelt den Kopf und macht einen Schritt von mir zurück. „Das ist alles zu viel. Ich kann den Gedanken nicht ertragen, dass ich mir zusätzlich zu allem anderen auch noch Sorgen um dich machen muss."

Er stürmt davon und geht zurück zum Eingang des Friedhofs.

„Jake, bitte. Lass es mich einfach erklären", rufe ich ihm nach.

Er zögert und sieht zu mir zurück. „Du musst auf dich aufpassen, Emma. Wenn du nicht vorsichtiger bist, könnte es zu Schlimmerem kommen."

KAPITEL 25

„Hören Sie auf ihn", sagt LaRoche. „Er scheint zu wissen, wovon er spricht."

„Ich brauche Ihren Rat nicht", schnauze ich. „Sie haben mir immer noch nicht erklärt, warum Sie an diesem Tag in dem Hotel waren."

„Wie ich schon sagte, muss ich mich vor Ihnen nicht rechtfertigen. Aber da Sie anscheinend unbedingt Miss Marple spielen wollen, werde ich es Ihnen sagen. Es ist ja nicht so, dass ich Ihnen nachtrauern werde, wenn Ihr unausstehlicher kleiner Arsch getötet wird. Ich war im Hotel, um Andrea zu sehen. Aber das wissen Sie ja bereits. Sie haben uns zusammen gesehen. Wir haben eine Affäre. Ich würde es zu schätzen wissen, wenn Sie Ihren Mund diesbezüglich halten würden. Es ist nicht nötig, das Leben anderer Leute durcheinander zu bringen, nur weil zwei erwachsene Menschen etwas Zeit miteinander verbringen wollen."

„Aber warum treffen Sie sich so weit weg von hier?", frage ich.

„Schon mal was von Diskretion gehört? Ich möchte nicht, dass die Leute hier wissen, was zwischen uns beiden vor sich geht", sagt er.

„Etwa, weil es schon einmal passiert ist?“, frage ich. „Ich kann mir vorstellen, dass Sie einige Leute mit Ihren Tändeleien ziemlich unglücklich gemacht haben.“

„Sie haben keine Ahnung, wovon Sie reden“, schimpft er.

„Kenley hat mir so einiges erzählt. Warum sind Sie so erpicht darauf, Andrea bei der Arbeit zu stalken, aber lassen sich hier nicht mit ihr blicken?“

„Wie ich schon sagte, Sie haben keine Ahnung, wovon Sie reden. Ich weiß nur, dass Sie hier seit Ihrer Ankunft permanent Ärger machen. Sie müssen sich zurückhalten und den Leuten hier ihren Seelenfrieden lassen. Ich will Sie nicht noch einmal warnen müssen.“

Mit diesen Worten, die schwer in der Luft hängen, geht der Polizeichef um mich herum und verlässt den Friedhof. Ich bleibe noch ein paar Sekunden am Grab von John Logan stehen, bevor ich zu meinem Auto zurückkehre und mich auf den Weg ins *Teddy's* mache.

Als ich die Bar betrete, sehe ich zwei der üblichen Barkeeper Bier ausschenken und ein paar der Stammgäste an den Tischen sitzen, aber Jake ist nirgends zu sehen. Entschlossen trete ich an die Bar heran, stütze meine Hände auf den Tresen und beuge mich zu einem der Barkeeper hinüber. Ich kenne ihn, aber sein Name will mir nicht einfallen.

„Hey Kumpel“, rufe ich ihm zu.

Zum Glück dreht er sich daraufhin sofort in meine Richtung.

„Hey, Emma. Schön, dich zu sehen.“

„Die Freude ist ganz meinerseits. Ist Jake da? Vielleicht im Büro?“

Der Barkeeper schüttelt den Kopf. „Ich habe ihn nicht gesehen. Er hat vorhin angerufen und gesagt, dass er auf dem Weg zum Friedhof ist, um dem Grab einen Besuch abzustatten. Es war kein leichter Tag für ihn, weißt du.“

„Ach ja?“, frage ich.

Er nickt und sieht mich seltsam an, als müsste ich wissen, wovon er spricht.

„Ja. Es ist der Todestag seiner Frau.“

„Oh Scheiße“, murmle ich und lasse den Kopf hängen.

„Es ist schon lange her, aber er ist immer noch sehr verzweifelt darüber. Weißt du, seit du hier bist, wirkt er übrigens so glücklich wie schon lange nicht mehr.“

„Wirklich?“

„Auf jeden Fall. Die Leute halten Jake immer für so froh und lebenslustig. Er ist immer derjenige, der versucht, die Leute aufzumuntern und dafür zu sorgen, dass sich alle wohlfühlen. Doch das macht er vor allem, weil er selbst immer noch so sehr leidet und versucht, seinen eigenen Schmerz zu überspielen. Das soll nicht heißen, dass seine Freundlichkeit nicht aufrichtig ist oder er permanent über seinem Schmerz brütet. Aber es gibt einen Teil von ihm, den er seit Melanies Tod verschlossen hat. Bevor er sie traf, war er nicht gerade der fröhlichste und geselligste Mensch gewesen, aber sie hat alles verändert. Als das alles passierte, war es, als ob etwas in ihm zerbrach und er sich wieder verschloss. Er errichtete wieder Mauern um sich herum. Dann starb sein Vater und er übernahm den Laden hier. Das Leben begann für ihn dann von neuem. Er erfand sich neu und wurde zu dem fröhlichen, jovialen Jake, den die Leute kennen. Aber dieses vage Gefühl der Leere in ihm blieb weiterhin bestehen. Ich dachte nicht, dass es jemals verschwinden würde. Dann kamst du und es schien, als bekäme er eine neue Chance."

Meine Kehle schmerzt und es fällt mir schwer, meinen Atemzug ganz in meine Lunge zu zwingen, aber ich schaffe es schließlich und lasse ihn in einem langen Strom wieder entweichen.

„Es klingt, als ob du Jake schon lange kennst", sage ich.

„Schon seit er ein Kind war. Ich kannte ihn nicht wirklich gut oder so. Er war nicht der Typ, der viel mit anderen Kindern rumhing oder Leute zu sich nach Hause einlud. Aber wir haben uns gut verstanden. Ich lernte ihn besser kennen, als er Melanie kennenlernte. Er ist ein guter Kerl. Trotz allem, was passiert ist, ist er das geblieben."

Ich nicke und trete von der Theke zurück. „Danke."

Er winkt mir kurz zu, bevor ich die Bar verlasse und wieder in mein Auto steige. Mein nächster Halt ist Jakes Haus. Erleichterung durchströmt mich, als ich sein Auto dort geparkt sehe. Ich weiß, dass er die Tür unverschlossen lässt, also mache ich mir nicht die Mühe zu klopfen. Er würde wahrscheinlich sowieso nicht aufmachen, aber ich muss dringend mit ihm reden.

„Jake?", rufe ich, als ich das Haus betrete. „Ich bin's."

Er antwortet nicht, doch ich gehe weiter durch das erste Zimmer in das gemütliche Wohnzimmer, das in der Mitte des Hauses gelegen ist. Dort finde ich Jake auf der Couch sitzend, weit genug in die Polster gesunken, so dass sein Kopf auf der Lehne ruht, während er auf das geöffnete Fotoalbum auf seinem Schoß starrt. Sein Gesicht ist ausdruckslos. Seine Augen scheinen fast glasig zu sein, als ob er gar nicht sehen würde, was er vor sich hat. Vorsichtig trete ich näher.

„Ich möchte mich entschuldigen", beginne ich.

Er blättert langsam eine Seite des Fotoalbums um, sagt aber nichts. Er hat mir nicht gesagt, dass ich verschwinden soll, also komme ich ihm ein bisschen näher. Ich lasse mir Zeit, um mir die Worte zurechtzulegen, die ich an ihn richten will, lasse mich neben ihm auf das Sofakissen sinken und betrachte das Album zwischen seinen Oberschenkeln. Es ist nicht dasselbe, das ich beim letzten Mal durchgeblättert habe, aber es ist auf dieselbe Weise zusammengestellt. Ich habe das Gefühl, dass ein und dieselbe Person beide Fotoalben erstellt hat. Jemand scheint viel Wert auf die Bewahrung dieser Familienerinnerungen gelegt zu haben. Auf diesen Seiten sind Momente aus einer Zeit festgehalten, die schon lange vergangen ist. Ohne sie wären sie vielleicht bereits völlig in Vergessenheit geraten. Diese Bilder jedoch fangen sie ein und erhalten sie für die Nachwelt, so dass Jake zurückblicken und die Zeiten, die ihm offensichtlich so viel bedeuten, noch einmal erleben kann.

„Heute ist...", beginnt er, aber seine Stimme bricht und er hört auf.

„Ich weiß", flüstere ich. „Es tut mir so leid. Ich hatte keine Ahnung."

„Ich dachte, wenn ich heute etwas Zeit mit dir verbringe, wird mir das helfen, die Sache zu überwinden. Jedes Jahr gehe ich auf den Friedhof und lege Blumen für sie nieder. Ich bringe eine Flasche ihres Lieblingsweins mit und spreche einen Toast auf sie aus. Auf diese Weise kommt es mir eher wie eine Feier ihres Lebens vor als wie eine Erinnerung an ihren Tod. Ich versuche mir einzureden, dass es eines Tages nicht mehr wehtun wird. Aber es funktioniert nie. Heute wollte ich dieses Ritual ein wenig früher hinter mich bringen, um dich zum Mittagessen sehen zu können. Ich hatte gehofft, das würde genügen, um den Schmerz ... zu lindern."

„Es tut mir so leid, Jake. Ich wünschte, ich könnte irgendetwas sagen, um die Sache für dich zu erleichtern. Ich kann mir kaum vorstellen, wie schmerzhaft das alles für dich sein muss."

„Als es passierte, wusste ich nicht, was ich tun sollte. Ich konnte es einfach nicht begreifen. Egal, wie oft ich es hörte oder wie real das war, was ich danach durchmachen musste, ein Teil von mir konnte es weiterhin nicht wirklich glauben. Daher ging ich hin, um ihre Leiche zu identifizieren. Ich sah sie dort liegen, kühl und mit verfärbter Haut. Am nächsten Tag ging ich zum Bestattungsinstitut, arrangierte ihre Beerdigung und sah zu, wie sie sie begruben. Alles zog einfach an mir vorbei, als wäre es nicht wirklich real. Mein Verstand wollte mir weismachen, dass sie jeden Moment nach Hause kommen würde und es sich bei dem Unglück um jemand anderen gehandelt hatte."

„Ich weiß, wie sich das anfühlt", sage ich. „Nicht auf genau dieselbe Weise, aber ähnlich."

„Danach waren von meiner Familie nur noch mein Vater und ich übrig in Feathered Nest. Mein Bruder und meine Schwester kamen zur Beerdigung angereist, aber als sie wieder abreisten, fühlte es sich hier noch leerer an als zuvor. Ein Jahr später starb mein Vater und es gab nur noch mich. Ich habe meine Großmutter nie mehr vermisst als in diesen ersten Wochen nach seinem Tod." Er stößt ein freudloses Lachen aus. „Ich habe sie sogar mehr vermisst als meinen Vater."

Er berührt die Seite des Albums, das vor ihm liegt. Das Bild seiner Großmutter sieht dem Bild im anderen Album sehr ähnlich. Sie trägt dasselbe Kleid, aber statt auf einer Stufe zu stehen, sitzt sie auf einer Veranda-Schaukel. Der Fokus des Bildes ist eng, so dass ich nicht viel von ihrer Umgebung sehen kann, aber es reicht, um ein paar grüne Blätter und Grashalme zu erkennen. Ich erinnere mich daran, was Jake mir über das Osterfest mit seiner Großmutter und seinen Geschwistern erzählt hat, und stelle mir vor, wie sie dort sitzt und ihnen bei der Suche nach den Eiern zusieht, die sie kurz zuvor im Garten versteckt hat.

„Das kann ich verstehen. In manchen Situationen ist der Verlust von Menschen, die man vor längerer Zeit verloren hat, schwieriger als der Verlust derer, die erst kürzlich gestorben sind. Außerdem weiß ich von all den Dingen, die du mir über deine Großmutter erzählt hast, dass sie diejenige war, auf die du dich am meisten verlassen hast, um dir durch schwere Zeiten zu helfen. Sie hat dich getröstet und dafür gesorgt, dass du dich besser fühlst, wenn die Dinge schwierig wurden. Der Verlust deiner Frau und deines Vaters innerhalb eines Jahres ist etwas, das die meisten Menschen kaum verkraftet hätten. Ich kann verstehen, dass du dich nach ihr gesehnt hast, während du das durchgemacht hast", sage ich.

„Dann kannst du verstehen, warum es mir so schwerfällt, dabei zuzuschauen, wie du dich in Gefahr begibst. Ich hasse den Gedanken, dass dir auch etwas zustoßen könnte", sagt er und sieht schweren Herzens zu mir hinüber.

„Ich dachte, du wärst sauer auf mich", sage ich.

„Das bin ich. Ich kann nicht so tun, als würde es mich nicht wütend machen, wenn ich daran denke, dass du mit Cole Barnes redest, oder als würde es mich nicht stören, all diese Bilder in deiner Hütte zu sehen. Und ich hasse es, dass du mir nicht einmal genug vertraut hast, um mit mir darüber zu reden", sagt er. „Aber meine Sorge um dich überwiegt. Über die Wut kann ich hinwegkommen. Aber ich würde nicht darüber hinwegkommen, dich zu verlieren."

„Jake, ich..." Ich halte inne. Ich will nicht weiter in diese Spirale geraten, eine Lüge nach der anderen auftischen, ohne in der Lage sein, mich aus diesem Teufelskreis zu befreien. Diese ganze Situation wird früh genug in die Luft gehen. Aber wenn ich jetzt die richtigen Worte wähle, muss ich wenigstens nicht versuchen, diese Sache alleine durchzustehen. „Es tut mir leid, dass ich dich beunruhigt habe. Das ist das Gegenteil von dem, was ich wollte. Aber es gibt ein paar Dinge, die du nicht verstehst."

„Dann sag es mir. Hilf mir, sie zu verstehen", bittet er. „Denn im Moment kann ich mir nicht vorstellen, warum du so verzweifelt etwas mit Dingen zu tun haben willst, die der Rest der Stadt am liebsten so schnell wie möglich vergessen würde."

„Chief LaRoche war heute mit mir auf dem Friedhof, weil ich etwas über ihn herausgefunden habe, und er wollte mich damit konfrontieren", eröffne ich ihm.

„Was hast du herausgefunden?", fragt Jake.

„Ich habe die Wahrheit gesagt, als ich dir erzählte, dass ich in dieses Hotel gegangen bin, um mehr über den Mann zu erfahren, der auf der Veranda meiner Hütte erschossen wurde und dort starb. Ich wollte unbedingt mehr über ihn wissen und hatte das Gefühl, dass die Polizei mir nicht genug Informationen gibt. Sie ließen mich abblitzen und taten so, als wäre es keine große Sache, also beschloss ich, selbst nachzuforschen. Ich wollte nur seinen richtigen Namen herausfinden und woher er kam."

„Seinen richtigen Namen?", fragt Jake skeptisch.

Ich nicke. „Der Name, den sie mir genannt haben, klang irgendwie fingiert. Ich habe dann etwas recherchiert, konnte aber nichts über ihn finden. Also bin ich zum Hotel gegangen und habe mich dort nach ihm erkundigt."

„Hast du etwas herausfinden können?"

„Nicht wirklich. Auf seiner Check-In-Karte stand nur dieser Name, Ron Murdock, und die Adresse war kein richtiges Haus. Mehr Informationen enthielt sie nicht. Aber als ich dort war, habe ich Chief LaRoche mit einer sehr jungen Frau gesehen. Sie waren äußerst vertraut miteinander. Als ich die Besitzerin fragte, wer sonst noch in dem Hotel wohnte, sagte sie, dass seit Wochen niemand aus Feathered Nest dort eingecheckt hatte. Das bedeutet, dass er ein heimlicher Gast der Frau war. Er verließ das Gebäude vor mir. Als ich auf den Parkplatz ging, waren zwei Schüsse zu hören. Ich sah weder ein Auto noch sonst irgendetwas. Nur eine Minute später tauchte LaRoche erneut auf und tat so, als sei er zufällig in der Gegend gewesen und hätte über den Polizeifunk gehört, dass es eine Schießerei gegeben habe. Er sprach sogar mit der Rezeptionistin des Hotels und tat so, als wäre er gar nicht dort gewesen."

„Willst du damit sagen, dass du glaubst, LaRoche hat auf dich geschossen?", fragt er. „Warum sollte er das tun?"

„Vielleicht weil er denkt, ich wüsste etwas, von dem er nicht will, dass ich es weiß. Ich habe die Frau ausfindig gemacht, mit der er zusammen war, Andrea, und herausgefunden, dass sie in einer Bar in einer nahegelegenen Stadt arbeitet. Ich habe sie aufgesucht, aber sie hat so getan, als würde sie niemanden aus Feathered Nest kennen, obwohl die andere Barkeeperin mir erzählt hat, dass ständig ein älterer Typ vorbeikommt und ihr bei der Arbeit zusieht. Sie hat gesehen, wie Andrea zu ihm ins Auto gestiegen ist. Jake, sie sieht Cristela Jordan so ähnlich", sage ich.

KAPITEL 26

Als ich den Namen ausspreche, ist es offensichtlich, dass er einen Nerv getroffen hat. Jake zieht sich leicht zurück und seine Augenbrauen senken sich.

„Die Cristela, die immer in meiner Bar war?", fragt er.

Ich nicke. „Diejenige, die ermordet an den Bahngleisen gefunden wurde."

Ich will noch mehr sagen, aber Jake schüttelt den Kopf und ergreift meine Hand.

„Emma, du musst ein wenig langsam machen. Ich glaube, du hast dich zu sehr in die Sache hineingesteigert. Wie LaRoche schon sagte, du bewertest Dinge über", sagt er.

„Er hat eine Affäre mit Andrea. Er hat es zugegeben. Und das erste Mal, dass sie im Hotel übernachtet hat, war direkt nach Cristelas Tod."

„Das kann nur ein Zufall sein."

„Cristela stieg auch in diesem Hotel ab. Sie war mehrere Male dort. Du kanntest sie, Jake. Du wusstest, dass sie genau auf der anderen Seite von Feathered Nest wohnte. Warum sollte sie in einem Hotel übernachten, das drei Städte weiter in der entgegengesetzten Richtung ihres Zuhauses liegt?“

„Ich weiß es nicht“, gibt er zu.

„Es sei denn, sie hat sich mit jemandem getroffen und wollte nicht, dass es jemand erfährt. Und, Jake, denk doch mal darüber nach. Du weißt so gut wie ich, dass Barnes das Grab nicht selbst hätte ausheben und die Knochen deines Vaters hätte umbetten können. Er hat einfach nicht die Kraft dazu. Du hast mir selbst gesagt, dass LaRoches Vater sich einmischte, als vor Jahren etwas zwischen deinem Vater und Barnes vorfiel. Die Leute dachten, der Fund der Gebeine deines Vaters könnte etwas mit den Morden und den Vermissten zu tun haben. Aber was ist, wenn LaRoche ein Ablenkungsmanöver gebraucht hat? Wenn er die Leute verwirren und sie dazu bringen wollte, sich wieder mit all dem Kram von damals zu befassen, anstatt mit den Dingen, die im Hier und Jetzt vor sich gehen.“

„Warum sollte er das tun?“, fragt Jake.

„Ich bin mir nicht sicher. Aber als ich neulich nachts in den Wald ging, hatte ich das Gefühl, dass mich jemand beobachtet.“

„Das hört sich alles ziemlich gefährlich an, Emma. Du musst jemandem sagen, was du weißt“, rät er mir.

„Wem soll ich es sagen? Der Polizei? Ich kann niemandem etwas sagen, bevor ich nicht etwas Konkreteres habe. Und du musst mir versprechen, dass du auch nichts sagen wirst. Ich vertraue dir das an.“

„Emma...“

„Jake, ich vertraue dir. Ich habe es dir nur gesagt, weil ich nicht will, dass du dir wegen etwas Gedanken machst, von dem du nicht genau weißt, worum es sich handelt. Und ich möchte, dass du auf der Hut bist. Du wirst weiterhin mit ihm zu tun haben müssen, während er so tut, als würde er gegen Barnes ermitteln. Dessen musst du dir bewusst sein.“

„Wie soll ich einfach nur dasitzen und nichts sagen, wenn ich weiß, was dieser Mann womöglich getan hat? Mir, dir, uns allen? Er sollte das vertrauenswürdigste Mitglied unserer Gemeinde sein, doch er scheint uns über den Tisch zu ziehen und jetzt sogar hinter dir her zu sein.“

„Ich komme schon klar, Jake. Du musst mir vertrauen“, sage ich.

„Ich will nicht, dass du nachts allein in der Hütte bist. Das ist zu gefährlich. Bleib besser hier bei mir.“

„Nein, Jake. Ich werde nicht zulassen, dass er mich aus meiner Hütte vertreibt. Ich werde ihm nicht diese Art von Macht über mich geben“, argumentiere ich.

„Es geht nicht darum, ihm Macht zu geben“, sagt er. „Es geht darum, klug vorzugehen und sich in Sicherheit zu begeben. Die kaputte Lampe war womöglich seine Botschaft an dich. Du weißt genauso gut wie ich, dass er jetzt nicht nachgeben wird. Wenn er auch nur die leiseste Ahnung hat, wie viel du über ihn und seine Umtriebe weißt, wird er alles tun, um sicherzustellen, dass du es niemandem erzählen wirst. Vergiss nicht, dass du auch groß, schlank und blond bist.“

Ich zögere und hasse den Gedanken, LaRoche die Genugtuung zu geben, mich aus meiner Hütte zu vertreiben. Aber Jakes Worte hallen in meinen Ohren nach. Mir ist klar, dass ich zu nahe an dieser Sache dran bin. Ich bin zu tief drin, zu fokussiert, um die richtigen Entscheidungen zu treffen. Was ich jetzt tun muss, ist, mich zurückziehen und die Situation objektiv beurteilen, so, wie ich es auch mit den Zeugen tun würde, mit denen ich in anderen Fällen zusammengearbeitet habe. Wenn einer Frau, die in einen Entführungs- und Mordfall verwickelt ist, so viele bedrohliche Situationen widerfahren wären wie mir, würde ich sie auf keinen Fall auch nur eine Sekunde allein lassen, geschweige denn an einen abgelegenen Ort gehen lassen, von dem ich weiß, dass die Verdächtigen sie leicht finden können. Insbesondere, wenn sie das in der Vergangenheit bereits erfolgreich getan hätten.

„Okay. Ich hole ein paar Sachen und komme dann gleich zurück“, lenke ich ein.

Er nickt. „Die Jungs in der Bar erwarten, dass ich heute Abend für eine Weile auftauche, aber ich werde mich beeilen und dann gleich wieder hierher zurückkommen, um dich zu begleiten. Du bleibst in der Zwischenzeit hier.“

Ich schüttle den Kopf. „Nein, Jake. Genau das ist es, was ich meine. Ich muss schon jetzt mein Leben deswegen umkrempeln. Ich werde nicht zulassen, dass du das auch noch tun musst. Du gehst in die Bar, so wie du es sowieso getan hättest. Tu, was du tun musst. Du brauchst die Routine und deinen Rhythmus, die dir dabei helfen, das alles durchzustehen. Außerdem wollen wir doch keinen unnötigen Verdacht erregen oder es so aussehen lassen, als wollten wir uns vor irgendetwas verstecken. Ich komme schon klar.“

„Willst du mit mir kommen? Wir sind heute nicht dazu gekommen, zu Mittag zu essen. Es ist zwar nicht der beste Ersatz, aber wir können in der Bar ein Bier trinken und ein paar Fritten essen. Und wenn ich Feierabend mache, können wir zu diesem Diner fahren, um dort noch etwas nachzuschieben“, schlägt er vor.

„Versteh das bitte nicht falsch, aber ich glaube, ich brauche eine kleine Pause von der Bar. Ich möchte im Moment einfach nicht mit allzu vielen Leuten zu tun haben. Es wäre mir lieber, wenn ich etwas Zeit in der Stille verbringen und mich ein wenig entspannen könnte, wenn das für dich in Ordnung ist", sage ich.

„Natürlich ist es das. Solange du versprichst, die Türen verschlossen zu halten und dein Telefon neben dir liegen zu lassen, damit du mich anrufen kannst, falls du mich brauchst. Ich kann schnell bei dir sein, wenn es nötig ist."

„Ich weiß, dass du das kannst und wirst, wenn Not am Mann ist. Es wird nicht lange dauern, bis ich meine Sachen aus der Hütte geholt habe. Ich werde bald zurück sein."

Als ich von der Couch aufstehe, hält er mich sanft an der Hand zurück. Ich halte inne und schaue zu ihm hinunter.

„Sei vorsichtig."

Ich nicke und lasse ihn auf der Couch zurück, mit dem Gefühl, dass mir eine zentnerschwere Last von den Schultern genommen wurde. Nun weiß ich zumindest, dass ich diese Situation nicht ganz alleine werde durchstehen müssen. Ich werde Jake immer noch irgendwann sagen müssen, wer ich wirklich bin und warum ich hierherkam, aber zumindest muss ich für eine Weile nicht mehr darüber nachdenken. Und immerhin war ich in Bezug auf einen Teil der Geschichte ehrlich zu ihm. Das ist schon mal ein Anfang.

Langsam und vorsichtig fahre ich die lange Einfahrt zur Hütte Nummer 13 hinauf. Ich will jede Bewegung um mich herum wahrnehmen, bevor mir etwas entgeht, das nicht in Ordnung ist, oder etwas aus dem Ruder geraten kann. Alles scheint noch genau so zu sein, wie ich es verlassen habe. Ich betrete die leere Hütte und spüre die schwere Wärme, die aus der Heizung strömt. Ausgerechnet jetzt, wo es hier drinnen mollig warm und gemütlich geworden ist, muss ich mich aus dem Staub machen. Seufzend gehe ich zurück ins Schlafzimmer, ziehe meine Tasche unter dem Bett hervor und fülle sie mit ein paar Kleidungsstücken sowie meiner Kulturtasche. Obwohl ich versucht bin, einfach sofort alle meine Sachen mitzunehmen, kommt mir das zu extrem vor. Ich werde ihm nicht nachgeben. Ich werde die Hütte nicht verlassen und mich wegducken. Zu Jakes Haus zu gehen, ist eine Vorsichtsmaßnahme und darüber hinaus ein Weg, ihn zu beruhigen. Es soll lediglich dazu beitragen, dass er nicht in Panik gerät und meine gesamten Fortschritte durch unüberlegte Handlungen seinerseits zunichte macht.

Ich sammle gerade meine Notizen und Fotos ein, als mein Telefon klingelt. Bevor ich abnehme, werfe ich einen flüchtigen Blick auf das Display.

„Hey Eric“, sage ich.

„Hey du. Bist du in der Nähe deines Computers? Wenn nicht, kannst du es dir auch auf deinem Handy ansehen, aber auf einem größeren Bildschirm ist es leichter“, beginnt er.

„Ja. Gib mir nur eine Sekunde.“

Ich setze mich auf die Kante der Couch und öffne meinen Computer. Es dauert eine Sekunde, bis der Bildschirm hochfährt, und ich öffne mein E-Mail-Postfach.

„In Ordnung. Schieß los. Was ist das?“, frage ich.

„Ich habe getan, worum du mich gebeten hast, und den Kerl überprüft. Wie sich herausstellte, hattest du Recht. Sein Name ist nicht Ron Murdock“, fährt Eric fort.

„Ich kann nicht glauben, dass ich dir noch nicht davon erzählt habe. Ich bin zum Hotel gegangen und habe mir seine Check-In-Karte angesehen. Die Adresse, die er angegeben hat, ist ...“

„Das Feld der Träume? Ja, ich weiß. Das habe ich auch gefunden.“

„Wie bist du denn darauf gestoßen? Ach, ist ja auch egal... Was noch?“

„Wie sich herausstellte, war es kein Zufall, dass er in deiner Nähe gelandet ist. Ich bin mir ziemlich sicher, dass er nicht vorhatte zu sterben, aber er hat definitiv versucht, zu dir zu gelangen. Ich schicke dir eine Nachricht und du sagst mir, was du siehst“, sagt er.

„In Ordnung, nur zu.“

Einen Augenblick später erscheint eine neue E-Mail in meinem Posteingang und ich klicke sie an. Sie enthält keine Worte, nur ein Bild. Es dauert eine Sekunde, bis sich das ganze Bild aufgebaut hat. Als es schließlich komplett zu sehen ist, stockt mir der Atem.

„Ist das...?“

„Das wäre dein Mr. Nicht-‚Ron Murdock‘ zusammen mit deinen Eltern“, sagt Eric.

Es bestätigt genau das, was ich zu sehen glaubte, aber ein Teil meines Gehirns schien mich zuerst vergeblich davon überzeugen zu wollen, dass ich mich wohl irren muss. Das Bild ist alt und zeigt meine Eltern um Jahre jünger als zum Zeitpunkt des Todes meiner Mutter. Sie lächeln, ihre Augen hinter dunklen Sonnenbrillen verborgen, während sie ihre Arme um einen Mann legen, der in ihrer Mitte steht. Er sieht groß und schwerfällig aus, aber das Lächeln auf seinem Gesicht ist echt. Sein Gesicht ist glatt und er hat keine grauen Strähnen im Haar, aber es ist unverkennbar er. Das ist der Mann, der tot auf meine Veranda gefallen ist.

„Was ist das? Wo hast du das gefunden?“, frage ich.

„Ich gebe zu, es hat ein bisschen gedauert. Es scheint, als hätte unser schwer fassbarer Freund viel Wert darauf gelegt, nicht zu viele Spuren in der Welt zu hinterlassen. Ich bin mir nicht einmal sicher, wie er wirklich heißt oder woher er kommt. Im Grunde genommen gibt es ihn gar nicht. Aber ich habe dieses Bild irgendwo tief verborgen in einem Archiv gefunden, das mit deinem Vater zu tun hat. Das ist Florida, April 1998", sagt er.

„1998? Ich erinnere mich, dass ich damals in Florida war. Es war einer der wenigen Male, in denen wir lange genug an einem Ort blieben. Ich erinnere mich wirklich gut daran. Wo war ich, als dieses Foto gemacht wurde?"

„Ich weiß es nicht. Es sieht so aus, als wärst du bei ihnen gewesen. Hier steht, dass sie bei der Eröffnung des Disney World Animal Kingdom sind."

„Die Eröffnung des Animal Kingdom? Daran kann ich mich nicht erinnern." Plötzlich wird mir klar, was er gesagt hat, und ein mulmiges Gefühl macht sich in meinem Magen breit. „Hast du 1998 gesagt?"

„Ja, am zweiundzwanzigsten April", bestätigt Eric.

„Und das war die Eröffnung? Für den ganzen Park? Nicht nur für eine bestimmte Attraktion oder so?", frage ich.

Ich höre ein Tippen und ahne, dass er die Antwort auf seinem Computer recherchiert, um sicherzugehen.

„Ja. Das ist der Tag, an dem der gesamte Park eröffnet wurde. Warum?"

„Hast du sonst noch etwas über ihn herausgefunden? Woher ihn meine Eltern kannten? Warum er mir gefolgt ist?"

„Nein, noch nicht. Aber ich arbeite daran", sagt er.

„Halt mich auf dem Laufenden. Ich melde mich bald wieder bei dir."

„Stimmt etwas nicht, Emma?", fragt er.

„Sag mir einfach Bescheid, wenn du noch etwas herausfindest. Und da ich weiß, dass du sowieso mit ihr reden wirst, erspare mir das Verhör seitens Bellamy und sag ihr, dass es mir gut geht", füge ich hinzu. „Danke, dass du das alles für mich tust. Ich rufe dich später an."

Ich lege auf, bevor Eric zu Wort kommen kann, und rufe sofort Jake an.

„Hast du deine Meinung etwa geändert und brauchst doch Hilfe?", fragt er zur Begrüßung.

„Kannst du mir erklären, wie du fünf Jahre vor seiner Eröffnung einen Freizeitpark besuchen konntest?"

KAPITEL 27

„WIE BITTE?", FRAGT JAKE.

„Du hast mir erzählt, dass du mit sieben Jahren mit deiner Familie im Urlaub in Florida warst. Du wärst im Animal Kingdom gewesen und hättest es geliebt, die Elefanten zu beobachten, weil du nicht ahntest, wie groß sie in Wahrheit waren", sage ich.

„Ja, es war eine tolle Reise. Einige meiner schönsten Kindheitserinnerungen mit der ganzen Familie. Ich verstehe nicht ganz, warum du darüber so verärgert klingst", sagt er.

„Weil keine dieser Erinnerungen real sein kann", erkläre ich.

„Wovon redest du? Ich kann dir die Bilder zeigen."

„Den Park gab es zu diesem Zeitpunkt noch gar nicht, Jake. Der Park wurde erst 1998 eröffnet. Du warst zwölf Jahre alt. Du hättest ihn also mit sieben Jahren gar nicht besuchen können. Warum hast du mich angelogen?"

Es gibt eine lange Pause.

„Was ist zwischen unserem letzten Gespräch und jetzt genau passiert?“, fragt er.

„Nichts, außer dass ich herausgefunden habe, von dir über diese wertvollen Kindheitserinnerungen, die du angeblich an deine Familie hast, nach Strich und Faden angelogen worden zu sein. Wenn du mich in Bezug darauf angelogen hast, worüber lügst du mich dann noch an?“, frage ich.

„Ich habe dich nicht angelogen, Emma. Diese Erinnerungen sind echt.“

„Das können sie nicht sein. Ich dachte, ich könnte dir vertrauen.“

Abrupt lege ich den Hörer auf und kämpfe zitternd gegen die Tränen an, die mir in die Augen steigen. Ich will nicht darüber nachdenken, was der präzise Grund für diese Tränen ist. Es gibt zu viele unterschiedliche Emotionen, die für sie verantwortlich sein könnten. Mit keiner von ihnen möchte ich mich jetzt auseinandersetzen. Wutentbrannt schnappe ich mir meine Tasche, trage sie zurück in mein Schlafzimmer und fange an, alles auszupacken und zurück in die Schubladen und Regale zu stopfen. Ich glühe immer noch regelrecht vor Wut, als mein Telefon klingelt, doch ich mache mir nicht einmal die Mühe, einen Blick darauf zu werfen. Das ist auch nicht nötig. Es ist Jake, der mich anruft, doch ich will seine Stimme nicht hören.

Als alles wieder an seinem Platz ist, gehe ich ins Wohnzimmer zurück und stürze mich wieder in meine Ermittlungsunterlagen. Ich kann mich jedoch kaum konzentrieren. Nachdem mehr als eine halbe Stunde vergangen ist, wird mir klar, dass das vor allem daran liegt, dass sich der Ersatzschlüssel zu Jakes Haus, den er mir gegeben hat, immer noch in meiner Tasche befindet. Ich will ihn nicht mehr bei mir haben. Normalerweise schließt er seine Tür nicht ab, aber er hat darauf bestanden, dass ich den Schlüssel mitnehme und seine Tür hinter mir abschließe, sobald ich zur Hütte gehe. Ich schnappe mir auf einen Impuls hin meinen Mantel und mache mich auf den Weg zu meinem Auto. Wahrscheinlich ist er schon in der Bar. Ich werde kurz vorbeigehen, ihm seinen Schlüssel zurückgeben und in weniger als zwanzig Minuten zurück in der Hütte sein. Dann habe ich nichts mehr, was mich davon ablenken könnte, diesen Fall ein für alle Mal zu lösen und danach wieder zum Alltag überzugehen.

Es scheint, dass halb Feathered Nest ähnliche Pläne hat. Als ich ankomme, sind alle Parkplätze vor der Bar besetzt. Ich muss am hinteren Teil der Taverne vorfahren. Gerade bin ich ein Stückchen die Gasse hinuntergefahren, als ich zwei Gestalten hinter dem Gebäude bemerke. Ich bleibe stehen, sehe genauer hin und erkenne, dass es Jake und LaRoche sind. Sie stehen dicht beieinander und unterhalten sich angeregt, aber nicht laut genug, als dass ich sie hören könnte. Ihre Gesten werden zunehmend heftiger und wütender. Es sieht so aus, als würde Jake genau das tun, was ich ihn gebeten habe, nicht zu tun, und den Polizeichef mit dem konfrontieren, was ich weiß. Einen Augenblick später packt LaRoche Jake am Hemd und schleudert ihn gegen die Backsteinmauer der Bar. Er bringt sein Gesicht ganz nahe an Jakes Gesicht heran und raunt ihm etwas zu, dann dreht er sich um und stapft davon.

Jake tritt vor und kämmt sich wütend mit den Fingern durch die Haare, bevor auch er sich zum Gehen wendet, in die Bar zurückstapft und die Tür dabei wütend hinter sich zuschlägt. Ich lege den Rückwärtsgang ein und fahre aus der Gasse. Jetzt ist nicht der richtige Zeitpunkt, um Jake zur Rede zu stellen. Ich weiß nicht, was zwischen den beiden vorgefallen ist, und will nicht, dass Gerüchte unter den Stammgästen in der Bar die Runde machen. Je weniger Leute von meinem Verdacht wissen, desto besser. Ich werde warten, bis die Bar schließt, und dann mit ihm sprechen.

Zurück in der Hütte angekommen kann ich mich immer noch nicht konzentrieren. Ich kann mein Gehirn einfach nicht dazu bringen, sich zu beruhigen und sich auf das Wesentliche zu fokussieren. Schließlich mache ich es mir auf der Couch gemütlich und lasse einen alten Lieblingsfilm auf meinem Computer laufen. Den habe ich bestimmt schon hundertmal gesehen. Ich kann jede Zeile auswendig, was etwas unheimlich Beruhigendes an sich hat. Die Vorhersehbarkeit dieses Rituals nimmt mir jegliche Aufregung und erlaubt mir, in eine Art Tiefenentspannung zu verfallen. Meine Gedanken können so ungestört abschweifen und ich muss nicht das Gefühl haben, etwas zu verpassen, wenn ich merke, dass ich mal für einen Moment in Gedanken versunken war. Diese Technik habe ich mir vor langer Zeit angeeignet, als ich in einer Phase war, in der ich Schwierigkeiten hatte, meine Gedanken in den Griff zu bekommen. Parallel etwas Vertrautem folgen zu können, war oft genau das, was ich brauchte, um mich wieder auf die richtige Spur zu bringen.

Diesmal läuft es jedoch scheinbar anders. Das Nächste, was ich wahrnehme, ist, dass ich aufwache und die Hütte stockdunkel ist. Das einzige Licht, das ich angelassen hatte, bevor ich mich auf die Couch setzte, war die Küchenlampe. Sie spendet gerade genug Licht, damit ich mich im Raum umsehen kann. Mein Laptop ist längst in den Standby-Modus übergegangen. Es bringt mich aus dem Konzept, plötzlich aufzuwachen und keine Ahnung zu haben, wie spät es ist oder wie lange ich geschlafen habe. Als ich über das Mauspad meines Computers streiche, erwacht der Bildschirm zum Leben und zeigt mir an, dass es bereits spät am Abend ist. Mein Schlafmangel der letzten Tage hat mich wohl endgültig eingeholt. Ich bin schon seit mehreren Stunden weggetreten.

Schließlich steige ich von der Couch auf und dehne die Muskeln und Gelenke, die sich durch zu langes Verharren in derselben ungünstigen Position deutlich verspannt anfühlen. Meine Kehle ist trocken und meine Lippen fühlen sich klebrig an, weil mein Mund immer offen steht, wenn ich in einen tiefen Schlaf falle. Ich kann mich bei Bellamy dafür bedanken, dass ich das weiß. Ein besonders unschmeichelhaftes Bild, das am Kühlschrank unserer winzigen gemeinsamen Wohnung hing, war einst die Revanche dafür, dass ich im College mitten in eine heiße Nacht mit einem Typen gestürmt bin. Dieses Bild wird mir ewig im Gedächtnis bleiben, genauso wie ihr endloses Repertoire an peinlichen Geschichten.

Ich mache mich auf den Weg in die Küche, während sich meine Augen stark blinzelnd mit Mühe an das Licht gewöhnen. Dann gieße ich mir ein Glas Wasser ein und taste in meiner Tasche nach meinem Handy. Es ist nicht da. Ich gehe zurück ins Wohnzimmer und sehe es auf dem Beistelltisch liegen, wo ich es vergessen habe, als ich Jake den Schlüssel zurückgeben wollte. Eine Nachricht blinkt auf dem Display, die mir scheinbar vor Stunden schon geschickt wurde. Sie ist von Jake. Ich öffne sie und erwarte beinahe eine lange, weitschweifige Erklärung und eine Bitte um eine zweite Chance. Stattdessen steht da nur ein Satz.

„Es war Busch Gardens Tampa", lese ich flüsternd.

Ich rufe eine Suchmaschine auf und gebe den Namen des Vergnügungsparks ein. Er wurde Jahrzehnte früher eröffnet als Animal Kingdom, so dass Jake ihn durchaus mit seiner Familie hätte besuchen können, als er 7 Jahre alt war. Das afrikanische Thema des Parks lässt darauf schließen, dass seine Erinnerungen an die Elefanten wohl korrekt sind. Nur der Park war der falsche. Ich fühle mich sofort schuldig, weil ich ihn so angeschnauzt habe, ohne seine Unschuld auch nur ihn Erwägung zu ziehen. Ich gehe zurück ins Schlafzimmer, packe meine Tasche erneut und mache mich auf den Weg zu seinem Haus. Er sollte jetzt schon zu Hause sein und ich freue mich darauf, ihn zu überraschen.

Als ich jedoch am Haus vorfahre, ist es völlig dunkel. Sein Auto steht nicht in der Einfahrt. Es ist möglich, dass die Bar um diese Zeit noch auf hat, aber er sollte bald Feierabend machen. Ich beschließe, einfach drinnen auf ihn zu warten, lasse mich mit seinem Schlüssel ins Haus und stelle meine Tasche an der Tür zum Wohnzimmer ab. Dann knipse ich einige der Lichter an, um die Schatten zu vertreiben, und schalte den Fernseher ein, um die Stille mit etwas Ton zu füllen.

Zwei Wiederholungen einer Backwettbewerbssendung später ist Jake immer noch nicht zu Hause. Es war wohl schwieriger als sonst, die Gäste heute Abend hinaus in die Kälte zu jagen. Entweder das oder er musste ein paar Gäste nach Hause begleiten. Je nachdem, wie viele er in seinem Wagen unterbringen kann und ob er einen der Barkeeper überreden kann, ihm zu helfen, kann es wahrscheinlich einige Zeit in Anspruch nehmen, bis er alle sicher nach Hause gebracht hat. Er wird erschöpft sein, wenn er hier ankommt, und bestimmt ziemlich hungrig. Ich gehe in die Küche und durchsuche den Kühlschrank sowie die Schränke, um etwas zu finden, das ich für ihn kochen kann.

Als aus der Schüssel mit den leicht schrumpligen Äpfeln in der Ecke der Küchentheke ein Kuchen geworden ist und eine einfache Nudelsoße auf dem Herd köchelt, ist es schon so spät, dass ich nicht mehr verleugnen kann, dass ich mir Sorgen mache. Ich wische mir die Hände an einem Handtuch ab und greife mir mein Telefon, um Jake anzurufen. Er geht nicht ran. Als ich erneut anrufe, bleibt weiterhin eine Antwort aus. Ich sage mir, dass er wahrscheinlich gerade fährt und sich nicht von Anrufen ablenken lassen will, lege mein Telefon in Reichweite und mache mich wieder daran, den Backmarathon fortzusetzen. Zehn Minuten später klingelt mein Telefon.

Erleichterung durchströmt mich, als ich antworte.

„Jake?“

„Tut mir leid, dass ich deinen Anruf verpasst habe. Ich habe ein paar Leute nach Hause gebracht“, sagt er.

Seine Stimme ist vorsichtig, unsicher, was er von mir zu erwarten hat.

„Das habe ich mir schon gedacht. Kommst du bald nach Hause?“, frage ich.

Es gibt eine kleine Pause.

„Bist du bei mir zu Hause?“, fragt er.

„Ja. Zusammen mit einem Apfelkuchen und einem Topf Nudeln. Die solltest du auch unbedingt in dieser Reihenfolge essen“, antworte ich.

„Ich bin so froh, dass du da bist“, seufzt er.

„Ich auch. Es tut mir leid wegen vorhin. Ich wollte nur...“

„Ist schon vergessen. Der Apfelkuchen hat sein Werk getan.“

„Du hast ihn noch nicht einmal probiert“, lache ich.

„Das muss ich nicht. Ich weiß, dass er perfekt ist, weil du ihn gemacht hast. Und Apfelkuchen ist mein Lieblingskuchen, du hast also allein damit schon gepunktet.“

„Hast du Vanilleeis in der Kühltruhe der Bar?“, frage ich.

„Ich sehe nach. Es gibt noch eine Person, die auf eine Mitfahrgelegenheit wartet, und dann komme ich."

„Okay. Bis bald."

Ich fühle mich schon viel besser, als ich den Hörer auflege. Aber als die Minuten vergehen und die Scheinwerfer seines Pick-ups keine Anstalten machen, über die Wände zu schweifen, verblasst das zuversichtliche Gefühl. Ich versuche, die wiederkehrende Sorge zu verdrängen, indem ich aufstehe, um die Nudeln zu kochen, damit sie heiß und bereit für ihn sind, sobald er auftaucht. Als sie in das Sieb platschen und ich ein paar verirrte Nudeln aus dem Abfluss fische, ist die Sorge jedoch bereits wieder zurück. Drei unbeantwortete Anrufe später verwandeln sich die Sorgen in blanke Angst.

Die Konfrontation zwischen Jake und LaRoche, von der ich Zeuge geworden bin, kommt mir wieder in den Sinn. Mein Magen schnürt sich zusammen. Ich schnappe mir den Schlüssel und mein Handy, renne zu meinem Auto und fahre so schnell ich kann ins *Teddy's*. Ich hoffe, Autos und Lichter zu sehen, Leute, die versuchen, Jake zu überreden, sie auf einen letzten Drink reinzulassen. Jake, wie er draußen steht und versucht, einem betrunkenen Kunden zu seinem Wagen zu helfen, damit er ihn endlich nach Hause bringen kann.

Doch ich sehe nichts von alledem. Die Straße ist dunkel und leer, nur das Mondlicht beleuchtet den Bürgersteig vor der Tür. Ich lasse den Wagen achtlos stehen und laufe zur Tür. Sie sollte verschlossen sein. Jake lässt vielleicht gerne mal sein Haus unverschlossen, aber er schließt die Bar ab, bevor er nachts nach Hause geht. Die Tür gibt unter meiner Hand jedoch leicht nach. Ich öffne sie langsam. Drinnen ist es dunkel, nur das Licht des Ausgangsschildes ganz hinten durchbricht die Schwärze.

Ich nehme mir einen Moment Zeit, um mich zu orientieren und mir den Grundriss der Bar in Erinnerung zu rufen. Aus der Position der einzelnen Tische kann ich schließen, wo sich die Leiste mit den Lichtschaltern hinter der Bar befinden muss. Wenn ich an der Seite der Bar entlanggehe, kann ich hinübergreifen und die Position der Schalter ertasten. Ich benutze die Taschenlampe meines Handys, um genug Licht zu haben, nicht über meine Füße zu fallen, und bin sogleich an der Bar angelangt. Meine Hand berührt einen Schalter und rutscht darüber.

Über mir gehen die Lichter an. Abrupt presse ich meine andere Hand auf meinen Mund, um meinen erschrockenen Schrei zu dämpfen.

KAPITEL 28

Das Blut, das wie Öl auf meiner Hand schimmert, ist immer noch flüssig genug, um darauf schließen zu lassen, dass derjenige, der das Licht ausgeschaltet hat, die Blutspuren vor nicht allzu langer Zeit hinterlassen hat. Noch mehr Blut ist über die Theke verteilt und sammelt sich auf dem Boden dahinter in einer Lache. Der blutige Abdruck einer Hand, die die Küchentür zu umklammern schien, lässt mein Herz in meiner Brust pochen und meinen Magen rumoren. Ich sollte mich nicht weiter nähern. Schließlich weiß ich, dass das wahrscheinlich keine gute Idee ist. Jedes bisschen Training und Erfahrung, über das ich verfüge, sagt mir, dass ich zurücktreten und um Hilfe rufen soll, aber ich kann es nicht. Ich laufe zur Tür und drücke sie mit der Schulter auf, um keine Fingerabdrücke zu hinterlassen. Der Lichtschalter befindet sich an der Seite der Tür, aber ich berühre ihn nicht. Stattdessen nehme ich mein Handy wieder heraus und schicke den Lichtstrahl der integrierten LED-Lampe durch die Küche.

„Oh Gott."

Blutspritzer bahnen sich einen Weg über den Kachelboden bis zur Hintertür. Ein weiterer Handabdruck verunstaltet die Arbeitsplatte aus gebürstetem Metall und über den Boden verstreutes Silberbesteck lässt darauf schließen, dass Jake wohl versucht hat, auf der Suche nach Halt nach etwas zu greifen, und dabei ein Regal mit sauberem Geschirr heruntergerissen hat. Von dort aus, wo ich stehe, kann ich die Hintertür sehen, die teilweise offen steht, und den Ausblick auf einen Teil des geschotterten Parkplatzes freigibt. Vorsichtig gehe ich darauf zu und vermeide es, mit dem Blut oder irgendwelchen anderen Spuren in Berührung zu kommen. Dann lehne ich mich an den Türspalt heran und versuche, nach draußen zu spähen. Vor der Tür befindet sich eine kleine Blutlache sowie ein paar weitere Tropfen, die ein paar Meter weiter führen, aber dann nichts mehr. Er muss in ein Auto gezerrt worden sein, das direkt vor der Tür gewartet hat.

Ich renne zurück durch die Bar und nach draußen, schließe mich in meinem Auto ein und rase zur Polizeiwache. Esther sieht zu mir auf, als ich durch die Tür stürme, aber ich halte nicht einmal inne, um sie eines Blickes zu würdigen. Meine mit Jakes Blut beschmierte Hand an meiner Seite verborgen, reiße die Tür nach hinten auf und husche den Flur entlang. Die alternde Empfangsdame ist mir dicht auf den Fersen, aber sie kann nichts tun, um mich aufzuhalten. Ich bin bereits an LaRoches Tür.

„Er ist nicht hier", keucht Esther, als sie mich einholt. „Der Chief ist nicht da."

Ich rüttle an der Klinke seiner Bürotür, aber sie ist verschlossen. Mein Kiefer schmerzt vor Anspannung, während ich sie anstarre.

„Wo ist er?"

„Ich weiß es nicht. Er wurde vor ein paar Stunden angerufen und ist nicht zurückgekommen."

Kaum sind die Worte aus ihrem Mund, öffnet sich die Eingangstür und LaRoche betritt den Flur. Er trägt ein frisches, sauberes Hemd und fingert an seinem Ärmelknopf herum, als er auf uns zukommt. Ich dränge mich an Esther vorbei und stürme auf ihn zu. Die Heftigkeit meiner Annäherung zwingt ihn einen Schritt zurück.

„Ms. Monroe, was..."

„Was haben Sie mit ihm gemacht?", knurre ich mit zusammengebissenen Zähnen. „Was zum Teufel haben Sie ihm angetan?"

Sein Gesicht verfinstert sich.

„Wovon reden Sie? Was habe ich wem angetan?"

„Spielen Sie dieses Spiel nicht mit mir. Nicht schon wieder. Nicht jetzt. Sie wissen genau, von wem ich spreche." Er starrt mich weiterhin verwirrt an und ich hebe meine blutige Hand, um ihm mit ihr im Gesicht herumzufuchteln. „Hilft das Ihrem Gedächtnis auf die Sprünge?"

LaRoche ergreift mein Handgelenk und sieht Esther an.

„Danke. Ich kann ab hier übernehmen. Gehen Sie zurück an Ihren Schreibtisch", sagt er.

Sie scheint zu zögern, tut aber, was er verlangt. Sobald sie wieder durch die Tür ist, zieht mich der Chief in sein Büro. Er schließt die Tür auf und zerrt mich hinein. Ich entreiße ihm mein Handgelenk und baue mich in der Mitte des Raumes auf. Meine Muskeln schmerzen vor Sehnsucht, ihn in Stücke zu reißen, aber ich muss ihm die Fähigkeit zu sprechen lassen, wenn ich herausfinden will, was er mit Jake gemacht hat, und weiterhin eine Chance haben will, ihn zu finden. Es besteht die Möglichkeit, dass er noch am Leben ist.

„Wo ist Jake?", frage ich.

„Emma, Sie müssen mir sagen, was hier los ist", sagt LaRoche.

„Das Blut stammt aus Jakes Bar. Er ist weg und Sie wissen, wo er ist", sage ich mit hasserfülltem Blick.

„Blut?", fragt er. „Blut im *Teddy's*? Wie lange haben Sie nichts mehr von Jake gehört?"

„Drei Stunden", sage ich. „Esther sagte, Sie wären schon seit ein paar Stunden nicht mehr auf dem Revier gewesen. Ich hätte erwartet, Sie würden sich eine bessere Geschichte ausdenken, als einen ‚Anruf' bekommen zu haben."

LaRoche ignoriert mich und öffnet die Tür zu seinem Büro.

„Jeder verfügbare Officer hierher, sofort!", ruft er, als würde er eine Truppe von mehr als vier Personen anführen. Nicolas und ein weiterer Beamter erscheinen auf dem Flur. Ich streife den Blick des jungen Beamten einen Moment lang, bevor er sich dem Chief zuwendet. „Fahren Sie sofort ins *Teddy's*. Rufen Sie die Spurensicherung in Hinkley an. Und zwar sofort. Jake wird vermisst und Ms. Monroe sagt, sie habe Blut gefunden. Sofort! Los!"

Sie stürmen davon und er wendet sich wieder mir zu.

„Hinkley?", frage ich.

„Es ist die nächstgelegene Stadt mit einer gerichtsmedizinischen Abteilung. Sie müssen mir alles erzählen. Was genau haben Sie gesehen?"

Er sieht aufrichtig besorgt aus, aber ich nehme ihm das Theater nicht ab.

„Ich sollte ihn heute Abend bei ihm zu Hause treffen, aber er ist nicht aufgetaucht. Ich rief ihn an und er sagte, er habe noch eine Person, die eine Mitfahrgelegenheit von der Bar nach Hause braucht, dann würde er kommen. Aber es verging immer mehr Zeit und er kam nicht, also habe ich ihn gesucht", erkläre ich.

„Und Sie haben ihn nicht gefunden?", fragt LaRoche.

„Nein, aber ich fand die Bar unverschlossen und verdammt viel Blut."

„Kommen Sie", sagt er und geht aus dem Büro.

„Ich gehe nirgendwo hin mit Ihnen", schnauze ich ihn an.

„Doch, das tun Sie. Wir gehen zurück ins *Teddy's*. Sie sind jetzt offiziell Teil einer Entführungs- und möglichen Mordermittlung."

Ich folge ihm zum Auto und versuche, meinen Atem ruhig zu halten, während ich mich neben ihn setze. Meine Hand wandert hinunter zu meinem Handy in der Tasche, bereit, meine eigene Nummer anzurufen und in einer Sprachnachricht aufzuzeichnen, was auch immer im Auto passiert, falls es nötig sein sollte.

„Wie lange wollen Sie sich noch verstellen?", frage ich. „Wie lange wollen Sie diese Show noch abziehen und allen weismachen, Sie hätten keine Ahnung, was vor sich geht?"

Er antwortet mir nicht.

Als wir an der Bar ankommen, steigt er aus und geht mit ein paar langen Schritten hinein. Ich folge ihm eilig und sehe, wie Nicolas und der andere Beamte mit der Erfassung des Tatorts beginnen. Das forensische Team ist noch nicht eingetroffen, aber sie haben den Raum hell erleuchtet. Die zusätzliche Beleuchtung in Verbindung mit dem Nachlassen des unmittelbaren Schocks lässt mich noch mehr Blut im Raum wahrnehmen. Es ist in den Teppich eingedrungen und über die gesamte Bar verteilt. Feine Blutspritzer bedecken den Spiegel hinter den Getränken und größere Blutstropfen beginnen auf den Gläsern zu trocknen.

„Scheiße", murmelt LaRoche leise vor sich hin. „Das ist zu viel Blut. Das kann niemand überleben."

„Da sind Handabdrücke", weise ich darauf hin. „Einer auf der Tür zur Küche und einer auf dem Tresen. Er war noch am Leben, als er in die Küche ging."

„Aber nicht mehr lange", sagt der Chief. „Niemand kann so viel bluten und weitermachen. Nicht ohne sofortigen medizinischen Eingriff, eine Transfusion und ein Wunder. Ich bezweifle, dass ihm dort, wo er ist, irgendetwas davon zuteilwird."

„Was sollen wir tun, nachdem wir alles fotografiert haben?", fragt Nicolas.

Mir kommt eine Idee und ich eile durch den Raum in Richtung von Jakes Büro. LaRoche folgt mir dicht auf den Fersen.

„Was glauben Sie, was Sie hier tun? Dies ist ein Tatort. Sie sind hier schon genug herumgetrampelt. Sie können hier nicht einfach nach Belieben herumspazieren", grummelt er entnervt, während ich ins Büro stürme. „Was machen Sie da?"

„Am Telefon sagte mir Jake, dass er noch eine Person nach Hause bringen muss. Als ich das letzte Mal hier bei ihm war, sagte er mir, dass er sich akribisch Notizen über die Leute macht, die er nach Hause bringt, weil er nicht dafür verantwortlich gemacht werden will, wenn ihnen etwas zustößt. Also notiert er sich ihre Namen.". Eilig suche ich seine Schreibtischplatte ab und finde das Notizbuch. „Hier. Ich bin sicher, dass die meisten der Leute, die er nach Hause bringt, von seinen Notizen nichts wissen – wenn überhaupt irgendjemand davon weiß. Wahrscheinlich ist das auch gut so. Einige würden seine Hilfe vielleicht weniger bereitwillig entgegennehmen, wenn sie wüssten, dass es akribisch aufgezeichnet wird."

Ich bleibe stehen und starre auf die Seite mit den Notizen von heute Abend hinunter. LaRoche tritt neben mich und tut es mir gleich.

„Sie ist zerrissen", stellt er fest. „Die halbe Seite ist weg."

„Ich schätze, Sie wollten nicht, dass jemand Ihren Namen auf seiner Liste sieht", schnauze ich, schlage das Buch zu und werfe es auf den Schreibtisch.

„Sie müssen aufhören, in Rätseln zu sprechen", sagt er stirnrunzelnd.

„Ich spreche nicht in Rätseln. Ich sage es geradeheraus. Sie haben es getan. Sie haben Jake verletzt und ihn irgendwo versteckt, genau wie die anderen. Sagen Sie mir nur eines, war das von Anfang an Ihr Plan? Hatten Sie eine Art Checkliste, auf der sein Name auftauchte, oder war es eine spontane Tat, weil er etwas über Sie weiß?", frage ich.

Mein Herz klopft so stark in meiner Brust, dass ich Angst habe, es könnte mir die Rippen brechen. Schweißperlen stehen mir im Nacken und meine Handflächen brennen. So nah an LaRoche dran zu sein, macht mich krank, aber ich bezweifle, dass er mir etwas antun wird, solange die anderen Beamten da draußen stehen. Ich will nur, dass er etwas dazu sagt, irgendetwas.

„Verdammt nochmal, glauben Sie in allem Ernst, dass ich mit all dem etwas zu tun habe?", fragt er.

„Ich habe Sie und ihn vorhin in der Gasse streiten sehen! Ich weiß, dass er es Ihnen gesagt hat."

„Mir was gesagt hat?", fragt er.

„Dass ich weiß, was hier vor sich geht."

„Ich werde nicht hier stehen und mir diesen Wahnsinn anhören. Falls Sie es verpasst haben, wir haben hier einen weiteren mutmaßlichen Mord zu untersuchen."

Er geht aus dem Büro, aber ich kann ihn nicht vom Wickel lassen. Noch nicht.

„Wann setzt der Heldenkomplex ein?", schimpfe ich. „Wann werden Sie beschließen, dass Sie genug getötet haben und es an der Zeit ist, der Stadt eine wundersame Lösung sämtlicher Rätsel zu präsentieren, um offiziell den Thron des glorreichsten Chiefs einzunehmen, den diese Stadt je gesehen hat? Ruhm, Anerkennung. Im ganzen Land werden die Leute Ihren Namen kennen. Ziemlich verlockend, nicht wahr? Wann wird das passieren? Ist Jake der letzte?"

LaRoche knallt die Bürotür zu und tritt so nah an mich heran, dass ich seinen Atem auf meinem Gesicht spüre.

„Ich habe das nicht getan", knurrt er. „Ich habe nichts damit zu tun, was mit Jake passiert ist."

„So wie Sie mit den anderen nichts zu tun hatten? Mit Cristela?" Meine Gedanken überschlagen sich in meinem Kopf und ich stähle mich für die Konfrontation mit ihm. „Was ist mit dem Baby? War es der Auslöser oder war es nur ein Opfer der Umstände?"

„Woher wissen Sie von dem Baby?", schreit er.

Ein Lächeln umspielt meine Lippen. Ich habe ihn.

„Ich wusste es nicht. Danke für die Bestätigung."

KAPITEL 29

Die Tür öffnet sich, und Nicolas schaut zu uns herein.

„Chief? Ich glaube, das sollten Sie sich ansehen", sagt er.

LaRoche wendet seinen Blick nicht von mir ab.

„Bin schon unterwegs. Daniel soll Ms. Monroe zurück in ihre Hütte bringen und ihre Aussage aufnehmen."

Ich schüttele den Kopf. „Auf keinen Fall. Ich werde nirgendwo hingehen."

„Lassen Sie ihn sämtliche Details ihrer Beobachtungen bei ihrer Ankunft hier heute Abend protokollieren und ihre Hütte überwachen. Sie braucht ihre Ruhe und ich will sichergehen, dass niemand ein oder aus gehen kann."

Er hält mich gefangen. Er sperrt mich ein.

„Nein", beharre ich. „Ich werde meine Aussage hier machen. Ich brauche niemanden, der mich in meine Hütte begleitet."

„Das ist nicht mehr Ihre Entscheidung."

LaRoche stürmt aus dem Büro und Sekunden später erscheint der andere Beamte an der Tür. Er deutet mir an, vor ihm hinauszugehen, und mir wird ganz flau im Magen, als ich Folge leiste. In der Zeit, in der LaRoche und ich im Büro waren, ist das forensische Team aus der anderen Stadt eingetroffen. Sie huschen jetzt durch die Bar wie kleine Käfer, die über den Tatort krabbeln. Leute mit Masken machen Fotos und tupfen Blutspritzer ab. Eine Frau im Anzug in der Nähe der Tür murmelt in ein Aufnahmegerät in ihrer Hand. Ich fühle mich, als würde ich durch ein Fenster von außen in einen Moment meines Lebens blicken. Ich war schon oft auf dieser Seite, wenn Forensik-Teams den Tatort für einen meiner Fälle durchkämmten und Beweise sammelten.

Doch jetzt stehe ich auf der anderen Seite. Es ist persönlich. Jeder Tropfen Blut, den sie auftupfen, ist ein Stück von Jake. Jedes Foto, das sie machen, erfasst einen Ort, an dem er sich in einigen der womöglich letzten Momente seines Lebens aufgehalten hat. Ich möchte durch dieses imaginäre Fenster treten, das mich von der Szene zu trennen scheint. Dann könnte ich ihm womöglich helfen. Vielleicht könnte ich mehr sehen und verstehen, was passiert ist, wenn ich dieser Frau dabei helfen würde, die Bar auf den Kopf zu stellen, anstatt von dem Beamten, der mich überwachen soll, aus der Bar geführt zu werden.

Ich kann nicht mehr klar denken, als ich zur Hütte zurückkehre. Daniel besteht darauf, vor mir hineinzugehen und die Hütte zu überprüfen. Es ist zwecklos. Ich weiß das und kann mich des Eindrucks nicht erwehren, dass er es auch weiß. Derjenige, der dafür verantwortlich ist, kauert nicht in einer Ecke im Schlafzimmer oder versteckt sich in einem der Schränke und wartet, bis ich allein bin.

Als er mich endlich hereinlässt, gehe ich direkt in die Küche, um eine Kanne Tee zu kochen. Mein Körper scheint von innen heraus zu zittern, als ob meine Knochen nicht stark genug wären, um mir Halt zu geben. Wenige Minuten später sitze ich im Wohnzimmer, während der junge Beamte mich anstarrt und sich alles, was ich sage, akribisch notiert.

Ich beschreibe ihm, wie ich ins *Teddy's* gelaufen komme und die blutige Szene entdecke. Er lässt mich die Geschichte dreimal durchgehen, prüft die Zusammenhänge, stellt sicher, dass ich jedes Mal die gleichen Details erzähle und die gleichen Gefühle zeige. Er ist dabei überhaupt nicht subtil. Während einige reifere und erfahrenere Beamten dieselbe allgemeine Frage mehrmals stellen und dabei den Wortlaut leicht verändern oder die Konnotation modifizieren würden, um zu prüfen, ob meine Antwort abweicht, bittet Daniel mich einfach, alles noch einmal zu erzählen.

Als wir schließlich fertig sind, steht er auf.

„Ich bin draußen, wenn Sie etwas brauchen", verkündet er.

„Das müssen Sie wirklich nicht tun", sage ich. „Ich komme schon klar."

Daniel schüttelt den Kopf. „Chief LaRoche hat mich Ihnen zugeteilt. Er möchte, dass ich heute Nacht auf Sie und die Hütte aufpasse, und das werde ich auch tun. Der heutige Abend war alles andere als leicht für Sie und Sie sollten sich etwas ausruhen."

Er hört sich an, als würde er aus einer Broschüre vorlesen, aber ich kann es ihm nicht wirklich verübeln. Es gibt wenig, was einen auf eine solche Situation vorbereiten kann.

„Ich glaube nicht, dass ich dazu in der Lage sein werde", sage ich.

„Versuchen Sie es. Wenn Sie irgendetwas brauchen oder sich über etwas Sorgen machen, ich bin gleich hier draußen. Schließen Sie die Tür hinter mir ab."

Er geht davon und ich folge seinen Anweisungen. Als sich meine Hand vom Schloss löst, sehe ich die Schlieren von Jakes Blut. Ich zittere, als ich ins Bad gehe und meine Hand unter den Wasserhahn halte, um sie abzuwaschen. Das Wasser nimmt die getrockneten Flecken auf und erzeugt leuchtend rote Strudel, während es sie den Abfluss hinunterspült. In meinem Kopf sieht es genauso aus. Meine Gedanken kreisen um LaRoches Enthüllung. Cristela Jordan war schwanger, als sie starb. Oder zumindest dachte er das.

Aber das stand nicht im Autopsiebericht. Ich ziehe die Papiere heraus und sehe sie noch einmal durch. Die Notizen des Gerichtsmediziners besagen, dass die Leiche so stark verstümmelt war, dass er ihr keine ausreichenden Informationen entlocken konnte. Die untere Hälfte ihres Körpers war weitgehend intakt, als man sie fand, aber ihr Rumpf war zerquetscht und fast abgeschnitten, was ihre Organe zerstört hatte. Es hätte keine Möglichkeit gegeben, eine Schwangerschaft festzustellen, es sei denn, sie wäre bereits so weit fortgeschritten gewesen, dass der Fötus zu sehen gewesen wäre.

LaRoche schien jedoch von der Tatsache felsenfest überzeugt. Und die Art und Weise, wie er mich fragte, woher ich davon wüsste, sagt mir, dass ihm der Gedanke an eine gemeinsame Elternschaft mit einer Frau, zu der er sich nicht einmal öffentlich bekennen wollte, nicht besonders gefiel. Viel mehr Frauen, als man denkt, werden infolge einer unerwarteten, ungewollten Schwangerschaft umgebracht. Es wäre nicht abwegig, zu glauben, dass LaRoche sie deshalb beseitigen wollen würde, selbst wenn die geringste Möglichkeit bestünde, dass er sie einmal geliebt hat.

Im Verlauf der nächsten Stunden tigere ich unruhig durch die Hütte und werfe gelegentlich einen Blick aus dem Fenster auf Daniels Auto. Jedes Mal, wenn ich das tue, schaut er mich durch die Windschutzscheibe hindurch an. Er schläft nicht. Genauso wenig wie ich.

Kurz nachdem die Sonne aufgegangen ist, klingelt mein Telefon. Es ist der letzte Mensch, mit dem ich jetzt sprechen möchte, aber ich kann ihm nicht aus dem Weg gehen.

„Hallo?"

„Was zum Teufel ist hier los, Griffin?", fragt Creagan. „Ich schalte heute Morgen die Nachrichten ein, nur um zu erfahren, dass es einen weiteren Fall gibt, obwohl ich eine Agentin undercover geschickt habe, um diesem Serienmörder das Handwerk zu legen."

„Er wird vermisst", sage ich schnell und spüre das seltsam dringliche Bedürfnis, das der Welt gegenüber klarzustellen. „Es gibt keine Leiche."

„Aber Sie wissen, dass es Blut gegeben hat, schließlich haben Sie den Tatort entdeckt", sagt er. „Was ist zwischen Ihnen beiden vorgefallen?"

„Was meinen Sie damit?", frage ich.

„Alle sagen, dass Sie ein Paar waren. Ich habe Ihnen diesen Auftrag nicht gegeben, damit Sie die Leere in Ihrem Leben füllen können. Sie werden nicht dafür bezahlt, mit den Männern dieser Stadt auszugehen."

„Ich habe keine Leere in meinem Leben, Creagan. Jake und ich sind uns nähergekommen, seit ich hier bin, das gebe ich zu. Aber ohne ihn wüsste ich nicht einen Bruchteil von dem, was ich über diese Stadt und die Menschen in ihr weiß. Er hat es mir ermöglich, hier akzeptiert zu werden und Fuß zu fassen. Allein diese Tatsache hat es mir erlaubt, hier meine Arbeit zu machen", sage ich.

„Und jetzt ist er ein weiteres Opfer. Sie haben Ihre Arbeit eben gerade nicht gemacht. Ich hatte mir fast gedacht, dass Sie noch nicht bereit waren, wieder in den Einsatz zu gehen. Sie waren zu sehr abgelenkt, um zu tun, was Sie tun mussten, und das hat die Stadt ein weiteres Leben gekostet. Ich beende diese ganze Sache. Packen Sie zusammen. Sobald Ihnen die örtliche Polizei erlaubt, zu gehen, kommen Sie zurück."

Panik steigt in meiner Kehle auf.

„Nein", sage ich trotzig.

„Wie bitte? Was haben Sie gerade gesagt?"

„Ich sagte nein. Ich komme jetzt nicht zurück und Sie werden die Sache nicht beenden. Ich bin kurz davor, Ihnen genau das zu besorgen, was Sie wollen", sage ich.

„Das spielt keine Rolle. Sie hatten genug Zeit", wischt er meinen Einwand beiseite.

„Und Sie werden mir mehr davon geben", insistiere ich. „Hier geht es nicht mehr nur um die ursprünglichen Opfer. Das ist jetzt etwas Persönliches. Ich bin dabei, gemeinsam mit Eric an dem Fall zu arbeiten. Sobald ich weiß, dass wir eine ausreichende Beweisführung zusammenhaben, werde ich Sie hinzuziehen."

„Ich werde Sie nicht mehr auf eigene Faust arbeiten lassen", sagt Creagan. „Man kann schließlich sehr deutlich sehen, wohin es führt. Die Polizei hat ihre Ermittlungsarbeit vielleicht nicht ordentlich gemacht, aber wenigstens wurden keine neuen Leichen angehäuft."

„Noch zwei Tage", fordere ich mit zusammengebissenen Zähnen. „Geben Sie mir noch zwei Tage. Wenn ich dann nicht getan habe, weswegen ich hergekommen bin, komme ich zurück und Sie können den Fall so führen, wie Sie es für richtig halten. Aber im Moment gehört er mir. Ich habe hart dafür gearbeitet und jetzt ist jemand, der mir nahesteht, zum Opfer geworden. Ich werde das nicht einfach auf sich beruhen lassen."

Creagan zögert, lenkt aber schließlich ein.

„Zwei Tage, Griffin. Aber wenn Sie zurückkommen und ich das Chaos beseitigen muss, das Sie hinterlassen haben, gehört Ihre Marke mir."

Der Anruf endet und eine kalte, stählerne Entschlossenheit durchströmt mich. Ich dusche eilig unter einem Schwall dampfend heißen Wassers, um wach zu werden und einen klaren Kopf zu bekommen, dann ziehe ich mich an und verlasse die Hütte. Daniel öffnet die Tür, steht auf und zieht sich eine Decke um den Körper.

„Die Nacht ist vorbei. Sie brauchen mich nicht weiter zu überwachen", sage ich.

„Der Chief hat mir keine neuen Anweisungen gegeben", sagt er.

„Das übernehme ich für ihn. Sie können jetzt nach Hause gehen. Ich bin sicher, Ihre Schicht ist schon lange vorbei."

Er sieht mir dabei zu, wie ich zu meinem Auto gehe und kommt ein paar Schritte näher.

„Sie dürfen nicht gehen", sagt er. „LaRoche hat klar gesagt, dass hier niemand ein oder aus gehen darf."

„Das können Sie dann mit ihm besprechen. Ich bin sicher, dass er dort sein wird, wohin ich unterwegs bin", antworte ich.

Ich schließe meine Tür auf, steige in mein Auto und fahre in Richtung des *Teddy's*. Daniel folgt dicht hinter mir und ich kann sehen, wie er in sein Funkgerät spricht, zweifellos um LaRoche mitzuteilen, dass ich die Hütte verlassen habe und in meinem Auto unterwegs bin. Das spielt keine Rolle. Immerhin hält er mich nicht mehr fest. Ich habe

Antworten auf einige meiner Fragen bekommen und diese Antworten haben nur noch mehr Fragen aufgeworfen. Mein Countdown läuft und ich bin nicht bereit, meine Marke für jemanden wie diesen Mann aufzugeben.

Das vor der Bar drapierte Polizeiband schreckt mich nicht ab. Ich ducke mich darunter hindurch und husche an dem Beamten, der mich aufhalten will, vorbei in die Bar. LaRoche steht dicht bei einem Mann im Anzug neben der Bar und schaut auf, als ich hereinkomme. Er entschuldigt sich und kommt auf mich zugelaufen, mit einem Gesichtsausdruck, der verrät, dass er die Geduld mit mir verliert.

„Sie sollten in Ihrer Hütte sein", knurrt er. „Dafür hätte Daniel eigentlich sorgen sollen."

„Das hat er. Er hat mich die ganze Nacht dort festgehalten. Aber jetzt ist es Morgen und ich weigere mich, dort zu bleiben. Ich will mehr über Cristela Jordan erfahren."

LaRoche schaut sich fast panisch um und lehnt sich dann näher heran.

„Jemand wird Sie noch hören", zischt er.

„Haben Sie sich auch damals darüber Sorgen gemacht?", frage ich. „Sie wollten nicht, dass jemand von Ihnen beiden erfährt?"

„Kommen Sie mit", sagt er und führt mich wieder in Jakes Büro. Er schließt die Tür und richtet seinen Blick unverwandt auf mich. „Ich weiß nicht, was mit Ihnen los ist, aber Sie müssen endlich diesen hanebüchenen Gedanken aufgeben, dass ich irgendetwas mit Jakes Verschwinden, Cristelas Tod oder einem der anderen Fälle zu tun habe."

„Im Autopsiebericht steht nicht, dass sie schwanger war", bemerke ich. „Sind Sie dafür verantwortlich? Haben Sie, als Sie sie gefesselt haben, dafür gesorgt, sich sämtlicher Hinweise auf das Baby zu entledigen, damit niemand es herausfindet und möglicherweise einen Test macht? Sie hatten wohl Angst, man würde herausfinden, dass Sie der Vater des Babys waren."

„Gefesselt?", fragt er. „Was reden Sie da? Man hat Cristelas Leiche bei den Bahngleisen gefunden. Sie war nicht gefesselt."

„Sie hatte Abdrücke und einen blauen Striemen um den Hals, der von einer Fessel herrührte. Wie von einer Art Hundehalsband. Zufälligerweise fand ich eines, das an einen Baum gebunden war, nicht weit von dem Ort, an dem sie gefunden wurde. Kurze Zeit später war es verschwunden. Ich habe gehört, Sie haben einen Hund, mit dem Sie gerne in den Wäldern spazieren gehen."

„Ich habe einen Hund, mit dem ich gerne in den Wäldern *spazieren* gehe. Nicht einen, den ich dort gerne anbinde. Warum sollte ich meinen Hund mit einem Halsband an einen Baum binden? Ich weiß nicht, was Sie zu wissen glauben, aber das ist alles sehr weit hergeholt. Cristela dachte, sie sei schwanger. Sie sagte es mir erst ein paar Tage vor ihrem Tod. Wir hatten noch nicht einmal die Gelegenheit, darüber zu reden. Keiner von uns hat damit gerechnet, aber ich bin kein Teenager. Ich habe keine Angst davor, Verantwortung zu übernehmen."

„Aber Sie haben Angst davor, dass die Leute wissen, mit wem Sie schlafen."

„Es gibt einen großen Unterschied zwischen Angst und dem Bestreben, zu verhindern, dass mein Privatleben in der ganzen Stadt breitgetreten wird. Ich habe nicht vor, eine feste Partnerschaft einzugehen. Zumindest zur Zeit nicht. Also habe ich hin und wieder etwas mit ein paar Mädchen nebenbei laufen. Das macht mich vielleicht nicht zum solidesten Mann der Welt, aber es macht mich auch nicht zum Mörder. Ich hätte Cristela nie etwas angetan. Und ich habe nichts mit Jakes Verschwinden zu tun."

„Und wie soll ich das glauben?", frage ich.

„Weil ich gestern Abend mit Andrea zusammen war. Sie können sie anrufen, wenn Sie wollen. Sie ist noch im Hotel."

KAPITEL 30

Ich habe fast den Eindruck, als wären mit einem Mal alle Worte und Gedanken für einen Augenblick aus mir herausgerissen worden. Ich blinzle, schüttle verdutzt den Kopf und versuche, mich wieder zurück in den Moment zu begeben.

„Wie bitte?", frage ich.

„Ganz genau. Na los, rufen Sie sie an. Ich bin sicher, Sie kennen die Nummer des Hotels inzwischen. Wenn nicht, ist sie in meinem Handy. Ich gebe sie Ihnen gerne. Wir waren in Zimmer 212. Sie hat gestern eingecheckt und wollte heute Morgen auschecken. Aber das könnte sich wegen all diesen Vorgängen hier schnell ändern."

„Sie waren mit ihr zusammen?"

„Ja."

„Den ganzen Abend über?", frage ich.

„Seit dem Nachmittag. Ich kam lange genug auf die Wache zurück, um ein paar Papiere auszufüllen. Esther geht wahrscheinlich davon aus, dass ich länger hier war, aber wenn Sie sich meinen Computer ansehen, werden Sie sehen, wann ich mich an- und abgemeldet habe."

„Ich habe Sie hier an der Bar gesehen", sage ich.

„Ja. Nachdem ich das Revier verlassen hatte, kam ich hier vorbei, bevor ich ins Hotel zurückging. Ich musste mit Jake darüber sprechen, was er Ihnen erzählt hat."

„Was er mir erzählt hat?", frage ich verwirrt.

LaRoche kneift die Augen zusammen und legt den Kopf leicht schief. „Wollen Sie damit sagen, es war nicht er, der Ihnen von Andrea und Cristela erzählt hat?"

„Jake wusste es?", frage ich, erschrocken über die Enthüllung.

„Natürlich wusste er es. Er hat mir sogar geholfen. Als Cristela in die Stadt kam, brachte Jake sie ins Hotel. Er sorgte dafür, dass es so aussah, als würde er sie nach Hause fahren. Sie verließen dann die Bar und er brachte sie ans Hotel. Wenn Sie in seinen Notizen nachsehen, werden Sie sicher ihren Namen finden."

„Sie hat einige Tage vor ihrem Tod im Hotel eingecheckt und es gibt keine Check-Out-Unterschrift", sage ich ihm.

„Das liegt daran, dass ich uns ausgecheckt habe. Ich habe im Hotel auf sie gewartet. Sie sollte genau das tun, was sie immer tat. Ins *Teddy's* gehen, ein paar Stunden dort verbringen und sich dann von Jake zu mir bringen lassen. Aber sie ist nicht aufgetaucht."

„Im Hotel?", frage ich.

„Im *Teddy's*. Sie verließ das Hotel, um zu ihrem Haus zurückzukehren, weil sie dachte, sie hätte etwas vergessen. Jake rief mich Stunden später an, um mir zu sagen, dass sie danach nie in der Bar ankam. Daraufhin warf ich den Hotelschlüssel in das Schließfach neben der Rezeption, nahm ihre Sachen mit und ging. Ich nahm an, dass Cristelas Freund Wind von der Sache bekommen hatte und ich innerhalb von ein oder zwei Tagen von ihr hören würde. Das ist schon einmal passiert. Doch dann habe ich nichts mehr von ihr gehört. Und anschließend..."

„... wurde ihre Leiche gefunden", beende ich seinen Satz. Er nickt. „Und als das geschah, haben Sie es nicht für nötig befunden, zu erwähnen, dass Sie bei ihr waren? Dass Sie ihre Habseligkeiten an sich genommen haben und sie an diesem Abend eigentlich sehen sollten?"

„Das war ein Fehler. Das weiß ich. Aber ich wusste nicht, wie ich sonst damit umgehen sollte", sagt er.

„Wenn Sie eine zu große Sache daraus gemacht hätten, wäre es wohl schwieriger geworden, Ihre Beziehung zu Andrea aufrechtzuerhalten", schlussfolgere ich. „Sie würden wahrscheinlich nicht wollen, dass Andrea vom mysteriösen Ableben Ihrer letzten Affäre erfährt."

„Meine Beziehung zu Andrea war nicht geplant. Aber ich sollte mich dafür nicht rechtfertigen müssen. Ich habe Ihnen bereits gesagt, dass meine Beziehung mit Cristela nichts Festes war. Wir hatten Spaß miteinander, im gegenseitigen Einvernehmen. Das heißt nicht, dass ich mich nicht um ihr Wohlbefinden sorgte, aber es gab keine Verpflichtungen."

Ich bekomme eine Gänsehaut, wenn ich ihm zuhöre. Er ekelt mich nun noch mehr an als vorher.

„Eine Kleinstadt wird von verschwundenen Personen und Morden geplagt und die Polizei scheint nicht in der Lage zu sein, die Sache aufzuklären oder zu beenden. Dann stellt sich heraus, dass eines der Opfer den Polizeichef gevögelt hat. Meinen Sie nicht, dass diese Situation ein wenig mehr Diskretion erfordert hätte, als sich in einem Hotel ein paar Städte weiter mit Ihrer nächsten Flamme zu vergnügen?", frage ich.

„Ich weiß, dass das nicht gut aussieht. Deshalb habe ich auch nichts gesagt. Es hätte meine gesamte Karriere gefährden können."

„Ich bin mir nicht sicher, ob es wirklich notwendig war, sich solche Sorgen darüber zu machen. Bei ihrem korrupten Vater war es ja auch nicht gerade so, als hätte er irgendwelche Konsequenzen für sein Verhalten tragen müssen."

„Wie bitte?", fragt er und seine Stimme senkt sich bedrohlich. „Was haben Sie gerade über meinen Vater gesagt?"

„Jake erzählte mir von den Problemen, die sein Vater mit Cole Barnes und dem Rest der Stadt hatte. Er sagte, er habe immer großen Wert auf Ehrlichkeit in seinen Geschäften gelegt und das hätte einige Leute, unter anderem Ihren Vater, sehr verärgert."

„John Logan war vieles, aber ganz bestimmt kein ehrlicher Geschäftsmann. Ich weiß nicht, was zwischen ihm und Barnes vorgefallen ist, aber es hatte nichts damit zu tun, dass Barnes jemanden betrogen oder mein Vater etwas vertuscht hätte", sagt er.

„Ich verstehe das nicht", sage ich stirnrunzelnd.

LaRoche schaut mich direkt an.

„Manchmal erzählen Menschen nette Geschichten, um die Realitäten in ihrem Leben ein wenig zu beschönigen. Für Jake ist es einfacher, sich einzureden, dass der Rest der Stadt einen Groll gegen seinen Vater hegte, weil der angeblich so aufrichtig war. Aber ich kann Ihnen eines versichern: Als es Fragen darüber gab, wie Jakes Vater gestorben ist, war es schwer, jemanden zu finden, der keine Lust gehabt hätte, ihn ins Jenseits zu befördern. Jetzt ist wohl auch Jake etwas zugestoßen und ich werde herausfinden müssen, ob die beiden Vorfälle etwas miteinander zu tun haben."

„Wie kommen Sie darauf?“, frage ich.

„Sie waren doch diejenige, die Cole Barnes darauf hingewiesen hat, dass er nicht kräftig genug gewesen wäre, die Knochen allein auf sein Grundstück zu schleppen. Mir fällt es schwer, zu glauben, dass jemand so etwas nur zur Show macht“, erklärt LaRoche.

„Wer wusste noch, dass Jakes Vater Barnes beim Bau des Schuppens geholfen hat?“, frage ich.

„Welcher Schuppen?“, fragt er.

„Der, in dem die Knochen gefunden wurden.“

„Woher wissen Sie, dass die Knochen in dem Schuppen gefunden wurden? Das wurde der Öffentlichkeit nicht mitgeteilt.“

Das macht mich etwas stutzig.

„Wir müssen es am Tatort gehört haben, als Jake dort angestürmt kam.“

„Wahrscheinlich. Diese Ermittler sind nicht gerade dafür bekannt, diskret zu sein. Ich wäre Ihnen dankbar, wenn Sie das nicht weitergeben würden. Wir halten diese Information absichtlich aus den Medien heraus. Und jetzt müssen Sie verschwinden.“

„Ich sage Ihnen gleich, dass es keinen Sinn hat, einen weiteren Beamten vor der Hütte zu positionieren. Die werden mich nicht aufhalten“, sage ich.

„Nein, Emma. Nicht von hier verschwinden. Ich meinte, Sie müssen aus Feathered Nest verschwinden.“

„Wie bitte?“

„Die Gefahr, von der wir alle hofften, dass sie vorüber ist, ist offensichtlich wieder akut. Bis wir herausfinden, wer für das Verschwinden und die Morde verantwortlich ist, ist jeder in dieser Stadt in Gefahr. Ich stehe schon genug unter Druck, um die Menschen in der Stadt zu beschützen, die all das hier durchstehen müssen. Ich kann nicht auch noch für Sie verantwortlich sein. Besonders, wenn man bedenkt, wie nahe Sie und Jake sich gekommen sind. Sie agieren zu unberechenbar und emotional in dieser Sache. Sie kommen uns nur in die Quere“, sagt er.

„Es ist mir egal, für wie *emotional* Sie mich halten. Ich gehe nirgendwohin und es gibt nichts, was Sie tun könnten, um mich dazu zu zwingen. Wenn Sie von Anfang an Ihren Job gemacht hätten, wäre das alles nicht passiert. Ich werde nirgendwohin gehen, bevor Jake gefunden ist.“

Ich reiße die Tür zum Büro auf, aber LaRoche tritt dicht an den Türspalt heran und versperrt mir den Weg.

„Halten Sie sich da raus, Emma. Sie haben keine Ahnung, worauf Sie sich hier einlassen“, warnt er.

„Und Sie haben keine Ahnung, mit wem Sie hier reden", schnauze ich und dränge mich an ihm vorbei ins Freie.

In den nächsten drei Stunden fahre ich ziellos in Feathered Nest herum. Zwar habe ich keine Ahnung, wonach ich genau suche, aber ich warte darauf, dass mir etwas, irgendetwas auffällt. LaRoche hat sein Bestes getan, um meinen Verdacht zu zerstreuen, aber ich traue ihm immer noch nicht. Es war noch nie eine gute Idee, das Wort von unmoralischen, hinterhältigen, verlogenen und manipulativen Frauenhelden für bare Münze zu nehmen.

Einiges von dem, was er gesagt hat, hat in meinem Hirn ein regelrechtes Räderwerk in Gang gesetzt. Egal, wie tief ich in die Welt von Feathered Nest vordringe, es scheint immer noch eine weitere, unerwartete Schicht darunter zu liegen. Fast automatisch halte ich vor dem Friedhof an. Ich kann mich nicht einmal daran erinnern, bewusst hierhergefahren zu sein. Meine Gedanken waren überall, nur nicht im Hier und Jetzt, und meine Hände scheinen auf Autopilot gesteuert zu haben. Ich steige aus und gehe durch das übergroße Tor zurück zu den Grabsteinen, die mir vertraut sind. Die Namen und Inschriften bilden sich vor meinem inneren Auge, noch bevor ich die Grabsteine erreiche. Ich weiß, dass ich nur noch wenige Schritte von John Logans leerer Ruhestätte entfernt bin.

Seitlich dahinter liegt das Grab von Melanie. Sie war nur kurzzeitig Jakes Frau, aber ein Leben lang seine große Liebe gewesen. Ich schaue mir die umliegenden Gräber an. Bei den vorigen Besuchen auf dem Friedhof habe ich ihnen nicht viel Aufmerksamkeit geschenkt, doch jetzt fällt mir etwas Seltsames an ihnen auf. Keines der übrigen Gräber trägt den Namen Logan. Ich mache einige Schritte von Melanies Grab weg und schreite das Gelände zu beiden Seiten ab, finde aber keine anderen Steine, die auf ein Mitglied von Jakes Familie hindeuten. Plötzlich fällt mir ein, dass er eine Art Familienmausoleum erwähnt hat, in dem seine Großmutter begraben wurde. Ich nehme an, das bedeutet, dass auch der Rest seiner Familie dort liegt. Aber wenn das der Fall ist, warum sind John und Melanie dann hier draußen begraben?

Über mir beginnen Regenwolken heranzuziehen, die ich gar nicht bemerkt hatte, und die ersten Tropfen eines kalten Wintersturms fallen auf mich herab. Als sie so durch meine Kleidung sickern und über meine Haut rinnen, erinnert mich der Moment an das erste Mal, als ich mit Jake hierherkam. Ich stand zitternd unter dem Regenschirm, während sich der Regen mit den Tränen mischte, die über sein Gesicht und in die Überreste des zerstörten Grabes seines Vaters fielen.

Der Regen wird immer stärker, also eile ich zurück zu meinem Auto. Ich weiß nicht mehr, was ich mit dem Schirm nach diesem Tag gemacht habe. Wahrscheinlich habe ich ihn zurück in Jakes Auto geworfen. Ich sehe mich in meinem Auto um, finde aber nichts, was den Regen abhalten könnte, also verzichte ich auf eine weitere Erkundung des Friedhofs und fahre zurück zur Hütte. Dort angekommen, klingelt mein Telefon.

„Hallo Eric", sage ich.

„Ich habe gehört, was passiert ist. Bist du okay?", fragt er.

„Nein", antworte ich. „Ist irgendjemand jemals wirklich okay, wenn er das gefragt wird?"

„Wahrscheinlich nicht", gibt er zu.

„Was hat Creagan dir erzählt?"

„Dass der Typ, den du gedatet hast, ermordet wurde und du zwei Tage Zeit hast, bevor wir für dich übernehmen müssen."

„Scheiße", brumme ich, stütze mein Gesicht in die Hand und reibe mir meine Augen, die sich vor Erschöpfung wund anfühlen.

„Was hast du jetzt vor?", fragt er.

„Ich werde die nächsten zwei Tage damit verbringen, das zu beenden, was ich angefangen habe. Ich kann ihn nicht einfach gewinnen lassen."

„Creagan?"

„Creagan. LaRoche. Wen auch immer", murmle ich.

„Du klingst müde", sagt Eric.

„Ich habe letzte Nacht nicht geschlafen."

„Du musst dich etwas ausruhen."

„Ich kann nicht. Ich habe keine Zeit dafür."

„Wenn man nicht fit genug ist, um zu verarbeiten, was man herausgefunden hat, bedeutet Zeit einen Scheißdreck. Du musst etwas schlafen. Wickel dich in eine dieser wunderbaren Steppdecken ein, von denen du mir ständig erzählt hast, als du dort ankamst, und ruh dich ein paar Stunden aus."

Gerade, als ich Anstalten machen will, ihm zu antworten, geht das Licht um mich herum aus. Die Heizung stößt ein klagendes Röcheln aus und verstummt. Unwillkürlich entfährt mir ein verärgerter Schrei und ich drücke meine Hand auf meine Brust, um meinen Herzschlag zu beruhigen.

„Verdammt", seufze ich.

„Was ist los?", fragt Eric.

„Der Strom ist gerade ausgefallen. Eine lustige Angewohnheit dieses Ortes, wenn es regnet oder der Wind auffrischt. Bleib dran, ich nehme dich eben mit, um ihn wieder anzuschalten."

Ich gehe durch das Haus in den hinteren Flur. Da Eric in der Leitung ist, kann ich die Taschenlampenfunktion nicht benutzen und muss mich auf das wenige Licht verlassen, das vom Display abstrahlt. Ich gehe durch die Waschküche und die zwei Stufen hinunter ins Badezimmer, öffne den Schrank und suche nach dem Sicherungskasten. Als ich ihn endlich finde, lege ich den Schalter um und das Licht geht wieder an.

„Hast du es hinbekommen?", fragt Eric als Reaktion auf meinen Seufzer.

„Ja. Das geht mir so auf die Eierstöcke. Derjenige, der dieses Haus gebaut hat, muss sich mit der Positionierung des Sicherungskastens einen Scherz erlaubt haben."

Ich halte am Trockner an und öffne ihn, um die frische Ladung Wäsche herauszuholen. Obenauf liegt die besagte Steppdecke. Ich mache mir nicht die Mühe, sie zu falten, denn ich weiß, dass ich sie wahrscheinlich bald benutzen werde. Als Nächstes folgt ein Knäuel T-Shirts und Pyjamas, bis ich schließlich auf meine Hose stoße.

„Hat dich wenigstens jemand durch das Haus geführt, als du dort angekommen bist, und dir gezeigt, wo sich alles befindet?", fragt Eric.

Ich drehe meine Hose um, um die Aufschläge zu richten. Als ich sie umlege, bemerke ich lose Fäden. Ich folge ihnen stirnrunzelnd bis zu einem kleinen Loch im Stoff an der Rückseite eines Beins.

„Nein", sage ich. „Ich musste es selbst herausfinden."

„Klingt nach Spaß", sagt Eric sarkastisch.

Ich nicke nachdenklich, ungeachtet der Tatsache, dass er mich nicht sehen kann. Mir schwirrt plötzlich der Kopf und meine Lippen beginnen zu kribbeln. Ich greife in den Korb und ziehe die ungefaltete Steppdecke heraus. Meine Hand fährt über den Stoff, jedes seiner unregelmäßigen Teile ist einzigartig, Muster um Muster, Farbe um Farbe.

„Eric?"

„Ja?"

„Ich brauche die zwei Tage nicht. Fang an, das Team auf den Einsatz vorzubereiten."

„Warum? Was ist los?"

Ich schlüpfe wieder in meine Stiefel und werfe mir meinen Mantel über.

„Tu, was ich dir sage. Du musst mir einfach vertrauen."

KAPITEL 31

Manchmal erzählen Menschen nette Geschichten, um die Realitäten in ihrem Leben ein wenig zu beschönigen.

Ich trete auf die Veranda, gehe zum Geländer hinüber und halte mich mit einer Hand an einer der Stützen fest, um auf das Geländer zu klettern und das Dach erreichen zu können. Meine Fingerspitzen fahren über die braune Farbe und fühlen die rauen Stellen, an denen jemand tiefe Löcher zugestopft hat. Löcher, die groß genug sind für die Art von Haken, an denen man Veranda-Schaukeln aufhängt.

Wir verbrachten den ganzen Nachmittag damit, in ihrem Garten nach Eiern zu suchen, die sie dort versteckt hatte.

Ich gehe zurück in die Hütte und mache mich auf den Weg zur Hintertür. Wie die Decke der Veranda hat auch die Tür viele Anstriche erhalten, um sie aufzufrischen und einige der Abnutzungserscheinungen zu beseitigen. Aber das Olivgrün hat wenig dazu beigetragen, die tiefen Kratzer an der Seite der Tür unter dem Türknauf zu verbergen. Sie sind lang und in gleichmäßigen Abständen über das Holz verteilt.

Das ist Mocha. Sie war besessen von diesem Hund. Mein Vater fand ihn als Welpen im Wald. Er war nie besonders daran interessiert, ein Schoßhund zu werden.

Ich öffne die Tür und trete in den Hinterhof hinaus. Der Regen hat nachgelassen, aber ich ziehe dennoch die Kapuze meines Mantels hoch, um mich warm zu halten. Eilig trete ich an den Rand des Gartens und schiebe die Zweige der Büsche beiseite, um den runden, braunen Fleck aus verfilztem Unkraut zu sehen, dort, wo einst ein Vogelbad stand. Ich schaue zurück zum Haus. Vor meinem inneren Auge sehe ich eine Frau in einem geblümten Kleid auf der Treppe stehen.

Dieses Kleid war ihr Lieblingskleid.

Im Laufe der Jahre war das Kleid wohl verblasst und hat angefangen, abgenutzt auszusehen. Das Blumenmuster hat wahrscheinlich nach und nach gedämpftere Farben angenommen, während die Fasern sich lockerten und mit jedem Waschgang und jedem Tragen schwächer wurden. Aber das hatte den Stoff perfekt auf den Tag vorbereitet, an dem sie ihn zerschnitt und in ihre Tasche stopfte, um daraus einen Quilt zu nähen.

Ich denke an die Steppdecke im Wäschekorb und an die eingerissene Hose daneben. An meinen Fingerspitzen spüre ich noch immer die scharfe Metallkante unter dem Sitz, die sich damals in meiner Hose verfangen hat. Dieses Metallstück könnte bei jemandem, der vom Beifahrersitz gezogen wird, schwere Verletzungen an der Rückseite des Beins verursachen.

Ein paar schöne Erinnerungen an alte Geschichten sind besser, als jemanden um sich zu haben, der nicht daran interessiert ist, neue Erinnerungen zu schaffen.

Ich laufe in den Wald, direkt auf den Pfad zu, der zu den Bahngleisen führt.

Wie viel von seinen Geschichten war real? Wie viel war Fantasie?

Das sind alles keine Zufälle. Die Hütte kam ihm nicht nur bekannt vor oder klang nach den Geschichten, die Jake erzählte. Es war die Hütte seiner Großmutter. Es war der Ort, an dem er sich als Kind versteckte und Trost fand. Der Wald, in dem er mit seinen Geschwistern spielte.

Aber war er das wirklich? Es gibt keine Gräber, keine Hinweise auf seine Familie. Niemand hat seine Familie erwähnt, nur seinen Vater. Was von alledem ist real und was hat er erschaffen?

Mir schwirrt der Kopf, als ich mich auf den Weg mache. Ich weiß selbst, wie es ist, wenn ich meinem eigenen Verstand nicht trauen kann, und weiß, dass ich mich nicht auf vermeintliche Erinnerungen verlassen kann. Für jede Theorie darüber, was mit meiner Mutter geschah oder wohin mein Vater verschwunden sein könnte, gab es eine andere, die der ersten widersprach, und eine dritte, die die zweite korrigierte. Manchmal konnte ich nicht mehr zwischen Realität und Fiktion unterscheiden. Könnte das auch bei Jake der Fall sein? Weiß er, was er in seinem Kopf erschaffen hat? Er hat sich anscheinend so sehr von diesem Leben überzeugt, von dem er mir erzählt hat, dass er wutentbrannt auf Cole Barnes losgeht und droht, ihn mit bloßen Händen in Stücke zu reißen. Und das alles nur basierend auf den Märchen, die er sich selbst über seinen Vater erzählt.

Hatten diese Fantasien womöglich über Umwege dazu geführt, dass er zum Ziel eines Mörders wurde? Was hat er fingiert, falsch wiedergegeben oder aufgedeckt, das es notwendig machte, ihn zum Schweigen zu bringen? Welche Art von Geschichte würde so etwas zur Folge haben? Wenn ich das herausfinden kann, werde ich womöglich in der Lage sein, ihn und die anderen zu finden. Vielleicht muss dann niemand mehr sterben.

Anstatt den Weg zu den Bahngleisen zu nehmen, gehe ich in die Richtung, in die ich zuvor noch nicht gegangen bin. Der Pfad schlängelt sich tief in den Wald hinein und wird immer schmaler und verwahrloster, je weiter ich vordringe. Er scheint kilometerlang zu sein, führt jedoch nirgendwo hin. Er ist kurvenreich und kreuzt sich gelegentlich sogar selbst, bevor er wieder in eine neue Richtung führt. Ich möchte beinahe aufgeben, aber bringe es nicht übers Herz. Nun, wo ich schon so weit gekommen bin, muss ich einfach wissen, was sich am anderen Ende des Pfades befindet. Endlich lichten sich die dichten Bäume vor mir und ich kann etwas sehen, das wie eine Lichtung aussieht. Als ich das Ende des Weges erreiche, habe ich sofort das Gefühl, in der Zeit zurückgereist zu sein.

Das Haus vor mir ist mit nichts zu vergleichen, was ich je im realen Leben zu Gesicht bekommen hätte. Es sieht vernachlässigt und baufällig aus, aber durch die Fäulnis und Verwitterung hindurch kann ich sehen, was für ein hübsches, uriges Haus es einmal gewesen sein muss. Ich weiß nicht, wie lange es schon hier steht, aber es sieht aus, als hätte es schon einige Jahrhunderte hinter sich. In der unmittelbaren Umgebung finden sich ähnlich antike Überbleibsel aus einer anderen Zeit. Eine unbrauchbare, verrostete Pumpe steht am Rande eines Brunnens. Ein Trog, der einst mit Futter für irgendwelche Tiere gefüllt gewesen sein muss, ist jetzt schmutzverkrustet und mit herabgefallenen Blättern bedeckt.

Ich nehme mein Handy heraus und wähle die Nummer von LaRoche.

„Haben Sie ihn gefunden?“, frage ich.

„Haben Sie Feathered Nest verlassen?“, fragt er.

„Haben Sie Jake gefunden?“

„Ich habe Ihnen gesagt, Sie sollen den Ermittlungen aus dem Weg gehen, Emma.“

„Im Wald hinter der Hütte gibt es ein Haus.“

„Ja, es wurde bereits durchsucht“, eröffnet er mir.

„Was ist das für ein Ort?“, frage ich.

„Es war ein einfaches Wohnhaus. Es stand schon da, lange bevor es die Stadt überhaupt gab. Ich kann mich nicht erinnern, dass dort jemals jemand gewohnt hat. Es wurde vor langer Zeit aufgegeben und dann für unbewohnbar erklärt. Keiner wohnt dort. Keiner geht dorthin“, erklärt er.

„Wo ist Jake aufgewachsen?“, frage ich.

„Was?“

„Wo ist Jake aufgewachsen? Einer der Barkeeper im *Teddy's* hat mir erzählt, dass er ihn kannte, als sie beide noch viel jünger waren, aber er hätte ihn nie zu Hause besucht oder so. Er hat auch seine Geschwister nicht erwähnt.“

„Ich wüsste nicht, dass Jake noch Geschwister hatte. Alles, was ich von ihm weiß, ist, dass er Johns Sohn ist und sie in der Wohnung über der Taverne lebten.“

„Was ist mit seiner Großmutter? Kannten Sie sie?“

„Welche Großmutter?“, fragt LaRoche.

„Er hat Ihnen nie von seiner Großmutter erzählt?“

„Nein. Wie gesagt, ich wusste nur, dass er Johns Sohn ist. Es gab nur die beiden. Als er jung war, redete er nicht viel, aber wenn er es tat, erwähnte er manchmal seine Mutter. Es war immer beiläufig und klang manchmal so, als würde er über die Vergangenheit sprechen. Wir nahmen alle an, dass seine Mutter starb, als er noch sehr klein war, und er noch nicht ganz darüber hinweggekommen war.“

„Danke. Lassen Sie es mich wissen, wenn Sie etwas herausfinden“, sage ich.

In der Leitung beginnt es zu knistern. Die Verbindung wird immer schlechter, je näher ich dem Haus komme. Es ist, als ob die Aura, die das Haus ausstrahlt, mich einsaugen und von der Außenwelt abschneiden wollen.

„Sie sind nicht Teil dieser Untersuchung. Sie müssen Feathered Nest sofort verlassen“, sagt LaRoche.

Ich lege auf und sehe mich um. Jake hat mir so oft davon erzählt, wie er ständig als Kind im Wald gespielt hat. Es ist schwer vorstellbar, dass er so viel in den Wäldern war, wenn er sein Leben durchgehend in der Wohnung über der Taverne verbracht hat. Mir fallen Details am Haus auf, die mich an die Geschichten erinnern, die er mir erzählt hat, an die Erinnerungen, die er mit mir teilte. Sie sind mir nicht geheuer. Einige seiner Erinnerungen sind konkret, wie die Geschichten über die Hütte und die Details des Hauses. Andere hingegen scheinen vage zu sein und keine solide Verankerung in der Realität zu haben.

Ich versuche, mir alles in Erinnerung zu rufen, was Jake mir erzählt hat, und etwas zu identifizieren, das mich weiterbringen könnte. Nachdenklich lasse ich die Geschichten über sein Elternhaus Revue passieren und schlendere dabei ins Haus hinein. Hier hat er wohl einst gelebt, verborgen vor dem Rest der Welt, die kaum von seiner Existenz wusste. Noch bevor ich die Eingangstür öffne, habe ich eine Vorstellung von dem Eingangsbereich und dem seitlich angebauten Wohnzimmer, die mich erwarten.

Die Tür gibt nach nur einem kräftigen Stoß nach und ich trete in das feuchte, muffige Innere des Hauses. Es ist offensichtlich, dass seit vielen Jahren niemand mehr in diesem Haus gelebt hat. Alte Möbel und Gegenstände liegen in den Räumen verstreut und sind mit Staub und Schmutz bedeckt. An einigen Stellen hat der Wald begonnen, das Haus zurückzuerobern. Ranken wachsen an den Wänden entlang und Büsche sprießen zwischen den Sofakissen hervor. Irgendwo in der Ferne verrät mir ein huschendes Geräusch, dass auch die Tierwelt dabei ist, dieses Gebäude zurückzuerobern.

Es gibt ein paar Anzeichen für eine oberflächliche Durchsuchung durch die örtliche Polizei. Es ist keine Überraschung, dass sie nicht sehr gründlich gewesen zu sein scheint. Sie kennen diesen Ort nur so, wie sie ihn schon immer gekannt haben – als verlassenes Haus. Und das hält sie davon ab, bestimmte Szenarien in Erwägung zu ziehen. Die Zusammenarbeit mit ihnen kann nützlich sein, was die örtlichen Gegebenheiten und die Mentalität der Einwohner einer Stadt angeht. Sie kennen sie wie ihre Westentasche und bemerken jede verdächtige Veränderung. Aber es passiert auch schnell, dass sie sich zu sehr auf diese vermeintliche Kenntnis verlassen und Halt machen, ohne alternativen Denkansätzen eine Chance zu geben.

Ich hingegen werde nicht Halt machen. Ich bin genau dort, wo ich sein sollte. Jakes Geschichten haben mich hierhergebracht. Und jetzt werde ich herausfinden, was sich wirklich hinter ihnen verbirgt.

Auf meinem Weg durch die Zimmer versuche ich, Details oder Orte auszumachen, die Erinnerungen an seine Kommentare oder Geschichten wecken. So viele dieser Geschichten drehten sich um den

Wald, der die Hütte umgibt. In Bezug auf das Innere des Hauses gibt es nicht allzu viele Anhaltspunkte.

Schließlich finde ich eine Tür, die in den Keller hinunterführt. Der schwere, feuchte Geruch ist beklemmend. Ein unangenehmer Schauer überkommt mich. Mein Handy spendet gerade genug Licht, um mir den Weg durch den verwahrlosten Raum zu weisen. Mit Spinnweben überspannte Regale sacken unter dem Gewicht alter Dosen und Flaschen mit Lebensmitteln zusammen. Kisten und Kartons stehen in den Ecken. Ich kann ihren Inhalt nicht identifizieren.

Immer, wenn mir alles zu viel wurde und ich mit meinen Gedanken allein sein wollte, habe ich mich in mein Geheimzimmer zurückgezogen. Es war wie eine Festung, nur so viel besser.

Dieser Keller kann es nicht sein. Er hat nichts Beruhigendes oder Festungsartiges an sich und er ist sicherlich nicht geheim. Es muss einen anderen Ort geben, eine Art versteckten Raum. Dies ist ein sehr altes Haus und es ist nicht ungewöhnlich, dass es an solchen Orten geheime Räume, Tunnel und Anbauten gibt. Sie wurden für alle möglichen Zwecke genutzt, gerieten aber oft in Vergessenheit, wenn diese Zwecke nicht mehr von Belang waren. Dann wussten nur noch die Familie und andere, die mit dem Haus vertraut waren, dass es diese versteckten Orte überhaupt je gab.

Ich gehe weiter und spitze die Ohren bei jedem Geräusch, das über das gelegentliche Krabbeln von Nagetierfüßen oder das Tröpfeln von Wasser hinausgeht, wo Regentropfen die Struktur im Laufe der Jahre abgetragen und schließlich durchbrochen haben. Im hinteren Teil des Kellers finde ich einen großen Kleiderschrank an der Wand. Er wirkt so fehl am Platz, dass ich nicht widerstehen kann, auf ihn zuzugehen, um ihn genauer zu untersuchen. Das Licht meiner Taschenlampe und meine prüfenden Augen reflektieren sich in dem beschlagenen Spiegel. Hinter diesem Möbelstück muss mehr stecken als nur ein Kleiderschrank.

Ich fahre mit den Händen an der Kante seines Sockels entlang und dann über den gewölbten Rand nach oben. Meine Fingerspitzen treffen auf eine Unebenheit. Ich übe Druck darauf aus, bis sich ein Teil des Holzes bewegt und in der Struktur versinkt. Mit einem leichten Knarren bewegt sich der Schrank ein paar Zentimeter aus seiner Position, so dass ich ihn am Rahmen packen und von der Wand wegziehen kann.

Direkt vor mir ist eine schmale Tür in die Wand eingelassen. Sie öffnet sich zu einer Reihe von Stufen hin, die in ein Untergeschoss hinunterführen, möglicherweise ein Sturmkeller, der verborgen angelegt ist. Am unteren Ende der Treppe befindet sich eine weitere Tür. Ich erkenne jedoch sofort, dass diese Tür kein ursprünglicher Teil des

Hauses ist. Sie ist neueren Datums und wurde am Ende der Treppe angebracht, um eine Barriere zwischen dem Eingang zu schaffen und dem, was dahinter liegt.

Meine Hand zögert nur wenige Atemzüge lang auf dem Türknauf, bevor ich die Tür aufstoße. Der plötzliche Gestank ist wie ein Schlag ins Gesicht und lässt mich zur Treppe zurückweichen. Ich lasse mich auf die Stufen sinken, versuche zu Atem zu kommen und zu begreifen, was ich in dem kurzen Moment, in dem ich in dem Raum stand, gesehen habe.

Es scheint, ich habe nun die Antwort darauf gefunden, was mit all den vermissten Menschen geschehen ist.

KAPITEL 32

Meine Hände umklammern die Stufen zu beiden Seiten so fest, dass meine Knöchel schmerzen. Zitternd atme ich ein und versuche, den dicken Gestank zu ignorieren, der in der Luft hängt. Er drängt sich schwer in meine Lunge und sticht tief in meinen Hals. Mein Magen beginnt sich zu drehen, bis ich glaube, mich übergeben zu müssen, aber ich zwinge die aufsteigende Galle hinunter. Ich muss mich jetzt unter Kontrolle halten. Das hier ist der Grund für meine Anwesenheit, mein Auftrag. Die Mission, auf die man mich geschickt hat. Ich muss die ganze Wahrheit erfahren.

Mit meinem Telefon in der Hand rappele ich mich auf, um die Tür erneut zu öffnen, und betrete mit vorsichtigen Schritten den Raum. Ich muss vorsichtig vorgehen, mir meiner Umgebung voll bewusst sein, um nichts zu beschädigen oder zu verunreinigen. Kaum habe ich den Raum betreten, schwingt die Tür hinter mir automatisch zu. Das Geräusch des Einrastens hinter mir trifft mich mitten ins Herz. Ich werfe mich dagegen und greife verzweifelt nach dem Knauf auf dieser Seite der Tür. Er rührt sich nicht. Diese von außen unverschlossene Tür ist so konstruiert, dass sie jeden, der sie passiert, im Inneren des Raumes einschließt.

In einem so alten Gebäude kann ich wohl kaum darauf hoffen, dass sich ein standardmäßiger Lichtschalter neben der Tür befindet. Stattdessen leuchte ich mit der Taschenlampe meines Handys über meinen Kopf und schwenke sie hin und her. Das Licht fängt eine Vielzahl von seltsamen Objekten ein, bevor es schließlich das findet, wonach ich gesucht habe. Die Metallkette hängt gerade so tief, dass ich sie mit den Fingerspitzen erfassen kann, wenn ich mich so hoch wie möglich auf die Zehenspitzen stelle. Obwohl ich hochgewachsen bin, scheint diese Kette gezielt für jemanden installiert worden zu sein, der größer ist als ich.

Als ich an ihr ziehe, schaltet sich nicht nur die einzelne Glühbirne über mir ein. Sie aktiviert auch mehrere Lichterketten, eine Lampe und ein altes Lite-Brite-Spiel, das einige Schritte von mir entfernt auf einem Tisch steht. Der Raum ist größer, als ich erwartet hatte, und das Licht erzeugt in der Mitte einen helleren Kreis, bevor es an den Rändern und Ecken des Raumes in Schatten übergeht.

Und überall um mich herum erhellt das Licht die Körper.

Ich war schon oft in Leichenhallen, habe meinen Vorgesetzten von Massengräbern berichtet, von Leichen, die in Mauern einbetoniert waren, und von Toten, die über Felder, Straßen und Böden verstreut lagen. Aber so etwas Perverses wie die Szene, die sich mir hier bietet, habe ich noch nie zu Gesicht bekommen. Die Leichen liegen nicht einfach auf dem Boden oder auf Tischen aufgebahrt. Sie wurden hier nicht einfach entsorgt. Sie wurden arrangiert.

Im ganzen Raum sind mehr als ein Dutzend Körper präpariert und in Posen gebracht worden, die Schnappschüsse des täglichen Lebens darstellen.

In einer Ecke sitzen und stehen vier Personen um einen Weihnachtsbaum herum. Ein Mann mittleren Alters hat eine Hand auf den Zweigen des Baumes, als wolle er Weihnachtsschmuck anbringen, während eine Frau auf einem Stuhl neben ihm sitzt, bereit, ihm das nächste Ornament zu reichen. Ein junger Mann und eine Frau sitzen auf einem zotteligen Teppich und packen ein Geschenk ein.

Ein paar Meter weiter sitzt eine andere Version der Familie am Esstisch und scheint mitten in einer Mahlzeit erstarrt. Ich kämpfe damit, meinen Ekel zu beherrschen, gehe auf den Tisch zu und berühre den Laib Brot, der zwischen den Tellern mit dem Essen liegt. Sie fühlen sich hart und kalt an.

Plötzlich wird mir bewusst, dass mir mein Telefon weiterhin schwer in der Hand liegt. Ich schalte die Taschenlampe aus und versuche, den Notruf zu wählen. Keine Chance. Dann versuche ich es mit Erics Nummer, aber es wird weiterhin keine Verbindung hergestellt. Ich habe hier unten schlicht keinerlei Empfang. Angst beginnt, von mir Besitz zu ergreifen. Ich bin in diesem versteckten Kellerraum mit Leichen eingesperrt, die zu Requisiten der Spielwiese eines Psychopathen gemacht wurden. Ohne Empfang. Ohne irgendetwas, das Rettung verspräche.

Ich muss mich zusammenreißen und Ruhe bewahren. Eilig schalte ich die Kamera meines Handys ein und mache Fotos von allem, was ich sehe, angefangen mit der horrenden Weihnachtsszene. Ich verdränge meine Emotionen und befördere die geschulte Agentin in mir zutage. Das erlaubt mir, mich dazu zu zwingen, die grausige Realität um mich herum auszublenden und sie in ihre Bestandteile zu zerlegen, sie in Beweismaterial zu verwandeln. Nur so bringe ich es übers Herz, nah an die Leichen heranzutreten und Fotos von ihren Gesichtern, ihren Händen und den Drahtvorrichtungen zu machen, mit denen sie in Position gebracht wurden. Einige der Leichen sind viel älter als andere und beginnen trotz der Bemühungen um ihre Konservierung zu verwesen. Ihre Gesichtszüge sind entstellt und ihr Haar wurde durch Perücken ersetzt.

Aber ich kann sie dennoch erkennen. Während ich von der Weihnachtsszene zur Dinnerszene übergehe, schießen mir die Fotos der vermissten Menschen durch den Kopf, die ich seit Wochen im Zuge meiner Ermittlungen unverwandt angestarrt habe. Ich habe sie lächelnd in ihren echten Leben gesehen, in Momenten, die tatsächlich ihnen gehörten. Widerwillig gleiche ich diese Bilder mit den kalten, straffen Gesichtern ab, die in diese falschen Realitäten gezwungen wurden.

Von der Dinnerszene gehe ich zu einem älteren und einem jüngeren Mann über, die gemeinsam ein Brettspiel spielen, dann zu einer älteren Frau und einer jüngeren Frau, die Teetassen in der Hand halten und sich einander zuneigen, als würden sie sich unterhalten. Ich mache ein Bild nach dem anderen, will jeden Quadratzentimeter dieses Ortes festhalten. Es ist die letzte der Szenen, die schlichteste und am wenigsten aufwendige, die mich am meisten erschreckt. In diesem Arrangement sitzt eine junge Frau, die ganz anders aussieht als die anderen, in einem Schaukelstuhl und wiegt ein eingewickeltes Baby in ihren Armen. Meine Hand zittert, als ich nach dem Rand der Decke greife. Ich will nicht sehen, was sich darunter verbirgt. Es ist schon schrecklich genug zu sehen, wozu er bei den Erwachsenen fähig war, die in diesem Raum verteilt sind. Der Gedanke, dass er ein unschuldiges Baby töten könnte, nur um es als Requisite zu benutzen, versetzt mir einen tiefen Stich in die Magengegend.

Aber ich muss in der Lage sein, es zu abzufotografieren. Ich muss die Beweise aufnehmen und sie jemandem zukommen lassen, damit, egal was mit mir oder diesem Raum passiert, der Rest der Welt davon erfährt.

Mit einer schnellen Bewegung ziehe ich die Ecke der Decke vom Kopf des Babys. Ein Schopf hellblonder Haare, die mit einer rosa Schleife zusammengebunden sind, sitzt über großen, leuchtend blauen Augen. Mein Atem, von dem ich gar nicht wusste, dass ich ihn angehalten hatte, strömt zischend aus mir heraus. Es ist eine Puppe. Die Frau wiegt eine Puppe.

Als der anfängliche Schock und das Entsetzen über die Entdeckung abklingen und sich mein Geist klärt, fallen mir an einigen der Leichen merkwürdige Details auf. Teile von ihnen sehen nicht natürlich aus, als ob sie nicht richtig proportioniert oder seltsam positioniert sind.

Als ich den ganzen Raum durchquert und Fotos von allen Leichen gemacht habe, schicke ich sie als Anhang an eine E-Mail an Eric.

Da ich jedoch weiterhin keinen Empfang habe, wird sie nicht gesendet. Ich stoße einen verärgerten Laut aus.

Der Gestank im Raum und die Kälte auf meiner Haut werden mir erneut schmerzhaft bewusst, lassen meine Gedanken kreisen und rauben mir die Kontrolle. Die Zeit verrinnt weiter. Erneut versuche ich verzweifelt, die Tür zu öffnen. Alles Ziehen und Drehen am Türknauf ist jedoch nutzlos. Sie ist fest verschlossen. Ich versuche es mit mehreren harten Tritten gegen den Bereich um das Schloss und ramme meine Schulter in die Mitte der Tür. Doch nichts davon funktioniert. Sie ist massiv und unerschütterlich. Auch nach mehreren Versuchen gibt sie nicht nach. Schließlich trete ich zurück und reibe mir die pochende Schulter, während ich mich im Raum nach anderen Möglichkeiten umsehe.

Es muss einen Weg geben, hier rauszukommen. Das kann nicht nur eine versiegelte Gruft aus Stein sein.

Es gibt keine Fenster. Ich befinde mich weit unter der Erde, sogar weit unter dem eigentlichen Keller des Hauses. Angestrengt suche ich nach einer anderen Tür, einem Lüftungsschacht, irgendetwas, das mir eine Möglichkeit eröffnen könnte, diesen Raum zu verlassen oder jemanden zu benachrichtigen, wo ich bin.

Eine Stunde vergeht und dann noch eine. Alle paar Sekunden schaue ich auf mein Handy, in der Hoffnung, den geringsten Anflug eines Signals angezeigt zu bekommen, aber egal, wie ich mich positioniere, es erscheint nichts. Keine Verbindung zur Außenwelt.

Eine weitere Stunde vergeht und dann eine vierte. Der Tag vergeht wie im Flug. Ich frage mich, ob in der Zwischenzeit jemand gemerkt hat, dass ich weg bin. LaRoche hat mich mehrmals dazu aufgefordert, zu verschwinden. Möglicherweise bedeutet die Tatsache, dass er nichts von mir hört oder sieht, für ihn nur, dass ich getan habe, was er verlangt hat. Wahrscheinlich ist er nicht im Geringsten beunruhigt.

Die fünfte Stunde neigt sich dem Ende zu, als ich ein Geräusch über mir höre. Mein Herz macht einen Sprung. Das Geräusch von Schritten auf der Treppe direkt vor der Tür tönt laut in meinen Ohren. Der Türknauf dreht sich quälend langsam. Ich ducke mich in die dunkle Ecke hinter den Weihnachtsbaum und mache mich so unsichtbar wie möglich. Ein parfümierter Baumschmuck, der tief in den Zweigen steckt, ist alt und fast vollkommen ausgetrocknet, verströmt jedoch einen ganz schwachen Tannenduft, der mich ein wenig erdet und beruhigt. Von diesem geschützten Punkt aus kann ich in Ruhe die Tür beobachten.

Die Tür öffnet sich und Jakes hochgewachsene Silhouette erscheint. Sein Gesichtsausdruck ist starr und kaum zu entziffern, während er langsam den Kopf dreht und seinen Blick durch den gesamten Raum schweifen lässt. Ich bleibe ganz still, halte den Atem an und achte darauf, den Baum nicht zu berühren, um ihn nicht versehentlich zu bewegen. Mit einer Hand hält er die Tür offen, während er sich weiter umschaut. Sie ist nur ein paar Schritte entfernt. Wenn ich ihn ablenke und schnell genug bin, kann ich an ihm vorbei durch die Tür schlüpfen und aus dem Keller entkommen.

So vorsichtig wie irgend möglich ziehe ich eines der Ornamente vom nächstgelegenen Ast und werfe das Ornament auf die andere Seite des Kellers. Mit einem unfassbar laut erscheinenden Krachen prallt es gegen die Wand und Jakes Kopf schnappt zur Seite. Er macht einen Schritt in die Richtung des Geräuschs, zögert aber. Sein Blick schweift wieder durch den Raum und sucht jede seiner Auslagen mit dem geschulten, prüfenden Auge eines Künstlers und der brutalen Präzision eines Metzgers ab.

Ich schleiche mich seitlich an den Baum heran, um mich in eine bessere Position zu bringen und zur Tür zu rennen. Vor Angst bilden sich Schweißperlen auf meinem ganzen Körper, die wie kleine Eiskristalle über mein Gesicht gleiten und sich in meinen Handflächen sammeln, während ich meinen zitternden Körper auf den Sprint vorbereite. Das Handy in der Tasche verstaut, um beide Hände frei zu haben, löse ich einen alten Metallhaken an der Spitze eines weiteren Ornaments.

Diesmal ziele ich auf die Ecke des Raumes, die schräg gegenüber von ihm liegt. Als ich den Haken werfe, segelt er nicht direkt an die Wand, wie ich es beabsichtigt hatte. Stattdessen trifft er das Spielbrett, das auf dem Tisch steht, und befördert Teile davon zu Boden.

Jake atmet scharf ein und macht einen Schritt auf die Szene zu, als wolle er sein Werk beschützen. Diese Bewegung ist mein Stichwort. Ich springe hinter dem Baum hervor und renne auf die Tür zu.

Aber Jake ist bereits weggetreten und hat sie losgelassen, so dass sie dabei ist, zuzufallen.

Panisch mache ich einen letzten Satz an sie heran. Ich muss hier einfach raus. Es spielt keine Rolle, wie. Ich schlage auf dem Boden auf, krieche auf die Öffnung zu und schiebe mich durch den Türrahmen. Kurz darauf prallt die Tür schwer auf meine Hüften und schickt einen scharfen Schmerz durch mich hindurch.

Einen Moment später packen seine rauen Hände meine Knöchel. Ich schreie auf und wehre mich gegen Jakes Griff. Panisch greife nach ich dem Türknauf auf der Suche nach Halt, um mich an der Tür hochzuziehen, aber seine Hand wandert zu meinem Oberschenkel und hindert mich daran, den Rest des Weges aus der Tür zu schlüpfen. Hart reiße ich meinen Ellbogen zurück und ramme ihn ihm so fest ich kann in die Seite. In dem Bruchteil der Sekunde, in der sich sein Griff um mich lockert, versuche ich mit letzter Kraft, mich durch die Tür zu drängen. Er ist derjenige, der einen Schlüssel hat. Ich hingegen bin auf diese eine Chance angewiesen.

Doch ich habe kein Glück. Die Tür fällt auf meine Finger und quetscht sie schmerzhaft zusammen. Ich schreie auf und ziehe meine Hand zurück, so dass die Tür schließlich zufällt und einrastet. Verzweifelt drücke ich meine Hände flach an die Tür, lasse meine Stirn dagegen fallen und schluchze.

Jakes Hand fährt an meinem Oberschenkel hinauf und auf meine Hüfte, dann wandert sie über meine Taille, bis sie mein Haar aus dem Nacken streicht, damit er mir einen schaurigen Kuss auf meine verschwitzte Haut drücken kann.

KAPITEL 33

„FASS MICH NICHT AN“, BRÜLLE ICH IHN AN.

„Aber Emma, ich bin so froh, dass du hier bist“, grinst er.

Ich erkenne seine Stimme kaum wieder. Sie klingt anders als zuvor, aber ich kann nicht genau sagen, inwiefern genau.

„Lass mich hier raus, Jake.“

„Das kann ich nicht tun. Ich habe schon zu lange darauf gewartet, dich hier bei mir zu haben“, sagt er.

Die Tür bleibt fest verschlossen, aber wenigstens lässt er von mir ab und zieht sich zurück, damit ich mich umdrehen kann. Um seinen Arm ist ein dicker Verband gewickelt, der an den Rändern rot gefärbt ist. Meinem Grauen vor ihm zum Trotz schwillt eine Welle der Sorge in meiner Brust an. Ich bin geradezu angewidert von mir selbst angesichts dieser instinktiven Reaktion.

„Das Blut in der Bar“, sage ich und richte meinen Blick demonstrativ auf den Verband.

Jake nickt und fährt mit der Hand darüber.

„Ich sammle es schon seit einiger Zeit, aber ich wusste, dass ich so viel frisches Blut brauche, wie ich entbehren kann, wenn es soweit ist. Aber keine Sorge, die Wunde wird heilen. Ich bin sehr geschickt im Zunähen von Wunden geworden."

Bei dieser Bemerkung kommt mir die Galle hoch.

„Da war zu viel Blut", sage ich. „Alle denken, du bist tot."

Er lächelt. „Wirklich? Das ist perfekt. Das ist genau das, was ich bezwecken wollte."

„Ich verstehe das nicht. Warum solltest du deinen eigenen Tod vortäuschen? Irgendwann wird man dich finden", sage ich.

„Und genau das soll auch passieren. Aber ich werde nicht gefunden werden müssen. Ich werde es der Welt leicht machen und in ein paar Tagen wieder in Feathered Nest auftauchen."

„Warum? Warum hast du dir das alles angetan, wenn du dich im Anschluss einfach stellen willst?", frage ich.

Ich mache eine Bewegung zur Seite und meine gequetschte Hand trifft auf die Tür. Zischend vor Schmerz ziehe ich sie an meine Brust und umfasse sie schützend mit der anderen. Jake eilt auf mich zu, die Sorge steht ihm ins Gesicht geschrieben.

„Oh Gott, Darling. Tut es weh? Es tut mir so leid. Das hätte nicht passieren dürfen. Dir hätte nichts passieren sollen. Ich würde dir nie wehtun wollen", sagt er. „Das habe ich nie gewollt."

„Du hast auf mich geschossen!", rufe ich. „Du hast versucht, mich zu töten."

„Nein", sagt er stirnrunzelnd und schüttelt den Kopf. „Nein, ich hätte nie zugelassen, dass du getroffen wirst. Diese Kugeln kamen nicht einmal in deiner Nähe."

„Was sollte das dann?", frage ich.

„Ich wollte dich im Ungewissen lassen. Dir das Gefühl geben, auf der richtigen Spur zu sein. Ich wusste von Anfang an, dass du LaRoche verdächtigst. Es war perfekt. Ich hätte es selbst nicht besser planen können. Dafür war auch das alles hier gedacht", er deutet auf den Verband an seinem Arm. „Es war nicht geplant, dass du mir auf der Spur sein würdest. Du hättest mit den anderen in Feathered Nest nach mir suchen und diejenige sein sollen, zu der ich mich auf meiner angeblichen Flucht geschleppt hätte."

„Flucht?", frage ich.

„Ja. Weißt du, als du aufgetaucht bist, war es, als ob ich eine neue Chance bekommen hätte. Als hätte man mir das neue Leben geschenkt, das ich mir so sehr gewünscht habe. Aber das bedeutete, dass ich mein kleines Geheimnis hier für immer aus der Welt schaffen musste. Als du anfingst, in der Sache herumzuschnüffeln, eröffnete sich mir die ideale Lösung wie von selbst. Du warst bereits davon überzeugt, dass LaRoche verantwortlich war, und ich wollte sicherstellen, dass der Rest der Welt es dir gleichtun würde. Die Anhaltspunkte waren bereits da. Ich musste nur helfen, sie miteinander zu verbinden und alles ordentlich zu arrangieren."

„Du hast Cristela in der letzten Nacht, als sie in der Bar war, nicht in dein Notizbuch eingetragen", sage ich. „Aber du hast sie gefahren."

Jake lacht. „Niemand sonst ist darauf gekommen. Wie hast du das herausgefunden?"

„Das Metall unter deinem Beifahrersitz. Es hat sich in meiner Hose verfangen, als wir auf dem Friedhof waren. Als ich mir ein Bild von Cristelas Leiche ansah, bemerkte ich einen Schnitt an der Rückseite ihres Beins an der exakt selben Stelle. Sie hat sich ihr Bein an diesem Metallstück geschnitten als du sie aus dem Auto gezerrt und im Wald gefesselt hast."

„Es wäre so viel einfacher für sie gewesen, wenn sie einfach kooperiert hätte. Sie wäre perfekt gewesen", sagt er. „Aber es stellte sich heraus, dass sie es trotzdem war. Nur zu einem anderen Zweck, als ich es mir anfangs vorgestellt hatte."

„Wusstest du, dass sie schwanger war?", frage ich.

Er schüttelt den Kopf. „Nein, das war sie nicht. Zumindest nicht in dieser Nacht. Sie hatte sich für eine Abtreibung entschieden. Es war ihr zu anstrengend und sie wollte nicht mit jemandem wie LaRoche zusammen ein Kind großziehen, das sie nicht wollte. Sie vertraute sich mir an, als sie es erfuhr. Natürlich empfahl ich ihr, es zu behalten. Dass sie es genießen würde, Mutter zu sein, egal was passiert. Aber sie hörte nicht auf mich. Das machte es mir leichter, sie auszuwählen. Wenn sie diese Entscheidung nicht getroffen hätte, wäre sie wohl noch am Leben."

Ich muss Zeit gewinnen.

„Du hast gesagt, sie war perfekt."

Er nickt. „Das war sie. Als ich sie das erste Mal in Betracht zog, wollte ich sie unbedingt für eine der Szenen haben. Aber als es nicht so lief, wie ich es geplant hatte, und alle merkten, dass das Verschwinden der beiden zusammenhing, wuchs das allgemeine Misstrauen. Dass du sie mit LaRoche in Verbindung gebracht hast, hatte die ideale Grundlage geschaffen. Also wurde dieser neue Plan geboren. Ich bin mir sicher, dass die Polizei inzwischen ein forensisches Team hinzugezogen hat, um die Bar zu untersuchen."

„Ja."

„Sie werden das Blut untersuchen und Abstriche machen, um es zu testen, in der Hoffnung, dass sie andere DNA-Spuren finden, die sie mit meinem Mörder in Verbindung bringen können. Und sie werden andere DNA finden. Eine ganze Menge davon. Sie werden auch feststellen, dass viel von dem Blut dort nicht gerade... frisch ist."

„Es war gekühlt", sage ich.

Jake lächelt und nickt. „Ganz genau. Schau, die Leute mögen Berechenbarkeit. Sie setzen auf Systematik. Wenn also jemand verschwindet, sucht man als Erstes den letzten Ort ab, an dem er war, und versucht, seinen Weg von dort aus zu rekonstruieren. Aber wenn man nicht genau weiß, wo dieser letzte Ort war, kann man den Weg nicht rekonstruieren. Blutspritzer an auffälligen Stellen sind immer gut, um eine Untersuchung in die falsche Richtung zu lenken. Ich habe zusätzliches Blut gekühlt aufbewahrt, weil ich bis jetzt nicht wusste, was ich damit tun sollte. Wenn sie merken, dass die DNA nicht nur von mir stammt und der Tatort inszeniert wurde, werden sie ihr Interesse der Person zuwenden, die die meiste Erfahrung mit Tatorten hat und weiß, wonach Ermittler suchen."

„LaRoche", murmle ich.

„Es wird den Anschein erwecken, dass er die Szene absichtlich kontaminiert hat, um die Suche zu behindern und die Ermittler zu verwirren. Es wird nicht lange dauern, bis die Leute anfangen, Verbindungen herzustellen und die gleichen Anhaltspunkte zu finden wie du. Ich bin mir sicher, dass Andrea nicht zögern wird, sich bei der Polizei zu melden, wenn sie glaubt, dass einer der Männer, denen sie vertraut hat, tot ist und der andere ihn getötet hat."

„Du bist derjenige, der an der Bar saß und sie beobachtet hat. Nicht LaRoche."

„Ein paar Mal pro Woche. Er wollte sichergehen, dass sie keine Techtelmechtel mit anderen hatte. Natürlich wollte sie nicht, dass jemand davon erfährt, wer ich bin oder wie oft ich sie zu ihm bringe. Ich weiß nicht, wie es kommt, dass er einen solchen Einfluss auf Frauen hat, aber er scheint sie erfolgreich davon überzeugen zu können, dass es das Beste für sie ist, wenn sie jegliche Verbindung zu ihm geheim halten", erklärt Jake.

„Ich verstehe das nicht. Warum hast du das für ihn getan? Warum tust du alles, um ihm zu helfen, diese Beziehungen zu führen und seine Frauen geheim zu halten? Ich dachte, solche Dinge ekeln dich an."

Jake zuckt mit den Schultern. „Halte deine Freunde nahe..."

Und deine Feinde näher.

„Was passiert, wenn Andrea sich meldet und die Leute anfangen, ihn zu verdächtigen?", frage ich.

„Das ist der Punkt, an dem du ins Spiel kommen solltest. Ich wusste, dass du weiter nachforschen und nichts für bare Münze nehmen würdest. Da du bereits überzeugt warst, dass es sich um LaRoche handelte, würdest du weiter bohren und die losen Enden miteinander verbinden. Nach ein paar Tagen würde ich dann aus den Wäldern auftauchen, ausgehungert und gequält, aber am Leben. Wieder sicher in deinen Armen. Ich würde eine erschütternde Geschichte erzählen, wie LaRoche mich über ein Geheimnis aus meiner Vergangenheit erpresst und es als Druckmittel benutzt hätte, mich dazu zu bringen, mit ihm zu kooperieren. Dass er mich auf seine Liste gesetzt hätte, als ich von den Morden erfuhr, mich dann in den Wald geschleppt und mich dort als Geisel festgehalten hätte, es mir aber gelungen wäre, zu entkommen. Das ist eine überzeugende Geschichte, vor allem, wenn jemand wie du mir zur Seite springt und den Leuten seine Verdachtsmomente schildert."

„Und die Stadt würde sowieso verzweifelt versuchen, den Fall endlich zu lösen und aus der Welt zu schaffen. Es würde nicht viel brauchen, um sie zu überzeugen."

„So fehlerhaft deine damalige Version der Ereignisse auch gewesen wäre, sie hätte genug Sinn ergeben, um eine Verhaftung zu rechtfertigen und ihn für eine langwierigen Mordermittlung im Gefängnis zu behalten. Und du weißt wahrscheinlich, was mit Gesetzeshütern im Gefängnis passiert", sagt er.

„Sie würden ihn umbringen", beende ich den Gedanken.

„Höchstwahrscheinlich. Aber wenn er überleben sollte, würde er wahrscheinlich verurteilt werden. Und selbst wenn nicht, würde er sich hier nie wieder blicken lassen können. Dann hätte ich alles, was ich je wollte", sagt Jake.

„Und was wäre das?", frage ich.

Jake dreht sich zu der grauenvollen Leicheninszenierung um. Er deutet mit einer Geste auf sie und schaut sie mit einem liebevollen Lächeln an.

„Bei ihnen zu sein", sagt er mit warmer Stimme, als ob er von seiner Familie sprechen würde. Mein Blut gefriert in den Adern.

„Menschen zu töten?", frage ich. „Unschuldige Menschen, die dir absolut nichts getan haben? Warum solltest du das wollen?"

Sein Lächeln verschwindet, als er mich ansieht. „Nein. Nein, nein. Das ist es nicht. All das hier ist die Manifestation meiner Selbstfindung. Was du nicht weißt, ist, dass das nicht alle sind. Niemand sonst weiß das. Es gibt noch andere. Verteilt über Felder und Wälder, ertränkt in Seen und Flüssen. In fünf Staaten. Damals ging es nur darum, zu töten."

„Wozu?", frage ich. Ich schaue mich im Raum um und dann wieder zu ihm. „Es war alles eine Lüge, nicht wahr? Alles, was du mir erzählt hast. All diese Geschichten und Erinnerungen an deine Familie waren Lügen. Die Wahrheit sah ganz anders aus. Darum geht es hier."

Jake stößt ein kurzes, freudloses Lachen aus und geht zur Weihnachtsszene hinüber. Er starrt den älteren Mann an.

„Meine Familie war furchtbar. Mein Vater war ein grausamer, gewalttätiger Alkoholiker, der von einem weiteren grausamen, gewalttätigen Alkoholiker aufgezogen worden war. Die meiste Zeit über war er nicht einmal zu Hause. Er blieb den ganzen Tag in der Bar und schlich sich erst spät nachts zurück in die Wohnung."

„Ich war auf dem Friedhof. Es gibt keine Gräber für deine Mutter oder deine Geschwister dort. Sind sie auch erfunden?"

„Oh nein, sie sind real. Sie sind nicht dort begraben. Aber ich habe keine Ahnung, wo sie sind. Meine Mutter bevorzugte stets meine Schwester. Sie war das Einzige, was für sie zählte. Sie bekam alles, was sie wollte, die ganze Liebe meiner Mutter. Für den Rest von uns ist nichts übrig gewesen. Mein Bruder war distanziert und kalt. Er suchte immer schon Abstand. Wir lebten anfangs hier und sind zusammen aufgewachsen."

Er sieht sich um, als ob er das eigentliche Haus vor sich sehen würde. „Das war mein Zuhause. Doch das wusste natürlich niemand. Niemand in der Stadt wusste, dass hier draußen noch Menschen lebten. Nur wenige Leute in der Stadt wussten überhaupt, dass es meine Geschwister gibt, und nur Cole Barnes hat meine Mutter je kennengelernt. Mich kannten sie nur, weil mein Vater mich in die Bar geschleppt hatte, um mich arbeiten zu lassen, als ich alt genug war, um Geschirr zu waschen."

„Was ist mit ihnen passiert?", frage ich.

Jake kehrt der Weihnachtsszene den Rücken und geht zum Esstisch hinüber. Als er mit den Fingern durch das Haar der Frau fährt, läuft mir ein kalter Schauer über den Rücken.

„Der einzige Trost, der mir in jungen Jahren vergönnt war, war meine Großmutter." Er sieht lächelnd zu mir auf. „Sie war sehr real."

Ich nicke. So sehr sich alles in mir danach sehnt, um mich zu schlagen, ich behalte die Kontrolle. Nur wenn ich Jake ruhig halte, kann ich hoffen, noch eine Minute, eine Stunde länger zu überleben und herauszufinden, was ich wissen muss. Nur wenn ich sein Vertrauen zurückgewinne, kann ich es schaffen, hier rauszukommen.

KAPITEL 34

Es wird mir schnell bewusst, dass es in dem Raum keine älteren Leichen gibt. Keine Frauen, die das mittlere Alter überschritten hätten. Nur die älteren und jüngeren Männer und Frauen sowie das Mädchen mit dem Baby. Jakes Mutter und Vater. Seine Schwester und sein Bruder. Und noch jemand. Aber keine Großmutter. Er brauchte sie nicht zu erschaffen, denn sie war real.

„Ich weiß, dass sie real ist. Die Steppdecke in der Hütte. Meine Lieblingsdecke. Die hat sie gemacht, nicht wahr? Da ist der Stoff von dem Kleid eingearbeitet, das sie auf dem Bild vom Ostermorgen trug."

„Ja. Aber das war nicht Ostern. Wir haben als Familie nie irgendwelche Feiertage gefeiert. Zumindest nicht mit meinen Eltern und Geschwistern. Aber meine Großmutter hat immer versucht, mir etwas Gutes zu tun, wenn man mich bei ihr ablud. Ich habe so viel Zeit mit ihr verbracht, wie ich nur konnte. Wenn ich Glück hatte, haben mich meine Eltern einfach tagelang bei ihr gelassen."

„Warum hat mir niemand in der Stadt gesagt, dass die Hütte, in der ich wohne, deiner Familie gehörte?“, frage ich.

„Weil sie es nicht wissen. Meine Mutter war das einzige Kind meiner Großmutter. Sie liebte sie, aber wusste auch, was für ein Mensch sie war. Sie sah, dass meine Mutter sich nur um meine Schwester kümmerte und nichts mit ihren Söhnen zu tun haben wollte, insbesondere nicht mit mir. Aber meine Großmutter überschüttete mich mit Liebe, gab mir so viel zu essen, wie ich essen konnte, und ermunterte mich zum Spielen. All das habe ich sonst nie bekommen.“

„Doch dann ist deine Großmutter gestorben“, spinne ich den Verlauf der Geschichte weiter.

Jake nickt.

„Als ich sie verlor, wurde mir alles weggenommen. Was ich für ein Hundeleben hielt, war nichts im Vergleich zu dem, was danach kam. Es wurde schlimmer und schlimmer, bis schließlich alles endgültig zerbrach. Mein Bruder verließ uns und wir haben nie wieder etwas von ihm gehört. Eines Tages kam ich von der Schule nach Hause und meine Mutter und meine Schwester waren verschwunden. Sie hatten einfach ihre Sachen gepackt, waren gegangen und hatten mich alleine mit meinem Vater zurückgelassen.“

„Wenn du zur Schule gegangen bist, warum wusste dann niemand, was los war? Wie konnte niemand wissen, wo du wohnst oder was in deiner Familie los ist?“, frage ich.

„Die Menschen in dieser Stadt haben Geheimnisse, Emma. Sie bewahren die eigenen und rühren die anderer nicht an. Sie glauben bereitwillig, was man ihnen weismachen will, und verschließen sich vor allem, was der offiziellen Wahrheit widerspricht. Wenn ein solcher Konsens in einer Gesellschaft herrscht, muss man sich nicht mit Dingen auseinandersetzen, über die man nicht nachdenken will, und kann gleichzeitig die eigenen Geheimnisse schützen, von denen man nicht will, dass andere Menschen etwas über sie erfahren.“

„Die ganze Stadt hat dich im Stich gelassen“, sage ich stirnrunzelnd. Auch wenn er schreckliche Dinge getan hat, muss ich doch den Schein wahren, dass er mir etwas bedeutet. „Jemand hätte dich beschützen müssen.“

„Aber das taten sie nicht. Nachdem meine Mutter mit meiner Schwester weggegangen war, wurde mein Vater nur noch betrunkener und wütender. Meistens war ich derjenige, der die Bar führte, weil er es einfach nicht mehr konnte. Er starb, als ich neunzehn Jahre alt war. Ich habe die Bar geerbt und lebe seither mein Leben.“

Er hatte mir den Rücken zugewandt, während er sprach. Nun jedoch dreht er sich um und schaut mit dem Hauch eines Lächelns über seine Schulter. „Und? Glaubst du, dass das schon alles erklärt?"

Ich schüttle den Kopf. „Nein."

„Du bist eine aufmerksame Zuhörerin." Er wendet sich wieder der Dinnerszene zu, dann geht er zum Brettspiel hinüber und beugt sich hinunter, um die Teile aufzuräumen, die infolge meines Wurfs des Weihnachtsschmucks auf dem Boden verstreut liegen. „Das erste Mal, als ich jemanden tötete, war es ein Mann, den ich dabei beobachtete, wie er sich in einer Bar betrank und dann seine Frau schlug. Das beförderte mit einem Mal all die Erinnerungen an das, was ich mit meiner Familie durchgemacht hatte, wieder zutage. Ich hasste die Vorstellung, dass jemand anderes seine eigene Familie so verletzen könnte, wie es in meiner Familie gang und gäbe gewesen war. Also hielt ich ihn zurück, als seine Frau ins Auto sprang und wegfuhr, und ließ ihn dann die Straße hinunterstolpern, wobei ich darauf achtete, dass die Leute ihn gehen sahen. Dann ging ich um die gegenüberliegende Seite des Gebäudes herum und die Gasse hinunter, um ihn ein paar Blocks weiter zu treffen. Als sie ihn fanden, nannten sie es einen Raubüberfall. Und so begann mein Ritual."

„Du machtest es dir zur Angewohnheit, Selbstjustiz zu üben."

„In gewisser Weise. Ich habe dir gesagt, dass es erst darum ging, Menschen zu beseitigen. Ich tötete Menschen, die anderen wehtaten, die toxisches und destruktives Verhalten in ihren Familien an den Tag legten. Mir war die Vorstellung zuwider, dass andere Kinder das Gleiche durchmachen mussten wie ich und in Schicksale hineingeboren wurden, die sie dazu bringen würden, dieselbe Art von Menschen zu werden wie ihre Eltern vor ihnen. Die Morde waren ein Weg, meine Wunde auszubrennen. So konnte ich Dinge in den Anfängen ausmerzen, bevor sie passieren konnten. Aber nach einer Weile wurde mir klar, dass ich mir damit keinen Gefallen tat. Ich kam in meinem Leben nicht voran. Diese Menschen zu töten bedeutete immer noch, dass ich selbst Opfer bringen musste, dass ich Dinge für andere Menschen tat, anstatt mich um mich selbst zu kümmern. Vor zwei Jahren beschloss ich also, das zu ändern."

Er sieht mir direkt in die Augen.

„Ich hatte nie ein glückliches Zuhause oder eine glückliche Familie. Mir war es nie vergönnt gewesen, die Art von Erinnerungen zu sammeln, die man als Kind sammeln sollte. Wenn man sich die Fotoalben in meinem Haus ansieht, sieht man viele Bilder von meiner Großmutter, meiner Schwester, einige von meinem Vater, aber nur wenige von mir.

Sie befanden sich alle im Haus meiner Großmutter. Sie hat sie dort versteckt, damit meine Mutter nicht von ihnen erfährt. Ich habe sie Jahre nach ihrem Tod in der Hütte gefunden und meine Mutter hat sich nie gemeldet, um die Habseligkeiten meiner Großmutter zu beanspruchen. Auch die Steppdecke wollte ich mitnehmen, aber eine Art innerer Eingebung ermahnte mich dazu, sie dort zu lassen. So fühlte es sich auf eine gewisse Art und Weise so an, als ob ein Teil meiner Großmutter sich immer noch dort befände."

„Was war das Problem mit diesen Leuten hier?", frage ich. „Warum hast du sie ausgewählt?"

„Es ging nicht um sie. Nicht wirklich. Ich werde nicht leugnen, dass die meisten dieser Menschen absolut nichts getan haben, um das zu rechtfertigen, was ihnen widerfahren ist. Leider muss man manchmal Opfer bringen. Und nach einem Leben voller Opfer für andere war es an der Zeit, dass ich einmal derjenige war, der von diesen Opfern profitierte. Ich verdiene Erinnerungen an eine glückliche Familie. Ich wollte Geschichten erzählen und über sie lachen können. Also machte ich mich daran, mir diese Erinnerungen zu schaffen. Ich begegnete Menschen, die mich an meine Familienmitglieder in verschiedenen Lebensphasen erinnerten, oder aussahen, wie ich mir gewünscht hätte, dass sie ausgesehen hätten. Dann habe ich sie hierhergebracht, um mir endlich die Erinnerungen zu schaffen, die ich mir immer so sehnlichst gewünscht habe. Ich habe dir einmal erzählt, dass Bogenschießen eine Leidenschaft von mir ist. Auch das Ausstopfen und Präparieren toter Tiere gehörte dazu. Beides mache ich inzwischen nicht mehr, aber Letzteres gab mir die Fähigkeiten an die Hand, um diese Menschen so gut wie möglich zu erhalten. Auf diese Weise konnte ich sie bei mir behalten, sie zu meiner Familie machen und Erinnerungen mit ihnen teilen."

Ich befinde mich irgendwo zwischen Herzschmerz und Ohnmacht. Jake scheint sich zu entspannen, worauf ich natürlich all meine Hoffnungen setze. Vielleicht werde ich ihn irgendwie überzeugen können, die Tür zu öffnen. Aber es gibt noch mehr, was ich wissen muss. Wenn ich mich schon hier unten befinde, muss ich jede Information aus ihm herauskitzeln.

„Was ist mit den Gebeinen deines Vaters? Warum hast du seine Leiche ausgegraben und sie im Haus seines besten Freundes versteckt?", frage ich.

„Ich wollte die Gebeine meines Vaters loswerden. Er war die schlimmste aller Erinnerungen, die ich an meine Kindheit hatte. Ich wollte ihn völlig auslöschen und ihn durch meine neuen Erinnerungen ersetzen. Also habe ich es getan. Ich habe Männer gefunden, die alles verkörpern, was ich mir von einem Vater gewünscht hätte, und sie an seine Stelle gesetzt. Aber das befreite mich nicht vollständig von allem, was er mir angetan hatte. Es gab noch andere, die sich für ihre Taten verantworten mussten. Darunter Cole Barnes. Er war in der Tat der beste Freund meines Vaters gewesen. Sie waren fast ihr ganzes Leben lang befreundet. Dieser Mann hat meiner Familie so viel Leid zugefügt. Das letzte bisschen Anschein von Harmonie, das wir vielleicht jemals hatten, hat er gründlich zunichtegemacht. Mein Vater entdeckte, dass er vor meiner Geburt eine Affäre mit meiner Mutter gehabt hatte, und das brachte ihn völlig aus der Fassung. Er hat das natürlich alles an mir ausgelassen. Daher musste Barnes für das, was er getan hatte, bezahlen. Ich grub meinen Vater aus und legte die Knochen in Barnes' Schuppen, um ihn an seine Taten zu erinnern und ihm ein wenig die Hölle heiß zu machen. Mir war bewusst, wie schnell ihn das alles einholen würde. Ich wollte, dass er Angst hätte, verhaftet zu werden, ins Gefängnis zu kommen. Wenn du dich nicht eingemischt hättest, hätte ich dafür gesorgt, dass er noch viel mehr hätte durchmachen müssen. Er hat das alles mehr als verdient."

Mir schwant nun, warum Jake von seiner Familie geächtet wurde. Warum sein Vater ihn hasste und seine Mutter nichts mit ihm zu tun haben wollte. Er war wohl nicht das biologische Kind seines Vaters, sondern das Produkt der Affäre seiner Mutter mit dem besten Freund ihres Mannes. Jeder Augenblick in Jakes Leben war eine Erinnerung an ihren Verrat und den Zerfall ihrer Familie."

Ein Instinkt tief in meinem Bauch treibt mich von der Tür weg und näher zur Mitte des Raumes.

„Jake?" Er dreht sich zu mir um und ich blicke auf die einzige Szene, die für mich keinen Sinn ergibt. Er geht auf die junge Frau zu, die das Baby im Schaukelstuhl wiegt. „Wer ist sie?"

„Sie ist, was hätte sein können. Meine Frau. Melanie war so viel schöner, aber diese Frau hatte ein Lachen, das so sehr nach ihr klang, dass ich ihr nicht widerstehen konnte." Seine Stimme wird emotionaler, als er mit den Fingerspitzen über das Gesicht der Frau streicht. „Meine Frau war alles für mich. Als ich sie fand, war es, als würde endlich mein wahres Leben beginnen. Als würde ich in einer neuen und wunderbaren Welt aufwachen. Plötzlich war es egal, wie sich mein Vater verhielt oder was andere Menschen mir antaten. Wenn ich sie sehen konnte, war die Welt in Ordnung. Ich kannte sie gerade mal eine Woche, als ich bereits wusste, dass ich sie heiraten wollte. Wir waren ein Liebespaar auf der Highschool und heirateten an dem Tag, an dem sie achtzehn Jahre alt wurde. Es war der glücklichste Tag meines Lebens. Ich weiß, das sagt jeder über seinen Hochzeitstag, aber so war es. Ich sah meine Zukunft vor mir ausgebreitet. Ein neues Leben lag vor mir. Mit ihr wollte ich den Grundstein für die Familie legen, die ich nie hatte und meinen eigenen Kindern so verzweifelt geben wollte."

„Aber sie wurde von einem betrunkenen Fahrer angefahren", sage ich.

Jake schüttelt den Kopf. „Nein. Ein Körnchen Wahrheit steckt da wohl drin, aber ganz so ist es nicht gewesen."

„Was meinst du damit?", frage ich.

„Ich habe mir selbst das Leben, das ich mir wünschte, die Welt, die ich mir vorstellte, und die Familie, in der ich leben wollte, herbeifantasiert. Ich habe dir Geschichten erzählt, die ich mir selbst schon tausendmal erzählt habe, und fing beinahe an, sie wirklich zu glauben. Also habe ich dir auch eine Lügengeschichte über meine Frau erzählt."

„Was ist wirklich mit ihr passiert, Jake?"

„Mein Vater."

Mein Atem bleibt mir im Hals stecken und ich schlucke mühsam den Kloß hinunter, der sich in meiner Kehle bildet. Jake sieht mich mit verhärteten Augen an und Tränen strömen über seine Wangen. „Er war regelrecht besessen von ihr. Er begehrte sie von der ersten Sekunde an, als er sie kennenlernte, und ich tat alles, was in meiner Macht stand, um sie zu beschützen. Wirklich alles. Doch er war hinter ihr her. Es war wie alles andere in seinem Leben. Es spielte keine Rolle, wen er verletzte oder was er würde tun müssen – wenn er etwas wollte, würde er es bekommen, und dazu gehörte auch meine Frau. Wir waren drei Monate verheiratet, als er bei uns zu Hause auftauchte und mir sein Gewehr über den Kopf zog. Er versuchte, sie zu vergewaltigen, während ich am Boden lag. Ich rappelte mich auf, stürzte mich auf ihn und rief ihr zu, sie solle weglaufen. Melanie konnte fliehen, aber er schlug mich erneut zu Boden und entkam mir. Bevor ich ihn aufhalten konnte, stieg er ins Auto und fuhr ihr hinterher. Er überfuhr sie mitten auf der Straße."

„Jake, das tut mir so leid."

Trotz all des unmittelbaren Grauens um mich herum sind der Schmerz und das Mitgefühl, das ich empfinde, echt.

„Sie war meine Hoffnung für meine Zukunft. Mein Luftschloss. Sie hatte gerade erfahren, dass sie mit unserem ersten Kind schwanger war. Und er hat mir das alles weggenommen. Er musste bestraft werden. Ich hätte ihn in diesem Moment mit bloßen Händen in Stücke reißen können, aber das hätte mir nichts genützt. Es wäre eine unmittelbare Befriedigung gewesen, aber es hätte auch bedeutet, dass ich den Rest meines Lebens im Gefängnis verbracht hätte. Mein Vater hätte gewonnen. Er hat in mir immer einen Versager und eine Enttäuschung gesehen, eine Verkörperung all dessen, was in seinem Leben falsch lief, und es hätte ihn wahrscheinlich noch aus dem Jenseits amüsiert, mich weggesperrt zu sehen. Also wartete ich ab. Ich sagte der Polizei nicht, was ich über Melanies Tod wusste, da ich selbst für Gerechtigkeit sorgen wollte. Im Laufe der nächsten Monate quälte ich meinen Vater und ließ ihn stets glauben, dass er jeden Moment verhaftet werden würde. Dann ersetzte ich seinen Alkohol durch gefärbtes Wasser und giftige Extrakte, so dass er zunehmend in ein Delirium abglitt. Ich folterte ihn. Als die Zeit reif war, begann ich, ihm endgültig den Rest zu geben. Doch ich wollte nicht, dass sein Tod zu dramatisch würde und zu viel Aufsehen erregt. Etwas Langsames, Kriechendes, Schmerzhaftes und Schreckliches, das sich seinem Alter, seiner Krankheit und seiner zerstörerischen Lebensweise zuschreiben ließ, eignete sich perfekt. Als er starb, bekam ich alles, was er besaß, alles, von dem er nie wollte, dass es eines Tages mir gehörte. Ich begrub ihn in der Nähe von Melanie, um meinem Vater für den Rest meines Lebens den Rücken zukehren zu können, wenn ich meine Frau besuchte. Er sollte in alle Ewigkeit spüren, was er mir angetan hatte, und wissen, dass ich ihm nie verzeihen würde."

KAPITEL 35

„Dein Vater war also der erste Mensch, den du ermordet hast“, sage ich. „Nicht der Mann aus der Bar.“

Er lächelt. „Ich schätze, du hast Recht. Ich betrachte den Mord an meinem Vater nur nicht wirklich als Mord. Ich ziehe es vor, es so zu sehen, dass ich seine überfällige und gerechtfertigte Hinrichtung ausgeführt habe. Aber diese erste Tat hat mich gelehrt, dass ich in der Lage bin zu töten. Danach habe ich lange Zeit nicht mehr daran gedacht, aber in der Nacht, als ich den Mann in der Bar sah, kam mir alles wieder in den Sinn. Ihn zu töten kam mir so natürlich vor wie das Atmen.“ Er sieht mich mit einem Ausdruck von täuschend echter Zärtlichkeit in seinen Augen an. „Du hättest meine Zukunft sein können, Emma. Du bist der einzige Mensch, der mich seit meiner Frau wieder Gefühle spüren lassen hat. Du hättest mir das Leben geben können, das ich wollte. Aber dann habe ich herausgefunden, wer du wirklich bist.“

Mir wird flau im Magen.

„Was meinst du damit?“, frage ich.

„Du weißt genau, was ich damit meine, Emma *Griffin*. Es war nicht schwer, herauszufinden, dass du mehr bist als nur jemand, der einen Neuanfang in seinem Leben sucht. Ich kann deine Faszination für Verbrechen nachvollziehen, aber ich habe etwas in dir gesehen, was ich noch nie zuvor in jemandem gesehen habe. Abgesehen von mir selbst."

„Ich bin nicht wie du", sage ich.

„Oh doch, das bist du. Du weißt genau, was du willst. Du verfolgst dein Ziel, egal, wer oder was sich dir in den Weg stellt. Und wenn du glaubst, dass du weißt, was richtig ist, tust du alles, um es zu verteidigen. Du beschützt, was dir wichtig ist, und kämpfst mit aller Kraft gegen alles, was es bedroht. Du bist genau wie ich", sagt er. „Aber du bist auch wie alle anderen. Du bist eine Lügnerin und gibst vor, jemand zu sein, der du nicht bist. Und du bist mir auf die Schliche gekommen. Es hat nicht lange gedauert, bis du gemerkt hast, dass deine Theorie nicht aufgeht und dich alles direkt zu mir führt."

„Ich bin hierhergekommen, um dich zu suchen, weil ich mir Sorgen um dich gemacht habe", sage ich.

„Ich weiß, dass du das getan hast", flüstert er, geht auf mich zu und legt seine Hand auf meinen Hinterkopf. Er zieht mich zu sich heran und küsst mich auf die Mitte der Stirn. „Ich weiß."

Mit einem schnellen, harten Schlag in seine Magengrube befördere ich ihn zu Boden, stürze mich auf ihn und ramme ihn mit dem Knie direkt in die Mitte seiner Brust. Das Manöver setzt ihn lange genug außer Gefecht, um in seine Tasche zu greifen und den Schlüssel für die Tür herauszufischen. Ein weiterer Tritt in seinen Magen hält ihn am Boden. Ich drehe mich auf dem Absatz um und renne zur Tür, um sie eilig aufzuschließen.

Er ist schon wieder auf den Beinen, als ich die Tür aufreiße und die Treppe hochrenne. Ich riskiere nicht einmal einen Blick zurück, während ich mir meinen Weg nach oben bahne, und hoffe dabei inständig, dass die Tür vor ihm zuschlägt. Doch ich höre ihn grunzen, während seine Hand sie auffängt, bevor sie zufallen kann. Im Stillen verfluche ich mein Pech und trample auf das obere Ende der Treppe zu.

Er hat den Kleiderschrank fast ganz zurück an seinen Platz gezogen, so dass ich mich durch den Spalt quetschen muss. Ich habe keine Zeit, in meine Tasche zu greifen und mein Telefon herauszuholen, also renne ich blindlings durch den dunklen, feuchten Keller in die Richtung, von der ich hoffe, dass sie mich zur Treppe führt. Ich höre ihn hinter mir. Er kommt immer näher und schreit dabei meinen Namen.

„Emma!"

Seine Rufe hallen an den Wänden wider.

„Emma!“

Schließlich stoße ich mit den Füßen an die unterste Stufe, stolpere nach vorne und lande mit dem Gesicht auf dem rauen, unbearbeiteten Holz. Ich klettere auf Händen und Knien die Treppe hinauf und ziehe mich schließlich an der Tür hoch. Draußen ist die Sonne untergegangen und das Haus ist düster und schattig. Jakes Schritte kommen immer näher. Als ich spüre, wie seine Hand mein Hemd von hinten packt, drehe ich mich abrupt um und stoße ihm meinen Unterarm so hart ins Gesicht, dass er über einen Sessel stolpert.

Anschließend stürme ich aus dem Haus und renne in den Wald. Seine Schritte fallen schwer auf die Holzstufen, die von der Veranda hinunterführen. Ich hoffe, dass die Dunkelheit mich verbirgt und das Mondlicht mich nicht verraten wird. Im Dickicht der Bäume angekommen versuche ich, den Weg mit den wenigsten Ästen zu finden und meine Füße unter Kontrolle zu halten. Nun weiß ich, dass er es war, der mir in jener Nacht fast lautlos durch den Wald folgte und mich dabei beobachtete, als ich genau diesen Pfad entlang in Richtung meiner Hütte floh. Er kann sich denken, welchen Weg ich wählen würde.

Also verlasse ich den Pfad und gehe in die entgegengesetzte Richtung, in der Hoffnung, dort irgendwo Hilfe zu finden oder zumindest einen Ort, an dem ich mich bis zum Tageslicht verstecken kann. Erschöpft und außer Atem lasse ich mich hinter einem umgestürzten Baum nieder. Mit dem Rücken an die feuchte Rinde gepresst, kämpfe ich darum, meine Lungen mit Luft zu füllen, ohne Geräusche zu machen. Ich bleibe so lange wie möglich dort sitzen, bevor ich mich schließlich aufrappele.

Als ich mich zum Gehen wende, trifft mich etwas seitlich an meiner Schläfe.

Als ich aus meiner Benommenheit erwache, werde ich über den Boden geschleift. Ich winde mich hilflos unter ihm und kämpfe darum, auf die Füße zu kommen, mich irgendwie aufzurappeln. Ein verzweifelter Schrei entweicht meiner Brust, aber es ist zwecklos.

Hier ist niemand in der Nähe. Keiner wird mich hören. So wie niemand Cristela gehört hat. Niemand hat irgendeinen von ihnen gehört.

Jake sagt kein Wort, während er mich durch den Wald zurückschleppt. Er hält mich in einem engen Griff, der mich daran hindert, mich zu lösen. Mein Rücken schmerzt von dem Winkel, in dem er mich zieht, aber wenn ich aufhöre, Widerstand zu leisten, fühlt es sich an, als würde ich ersticken.

Endlich sind wir wieder im Haus und er zieht mich auf die Beine, lässt mich dabei aber nicht los. Ich stehe mit dem Rücken zu ihm, die Arme hinter mir verschränkt. Er schlingt eine Hand um meinen Hals und küsst meine Wange.

„Du gehst nirgendwo hin, Emma. Wie ich schon sagte, du hättest meine Zukunft sein können. Wir hätten ein wunderbares Leben zusammen führen können. Wenn du nur getan hättest, was du hättest tun sollen."

„Wenn du bereits wusstest, wer ich bin, warum hast du es dann so weit kommen lassen? Warum hast du mich nicht vorher zur Rede gestellt? Warum hast du mit diesem lächerlichen Plan weitergemacht?"

„Ein Teil von mir hoffte immer noch so sehr, dass es gut ausgehen würde zwischen uns. Du hattest mich verdächtigt und warst dabei, mir auf die Schliche zu kommen, aber wenn ich hätte beweisen können, dass es LaRoche war, wie du die ganze Zeit über geglaubt hattest, hätte sich die Sache erledigt. Wenn ich dir hätte beweisen können, dass du die ganze Zeit über Recht gehabt hattest und jemand anderes dafür verantwortlich war, hätte ich dich womöglich bei mir behalten und ein gemeinsames Leben mit dir führen können. Aber dann bist du hier erschienen. Du bist nicht gekommen, um nach mir zu suchen, weil du dich um mich sorgest und hofftest, dass ich wie durch ein Wunder noch am Leben wäre. Du bist hierhergekommen, weil du wusstest, dass etwas nicht stimmt."

„Ich habe es dir bereits gesagt. Ich bin gekommen, weil ich mir Sorgen um dich gemacht habe."

„Bitte lüg mich nicht an, Emma. Es wird mir so viel schwerer fallen, eine schöne Erinnerung an uns zu erschaffen, wenn das die letzten Worte sind, die ich von dir höre."

„Eine schöne Erinnerung?"

„Ja. Ich werde einen wunderbaren Moment für uns erschaffen. Ich weiß nur noch nicht, welcher es sein wird. Wir müssen noch ein bisschen mehr gemeinsame Zeit miteinander verbringen, bevor ich mich entscheide, was ich mit dir kreieren werde. Komm mit. Es gibt etwas, das ich dir zeigen möchte."

Jake zwingt mich die Treppe hinauf und in eines der Zimmer im obersten Stockwerk des Bauernhauses. Im Gegensatz zu den anderen Zimmern sieht dieser Raum gut gepflegt aus, als würde er seit Jahren regelmäßig genutzt. Er ist sauber und mit modernen Möbeln eingerichtet. Kerzen stehen auf der Fensterbank und auf der Tischplatte.

Schwere Vorhänge, die vom Fenster herabhängen, und kunstvolle Bettwäsche akzentuieren ein massives Bett in der Mitte des Raumes.

„Das ist mein Zimmer", sagt er. „Es war das Zimmer meiner Eltern, als ich hier aufgewachsen bin. Was natürlich bedeutet, dass es die meiste Zeit über das Zimmer meiner Mutter war. Wir durften hier nie rein. Und jetzt ist es meins. Gefällt es dir?"

Ich antworte ihm nicht. Er schließt die Tür zu und verriegelt sie. Dann geht er durch den Raum und zündet sämtliche Kerzen an, als wolle er eine romantische Atmosphäre für uns schaffen. Als er mich auffordert, es mir bequem zu machen, wähle ich einen der gepolsterten Stühle, die gegenüber vom Bett aufgestellt sind.

Die nächsten Stunden über sitze ich einfach nur da und höre Jake zu, wie er mir wahre Geschichten aus seiner Kindheit erzählt. Die Zeit scheint sich ewig auszudehnen. Meine Panik steigt allmählich, während er jede der Lügen, die er mir einst erzählt hat, durch eine echte Erinnerung ersetzt. Ein echter Einblick in das, womit er tatsächlich zu kämpfen hatte. Er fängt an, durch den Raum zu gehen, dann setzt er sich mir gegenüber, fast so nah, dass sich unsere Knie berühren. Ab und zu macht er eine Geste und ich zucke zusammen, woraufhin er nach vorne greift, um mein Bein zu berühren und mich zu beruhigen.

Nach einer Weile springt er plötzlich auf, geht zur Kommode und holt eine Flasche Schnaps heraus. Er nimmt einen Drink nach dem anderen und setzt sich zwischendurch nicht einmal hin. Schon bald lallt er und seine Bewegungen werden langsamer. Je mehr er trinkt, desto lebhafter werden seine Erzählungen und desto tiefer taucht er in die Schrecken ein, die er erlebt hat.

Schließlich ist die Flasche fast leer. Jakes Kopf fällt zurück auf den Stuhl, bis seine Augenlider schließlich sinken und sich dann vollkommen schließen. Ich beobachte ihn ein paar Minuten lang beim Schlummern und hoffe inständig, dass er tatsächlich weggetreten ist. Als ich mir endlich sicher bin, stehe ich auf und durchquere den Raum, so schnell ich kann.

An der Tür angekommen versuche ich, die Klinke zu betätigen, bevor mir einfällt, dass er sie abgeschlossen hat. Vorsichtig schleiche ich zurück zu den Stühlen und greife in seine Tasche, um den Schlüssel herauszuziehen. Er schreckt auf, packt mich am Handgelenk und starrt mich mit geröteten, wütenden Augen an.

„Vielleicht werde ich doch keine Zeit haben, dich kennenzulernen", knurrt er mich an. „Du gibst es einfach nicht auf, nicht wahr? Du willst es einfach nicht gut sein lassen."

Ich habe keine Zeit mehr zu verlieren und muss etwas unternehmen, sonst komme ich hier nicht lebend raus. Es wird mir nicht möglich sein, die Tür zu öffnen, was bedeutet, dass mir nur eine Option bleibt. Mit einem Satz schnappe ich mir die Schnapsflasche vom Boden und spritze den Rest des Alkohols auf die schweren Vorhänge, die am Fenster neben den Stühlen hängen. Seine Hand löst sich erschrocken von meinem Handgelenk. Ich nutze die Chance, um mir die Kerzen zu greifen, die auf einem Tisch in der Nähe stehen. Als ich sie an die Vorhänge halte, entzünden sie sich sofort.

Die Flammen fressen sich in Sekundenschnelle über die Vorhänge und breiten sich auf die Tapete und über die Decke aus. Glühender, geschmolzener Lack und feurige Brocken fallen von der Decke herab und setzen das Bett in Flammen. Innerhalb weniger Atemzüge füllt sich der Raum mit dichtem, beißendem Rauch.

Ich kann durch das glühende Rot und Orange hindurch kaum etwas erkennen. Jake schreit und stolpert nach dem Vorhang, um zu versuchen, den Rest des brennenden Materials herunterzuziehen. Ich stürze auf ihn zu und versetzte ihn mit beiden Händen einen harten Stoß. Sein Körper fliegt nach vorne, zerschmettert das Glas und fällt durch das Fenster. Die Luft von draußen erzeugt einen heftigen Luftzug, und die Flammen züngeln um mich herum. Schmerz zuckt mir am Rücken hinauf. Mir bleibt nur der Bruchteil einer Sekunde, um durch das Fenster zu klettern. Halb aus dem Fenster registriere ich ein steil abfallendes Dach zu meinen Füßen. Ich komme mit den Füßen auf den Schindeln auf und trippele so schnell ich kann zur Seite, um das flache Dach über der Veranda zu erreichen.

Plötzlich taucht Jakes Kopf an der Seite des Daches auf. Er scheint sich von seinem Fall erholt zu haben und klettert auf das Dach, um sich mir entgegenzustellen. Oben angekommen stürmt er auf mich zu. Als wir aufeinanderprallen, klammern wir uns aneinander und es beginnt ein Ringkampf, der uns beide schnell in die Horizontale befördert. Ich spüre das Brennen von geschmolzenem Teer auf meiner Haut und das Scharren der Dachrinne auf meinem Rücken, als wir beide vom Dach auf den Boden stürzen. Unsere Blicke bleiben starr und hasserfüllt aufeinander gerichtet, während wir ins Bodenlose fallen – und dann wird alles dunkel.

KAPITEL 36

Ich weiss nicht, wie lange es dauert, bis ich zu mir komme. Die Lichter sind so hell, dass ich zusammenzucke. Irgendwo um mich herum zischt eine Stimme, jemand solle das Licht herunterdrehen.

Ich kenne diese Stimme. Es ist Bellamy.

Es dauert ein paar Sekunden, bis ich die Pieptöne, die scharfen Gerüche und die kühle Luft einordnen kann. Dann wird mir klar, dass ich in einem Krankenhausbett liege. Alles tut mir weh. Mein gesamter Körper schmerzt und es fühlt sich an, als würde er in zwei Teile zerbrechen, wenn ich meinen Kopf vom Kissen hebe. Aber wenigstens habe ich noch einen Körper, der wehtut. Wenigstens bin ich noch am Leben, um diesen Schmerz zu spüren.

Ich halte für einen langen Moment inne. Bin ich vielleicht doch tot? Ist dies das Licht, das vor meinen Augen aufblitzt, bevor ich ins Jenseits befördert werde? Mein Geist scheint hinter einem dichten Nebel verborgen. Ich weiß nicht, was vor sich geht.

Dann ergreift Bellamy meine Hand und der Nebel lichtet sich. Als ich es endlich schaffe, meine Augen ganz zu öffnen, sehe ich, wie sie mich anlächelt. Tränenspuren prägen ihr Make-up, aber sie ist dennoch wunderschön wie immer.

„Du bist die einzige Person auf der Welt, die es schafft, so gut auszusehen, wenn sie weint", sage ich.

Ich ahne, dass meine Stimme schwach und kratzig klingt, aber sie lacht trotzdem durch den Schleier ihrer Tränen hindurch.

„Du siehst auch toll aus", sagt sie.

„Nein, tue ich nicht. Meine Wimperntusche muss komplett verschmiert sein. Ich muss aussehen, als würde ich schmelzen", sage ich. Ich kann es nicht fassen. Ich bin am Leben. Nicht tot in einem Keller. Nicht in den Flammen verendet. Ich bin in Sicherheit und scherze mit Bellamy.

Ist das etwa doch ein Traum?

„Dann sollten wir wohl dafür sorgen, dass du ab sofort weniger Gründe zum Weinen bekommst", fügt Eric hinzu und erscheint an der Seite meines Bettes.

„Das ist mal eine gute Idee von dir", sage ich und kichere leise. Ich schaue zwischen den beiden hin und her. „Wie kommt es, dass ihr beide hier seid? Hat euch das Krankenhaus angerufen?"

„Nein, das warst du", erklärt Eric.

„Bitte?", frage ich verdutzt und versuche, mich aufzurichten. Ich zucke vor Schmerz zusammen. Es ist definitiv kein Traum.

Bellamy greift nach unten und rückt das Bett zurecht. Sie hilft mir, die Kissen hinter mir so zu positionieren, dass sie mich weiterhin stützen.

„Nun, es war nicht gerade ein Anruf. Aber du hast mir eine E-Mail geschickt. Für nächstes Mal würde ich es begrüßen, wenn du mich vorwarnen würdest, wenn du mir solche Bilder schickst."

„Warum hast du diese E-Mail bekommen? Ich hatte im Keller keinen Empfang", sage ich.

„Er muss sich irgendwann aufgebaut haben, denn sie ging durch. Es war mitten in der Nacht, also habe ich sie erst ein paar Stunden später bekommen. Leider…", sagt er.

„Du hast sie bekommen, das ist alles, was zählt. Ich habe all diese Fotos gemacht und sie an eine E-Mail an dich angehängt, als ich das erste Mal im Keller eingesperrt war. Doch dort hatte ich keinerlei Signal. Ich war stundenlang dort unten eingeschlossen. Als ich in den Wald gerannt bin, muss sich der Empfang wohl wieder eingestellt und die E-Mail in der Warteschlange verschickt haben“, rekapituliere ich das Geschehene.

„Du bist entkommen?“, fragt Bellamy.

„Kurzzeitig. Aber er fand mich, schlug mich k.o. und schleifte mich wieder zurück ins Haus. Ich habe mich gewehrt, so gut ich konnte, aber es hat nichts genützt.“

„Kein Wunder“, sagt Eric. „Das ist ein Mann, der mindestens fünfzehn Menschen getötet hat.“

„Mehr noch“, sage ich und erzähle ihm die Geschichte, die Jake mir über seine Vergeltungsmorde erzählt hat.

„Heilige Scheiße“, keucht er. „Also bist du einem Mann entkommen, der sogar viel größere und stärkere Menschen getötet hat als dich. Und nur weil du das geschafft hast, wurde diese E-Mail verschickt. Das Timing war offenbar perfekt. Das von dir angeforderte Team beriet sich mit der örtlichen Polizei buchstäblich in dem Moment, als ich sie anrief. Ich beschrieb ihnen, was ich sah, und lokalisierte das Telefon, so gut es möglich war. Der Polizeichef wusste sofort, was er zu tun hatte. Sie kamen gerade noch rechtzeitig am Haus an, um zu sehen, wie es in Flammen aufging und ihr beide vom Dach fielt.“

„Was ist mit Jake passiert?“, frage ich.

Sowohl Eric als auch Bellamy versteifen sich, aber das ist mir egal. Er ist immer noch ein menschliches Wesen. Einer, der auf eine Weise gequält und gepeinigt wurde, die keiner von uns je ganz nachvollziehen können wird.

„Er hat den Sturz überlebt. Wir haben euch beide aus ein paar überwucherten Hecken befreit. Du hattest jedoch mehr Glück als er. Durch die Art und Weise, wie er fiel, prallte er erst gegen einen Steinvorsprung und landete dann im Gebüsch. Es geht ihm nicht gut, aber sie erwarten, dass er sich davon erholen wird. Im Moment gibt es einen Krieg darum, wer ihn zuerst in die Finger bekommt“, erklärt Eric. „Ich glaube, das FBI hat die Nase vorn. Wenn man bedenkt, dass eine geniale Agentin aus unserem Team den Fall geknackt hat.“

„Du stellst mich ja dar wie eine Art Sherlock Holmes“, murmele ich bescheiden, während mein Kopf immer noch pocht. „Wie verkraftet Creagan es?“

„Im Moment ist er mittendrin im Geschehen. Er war es, der das Team in das Haus geführt und die Leichen dort gefunden hat. Sie haben sich daran gemacht, sie mit all den Vermisstenfällen abzugleichen. Bei einigen von ihnen ist das jedoch ein bisschen kniffliger als bei anderen.“

„Warum?“, frage ich.

Bellamy und Eric tauschen flüchtige Blicke aus. Er sieht besorgt aus und sie lässt meine Hand los, um nach einem Eimer neben mir zu greifen.

„Ich hole dir ein paar Eiswürfel", sagt sie.

„Ich bin nicht dabei, zu entbinden, Bellamy", rufe ich ihr schwach hinterher, aber sie dreht sich nicht um.

„Einige der Leichen waren nicht intakt. Es fehlten Körperteile. Bei anderen sind Körperteile von anderen Leichen aufgenäht worden. Solange wir nicht mehr aus Jake herausbekommen, lautet die Theorie, dass die ursprünglichen Gliedmaßen auf irgendeine Weise beschädigt waren, so dass er sie ersetzt hat", erklärt Eric.

Ich erinnere mich an die Leichen, die aussahen, als würde etwas mit ihnen nicht stimmen, und mir wird klar, dass das daran lag, dass sie zusammengeschustert waren. Ein Schauder läuft mir über den Rücken.

„Sie müssen also herausfinden, wem diese Körperteile gehören", überlege ich.

Eric nickt. „Es wird wahrscheinlich eine ganze Weile dauern. Es gibt eine Menge Vermisstenfälle in der Umgebung und das könnte einige von ihnen aufklären. Im Moment ist es ein ziemliches Durcheinander und alle fangen gerade erst an, das Ganze zu entwirren. Du wirst uns dabei eine große Hilfe sein können."

Ich nicke und erkenne, dass ich ganz offensichtlich erst ganz am Anfang stehe, was den Abschluss dieses Falls angeht. Mir wäre es am liebsten, ich müsste nie wieder darüber nachdenken. Immerhin bin ich froh, dass es vorbei ist, zumindest der schlimmste Teil davon. Doch dieser Fall ist anders als alle anderen, an denen ich je gearbeitet habe. Ich kann ihn nicht einfach hinter mir lassen und zum Alltag übergehen wie bisher. Das ist etwas, das ich immer mit mir herumtragen werde.

„Wie konnte ich das alles nicht ahnen?", flüstere ich.

„Emma, das darfst du gar nicht erst denken. Das kannst du dir nicht antun", sagt Eric.

„Nein, ernsthaft. Das ist mein Job, meine Karriere, das Fundament meines gesamten Lebens. Der einzige Grund, warum ich nach Feathered Nest geschickt wurde, war dieser Fall. Es war meine Aufgabe, herauszufinden, was vor sich ging, denn niemand sonst war dazu in der Lage. Und ich habe es geschafft, gleich am ersten Tag, an dem ich dort war, eine emotionale Bindung zu dem Mann einzugehen, der es getan hat. Und ich hatte nicht den geringsten Schimmer. Ich war so sehr in meine Ermittlungen und die Theorie mit LaRoche vertieft, dass ich blind dafür war, was wirklich vor sich ging."

„Er wollte nicht, dass du siehst, was wirklich vor sich ging. Er hat die ganze Welt über Jahre hinweg getäuscht. Lange vor dir. Das weißt du sehr genau. Du kannst dir nicht vorwerfen, dass du ihn nicht sofort durchschaut hast. Wenn es so einfach wäre, bräuchte man Leute wie uns nicht."

„Aber ich hätte mich gar nicht erst emotional auf ihn einlassen sollen. Ich hätte mich auf meinen Job konzentrieren sollen und nicht auf ... was auch immer das war."

„Du hast in den letzten Monaten viel durchgemacht. Niemand kann es dir verübeln, dass du Trost bei jemandem suchen wolltest. Und du hast es geschafft, das nicht nur lebendig zu überstehen, sondern uns auch sämtliche Beweise zu liefern, die wir jemals benötigen werden, um sicherzustellen, dass Jake nie wieder jemandem wehtut."

„Was ist mit all den Menschen, die er bereits verletzt hat?", frage ich.

„Das kann man nicht ungeschehen machen. Niemand kann die Zeit zurückdrehen und sie davor bewahren. Aber du hast ihnen ihre Stimmen zurückgegeben. Du hast ihren Familien die Möglichkeit gegeben, ihre Angehörigen zu beerdigen und zu erfahren, was mit ihnen geschehen ist. Und du hast verhindert, dass andere Menschen etwas Ähnliches durchmachen müssen."

„Ich möchte beantragen, dass die Todesursache in der Todesurkunde seiner damaligen Frau auf Mord geändert wird", sage ich.

„In Ordnung", nickt Eric. „Aber warum ist dir das so wichtig?"

„Weil auch sie es verdient, dass man ihr eine Stimme gibt und ihre Geschichte erzählt."

Bellamy kommt mit einem Eimer Eis und einer Dose Ginger Ale zurück in den Raum. Sie füllt einen Plastikbecher mit dem Eis und schüttet das prickelnde Getränk darüber aus. Es kommt mir wie einer der köstlichsten Tropfen vor, die ich je probieren durfte habe. Mir wird klar, dass es fast achtundvierzig Stunden her sein muss, dass ich etwas getrunken habe. Das erklärt die Infusion in meinem Arm, die mich mit Flüssigkeit vollpumpt: Ich nehme gerade noch wahr, wie meine Freunde ein paar Worte wechseln, doch die Worte, die sie sagen, scheinen hinter einem Nebel zu verschwimmen, bevor mir schließlich die Augen zufallen.

Als ich wieder aufwache, sitzen Eric und Bellamy auf der anderen Seite des Zimmers und unterhalten sich leise, während sie chinesische Gerichte aus To-Go-Boxen essen.

„Habt ihr mir eine Pekingsuppe bestellt?", krächze ich.

Bellamy lächelt und trägt einen Behälter zum Bett hinüber, den er mir zusammen mit einem tiefen chinesischen Löffel reicht.

„Ich glaube immer noch nicht, dass das im Moment das Beste für sie ist", sagt Eric stirnrunzelnd.

„Der Arzt hat nicht gesagt, dass sie es nicht essen darf", betont Bellamy.

„Hat der Arzt gesagt, *dass* sie es essen darf?", fragt Eric.

„Das ist doch Haarspalterei."

Lächelnd nehme ich ein paar Löffel von der Suppe zu mir. Ich möchte an alles denken, nur nicht an Jake und den Fall, aber es scheint, als gäbe es einfach nichts anderes, womit mein Hirn sich beschäftigen könnte.

„Haben sie Jakes Mutter, Bruder und Schwester gefunden?", frage ich.

„Du solltest versuchen, dich auszuruhen. Du wirst noch viel Zeit haben, über all das nachzudenken, wenn du hier rauskommst", sagt Bellamy, aber ich schüttle den Kopf.

„Nein. Je schneller das alles geklärt wird, desto besser. Ich werde nicht aufhören zu arbeiten, nur weil ich von einem brennenden Dach gefallen bin. Hat man sie gefunden? Sie müssen an den Ermittlungen beteiligt werden. Sie müssen dabei sein, um die Geschichten zu bestätigen, die er über seinen Vater erzählt hat, und um sich selbst und ihre Rolle in seiner Kindheit zu erklären. Schließlich können sie uns einen Einblick in seine Gedankenwelt und seine Erfahrungen geben, den sonst niemand hat."

„Ja, seine Mutter und seine Schwester wurden ausfindig gemacht. Beide werden in den nächsten Tagen hierherkommen. Sie suchen immer noch nach seinem Bruder. Es scheint seit Jahren keine Spur von ihm zu geben, aber das bedeutet nicht viel. Es ist gut möglich, dass er seine Identität geändert hat und in ein anderes Land gezogen oder einfach abgetaucht ist. Aber wir werden weiter nach ihm suchen. Zumindest halte ich es für eine gute Idee, alle Menschen, die jemals mit Jake in Kontakt gekommen sind, aufzuspüren und zu befragen", sagt Eric.

„Sie sollen auch einen DNA-Test bei Cole Barnes machen. Ich glaube, er ist der wahre Vater von Jake", sage ich.

Ich weiß, dass ich in naher Zukunft wieder mit Jake in Berührung kommen werde. Wahrscheinlich werde ich auch seiner Mutter und seiner Schwester begegnen. Ich weiß nicht, was ich von all dem halten soll. Ein Teil von mir hat Mitleid mit ihnen. Ich kann mir vorstellen, wie sehr sie das alles erschüttern wird. Es wird unglaublich schwer für sie sein. Zu erfahren, wie sie zu Jakes völligem psychischen Zusammenbruch und zu seinen Taten beigetragen haben, wird sie den Rest ihres Lebens verfolgen.

Jedoch fällt es mir schwer, Mitleid mit ihnen zu haben. Sie haben Jake durch die Hölle gehen lassen. Sie haben zugelassen, dass der Mann, den er für seinen Vater hielt, ihn misshandelt hat, und ihn im Stich gelassen, als er noch viel zu jung war, um all das alleine durchzustehen. Zumindest tragen sie eine Mitschuld an der Situation. Nicht, dass sie ihn zu seinen Taten gezwungen hätten oder es eine Entschuldigung für seine Taten wäre, aber sie tragen eine Mitverantwortung. Ich werde nicht zögern, ihnen das zu sagen. Sie müssen verstehen, welchen Schaden sie angerichtet haben.

Aber ich weiß auch, dass Jake nach allem, was passiert ist, nicht viel von meinem Mitgefühl verdient hat. Er wusste genau, was er tat. Diese Erkenntnis wird neben all den anderen Gefühlen, die ich je für ihn gehegt habe, bestehen bleiben müssen. Ich werde damit leben und mich jeden Tag aufs Neue damit auseinandersetzen müssen, während ich mein Bestes tue, wieder so etwas wie einen Alltag in meinem Leben zuzulassen.

EPILOG

BELLAMY UND ERIC HABEN MIR ANGEBOTEN, ALLE MEINE SACHEN aus der Hütte abzuholen, damit ich nicht mehr dorthin zurückgehen muss, aber ich habe das Angebot nicht angenommen. Ich hatte das Gefühl, dass ich noch einmal hierher zurückkommen musste, um zu versuchen, mit allem, was ich in Feathered Nest erlebt hatte, abzuschließen und eine Art Schlussstrich zu ziehen. Jedoch weiß ich nicht, ob das wirklich möglich ist. Ein Teil von mir wird hier zurückbleiben. Es wird nie einen vollkommenen Abschluss mit diesem Albtraum geben können. Hierher zurückzukommen und in der Lage zu sein, die Arbeit zu Ende zu bringen, bringt mich einem Abschluss jedoch so nahe, wie es die Umstände erlauben.

Meine Taschen sind gepackt und ich trage sie aus dem Schlafzimmer ins Wohnzimmer. Die Küche habe ich bereits in Ordnung gebracht. Das benutzte Geschirr ist gewaschen und in den Schubladen und Schränken verstaut. Die Heizung brummt leise vor sich hin und hält den Raum warm. Clancy wird später vorbeikommen, um sie abzustellen und bis zum nächsten Gästeaufenthalt in den Tiefschlaf zu versetzen.

Ich habe das Gefühl, dass das nicht lange dauern wird. Sobald die Geschichte darüber, was hier passiert ist, die Runde macht, werden die Leute in Scharen in die Hütte am See geströmt kommen und die Wälder erkunden. Sie sehnen sich nach Horror und Nervenkitzel.

Jetzt muss ich nur noch meine restlichen Papiere zusammenpacken. Die meisten meiner Notizen und Bilder sind bei Creagan, um im Rahmen der Untersuchungen verwendet zu werden, aber ich habe noch einige der ursprünglichen Ausschnitte und Akten von damals. Ich werde sie mit mir nach Hause nehmen und in einer Fallakte verstauen, die dann in einem Regal in meinem Haus verschimmeln wird, wie alle meine anderen Fälle. Ich blättere nie in diesen Ordnern, aber sie sind da. Eines Tages, wenn meine Zeit im Büro vorbei ist und ich mich zur Ruhe setze, werde ich sie vielleicht aufschlagen und durchblättern, um mich an alte Zeiten zu erinnern. Ich werde die Geschichten meiner Erfolge mit meinen Kindern teilen können und hoffentlich etwas von dem Stolz in ihnen wecken, den mein Vater damals immer in mir geweckt hat.

Ein Klopfen ertönt an meiner Tür, als ich gerade die letzten Papiere in die Mappe stecke. Ich schaue über meine Schulter zurück und sehe Eric an der Tür.

„Bist du bereit?", fragt er.

„Ich glaube schon", nicke ich. „Kannst du die eben zum Auto bringen? Ich brauche nur noch eine Minute."

„Sicher."

Er schnappt sich meine Taschen, verlässt die Hütte und schließt die Tür hinter sich. Ich warte, bis seine Schritte auf der Veranda verklungen sind und gehe zurück ins Schlafzimmer. Dort öffne ich die oberste Schublade der Kommode, greife hinein und ziehe den Fingerhut heraus. Ich stecke ihn in meine Tasche, atme noch einmal tief durch und wende mich zum Gehen, nachdem ich das Bett perfekt hergerichtet und mit dem ‚Crazy Quilt' bedeckt habe.

Eric sieht zu mir herüber, als ich auf den Beifahrersitz klettere.

„Geht es dir gut?", fragt er.

„Ja", sage ich und greife hinter mich nach meinem Sicherheitsgurt. Ich zucke zusammen angesichts des Schmerzes, der mich bei der Drehung durchfährt. „Größtenteils. Haben sie das Auto schon geholt?"

„Ja. Sie haben es auf die Polizeiwache abgeschleppt, um es als Beweismittel zu verwenden. Ich kann nicht glauben, dass du mit diesen Glasscherben auf deinem Rücksitz herumgefahren bist."

„Und ich kann nicht glauben, dass ich diese alte Mühle tatsächlich vermissen werde."

Er lacht und wirft den Motor an. Wir fahren von der Hütte weg und die lange Auffahrt hinunter. Bellamy ist bereits nach Hause gegangen. Wahrscheinlich hat sie schon damit begonnen, meine Gefriertruhe mit allen möglichen von ihr selbst gezauberten Köstlichkeiten zu füllen, damit ich in meiner freien Zeit Mahlzeiten zum Aufwärmen habe.

Ich habe Creagan gesagt, dass ich sämtliche Urlaubstage nehmen werde, die sich ich in den letzten drei Jahren angesammelt haben, und er hat mir nicht widersprochen. Aber ich habe nicht vor, den ganzen Urlaub über zu Hause zu bleiben. Als Belohnung für den Erfolg bei diesem Auftrag hat er es zugelassen, dass Eric mir ein paar Informationen über Gregs Verschwinden zugesteckt hat. Ich habe vor, der Sache nachzugehen, sobald ich wieder auf der Höhe bin.

„Wie lange hast du vor, in Maine zu bleiben?", fragt Eric.

„So lange wie nötig. Das hängt davon ab, was ich dort herausfinden kann", zucke ich mit den Schultern.

„Und dann?"

„Keine Ahnung. Creagan lässt mich immer noch nicht an den Ermittlungen teilnehmen und ich denke, dass sein Wohlwollen mir gegenüber nur eine begrenzte Zeit lang anhalten wird. Ich bin mir nicht sicher, wie viel ich mich einmischen kann, ohne dass er ausrastet. Vielleicht muss ich einfach alles, was ich herausfinde, an dich weitergeben und auf das Beste hoffen."

„Irgendwie glaube ich nicht, dass du das wirklich tun wirst", lächelt er.

„Wir werden sehen."

„Und wenn sich nichts ergibt? Gehst du dann nach Florida?"

Er weiß, wie sehr sich mein Herz nach Florida sehnt. Die Wasserparks. Das Brennen des heißen Betons unter meinen Füßen. Ich könnte definitiv ein wenig Wärme gebrauchen, um meine von diesem miserablen Hundewetter angefrorenen Knochen etwas aufzutauen.

Anstatt zu antworten, greife ich in die Tasche meines Kapuzenpullis und ziehe eine ausgedruckte Version des Fotos heraus, das Eric mir geschickt hat. Ich schaue auf das Bild meiner Eltern hinunter, jung und lächelnd, die Haut meines Vaters mit einem Hauch von Gold überzogen, und richte meinen Blick auf das entfernt bekannt wirkende Gesicht zwischen ihnen.

„Was hältst du von Iowa?"

ENDE

DANKSAGUNG

Liebe Leserin, lieber Leser,

du kannst dir gar nicht vorstellen, wie sehr ich mich freue, dass du mein Buch gelesen hast. Schon von klein auf war es mein Wunsch, Schriftstellerin zu werden, und es hat viele Momente des Selbstzweifelns, viele Höhen und Tiefen und viele Hindernisse, die es zu überwinden galt, gedauert, bis ich diesen Traum endlich in die Tat umgesetzt habe. Schon von klein auf hat es mich fasziniert, mithilfe von Büchern in andere Welten und Universen einzutauchen, und ich kann mir nichts Schöneres vorstellen, als mittlerweile dieses Erlebnis auch anderen Menschen durch meine Bücher bieten zu können.

Dieses Buch, das du soeben gelesen hast, ist das erste aus einer längeren Reihe um die FBI-Agentin Emma Griffin. Ich hoffe sehr, dass es dir gut gefallen hat. Wenn ja, dann kannst du dich freuen, denn die nächsten Teile stehen schon in den Startlöchern. Dies ist meine erste Veröffentlichung auf dem deutschen Markt, und es würde mir sehr viel bedeuten und mich unglaublich freuen, wenn du mir eine positive Bewertung auf Amazon geben könntest. Gerade für neue Autoren auf dem deutschen Markt ist es oft nicht einfach, Fuß zu fassen, und jede gute Bewertung hilft mir dabei, meine Bücher für noch mehr Leute erreichbar zu machen und noch bekannter zu machen.

Selbstverständlich bin ich auch immer für deine Fragen, Anregungen oder Kritik offen. Schreibe mir dafür einfach unter germany@riversthrillers.com

Auf der nächsten Seite findest du außerdem einen Thriller-Roman von mir, den ich dir gerne schenken möchte. Trage dich dafür einfach in meine E-Mail-Liste ein und du kannst ihn dir kostenlos herunterladen. Somit sorgst du gleichzeitig dafür, dass du keine Updates, Sonderangebote oder sonstigen News von mir verpasst.

Nochmals, ich bedanke mich von ganzem Herzen bei dir für das Interesse an meinen Büchern und hoffe, dass wir uns schon bald wieder lesen!

Liebste Grüße,

A. J.

WEITERE BÜCHER DER EMMA GRIFFIN – REIHE:

Book 1 - Das Geheimnis aus Hütte 13

Book 2 - Die Tote aus dem Camp

Book 3 - Das Todesritual

Book 4- Das Grauen von nebenan

EXKLUSIV FÜR DICH

Hey hey!

Es freut mich wahnsinnig, dass du dich für mein Buch entschieden hast. Als Dankeschön für dein Interesse an meinen Büchern schenke ich dir hier meinen Thrillerroman „Der Mädchensammler". Du kannst ihn dir hier herunterladen:

Gleichzeitig wirst du Mitglied meiner VIP Leser und verpasst keine Updates und neuen Releases mehr! Ich freu mich auf dich!

A.J. Rivers

ÜBER A. J.

A. J. Rivers' Kindheit war von Spannung und Faszination für das Unbekannte geprägt. Ihr Interesse an den dunklen Seiten der menschlichen Psyche beunruhigte zunächst ihre Eltern, jedoch entdeckten sie stolz ihre Leidenschaft für das Schreiben. Während A. J.'s Literaturstudiums an der Universität vertiefte sich ihr Interesse an Thrillern während eines Seminars über Kriminalpsychologie, das ihre Faszination für die Abgründe der menschlichen Seele weiter anfachte.

Nach ihrem Abschluss entschied sich A. J. Rivers, ihre Schreibkarriere zu verfolgen, und tauchte tief in die Welt düsterer Geschichten ein. Warum Thriller? A. J. erklärt, dass sie die menschliche Psyche fasziniert und sie die düsteren Aspekte des Lebens erforschen möchte. Thriller bieten ihr eine einzigartige Möglichkeit, die Tiefen menschlicher Emotionen und die Komplexität von Beziehungen zu erkunden.

Folge A. J. auf Facebook

Printed in Poland
by Amazon Fulfillment
Poland Sp. z o.o., Wrocław

37599456R00147